Inhalt

Der Turm 7

Die Versicherung 35

Nacht mit Gästen 89

Mockinpott 113

Marat/Sade 155

Die Ermittlung 257

Anhang 451

Der Turm

Stimmen

Pablo
Direktor
Verwalterin
Zauberer
Zwerg
Carlo
Dompteuse
Artisten

Schwirrende, undeutliche Straßenlaute. Schritte, die sich nähern. Die Schritte kommen ganz nah und verweilen.

PABLO *versunken* Der Löwenkopf – mit dem Ring im Maul – *schlägt den eisernen Ring dreimal an das Tor* – wie das drinnen durch den Turm hallt – die sind noch drinnen – die andern – ich komm von draußen – ich muß da herein – an sie heran –

Noch einmal drei Schläge, jetzt drinnen in einem hallenden Echo-Raum.

VERWALTERIN *flüsternd* Da ist jemand draußen –

DIREKTOR Irgendein Betrunkener – irgendwer, der sich verlaufen hat –

VERWALTERIN Das kann auch was Wichtiges sein –

DIREKTOR So spät nachts –

Pause

PABLO Ich seh das Tor von außen – ich komme von außen – ich bin nicht mehr eingeschlossen – ich weiß wie es draußen ist –

Schlürfende Schritte. Klirren von Schlüsseln.

Ich höre sie – wie sie da die Treppe herunterschlürft – ich kann noch weg –

Der Schlüssel knirscht im Schlüsselloch. Das schwere Tor öffnet sich knarrend. Pause

VERWALTERIN Warum sagen Sie nichts – was wollen Sie? *Stille* Was wollen Sie?

PABLO Ich suche Arbeit –

VERWALTERIN So spät nachts?

PABLO Es hätte noch später werden können –

VERWALTERIN Leute brauchen wir immer – aber Qualität verlangen wir – wir halten einen hohen Standard in unsern Vorstellungen!

PABLO Ja, ich weiß – ich hab vom Turm gehört –

VERWALTERIN So, es kommt ganz darauf an, was Sie können – *seufzt* gute Arbeitskräfte sind selten heutzutage –

PABLO *sachlich* Ausbrecher. Entfesselungsnummer.

VERWALTERIN Ausbrecher? Das ist lange her, daß wir einen Ausbrecher hatten. Wir können ja einen Versuch machen. – Wohnen Sie im Hotel?

PABLO Nein. Kann ich hier übernachten?

VERWALTERIN *mißtrauisch* Haben Sie kein Gepäck?

PABLO Gepäck brauch ich keins. Einen Strick haben Sie doch wohl. Und jemanden, der mich bindet.

VERWALTERIN Und sonst brauchen Sie nichts?

PABLO Nein – sonst nichts.

VERWALTERIN *unsicher* Kommen Sie herein.

Schließt das Tor ab.

Sie können hier in der Halle liegen. Können da auf der Bank schlafen. Ich hol' Ihnen eine Decke.

DIREKTOR *sein Ruf hallend von oben* Wer ist denn das?

VERWALTERIN *ruft zurück* Ein Artist – willst du ihn nicht begrüßen?

DIREKTOR Warum kommt er so spät?

VERWALTERIN Er hat nirgends zu wohnen –

DIREKTOR Das ist keine Herberge hier!

PABLO *zu sich selbst* Ich muß hier bleiben – muß jetzt hier bleiben –

DIREKTOR *nähert sich.* Noch so spät zu kommen –

PABLO *sachlich* Mein Name ist Niente, Herr Direktor. Ich habe eine Entfesselungsnummer.

DIREKTOR Seit wann im Fach?

PABLO Seit frühester Kindheit. Fing als Balanceur an. Ging dann zu einer Erhängungsnummer über. *Angespannt* In der Schlinge zu hängen, die sich bei der kleinsten Bewegung zuschnürt – ich bekam genug – *herausfordernd* vielleicht kennen Sie diesen Widerwillen, den man plötzlich für eine Nummer fühlt, mit der man lange gearbeitet hat – diesen Überdruß. Man muß sich erneuern – ich wußte: wenn ich's noch einmal mache, dann geh ich drauf. Immer dieser Todessprung. Dieses Ersticken. *Versunken* Dachte jetzt nur noch an die Befreiung. Ließ mich binden, um die Befreiung zu erfahren. Beim Binden ganz vom Gefühl des Freikommens erfüllt. Man muß schon frei sein, bevor man anfängt. Das Ausbrechen ist dann nur eine Beweisführung.

DIREKTOR *hat gar nicht zugehört. Aus eigenen Gedanken* Ausbrecher – wir hatten mal einen Ausbrecher –

CARLO *seine Stimme noch entfernt, ruft* Wer ist denn da? Was will denn der? Ist das Haus nicht voll? Ist das Programm nicht besetzt?

DIREKTOR Carlo! Schläfst du noch nicht – mach daß du ins Bett kommst – du wirst morgen wieder in schlechter Form sein!

CARLO *näherkommend* Wer ist denn das?

VERWALTERIN *mild* Geh doch – geh rauf!

CARLO *sich entfernend* Wer ist denn das?

VERWALTERIN Ja – und wir gehn dann auch. Hier ist die Decke.

DIREKTOR Ja, gehn wir.

VERWALTERIN Gute Nacht.

DIREKTOR *schon fern* Gut Nacht.

PABLO *verhalten* Gute Nacht. *Stille*

In einiger Entfernung ein herausfordernder Pfiff, hallend, im Innern des Turmes.

ZAUBERER *noch entfernt* Bist du hier? Wieso fährst du denn so zusammen? Hast wohl noch Angst vor mir – und bist doch so groß und stark geworden – das ist nicht mehr unser kleiner Pablo, der mit dem Löwen floh –

PABLO *heftig* Sei still!

ZAUBERER Ich still? War nicht ich es, der dir beim Fliehen half? War ich es nicht, der den Käfig aufschloß? Was hättest du ohne mich getan?

PABLO Und warum schlugst du Alarm, kaum daß wir durchs Tor waren?

ZAUBERER Mußte ich doch, um den Verdacht abzulenken. Und was willst du – du kamst doch frei! Allerdings der Löwe – armer Löwe! Pang! Da lag er. Werd nie vergessen, wie man ihn am Schwanz wegzog.

PABLO Ich weiß, warum du das Tor aufmachtest. Du wolltest, daß ich mich draußen töte. Du wußtest, daß ich die Schlinge um den Hals hatte.

ZAUBERER Aber Pablo – wir waren doch so gute Freunde!

PABLO Du hattest mich eingefangen. Ich wußte ja nichts – war ja nie draußen gewesen. Ja – du warst freundlich zu mir. Liebevoll gabst du mir ein Messer, daß ich mir den Puls aufschneiden konnte. Sagtest, daß ich mich die Treppe herunterwerfen sollte. Sagtest, daß ich ganz still liegen und den Atem anhalten sollte – und ich lag still, bis was in mir zerriß.

ZAUBERER Aber Pablo!

PABLO Überall tauchtest du auf mit deinem Flüstern. In der Umkleideloge sah ich dich plötzlich im Spiegel. Nachts fühlte ich plötzlich, daß du neben mir auf dem Bettrand saßt.

ZAUBERER Pablo – du hattest doch so viel Vertrauen zu mir.

PABLO Aus Furcht vertraute ich mich dir an. Ich hatte Angst vor deinem weißen, reglosen Gesicht!

ZAUBERER Pablo!

PABLO Zauberer nanntest du dich. Hellseher. Aber nie tratst du auf. Parasit! Was tust du eigentlich hier? Was hast du mit mir gemacht? Und mit Nelly? Was hast du mit Nelly gemacht?

ZAUBERER *gefährlich* Kommst du hierher, um mich anzuklagen? Hast wohl vergessen, was du mit der Dompteuse angestellt hast. Hast wohl vergessen, warum man dich zum Löwen in den Käfig sperrte. – Da lagt ihr zwei Tiere hinterm Gitter und die Ratten pfiffen. Du beichtetest mir – batst mich um Hilfe –

PABLO Ich hab' dir nicht alles gesagt –

ZAUBERER War wohl sie, die dich verführt hatte, was? Dir die Kleider abgerissen, was? Sich mit dir auf dem Boden rumgewälzt? Sie schrie wohl nur aus Lust?

PABLO Sie schrie, weil ich sie nicht anrührte. Weil ich zurückwich. Ich war plötzlich wie gelähmt. Sah nur Nelly vor mir. Sah, wie sie da in der Arena lag – was hast du mit Nelly gemacht?

ZAUBERER Armer kleiner Pablo. Pablo, der nie aus dem Turm rausgekommen ist. Pablo – Balanceur auf dem großen roten Ball.
Seine letzten Worte sind in einen hallenden Echoklang übergegangen.
Mit lockender, hypnotisierender Stimme fährt er fort – Komm, komm – gib mir deine Hand – so – tüchtiges Kind – schön fest auf dem Ball balancieren – gelehriges Kind – so – schön auf den Zehenspitzen – vorwärtstrippeln – vorwärts – vorwärts – immer schön um die Arena rum – so – Schultern zurück – Körper gerade – Beine gestreckt – ganz gestreckt – kerzengerade – nur die Zehen rühren – schneller – schneller – so ist's gut, Pablo – sehr gut – bald darfst du auftreten – ah – und draußen wird man deinen Namen durch die Straßen tragen – mit großen Buchstaben: PABLO, DER BALANCEUR – schön weiter trippeln – alles mit den Zehen machen – den Körper ganz steif – nicht mit den Schultern zucken –

PABLO *reißt sich heraus* Ich bin nicht mehr Pablo! Ich komm von draußen. Ich weiß, wie der Turm von draußen aussieht. Ich weiß, wie die Gasse draußen aussieht – die Stadt – der Hafen – das Meer – ich weiß wie andere Städte sind – ich war auf Bergen – in Wäldern – auf Landstraßen – auf Schiffen –

ZAUBERER Du warst nie draußen. Du bist drinnen im Turm. *Nachdrücklich* Du bist hier, weil du nie draußen warst.

PABLO *geschlagen* Ja. Alle Städte und Wälder und Meere lagen innen im Turm. Überall die Begrenzung. Was ich auch anrührte – die Begrenzung. Jedes Wort, jedes Gefühl im Turm eingeschlossen. Ja, du hast recht. Ich bin nie freigekommen. *Stärker* Aber ich bin nicht mehr Pablo. Ich balanciere nicht mehr auf dem Ball. Ich erhänge mich nicht mehr. Ich bin hier, um mich auszubrechen.

ZAUBERER *beschwörend* Hier ist alles unverändert und alles wirkt auf dich ein wie früher.

PABLO Nein! Alles ist verändert! Ich werde selbst das Tor öffnen!

ZAUBERER Wenn du den Schlüssel kriegst!

PABLO Langsam hinauszugehen. Nicht blind hinauszustürzen. *Wie unter plötzlichem Schmerz* Wie das immer wehtut, wenn ich mich die Gasse herablaufen sehe. Als schlüge was auf mich ein – alles verschwimmt. – Ruhig aus dem Tor zu gehen –

ZAUBERER Hier ist alles unverändert.

PABLO Nein! Alles ist anders. Ich fürchte mich nicht mehr vor dir. Und die Verwalterin – wie grau und müde sie ist. Früher kam sie hereingebraust – ihr Haar wie ein schwarzer Polyp. Sie wird mich nicht mehr schlagen. – Und der Direktor – wie ich ihn da auf der Treppe sah – mit seinen verdrückten Hosen – tat er mir fast leid. Ich frage mich, bin ich um deretwillen hierher gekommen – diese beiden Alten – was hab' ich mit denen zu tun? – Vielleicht wollen sie mich noch fangen mit ihrer Schwäche – mit ihrer Verlassenheit – mit ihrer Gewalt können sie mich niemehr unterwerfen –

ZAUBERER Alles ist wie es immer war. Hör die Uhr. Hör die Atemzüge. Alles ist wie früher. Hör –

Seine letzten Worte sind wieder in den hallenden Echoton übergegangen. Das dumpfe Ticken einer Uhr ist zu hören. Das Uhrwerk rasselt, spannt sich zum Schlag. Ein gebrochener Gongschlag. Dann wieder das Ticken. Der Direktor schnarcht. Die Verwalterin stöhnt im Schlaf. Die Matratze knarrt. Alles eingehüllt wie in den Schwall einer großen Woge. Dann wieder Stille.

PABLO Ja, ich höre es. Die Nächte – ich schlich mich zu Nelly. Nelly – wach auf! – Was hast du mit Nelly gemacht?!

ZAUBERER Jetzt aber genug!

PABLO Sie lag da mitten in der Arena. Das Pferd verschwunden. Du

sagtest, sie sei gestürzt. Aber es waren keine Hufspuren in der Nähe. Du standest neben ihr. Ihr Gesicht unkenntlich. Diese furchtbare Stille dort in den leeren Zuschauerbänken –
Stille

CARLO *aus einem weiten Echoraum herbeischwebend* Ich – Carlo – liebte sie am meisten!

PABLO Ich schlich mich in ihr Zimmer, wenn alle andern schliefen –

CARLO Ich – Carlo – war wach –

PABLO Ich wartete, bis ichs oben schnarchen hörte. Nelly hatte ihre Türe angelehnt – sie saß aufrecht im Bett – wartete auf mich –

CARLO *seine Stimme immer wie ein Hauch herankommend* Sie wartete auf mich. So eng lagen wir umarmt. Sie sagte, sie hätte mich am liebsten. – Alles willst du mir nehmen! Immer stellst du dich mir in den Weg! Aber mich liebte sie am meisten!

PABLO Dich! Du hingst doch nur der Alten am Rock!

VERWALTERIN *herbeibrausend* Ist er wieder frech – der Pablo? Vergreift er sich wieder an dir! Daß du dich unterstehst! Wart – das werd' ich dem Onkel sagen!

DIREKTOR *herbeibrausend* Was ist denn jetzt schon wieder los?

VERWALTERIN Wieder der Pablo!

PABLO Ja, ich! Ich bins! Ihr habt mich nicht unterkriegen können!

VERWALTERIN Was sagst du da?! Und ich, die ich wie eine Mutter für dich war!

PABLO Aber du bist nicht meine Mutter. Niemand von uns hat eine Mutter. Niemand von uns ist hier geboren. Man hat uns alle von draußen hereingetragen. Auch ihr wurdet als schmutzige Bündel auf die Schwelle gelegt. Es gibt keine Blutsbande. Nur den Turm. Nur der Turm hält uns zusammen.

VERWALTERIN Wie kannst du so herzlos sein. Strafen sollte man dich – strafen!

PABLO Ja, strafen! Ich hab' mich selbst gestraft. So sehr war ich von eurer Macht erfüllt, daß jeder Gedanke, der sich gegen euch richtete, gleich auf mich selbst zurückschlug.

ZAUBERER Aber was ist denn eigentlich geschehen? Du hast ein bißchen Schläge gekriegt, du hast ein bißchen Ordnung gelernt – wenn die Zügel mal straff gehalten wurden, dann nur deshalb, damit du zu einem tüchtigen Artisten werden solltest. Was willst du eigentlich?

PABLO Ja – was ist eigentlich geschehen? – Manchmal fühle ich, wie meine Gedanken wie aus einem dunklen Schacht kommen, eh ich an was Greifbares gerate. Irgendwas Unergründliches liegt unter jedem Gedanken – irgendwas, für das es keine Worte gibt. Und dort war es, wo ich geformt wurde. Als mir zum ersten Mal der Ball bewußt wurde, auf dem ich stand, da war ich schon fertig dressiert.

DIREKTOR Wir waren viel zu schlapp mit dir. Du hast keine Disziplin gelernt!

ZAUBERER *wieder beschwörend – hohl, schallend* Raus mit der Brust – Magen einziehen – Schultern zurück – so – Arme ausstrecken – fest auf dem Ball bleiben – so – schneller – schneller – mit den Zehen trippeln – rum um die Arena – immer im Kreis rum –

PABLO *hypnotisiert, gehetzt* Diese Gesichter da in den Bänken – dieses Prasseln und Murmeln – *Geräusch von Stimmengewirr, Geschabe von Händen, die Beifall klatschen* – diese furchtbaren Hände –

ZAUBERER Und dann verneigtest du dich so artig. Warst der Günstling des Publikums. Hübsch warst du in deinem weißen Trikot mit dem gepuderten Gesicht und dem langen schwarzen Haar. Kußhände warfst du ihnen zu.

PABLO Aus Furcht! Ich fürchtete mich vor ihnen. Dachte, es seien Tiere. Als ich sah, daß sie uns ähnlich waren, glaubte ich, ich sähe falsch. Ihr hattet mir gesagt, daß sie mich zerreißen würden, wenn ich mich je zu ihnen hinauswagte. – Warum hieltet ihr mir alles geheim? Warum durfte ich nichts von draußen wissen? – Wenn ich fragte, legtet ihr nur den Finger auf den Mund!

DIREKTOR *hart und eintönig, aufleiernd* Hier haben wir unsere Arbeit und hier bleiben wir. Erst mußt du mal zeigen, daß du was kannst. Daß du deine Aufgaben beherrschst. Erst deine Pflichten erfüllen!

PABLO Ja – ich hör' den Turm sprechen. Aber ich antworte jetzt. Ich schweige nicht mehr. Aufruhr habe ich schon damals gefühlt. Ich wußte immer, daß es eine Welt draußen gab!

ZAUBERER *hart und eintönig* Für uns gibts nur den Turm. Da draußen ist alles haltlos. Nur die Mauern des Turms sind fest. Alles zerrinnt da draußen. Wir halten uns an die Ordnung des Turms. *Verachtend* Und warum kommen sie her – diese Menschen? Um Kraft bei uns zu sammeln. Bei uns! Wir sind es, die diese Kraft austeilen!

PABLO *besessen* Aber ich hab die Welt draußen gesehn! Ich fand die Luke auf dem Dachboden – ein rundes weißes Feuer! – Es war kurz nachdem ich mir die Handgelenke mit deinem Messer aufgeschnitten hatte – damals, als ich mit den dicken Verbänden umherging – brauchte ich nicht auf dem Ball zu arbeiten – du lehrtest mich, daß man sich töten mußte, wenn man freikommen wollte – aber es gab noch eine andere Stimme in mir – eine Stimme, die ich noch nicht hörte – um euch mit dieser erstickten Stimme zu antworten – darum mußte ich noch einmal hierher kommen! – Es war dieses Flüstern, das über mein Leben bestimmte. Es war diese unerhörte Stimme, die mich hinauftrieb zum Boden, wo ich das Fenster fand. – Oh, was war eure Macht gegen dieses Fenster! – Nur eine Sekunde lang. Ich war geblendet – ich schrie – fühlte eine ungeheure Stärke vor diesem Licht! Dann standet ihr schon hinter mir – zogt mich zurück – die Treppe runter – der Boden abgeschlossen – der Schlüssel weggeworfen!

DIREKTOR *hart leiernd* Und jetzt an die Arbeit! Jetzt Schluß mit der Faulenzerei!

PABLO Ja – ihr stelltet mich wieder auf den Ball. Aber ich hatte es gesehn! Ich hatte es gesehn da draußen! Da oben hatte ich nur eine einzige weißglühende Tiefe gesehn. Aber jetzt traten Einzelheiten aus dem Lichtflimmern vor – immer mehr und mehr erkannte ich – ständig stieg Neues vor mir auf – ich sah ein Meer von Dächern – sah Säulen – Tiere – Rauch – farbige flatternde Tücher – sah Fenster – hinter den Fenstern Zimmer – in den Zimmern Gestalten – jemand trug eine gläserne Kugel – jemand kleidete sich aus – einer malte eine Wand mit einem breiten Pinsel – ein Riese ritt auf einem grünen Pferd – ein Schwert in der ausgestreckten Hand – Kinder spielten auf der Gasse – eins verschwand gerade in einer Grube – überall Menschen – allein oder in Gruppen – ein riesiges Bild sah ich und ich suchte nach einem Sinn des Bildes – fand immer wieder neuen Sinn – eine furchtbare Unruhe ergriff mich – ich wollte heraus – aber ich wagte noch nicht – ihr hieltet mich noch fest –

ZAUBERER Du wagtest nie –

PABLO Ihr versteht nicht was ich sage. Ihr könnt mich nie verstehn. Ihr könnt mir nichts anderes sagen, als das, was ihr seit jeher in mich hineingehämmert habt. Ich hör' nur das Echo eurer Worte! – Wo seid ihr – wo seid ihr?

STIMMEN *in hallendem Chor antwortend* Hier überall! Hier überall!

PABLO Ich werd' euch packen! Ich werd' euch aus mir herausreißen!

STIMMEN Was willst du uns denn! Wir haben unser eigenes Leben! Du hast alles falsch gesehn! Du hast alles mißverstanden! Uns kannst du nichts vorwerfen!

PABLO Ihr seid in mich eingedrungen. Ich war offen für euch. Ich bin von euch durchsetzt. Nie hab' ich zurückgeschlagen! Nie um mich getreten!

DIREKTOR Das fehlte noch!

PABLO Wenn du mich übers Knie legtest, heulte ich, um dich versöhnlich zu stimmen. Und wenn du mich mal lobtest, vergaß ich, daß mein Gesicht noch von deinen Schlägen brannte –

VERWALTERIN Wie kannst du so grausam sein. Wir, die wir dir Essen und Arbeit gaben. Einen besonderen Brei kochte ich dir, weil du so schwach warst – einen kräftigen Brei – hast du vergessen, wie gern du den mochtest?

PABLO Im Mülleimer faulte er jeden Abend. Ich erbrach ihn. – Und nachts schlich ich mich dann zur Speisekammer, um mir zu stehlen, was ich brauchte. – Diese nächtlichen Reisen –

Ein dumpfes Dröhnen füllt den Turm. Die Uhr tickt. Das Schnarchen, die Atemzüge der Schlafenden sind zu hören. Ein Sausen und Rauschen.

Wie in einem sinkenden Schiff – das Wasser strömt ein – der Onkel und die Tante da oben – wie hydraulische Pumpen. – Ich gleite durchs Haus auf dem großen Ball. Ich fliege – Huiii – die Treppe hinab – durch die Korridore – durch die Hallen – wie das saust und rauscht – wie groß das Haus ist. – Huiii – zum Keller – zum Löwen – Löwe! Löwe – bist du da? – Löwe! – Seine Augen leuchten – wie still er da liegt – *Geheimnisvoll* Er ist verzaubert. Ich werde dich befreien, Löwe – wir werden draußen durch die Welt laufen – wir werden laufen – laufen – laufen – niemand wird uns einhalten –

ZAUBERER Pang! Da liegt er! Gutgezielter Schuß. Genau in den Nacken. Ich schieß nie daneben.

PABLO Der Löwe. Das Starke. Das Wilde. Das Eingekerkerte. Das Erschlagene. – Löwe! Ich werde dich wiedererwecken! Löwe! Komm heraus!

Ein kicherndes Knurren ist zu hören, ein Rasseln von Schellen.

ZWERG Ja, ja – hier bin ich –

ZAUBERER Komm schön – komm zu Herrchen – gib's Pfötchen – so –

ZWERG *kichernd und knurrend* Ist mein treuer Pablo endlich zurück – will er mich erretten – mich armen krummen Zwerg –

ZAUBERER Ja – der große Befreier ist hier!

ZWERG *jaulend* Frei – frei!

ZAUBERER Da hast du deinen neuen Löwen! Ein Zwerg, ein Krüppel, mit Schellen behängt! Und Nelly – willst du Nelly wiedersehn?

PABLO Nelly –

ZAUBERER Komm, Löwe – tanz mit Nelly!

Man hört ein Kichern, Trampeln und Rasseln von Schellen.

PABLO Nellys Kleid – das weiße Kleid –

ZAUBERER Die letzten Fetzen von ihrem Kleid –

PABLO *versunken* Ist das alles, was von ihr geblieben ist –

ZAUBERER *hart* Es gab nie mehr!

PABLO Aber die Nächte – als ich bei ihr war – *zweifelnd* als ich bei ihr war?

ZAUBERER *herausfordernd* Na – und?

PABLO Ein einziges Mal war ich bei ihr – das war, als sei ich immer bei ihr gewesen – sie zeigte mir ihre Brüste –

ZAUBERER Na – und dann?

PABLO Ja – und dann –

ZAUBERER Sie fragte dich was –

PABLO *flüstert* Ja –

ZAUBERER *knapp* Sie fragte: Kannst du das auch, was der Carlo kann?

PABLO Ja. Ich hör' es sehr deutlich. Ich ging. Ich kam nie wieder zu dir, Nelly. Aber nach deinem Tod, da hatte ich dich für mich allein. Da war ich bei dir jede Nacht.

CARLO *seine Stimme von fernher herbeiwehend* Mich hatte sie am liebsten – mich, Carlo – ich war bei ihr in den Nächten –

PABLO Und was hast du aus der Liebe gemacht – was ist aus dir geworden?

Das Kichern und Schellenrasseln wieder nah.

Gib es mir – gib mir das Kleid!

Stille. Rascheln von Stoff.

Nelly – ihr Geruch – *flüsternd* Nelly – Nelly –

Langsam erhebt sich wieder das dumpfe Brausen aus dem Turm.

Die Uhr tickt. Schwere, dumpfe Atemzüge. Nach einer Weile erwacht der Direktor und die Verwalterin. Sie strecken sich, ächzen, gähnen.

DIREKTOR *schlaftrunken* Ja – es ist Zeit –

VERWALTERIN Ach ja –

DIREKTOR Wieder ein Tag –

Die Matratze knarrt. Gähnen und Räuspern.

VERWALTERIN Ahh ja – mal Kaffee aufsetzen –

Das Schleppen ihrer Pantoffeln kommt die Treppe herab.

VERWALTERIN *gähnt* Liegt er da auf'm Boden – nicht mal die Decke hat er genommen – was hat er denn da über'm Gesicht – was ist denn das für'n Fetzen – na stehn Sie doch mal auf – ich muß doch hier'n Tisch decken –

Sie klappert mit Geschirr.

DIREKTOR *gähnend – die Treppe herab* So – hier – Strick hab ich schon mitgebracht – taugt der? – Was ist denn mit dem los? Wieso schläft denn der noch? Was ist denn das für 'ne Art? *Zur Verwalterin* Ist der Kaffee fertig?

ZAUBERER *entfernt* Morgen, Herr Direktor!

DIREKTOR Ah – früh auf, wie gewöhnlich – aber der da – wieso steht der nicht auf – wir müssen ihn uns noch ansehn vor den Repetitionen.

ZAUBERER Nicht nötig, Herr Direktor, nicht nötig. Ist doch 'n Name von Weltruf. Niente. Ausbrecher. Den können wir direkt aufs Programm setzen.

DIREKTOR Der da – 'n Weltname? Nie von ihm gehört.

ZAUBERER Doch, doch, 'ne große Nummer.

DIREKTOR *unsicher* So – der da – na ja – wenn Sie meinen –

Verwalterin gießt Kaffee ein. Klirren von Tassen und von Löffeln, die in Tassen rühren. Stimmengewirr nähert sich. Die Artisten kommen die Treppe herab.

ARTISTEN Morgen, Herr Direktor. Morgen, Morgen. Morgen, Frau Verwalterin.

Stühle werden gerückt. Klirren von Tassen und Löffeln. Schlürfen.

DIREKTOR *klopft an eine Tasse.* Wir werden heut' das Programm mit einer neuen Nummer erweitern. Mal sehn – was haben wir denn zuerst – *in Papieren blätternd* – »Tiefe Gefühle« – »Duell« – »Dressur« – tja – ich glaub', wir setzen ihn an den Anfang, um gleich mal was neues zu zeigen – *wendet sich an den Zauberer* – aber sind Sie auch sicher – ich meine –

ZAUBERER Absolut sicher, Herr Direktor – absolut –

ZWERG *nähert sich kichernd und schellenklirrend.* Absolut – absolut!

PABLO *aus dem Stimmengewirr, sehr nahe* Jetzt fängt es an.

ZWERG *nah – flüsternd, heiser* Wo bin ich – wo bin ich?

Während der folgenden Repliken Tassenklirren, Schlürfen, Murmeln im Hintergrund.

DIREKTOR Wer fängt heut mit Repetition an?

ATHLET Athlet!

DIREKTOR Mit den schwersten Gewichten.

ATHLET Schwersten Gewichten!

DIREKTOR Nächster?

SPIEGELFECHTER Spiegelfechter!

DIREKTOR Neue Positionen zum Duell.

SPIEGELFECHTER Neue Positionen, Herr Direktor!

DIREKTOR Wer kommt dann?

DOMPTEUSE Dompteuse!

DIREKTOR Mit größeren Peitschen arbeiten.

DOMPTEUSE Größere Peitschen, Herr Direktor!

ZWERG *nah – flüsternd* Was geschieht hier – was geschieht denn hier?

DIREKTOR Dann kommt Carlo dran.

CARLO Ja, Onkel.

PABLO Ich bin drinnen im Turm –

DIREKTOR Und denkt dran – mehr Energie – mehr Enthusiasmus!

VERWALTERIN *im Hintergrund* Noch'n bißchen Kaffee?

PABLO *flüsternd* Ich muß aus dem Strick heraus –

ZWERG *echohaft flüsternd* Strick raus – Strick raus –

DIREKTOR Mehr Einfühlung! Ihr habt nachgelassen in der letzten Zeit! Wir dürfen nicht die Tradition des Turms vergessen –

ZWERG *nachäffend* Tradition – taradition –

VERWALTERIN *näherkommend* Na endlich – ausgeschlafen? Sie sind mir aber ein Langschläfer. Bißchen Kaffee?

DIREKTOR Na, wie gehts – Herr Ausbrecher?

CARLO Ausbrecher – ist er Ausbrecher?

DOMPTEUSE *vielsagend* Das ist lange her, daß wir einen Ausbrecher hatten –

CARLO Meinst du Pablo?

DOMPTEUSE Und dann sieht er dem Pablo auch noch ähnlich –

CARLO Er setzt sich an Pablos alten Platz!

Pablo schreckt zusammen.

ZAUBERER Aber bleiben Sie doch sitzen, Herr Niente!

DIREKTOR Was ist das für'n Gerede von Pablo – ich will das nicht hören!

PABLO Wer ist Pablo?

ZWERG *nachäffend* Wer bin ich?

ZAUBERER Ein wunderbarer Artist. Der beste, den wir hatten. Aber er ist auf und davon.

DIREKTOR Ich will jetzt nichts mehr von Pablo hören!

ZAUBERER Und wie schön er war – weißgepudert – entzückend –

ZWERG Günstling der Frauen –

DOMPTEUSE *träumend* Ja – er war schön – Pablo – haben Sie nie von Pablo dem Balanceur gehört – sind Sie ihm nie begegnet draußen?

PABLO Ich weiß nicht – nein – ich glaub nicht –

VERWALTERIN Was mag wohl aus ihm geworden sein? Ich hab ihn nie richtig verstanden. Er war so verschlossen. Kein Wort konnt' man aus ihm herausbringen –

PABLO Warum floh er?

DIREKTOR Er floh nicht – er wurde entlassen!

PABLO Warum?

DIREKTOR Warum, warum! Er war faul! Er war hochmütig! Ich versuchte, ihn zu einem rechtschaffenen Artisten zu machen, aber er hatte keine Disziplin im Leib!

VERWALTERIN Immer war er unzufrieden. Nichts war ihm gut genug.

DIREKTOR Er konnte sich nicht einordnen. Er war respektlos. Aber jetzt will ich nichts mehr von Pablo hören! Wir haben jetzt an die Vorstellung zu denken!

VERWALTERIN Noch 'n bißchen Kaffee?

PABLO Was tat er hier?

DOMPTEUSE *kokett* Er balancierte auf dem Ball –

VERWALTERIN Übrigens – sagten Sie nicht, daß Sie auch Balanceur waren – könnten Sie nicht auf dem Ball balancieren? Sein Ball ist noch da. Ich weiß auch nicht, ob die Leute so drauf aus sind, einen Ausbrecher zu sehen. Bißchen zu gewagt. Man muß Rücksicht nehmen auf den Geschmack hier in der Stadt.

PABLO Ich bin Ausbrecher.

VERWALTERIN Überlegen Sie sichs doch.

PABLO Ich balanciere nicht mehr.

ATHLET Ich fang jetzt mit den Gewichten an.

Stühleschieben. Alle erheben sich. Geschirr klappert.

DIREKTOR Halt! Wo wollen Sie denn hin?

PABLO Darf man nicht bei den Übungen zusehn?

DIREKTOR Das ist hier nicht üblich. Jeder arbeitet für sich.

PABLO *von einem Artisten zum andern* Arbeitet jeder von euch allein? – Was machen Sie denn? Sie – was machen Sie – Warum antwortet ihr nicht? – Sprecht ihr nie über eure Arbeit?

Die Artisten entfernen sich. Es wird stiller.

DOMPTEUSE *nah* Mein Lieber – Sie können hier nichts an der Ordnung ändern. Man merkt, daß Sie von draußen kommen. *Sehnsüchtig* Sind Sie weit herumgekommen? – Erzählen Sie mir von draußen –

PABLO *versunken* Ich weiß nicht mehr, ob ich je draußen war – vielleicht habe ich es nur gewünscht – wo war ich? – Eine Landungsbrücke – der Strand am Meer – ein Segel – aber ich selbst – wo bin ich selbst –

ZAUBERER *nah – flüsternd* Du hast einen ganzen Turm um dich herum –

Wieder der Lautschwall aus dem Turm, wie eine Woge. Undeutliche Stimmen. Ticken der Uhr. Arbeitsrufe: Ho ruck – ho ruck; eins, zwei – eins, zwei! Dann wieder vorüber.

PABLO *versunken* Ich erinnere mich an den Tag, an dem du ankamst – ich stand hier an der Treppe – das Tor wurde hinter dir abgeschlossen – du gingst an mir vorbei mit deinem Koffer – ich nahm dir den Koffer ab – trug ihn – dachte, was wohl darin sein mag. – Folgte dir hinauf ins Zimmer – stand an der Tür, als du auspacktest – ich erschrak, als ich sah, daß alles in deinem Koffer aus Leder und Metall war. – Dann kamst du zu mir – fragtest mich wie ich hieße – packtest mich am Arm – am Haar –

DOMPTEUSE Am ganzen Körper hast du gezittert –

PABLO Ich dachte an Nelly – ich wurde Nelly nicht los –

DOMPTEUSE Ganz außer dir warst du, als du abends zu mir kamst – oh – *sie umarmen einander* – sei doch nicht so heftig – sei doch nicht so aufgeregt –

PABLO Dein Panzer – du bist gepanzert – dein ganzer Körper ist gepanzert –

ZAUBERER *eilig, wie der Berichterstatter eines Ringkampfes* Jetzt küßt sie ihn – sie reißt sein Hemd auf – sie beißt ihn – sie schlägt ihre Krallen in ihn – er umschlingt sie – sie zurück – er ihr nach – sie geht zu Boden – er stürzt sich über sie – jetzt gilt's – *laut rufend* Jetzt gilt es – Pablo!

Der Ruf Pablo schallt als gewaltiges Echo aus dem Turm zurück. Von allen Seiten der hohle, hallende Ruf: Pablo, Pablo, Pablo!

PABLO Ja! Hier bin ich! Ich bin hier!

Das Echo Hier widerhallt von allen Seiten. Stille

PABLO Ist es jetzt Zeit für mich?

DIREKTOR Zeit für was?

PABLO Repetition –

DIREKTOR Ist nicht nötig.

PABLO Nicht nötig?

DIREKTOR Nicht nötig. Wir haben volles Vertrauen.

PABLO Volles Vertrauen –

DIREKTOR Das Seil – taugt das?

PABLO Das Seil?

DIREKTOR Ja – das Seil hier – wollten Sie nicht ein Seil haben?

PABLO Ein Seil – ja, natürlich – ein Seil.

DIREKTOR Ist es dick genug – lang genug?

PABLO Volles Vertrauen – ihr vertraut mir, weil ich fremd für euch bin. Ich komm von draußen. Wenn ihr wüßtet, wer ich bin –

VERWALTERIN *mild – von weither, näherkommend* Aber verstehst du denn nicht, daß wir nur dein Bestes wollen? Was machen wir denn verkehrt? Wenn du einmal daran denken würdest, was wir für eine Mühe mit dir gehabt haben –

PABLO Was war ich denn für euch – und Nelly – und Carlo?

VERWALTERIN Wir haben doch alles für euch getan! Ihr seid uns anvertraut worden. Wie unsre eigenen Kinder haben wir euch aufgezogen. Und wozu diese ganze Arbeit! – Nie ein Dank! – O wie leer das ist! – Nächtelang lag ich schlaflos und grübelte, was ich euch Gutes tun konnte. Und nie einen Dank! Nur Vorwürfe! Was hab ich denn verkehrt gemacht?

PABLO Es ist der Turm. Ist alles nur der Turm. Ihr seid selbst im Turm aufgewachsen. Du wolltest doch auch hinaus. Sicher wolltest du raus. Aber solch einen Wunsch – den wolltest du nicht wahrhaben. Schlugst du mich nicht, nur weil du wußtest – ich wollte raus? – Wir waren hier ja alle so ineinander verfilzt. Ich war ein Teil von euch – ein aufrührerischer Teil, der unterdrückt werden mußte – zugunsten des Turms –

VERWALTERIN *aufschreckend* Sagten Sie was?

PABLO *versunken* Sagte ich was?

VERWALTERIN Was wollte ich denn – wo ist denn der Zwerg – die Schilder müssen raus –

ZWERG *schellenklirrend* Ja, Frau Verwalterin – ich bin schon dabei sie zu malen – *langsam lesend:* DIE GROSSE NUMMER – EINMALIGES AUFTRETEN DES AUSBRECHERS!

PABLO Ein Mal?

ZWERG *im Singsang* Ein einziges Mal – ein einziges Mal –

PABLO *plötzlich von Schwäche überwältigt* Wie soll ich hier heraus – das Tor – macht das Tor auf – *schlägt auf das Tor. Dröhnende Schläge* – ich will raus – ich will raus!

ZWERG *quietschend, grölend nachäffend* Ich will raus, ich will raus! *Tanzt schellenklirrend.* Kann mir denn keiner hier helfen – o wie ich mir leid tu – alle hängen an mir – ziehen mich runter – bin schon ganz lahm und schief und krumm – o ich Ärmster – will mir'n keiner helfen! – *Sachlich* So – jetzt ist das Schild fertig – EINMALIGES AUFTRETEN DES AUSBRECHERS! *Klirrt mit Schlüsseln* So – Tor aufschließen und raus!

PABLO *läuft ihm nach* Ich auch – ich geh mit!

ZAUBERER *scharf* Halt! Hiergeblieben!

Stöhnender Ringkampf

Das könnte dir so passen – jetzt auskneifen!

Das Tor fällt zu. Wird von draußen abgeschlossen. Von weither die Stimme des Zwerges . . .

ZWERG Der größte aller Ausbrecher! Heute abend einmaliges Auftreten! Kommt und seht! Kommt und seht den größten aller Ausbrecher! Einmaliges Auftreten! Kommt und seht! Kommt und seht! *Seine Stimme verklingt.*

PABLO *atemlos* O – der Turm – dieser Turm –

Wieder die Woge aus dem Innern des Turmes. Stimmen. Schritte. Ticken. Entfernt die Stimme des Direktors.

DIREKTOR Carlo – zur Probe!

CARLO *von fern* Ja – ich komme!

Eine Tür schlägt zu. Gedämpft die Kommandostimme des Direktors . . .

DIREKTOR Kopf hoch – Mundwinkel runter – Schultern drehen – tanzen – so – so – höher die Beine – höher die Arme – so – ist denn das so schwer –

Pablo reißt die Tür auf. Die Stimme des Direktors nahe.

DIREKTOR Was – was unterstehen Sie sich!

PABLO Ich will zusehn.

DIREKTOR Was fällt Ihnen ein – habe ich nicht ausdrücklich –

PABLO Ja ja – aber ich habe auch meine Bedingungen – ich will mich frei hier bewegen – sonst kann ich meine Arbeit nicht ausführen!

DIREKTOR Sie sind entlassen. Scheren Sie sich hinaus! Sofort!

ZAUBERER *plötzlich auftauchend* Aber Herr Direktor – er ist doch schon annonciert!

DIREKTOR *außer sich* Mein Herr! Sie haben sich hier zu fügen! Hier bestimm' ich!

PABLO Dann kann ich nicht auftreten!

DIREKTOR *seine Stimme überschlägt sich* Verdammtes Pack! Hier rumstehn und glotzen! Aber ohne mich! Ohne mich! *Der Direktor stampft davon.*

CARLO Daß Sie das wagen –

PABLO Komm – woll'n wir nicht ein bißchen raus an die Luft –

CARLO Raus? – Das ist doch unmöglich –

PABLO Wer kann uns das verbieten? Wir sind doch keine Gefangenen hier. Wir fordern nur einfach den Schlüssel. *Laut rufend* Herr Direktor! Wir wollen den Schlüssel! Wir wollen raus! Den Schlüssel!

Das riesige Echo wirft zurück: Schlüssel, Schlüssel, Schlüssel!

DIREKTOR *hallend, von weither* Was ist denn?

Andere Rufe aus dem Innern des Turmes mischen sich in den Schlüssel-Ruf.

STIMMEN Was ist? – Was ist geschehen? – Was ist denn passiert? – Brennt es? – Ja, es brennt! – Es brennt – Feuer! Feuer! Es brennt! Hilfe! Hilfe!

Im Geschrei, in dem sich die Rufe Schlüssel – Feuer – Hilfe vermengen, eilen Schritte die Treppe herab. Die Artisten kommen herabgejagt.

DIREKTOR *herbeistürzend* Wer hat den Schlüssel?

ARTISTEN *in Panik* Es brennt! Es brennt! Das Tor auf! Wir sind eingeschlossen!

DIREKTOR Wo ist der Schlüssel?

ZAUBERER *schadenfroh* Der Schlüssel ist draußen!

PABLO Gibt es denn nur einen einzigen Schlüssel?

Artisten in Panik zum Tor. Schreien. Schlagen an das Tor.

PABLO *herausfordernd* Wo brennt es denn?

ARTISTEN Ja – wo brennt es – wo brennt es?

DIREKTOR Brannte es da oben?

ARTISTEN Nein – da oben nicht – wir dachten hier unten – wo brennt es denn?

ZAUBERER Es brennt überhaupt nicht. Es war nur ein Spaß. Der Herr Ausbrecher hat sich einen kleinen Spaß erlaubt. Ihr könnt ruhig wieder raufgehn. Ist gar nichts los. Nur ein kleiner Probealarm.

Murrend entfernen sich die Artisten, während von draußen sich die Stimme des Zwergs wieder nähert.

ZWERG Heute abend einmaliges Auftreten! Festvorstellung im Turm!

Geräusch des Schlüssels im Schlüsselloch. Das Tor öffnet sich knarrend. Fällt gleich wieder zu. Die Schellen des Zwerges sind zu hören. Das Tor wird wieder abgeschlossen.

Stille

DIREKTOR *nah – dumpf drohend* Was ist Ihnen denn eingefallen!

CARLO Er wollte doch nur den Schlüssel – wollte doch nur ein wenig raus mit mir –

DIREKTOR Was – mischst du dich ein – bist du noch da – marsch – scher dich rauf! – *Zu Pablo, nah, drohend* Daß Ihnen sowas nicht noch mal einfällt!

ZWERG *kichernd* Der ist doch nicht ganz richtig!

ZAUBERER Der war nie ganz richtig! Wollte immer raus!

PABLO Ja – ich wollte immer raus –

ZWERG Der ist nicht richtig, seitdem er damals bumsbums aufs Köppchen gekriegt hat –

PABLO *schreckt auf* Was? – Was sagst du da?

ZAUBERER Nichts – gar nichts –

PABLO Doch – da war was – was war das –

ZWERG Bumsbums – n' bißchen bumsbums auf'n Kopp!

ZAUBERER Scher dich doch weg!

ZWERG *kichert.*

PABLO *wiedererkennend* Ja –

ZAUBERER Gar nichts – bist nur mal hingefallen –

PABLO Ja – draußen – draußen auf der Gasse – ich war draußen –

ZAUBERER Aber woher –

PABLO Ja – ich bin früher schon einmal raus – die Gasse runter –

ZAUBERER Nicht doch – nicht doch –

PABLO Ja – ich lief – ich kam raus – die Gasse herab – aber nicht schnell genug – ihr kamt nach – ja – ich war draußen – ja – ich bin draußen – aber nicht damals, als ich mit dem Löwen floh – viel früher – viel früher – ja – jetzt weiß ichs – ich bin früher schon einmal geflohen –

ZAUBERER Bildest du dir nur ein –

PABLO Nein – ich hab es immer gewußt – wie es draußen war – ja – es war Abend – die nassen Steine – diese großen Fenster rechts und links – diese riesigen Wagen – diese hohen Maste – ich laufe wahnsinnig schnell – aber nicht schnell genug – ihr kommt nach – ihr holt mich ein – ja – und dann der Schlag –

ZWERG Bißchen Bumsbums!

ZAUBERER Er weiß gar nicht, wovon er spricht –

PABLO Doch – jetzt weiß ich es. Jetzt endlich seh ich alles deutlich. Jetzt kann ich diesen Turm sehen. Und ich war draußen. Ich weiß, wie es draußen ist. Hier drinnen ist alles unveränderlich. Wie ich hier hereinkam, war es, als käme ich in einen Brunnen. Diese faule, eingeschlossene Luft hier. Kein Fenster. Die Dachluke verrammelt. Jetzt seh ich diesen Turm von innen. Jetzt erkenn ich ihn. Jetzt weiß ich, daß ich hinaus kann.

ZAUBERER Du bist noch nicht draußen.

PABLO Ich werd hinauskommen.

ZAUBERER Das mußt du erst beweisen. Wir haben dich noch nicht gebunden. Wir werden dich binden, mein Junge. Heute abend werden wir dich binden, wie du noch nie zuvor gebunden worden bist!

ZWERG *schellenklirrend, echohaft* Ja, binden wer'n wir dich!

ZAUBERER Ruh' dich jetzt aus und sammle Kraft – du wirst sie heut abend brauchen – ruh dich nur ordentlich aus!

Wieder die Woge aus dem Turm. Das Ticken der Uhr.

Zauberer einförmig, hypnotisierend Hör wie die Zeit tickt – wie dir die Zeit davonrinnt – und du sitzt hier schlapp und müde – hör – die endlose Zeit – Stunden – Tage – Wochen – Monate – Jahre – hier hast du immer schon gesessen und gewartet – und wolltest raus – und kamst nie raus – da sitzt du mit deinem Seil –

die Zeit sickert unter deinen Füßen weg – nichts wird dir gelingen – bald werden wir dich festbinden – werden dich umwickeln mit dem Seil – dir die Brust einschnüren – du kommst nie los – gleich werden wir das Seil über dich werfen – zieh schon dein Hemd aus, daß wir dich besser binden können – so – so – und jetzt geht es gleich los – hör nur –

Ein vielfältiges Raunen von Stimmen ist zu hören, ein Schaben von Füßen.

Sieh nur – der Zuschauerraum ist voll – wir haben ausverkauft heut abend – alle die Gesichter – alle die Hände –

DIREKTOR *gehetzt* Sind Sie bereit? Wir fangen gleich an!

Das Raunen der Stimmen wird stärker. Ein Trommelwirbel setzt ein. Hände klatschen Beifall. Dann begleitet eine Trompete die Trommel zu einem Tusch.

Die Trommel liegt nun dumpf rollend hinter den Worten des Direktors.

Damen und Herren!

Eine trompetenhafte Stimme echot

TROMPETE Damen und Herren!

DIREKTOR Gestatte mir vorzustellen!

TROMPETE Gestatte – vorstellen!

DIREKTOR Ausbrecher Niente!

TROMPETE Ausbrecher Niente!

Beifallsklatschen. Pfiffe. Füßetrampeln

DIREKTOR Werden sehn denselben gebunden!

TROMPETE Gebunden!

DIREKTOR Vom Hals bis zu den Zehen!

TROMPETE Hals – Zehen!

DIREKTOR Mit diesem Strick!

TROMPETE Strick!

DIREKTOR Aus welchem er sich befreit!

TROMPETE Befreit!

DIREKTOR Ohne fremde Hilfe!

TROMPETE Hilfe!

DIREKTOR Der Zauberkünstler und der Zwerg!

TROMPETE Zauberkünstler – Zwerg!

DIREKTOR Unsere altbewährten Kräfte!

TROMPETE Kräfte!

DIREKTOR Beginnen jetzt mit der Fesselung!

TROMPETE Fesselung!

Beifallsklatschen

DIREKTOR Bitte verehrtes Publikum um absolute Ruhe!

TROMPETE Ruhe!

Starker Trommelwirbel. Geräusche von Stöhnen. Dumpfer Fall. Ächzen. Stille. Nur der verhaltene Trommelwirbel.

VERWALTERIN *ängstlich* Das ist ja unmöglich. Da kommt er doch nie raus.

DIREKTOR Das Seil schneidet sich ja in seine Haut ein.

VERWALTERIN Das Seil schnürt ihm ja den Hals ab.

DIREKTOR So eine Blamage.

VERWALTERIN Er hätt doch auf dem Ball balancieren sollen.

PABLO *mit äußerster Anstrengung* Gebt mir Zeit!

DIREKTOR *vortretend* Bitte geehrtes Publikum!

TROMPETE Publikum!

DIREKTOR Ein wenig Geduld!

TROMPETE Geduld!

Trommelwirbel stärker

PABLO *flüsternd* Laßt mir Zeit!

DIREKTOR *flüsternd* Denk an unsern guten Namen!

VERWALTERIN *flüsternd* Mach uns keine Schande!

PABLO Es wird noch dauern –

DIREKTOR *vortretend* Damen und Herren!

TROMPETE Damen und Herren!

DIREKTOR Seien Sie gewiß!

TROMPETE Gewiß!

DIREKTOR Derselbe sein Äußerstes!

TROMPETE Äußerstes!

Trommelwirbel stärker. Stimmenmurmeln. Lachen. Vereinzelte Pfiffe

PABLO Gebt mir Zeit –

ZAUBERER *nah – flüsternd* Du hast Zeit – unendlich viel Zeit – der ganze Turm ist voll von Zeit für dich!

PABLO Laßt mich liegen. Spielt die nächste Nummer!

DIREKTOR *nervös* Damen und Herren!

TROMPETE Damen und Herren!

DIREKTOR Bitte ergebenst um Geduld!

TROMPETE Geduld!

DIREKTOR Unterdessen vorweisen – Phänomen Carlo!

TROMPETE Carlo!

Trommel und Trompete Tusch. Beifallsklatschen. Pfiffe

DIREKTOR In stummem Spiel!

TROMPETE Stummem Spiel!

DIREKTOR Tanzt echte tieferlebte Gefühle!

TROMPETE Gefühle!

DIREKTOR Zunächst – Liebe!

TROMPETE Liebe!

Trommel, Trompete, Xylofon und Gong intonieren eine schwirrende Musik.

ZAUBERER *nah – flüsternd* Siehst du wie er sich windet vor Liebe – wie er die Luft umarmt und von Nelly träumt – wie er sich biegt – wie er das Gesicht verzerrt – wie er verzweifelt sucht nach der Liebe – aber hier gibts keine Liebe – wie ein Wurm am Angelhaken windet er sich – er windet sich wie du – und kommt nicht frei –

Die Musik vertönt.

DIREKTOR Sodann die Furcht!

TROMPETE Furcht!

Die Instrumente setzen wieder ein: schabend, kratzend, knirschend, scheppernd.

ZAUBERER *flüsternd* Siehst du wie er kriecht – wie er hin und her jagt und nach einem Rattenloch sucht – wovor fürchtet er sich denn – wie? – Wovor fürchtet ihr euch denn –

STIMME *ganz frei und offen – weit hallend* Pablo, du bist frei! Du mußt heraus aus dem Seil!

PABLO *stöhnend* Gebt mir noch Zeit!

Die knirschende Musik verklingt.

DIREKTOR Und Abschluß – die Demut!

Die Musik der Instrumente ist winselnd, wehend.

ZAUBERER *flüsternd* Siehst du, wie er den Boden küßt – wie er die Hände ringt – ah – er ist hier ganz zu Hause – er leckt diesen Boden aus Hingabe – sieh ihn dir nur an – ihr beiden – wie ihr hier den Boden küßt – den guten alten Steinboden –

STIMME *wie vorher* Pablo, du mußt raus! Du bist frei!

Die Musik verklingt. Beifallsklatschen. Tusch

Trommel setzt wieder ein.

DIREKTOR Damen und Herren!

TROMPETE Damen und Herren!

DIREKTOR Während Ausbrecher sich zum letzten sammelt!

TROMPETE Sammelt!

DIREKTOR Unser geschätzter Spiegelfechter!

TROMPETE Spiegelfechter!

DIREKTOR Duell mit sich selbst!

TROMPETE Sich selbst!

Beifallsklatschen. Trommel stärker

DIREKTOR Beachten Sie!

TROMPETE Beachten Sie!

DIREKTOR Neu einstudierte Ausfälle!

TROMPETE Ausfälle!

DIREKTOR Parierungen!

TROMPETE Parierungen!

Während die Trommel rollt, das Geräusch von heftig aneinanderfahrenden Klingen.

ZAUBERER *hastig, wie ein Ansager – mit der Trommel und den Klingen hinter sich* Unaufhörlich geht der Kampf des Ausbrechers weiter, er ist noch dicht vom Seil umwickelt, seine Haut ist zerschunden, man sieht seinem Gesicht die unmenschliche Anstrengung an, noch gibt er nicht auf, noch drängt er gegen die Fesseln an. Voller Unruhe fragen wir uns, wie lange er dies noch ertragen kann, die Adern auf seiner Stirn sind zum Bersten geschwollen, er ist in Schweiß gebadet, sein Herz schlägt rasend –

Ein paar peitschende Klingenschläge. Tusch. Beifallsklatschen.

DIREKTOR *gehetzt vor* Damen und Herren!

TROMPETE Damen und Herren!

ZAUBERER *im Hintergrund weitermurmelnd* Es ist ein einzigartiger spannender –

DIREKTOR Nach dem Sieg des Spiegelfechters über sich selbst –

ZAUBERER *im Hintergrund* Mächte haben ihn gebunden, von deren Stärke er nichts geahnt hatte –

DIREKTOR In Erwartung des Entfesselungsaktes –

Plötzlich bricht ein Wirbel von Karussellmusik, Fanfaren, singenden Stimmen, Glocken, Klingeln, Autohupen, Motorendröhnen in den Raum.

VERWALTERIN *schreit* Das Tor – das Tor geht auf!

ZAUBERER Das Tor –

PABLO Die Welt draußen –

DIREKTOR Wer hat das Tor aufgemacht?

STIMME *aus dem Lautschwall von draußen* Du bist frei, Pablo!
VERWALTERIN Carlo! – Er läuft raus! – Carlo!
PABLO Carlo ist frei –
DIREKTOR Carlo!
VERWALTERIN Carlo ist hinaus!
DIREKTOR Haltet ihn doch!
PABLO Einer bricht sich immer aus –
ZAUBERER Einer kommt immer wieder zurück –
STIMME *weit hallend aus dem Tönen* Du bist frei, Pablo!

Das Tor fällt dröhnend zu. Stille. Dann setzt die Trommel mit einem neuen Wirbel ein.

DIREKTOR *ermattet* Damen und Herren!

Trompete bläst einförmigen Ton.

ZAUBERER *mit seiner Ansage fortsetzend* Er spannt sich zur letzten, allerletzten Anstrengung, Blutstropfen sickern ihm schon –

DIREKTOR *atemlos* Gehen wir nunmehr zur nächsten Nummer über –

Trompete bläst einen langgezogenen Ton.

ZAUBERER *während des Trompetentons* – scheint jetzt aber das Nutzlose seiner Bemühungen eingesehen zu haben –

DIREKTOR *mit Gewalt, kann die Worte kaum vorbringen* Die Dompteuse in ihrer Dressurnummer!

Die Trompete stößt einförmige, langgezogene Töne aus.

Der Zauberer murmelt unverständlich weiter.

Die Trompete ruft wie ein Notsignal, ertrinkt, arbeitet sich wieder vor. Die Peitsche der Dompteuse: »Hopp! Mach schon! Auf die Beine! Zeig was du kannst!« knallt. Stimmen surren. Anfeuernde Rufe. Dann wieder alles in einer Woge ertrinkend. Beifallsrauschen.

PABLO *ganz nah – flüsternd* Die Landungsbrücke – der Strand – das Meer – ich bin draußen – ich bin im Freien – ich überwinde den Turm – ich überwinde ihn –

ZAUBERER *seine Stimme arbeitet sich aus dem Dröhnen heraus – er spricht jetzt hackend, suchend, unsicher* Zu unserm Erstaunen sehen wir, daß er sich aufrichtet, das muß der letzte Lebensreflex sein, gleich wird er zusammenbrechen, nein, das geht nicht mit rechten Dingen zu –

Seine Stimme wird undeutlich. Das Sausen steigert sich. Die Peitsche knallt.

PABLO Die Peitsche trifft mich nicht – nichts mehr hier kann mich anrühren – alles ist Vergangenheit – ich bin frei –

ZAUBERER *mit letzter Kraft* Der Strick über seiner Brust lockert sich – seine Arme schieben sich aus den Fesseln hervor – und jetzt –

Das Sausen steigt an. Stimmengewirr. Ticken der Uhr. Trommeldröhnen.

DIREKTOR *ertrinkend* Die Traditionen des Turms –

ZWERG *ertrinkend* taradition taradition –

VERWALTERIN *ertrinkend* Pablo – Carlo – Nelly –

ZAUBERER *ertrinkend* Jetzt erhebt er sich –

PABLO Der Turm – wo ist der Turm –

Noch einmal schwillt das große Dröhnen an. Dann Stille.

STIMME *ganz langsam, sachlich, kühl* Der Strick hängt von ihm herab wie ein Nabelstrang –

Die Versicherung

Ein Drama

Personen

Alfons, *der Polizeipräsident*
Erna, *seine Frau*
Drei Kinder
Pluto, *der Hund (dargestellt von einem Schauspieler)*
Frau Burian
Doktor Kübel
Hulda
Versicherungsdirektor I
Versicherungsdirektor II
Direktor des Casinos
Zahlreiche Gäste
Drei Krankenwärter
Drei Ziegen *(dargestellt von Schauspielern)*
Leo
Josefine
Ein Mann
Eine Frau
Grudek
Zwei Schaffner
Der Alte
Der Bucklige
Der Diener
Der Friseur
Zwei Polizisten
Wachthabender Kommissar
Das Mädchen
Näherinnen
Passanten

I

Zahlreiche Gäste in Abendtoilette. Kleidung und Schminkung jedoch mit übertriebenen Akzenten. Eine Dame kann knallrote Backen haben oder einen herzförmigen Mund, eine grüne oder violette Perücke, eine riesenhafte Schleife am Kleid, oder überdimensionale Schmuckstücke. Die Herren im Frack können eine zu kurze oder zu lange Jacke tragen, eine herabhängende sackartige Hose, ein gesprenkeltes Taschentuch kann aus einer Tasche hängen, die Kragen oder Rosetten können auswachsen, oder eine buschige rote Perücke kann vorkommen.
An der Wand die große Projektion eines Farbfotos in einem Goldrahmen. Es stellt Alfons, den Polizeipräsidenten, dar, lachend. In den Ecken Tisch- und Stuhlbeine, Stuhlsitze und die zusammenschiebbaren Hälften der Tischplatte.
Eine breite, offene Mitteltür. Auf dem Fußboden Pluto, der Hund. Alfons steht in der Mitte der Bühne, vor der Türöffnung. Er zwirbelt seinen kleinen schwarzen Schnurrbart. Sein Haar ist schwarz und pomadisiert. Er trägt Frack und Ordensband. Rechts und links hinter ihm stehen zwei hünenhafte Polizisten in Postenstellung. Rechts vorn ist Erna mit dem Herrichten ihrer Frisur beschäftigt. Hulda, in einem kurzen schwarzen Servierkleid, ist ihr behilflich, reicht ihr Spangen und Haarnadeln, die Erna in ihr Haar oder in den Mund steckt.
Von links treten nacheinander die Gäste auf und verneigen sich vor Alfons. Die Begrüßung spielt sich zeremoniell ab, unter variierenden Floskeln. Manchmal nickt Alfons dem Ankommenden nur einen gnädigen Gruß zu, manchmal würdigt er ihn mit einer Phrase, in der Art von »Mein lieber Herr Versicherungsdirektor«.
Die empfangenen Gäste stehen in pantomimischer Konversation umeinander herum.
Doktor Kübel erscheint, begleitet von seinem Gehilfen Grudek, der eine Chauffeuruniform trägt. Grudek nimmt seinem Herrn das Cape und den Zylinder ab und verschwindet damit.

ERNA *tänzelt und summt vor sich hin. Die Spangen und Nadeln im Mund behindern sie beim Sprechen. Sie kratzt sich die Kopfhaut mit einer Nadel.* Läusegekräusel, Wanzentanzen, es juckt, es juckt, ich kratze, ich kratze. Was steht ihr da rum und glotzt. Tut was, tut was. Glaubt ihr, Tisch und Stühle fliegen nur so vor euch hin. Da an der Wand. Brischtett, Bischteine, Suhrstitze, Buhlsteine. Seid ihr denn blind, da an der Wand, mehmts in die Hand, bellt die Steine auf, dreht das Brett lauf. Das juckt, das juckt. *Sie tanzt, dreht sich, wiegt sich, schwankend in ihrer Leibesfülle. Fingert an ihrer hoch aufgetürmten Frisur. Einer der Herren hat ein paar Stuhlbeine ergriffen und läßt sie hinter ihr zum Tanztakt aneinanderschlagen.*

Im Gekräusel krabbeln Läuse, im Gehäuse säuseln Läuse, an den Wänden tanzen Wanzen, in den Schatten nagen Ratten, hu hu, es juckt, es juckt, ich kratze.

Die Gäste laufen hin und her mit den Tischbeinen, den Stuhlbeinen, den Stuhlsitzen, der Tischplatte. Sie stecken Stuhlbeine in Stuhlsitze, stellen Stühle auf, rücken Stühle umher, setzen sich zur Probe, fallen mit den Stühlen um, liegen strampelnd am Boden, schrauben die Tischbeine an die Tischplatte, dicke, spiralförmig gedrechselte Tischbeine, an denen sie sich abschleppen, unter denen sie zusammenbrechen. Liegen in einem Durcheinander unter der emporgehaltenen Tischplatte, schieben und drehen an den Beinen. Nachdem Erna ihre Frisur vollendet hat, geht Hulda durch die Tür ab.

Alfons steht still in der Mitte der Bühne, zwirbelt seinen schwarzen Schnurrbart. Blickt schweigend um sich.

FRAU BURIAN *unter zwei schwitzenden, schraubenden, ineinander verhakten Herren liegend, zwischen ihren Knien eins der Tischbeine stützend, bläst sich in den Brustausschnitt ihres Kleides, langt nach ihrer Handtasche auf dem Fußboden, nimmt Puderdose, Parfümflasche heraus, pudert sich Stirn und Nase, betupft sich Ohren und Hals.*

HULDA *erscheint in der Türöffnung, mit einer großen Silberschüssel, in der eine gebratene Gans liegt.*

ERNA *steckt die letzten Nadeln ins Haar. Tänzelnd* Viel zu früh, Hulda. Hab ich Ihnen nicht gesagt, Sie solln nicht kommen eh ich Sie rufe. Jetzt wird die Gans ganz kalt.

Ihr Tanzbegleiter mit den Stuhlbeinen wiederholt einige Male, Gans ganz kalt, Gans ganz kalt, *und schlägt den Takt dazu.*

HULDA *setzt wütend die Schüssel auf den Fußboden. Geht mit heftiger Drehung ab.*

ERNA Dieses Pack. Nie kann sie die Zeit einhalten. Gesindel.

Tänzelnd scheucht sie Pluto, der die Gans gewittert hat, mit dem Fuß von der Schüssel weg. Immer wieder macht sich Pluto heran. Sie setzt ihm den Schuh auf die Nase, schiebt ihn zurück.

Die Gäste haben die Stühle im Kreis aufgestellt, liegen in der Mitte in einem zappelnden, ineinander verschlungenen Haufen unter der Tischplatte, befestigen die Beine und Querleisten. Nackte Arme mit Schmuckstücken ragen heraus. Frau Burian schreit auf. Jemand ist ihr auf den Bauch gestiegen. Die beiden Versicherungsdirektoren kriechen hervor, beugen sich über sie, bitten zeremoniell um Verzeihung, strecken die Hände herab, bekommen einander an der Hand zu fassen, suchen wieder nach Frau Burians Hand, stoßen auf andere Hände.

ALFONS *betrachtet den Betrieb mit schiefem Lächeln, am Bärtchen zwirbelnd.*

ERNA Das reicht, das ist genug, der steht, der steht.

Die Damen und Herren kriechen hervor. Die Tischbeine schief, die Querleisten unsymmetrisch. Ein paar Damen sind hängen geblieben, werden unter Gestöhn und Gekreisch herausgezogen. Man streicht sich die Kleider zurecht, ordnet die zerzausten Frisuren.

ALFONS *tritt an den Tisch, rüttelt daran, klopft auf die Tischplatte.* Der taugt, der steht fest. Also, liebe Freunde, setzen wir uns.

Alle strecken ein Bein hinter sich aus, ziehen einen Stuhl heran, und wenn sie keinen Stuhl finden, laufen sie suchend herum, manche bekommen einen Stuhl zu fassen, den ein anderer schon erobert hat, zeternd ziehen sie am Stuhl, balgen sich, streiten sich, entreißen sich den Stuhl, und wer sich nicht festsetzt auf einem Stuhl, muß sich einen andern Stuhl suchen, und auch der kann ihm noch unterm Hintern weggerissen werden.

ERNA *hebt die Silberschale mit der Gans auf und stellt sie auf den Tisch. Pluto ihr nach, drängt sich zwischen den Sitzenden hindurch, legt die Pfoten auf den Tisch.*

Durch die Türöffnung kommen drei Kinder, eins auf einem Fahrrad, die beiden andern auf Rollern. Sie sind in Nachthemden gekleidet. Schreiend, Autohupen und Ambulanzsirenen nachahmend, jagen sie um den Tisch.

ERNA Raus mit euch, raus in die Betten.

Die Kinder lassen sich nicht stören.

FRAU BURIAN Die tun nur so als hörten sie nichts.

Pluto sitzt neben ihr, auf der Ecke ihres Stuhls. Die Zunge hängt ihm aus dem Maul. Sie legt den Arm um seine Schulter, schmiegt ihr Gesicht an seinen Kopf.

Klingelnd und johlend sausen die Kinder weiter.

ERNA Wollt ihr augenblicklich machen, daß ihr rauskommt, ich schlag euch sonst kurz und klein.

Die Kinder schreiend und pfeifend hinaus.

EINZELNE GÄSTE Gott, sind die süß in ihren Hemdchen.

Die rosa Schleifen stehen ihnen wirklich gut.

Die sind aber gewachsen seit dem letzten Mal.

Prächtige Ärmchen und Füßchen haben sie.

Blühend sehn sie aus.

ERNA Sie hatten grade Scharlach und Pocken und Mumms-Mumms, und Kolik und Kaputt und Karbol und Karfunkel, das Kleinste hat vor Fieber nur so gekocht, und Nasenfäule hatten sie und Ohrenfäule und Höhensonne und Maul- und Klauenseuche.

DOKTOR KÜBEL Weil wir grade von Krankheiten sprechen, ihr könnt ja nachher alle mit in die Klinik herüberkommen, da werde ich euch mal abhorchen.

ALFONS *klopft auf den Tisch und erhebt sich.* Meine lieben Freunde, weshalb ich euch heute eingeladen habe, das ist vonwegen der Versicherung.

VERSICHERUNGSDIREKTOR I *ein langer, magerer Mann, mit lederartig gegerbtem Gesicht* Bravo.

ALFONS Wie ihr alle wißt, will ich eine Versicherung eingehen. Zwecks dieses Zweckes habe ich die beiden Direktoren der Versicherungsgesellschaft gebeten, sich hierherzubegeben. *Zeigt auf die genannten Herren, die aufstehen und sich verbeugen.* In der ständig anwachsenden Unsicherheit, die bei Schritt und Tritt ringsum anwächst, will ich jetzt nicht länger zögern –

VERSICHERUNGSDIREKTOR II *klein und rund, mit Vollbart und einer großen Hornbrille* Bravo

ALFONS Seit langem habe ich mich mit diesem Gedanken befaßt, und jetzt, in einer Lage, in der wir in der Früh nicht wissen, was der Abend mit sich bringt, und in der der morgige Tag in Schleiern liegt, unter denen sich Katastrophen und Revolutionen verbergen, will ich den Gedanken in die Tat umsetzen, meiner Verantwortung als Vater, Gatte, Hausbesitzer und Bürger bewußt, will ich den Gedanken mit dem Entschluß krönen –

EINZELNE GÄSTE *beifällig murmelnd* Sehr richtig. Vortrefflich. Außerordentlich klug gehandelt. Man kann nie wissen.

VERSICHERUNGSDIREKTOR I *erhebt sich.* Es ist uns eine ganz besondere Freude, den Herrn Polizeipräsidenten bedienen zu dürfen. Ein Mann in solch ausgesetzter Stellung wie der Herr Polizeipräsident ist in einem ganz besonderen Grad –

VERSICHERUNGSDIREKTOR II *unterbricht ihn, zieht ihn auf den Stuhl herab und erhebt sich selbst.* Es ist uns sicher eine ganz besondere Ehre, versichern zu dürfen, daß wir mit unseren Versicherungen die Sicherheit des Herrn Polizeipräsidenten sichern werden. Ich bin sicher, daß die Versicherungen dazu beitragen werden, das sicherlich noch lange währende Leben des Herrn Polizeipräsidenten ersichtlich zu erleichtern.

Die Gäste klatschen in die Hände. Der bärtige Versicherungsdirektor setzt sich, streicht sich durch den Bart, rückt die Brille zurecht und beugt sich schnuppernd über die Gans. Andere Gäste folgen seinem Beispiel. Draußen hinter der Türöffnung flitzen die Kinder auf Rad und Rollern vorbei.

ALFONS *zieht ein großes Taschenmesser hervor und läßt es zwischen den erschreckt zurückfahrenden Gesichtern der Gäste aufklappen. Mit schnellen geschickten Bewegungen zerschneidet er den Braten.* Also langt zu, liebe Freunde, laßts euch schmecken.

In einer Pantomime von ineinandergreifenden Bewegungen stoßen die Arme der Gäste vor, greifen Hände in die Fleischstücke hinein, heben sich, ziehen sich zurück, Hände mit Ringen, die kleinen Finger fein gekrümmt, Handgelenke mit Goldreifen und klimpernden Ketten, und zwei Hände ergreifen manchmal das gleiche Fleischstück, zerren daran, lassen es fahren, einigen sich, unter Höflichkeitsbezeugungen, bis alle ein Fleischstück erhalten haben, an dem sie saugen und nagen. Auch Pluto bekommt ein Stück aus Frau Burians Hand. Schmatzend liegt der Hund über dem Tisch, das Fleischstück in den Pfoten, die Augen wollüstig geschlossen, mit den Zähnen den Knochen zermalmend.

Wieder kommen die Kinder hereingesaust, beschreiben schreiend und klappernd eine Runde um den Tisch, schräg in der Kurve liegend. An der Tür stürzt der Radler, die Roller fahren in ihn hinein, alle liegen in einem zappelnden Haufen.

ERNA *springt auf.* Hab ichs nicht gewußt. So muß das immer enden. Läusepack, Rattenpack.

Alle springen auf. Nur Frau Burian, Pluto und Alfons bleiben sitzen. Die Gäste, noch an Bratenstücken nagend, befingern die Kinder und richten sie auf. Einige benutzen die Gelegenheit, sich die Hände an den Nachthemden abzuwischen. Schläfrig und gähnend sitzen die Kinder da. Man nimmt sie in den Arm und trägt sie hinaus. Erna und die Gäste verschwinden mit den Kindern hinter der Tür, wo man sie schäkern hört.

EINZELNE GÄSTE Ach die kleinen Lieblinge.
Wie habt ihrs schön hier.
Willst du noch aufs Töpfchen.
Jetzt aber schnell ins Bettchen.

ALFONS *zieht Papiere aus der Brusttasche, breitet sie vor sich aus, macht ein paar Notizen, legt eine Hand vor die Augen und beginnt, stoßweise zu schluchzen.*

FRAU BURIAN *zu Pluto* Komm, Küßchen pflücken.
Sie nimmt ein Fleischstück in den Mund und hält es Pluto hin. Sie nagen sich aneinander heran, bis Pluto Frau Burian in den Mund beißt. Röchelnd greift sie sich an den Hals und fällt mit den Anzeichen des Erstickens vom Stuhl. Sie windet sich unterm Tisch. Pluto kriecht auf den Tisch hinauf und verzehrt die Reste der Mahlzeit.

ALFONS *sitzt schluchzend über den Papieren. Er legt sein Gesicht in die Arme. Seine Schultern beben.*
Draußen hinter der Tür geht das Schäkern weiter.

EINZELNE GÄSTE Gott, wie goldig sie in ihren Bettchen sind.
Die Süßen.
Und jetzt betet schön.
Faltet die kleinen Händchen.
In das Gebet, das von Erna geleitet wird, fallen die Gäste ein.

ERNA UND EINZELNE GÄSTE Klein und fein – klein und fein –
Im Bett allein – im Bett allein –
Herze rein – Herze rein –
du allein – du allein –
Augen mein – Augen mein –
Glücklich sein – glücklich sein –
schlafe ein – schlafe ein –
Friede dein – Friede dein –
Stille sein – Stille sein –
Amen – Amen –

Während des Gebets greift Frau Burians Hand hilfesuchend an Alfons' Bein. Alfons richtet das Gesicht auf. Schluchzt, wischt sich die Augen. Er stößt Frau Burians Hand mit dem Fuß weg. Die Hand kommt wieder. Er tritt mit dem Fuß aus, stampft auf die Hand, zertritt sie.

ALFONS Wieder so eine Ratte. Man kann nie genug Fallen aufstellen.

FRAU BURIAN *wimmert halb erstickt und hält sich die blutige Hand.*

ALFONS Hab ich sie erwischt.

Erna und die Gäste kommen zurück. Sie betrachten Frau Burian, die röchelnd und krampfhaft zuckend zu Alfons' Füßen liegt. Auf dem Tisch schläft Pluto, der alles aufgefressen hat, schnarchend in der Silberschale.

VERSICHERUNGSDIREKTOR II Wahrscheinlich eine berechtigte Bestrafung für ein Vergehen.

VERSICHERUNGSDIREKTOR I Sicher hat er allen Grund gehabt, ihr eine Strafe zu verabfolgen.

Die Gäste rühren Frau Burian an, drehen sie herum, befühlen sie.

ERNA War sie wieder aufdringlich.

ALFONS Wer.

ERNA Sie, die Burian.

ALFONS *blickt sich suchend um.* Die Burian – wo ist denn die Burian.

ERNA Da liegt sie doch.

ALFONS *beugt sich nieder.* Was ist denn mit der los. Hebt sie doch auf.

Man hebt Frau Burian auf und legt sie auf den Tisch. Ihre Hand ist um den Hals verkrampft. Die andere Hand hängt blutig vom Tisch herab.

DOKTOR KÜBEL *beugt mit Gewalt die Hand von ihrem Hals weg. Frau Burian bäumt sich auf. Er öffnet ihren Mund und blickt hinein. Er schüttelt den Kopf, zieht ein Vergrößerungsglas aus der Tasche, kriecht auf den Tisch, untersucht sie, über ihr kniend.* Sie hat einen Knochen im Hals. Wir müssen sie in die Klinik schaffen. Da könnt ihr ja gleich alle mitkommen.

VERSICHERUNGSDIREKTOR I Und die Versicherung.

ALFONS Die können wir auch drüben abschließen. Gehn wir.

Doktor Kübel steigt vom Tisch. Die Gäste heben Frau Burian auf und tragen sie in hoch emporgestreckten Händen. Schweigend, von Doktor Kübel angeführt, in feierlicher Prozession, verlassen sie den Raum. Am Ende geht Alfons, das Gesicht gesenkt, die Hände in den Taschen.

Nur Erna bleibt zurück. Während die Schritte sich draußen in langsamem schürfenden Takt entfernen, beginnt sie wieder zu tanzen. Sie wirft die Schuhe ab, zieht ihr langes Abendkleid hoch über die Knie empor und wiegt sich summend, zum Takt der Schritte draußen, um die Stühle und den Tisch, auf dem Pluto noch schnarchend in der Bratenschale liegt. Ihr Gesicht ist von einem Lächeln verklärt. Ihre Augen sind halb geschlossen. Sie tanzt schwerfällig und andächtig, wie ein Zirkuselefant. Eine Wandtür öffnet sich knarrend und ein junger Mann, Leo, blickt daraus hervor. Erna starrt den Fremden an. Sie hält mitten in einem Tanzschritt inne, das eine Bein in der Luft, das andere auf den Zehen stehend. Der Fremde legt den Finger auf den Mund und nähert sich ihr. Seine Kleidung ist schäbig und verschmutzt. Er hat rotes borstiges Haar. Er geht in löchrigen grünen Socken. Bleibt vor Erna stehen, den Finger vor dem Mund, den Zeigefinger der andern Hand drohend erhoben. Erna blickt sich nach Pluto um, doch der schläft weiter, im Traum zuckt sein Hinterbein. Eine Weile stehen sie reglos einander gegenüber, bis Erna in ihrer Tanzhaltung ermüdet und sich auf die Fußsohlen niedersinken läßt. Doch ihr Kleid hält sie immer noch emporgezogen. Leo betrachtet ihre nackten weißen Beine. Langsam zieht Erna das Kleid noch höher hinauf, über die spitzenbesetzte Unterwäsche. Sie hebt sich wieder auf die Zehen. Leo geht langsam rückwärts zur Tür hinaus und Erna, auf Zehenspitzen, dreht sich ihm nach. Wie er verschwunden ist, geht auch sie, tänzelnd auf Zehenspitzen, hinaus. Pluto springt vom Tisch und folgt ihr.

II

Die Wandprojektion erlischt. Eine neue Projektion, mit dem Text DOKTOR KÜBELS PRIVATKLINIK. ALLE ARTEN VON HEILVERFAHREN. *Aus einer Bodenluke schießen ein paar weißgekleidete Krankenwärter hervor. Der eine Wärter flitzt am Tisch vorbei und ergreift die Bratenschale, wirft sie dem andern Wärter zu, der jongliert mit ihr und wirft sie einem dritten Wärter zu, der in der Tür erscheint und sie dort auffängt. Wärter 1 hat blitzschnell ein weißes Tuch über den Tisch geworfen, knipst mit den Fingern, worauf sich eine große Operationslampe über den Tisch herabsenkt, knipst noch einmal, und blendend helles Licht geht an, und Wärter* II *und* III *stellen mit größter Geschwindigkeit die Stühle rechts und links zur Reihe auf. Schon sind sie wieder in der Luke verschwunden.*

Die Gäste treten ein, im schlürfenden Gleichschritt, Frau Burian in hocherhobenen Händen tragend. Doktor Kübel führt die Prozession an. Als letzter kommt Alfons, zusammengesunken, die Hände in den Taschen. Doktor Kübel zeigt auf den Tisch. Frau Burian wird dort abgelegt.

DOKTOR KÜBEL *klatscht in die Hände* Assistenten. Operation.

HULDA *tritt ein, in einem weißen Kittel, einen weißen Arztmantel über dem Arm. Sie hilft Kübel in den Mantel.*

Gleichzeitig mit Huldas Eintritt schießen die beiden Krankenwärter wieder aus der Luke hervor.

VERSICHERUNGSDIREKTOR I Außerordentliche Organisation.

DOKTOR KÜBEL *während er sich über die Patientin beugt und gemeinsam mit seinen Mitarbeitern die Pantomime der Festschnallung, der Narkoseninjektion und der chirurgischen Eingriffe ausführt.* Liebe Leute, legt inzwischen eure Kleider ab und hängt sie da über die Stühle, ich werde euch dann alle der Reihe nach untersuchen. Ihr habt es wirklich nötig, das kann ich euch sagen. Ich habs während der Mahlzeit gesehn, meine Lieben. Schlimme Zeichen hab ich entdeckt. Fettsucht und Verkalkung, Blasenleiden, Gallenleiden. Prostata und Hämorrhoiden. Unregelmäßige Herztätigkeit. Pickel und Ausschläge. Aufgeblähte Bäuche, Plattfüße, krumme Rücken, Atemnot, verfaulte Zähne, saures Aufstoßen. Ihr pflegt euch nicht. Ihr müßtet mal richtig ausspannen. Ein bißchen Ferien machen hier bei mir. Ich habe eure trüben Pupillen gesehn, eure zitternden Hände. Ich nehm mir euch gleich alle freundschaftlich vor. Bin gleich fertig. Ist nur ein Kinderspiel, bei meiner Übung.

Die Gäste legen unterdessen Kleider und Schuhe ab. Verlegen und steif stehen die Damen im Korsett, in rosafarbener, violetter und schwarzer Unterwäsche. Die Herren, in Unterhosen, versuchen, stramm zu erscheinen, drücken die Brust heraus, spannen die Armmuskeln, dehnen, strecken sich, ein paar gehen in die Kniebeuge. Nur Alfons bleibt im Frack. Er steht still und zwirbelt seinen Schnurrbart. Während Kübel und seine Gehilfen ihre Manipula-

tionen fortsetzen, finden die Gäste allmählich an ihrem halbbekleideten Zustand Gefallen, die Damen werden kokett, die Herren hahnenhaft. Einige der Damen öffnen ihr Haar, andere pudern und schminken sich, eine beginnt, sich die Zehennägel zu lackieren, eine andere drückt sich Mitesser aus. Ein Herr schneidet und feilt sich die Fingernägel, ein paar andere Herren boxen spielerisch miteinander, ein Draufgänger greift einer Dame um den Leib und fordert sie zu gymnastischen Übungen auf.

DOKTOR KÜBEL *nimmt die unsichtbaren Instrumente entgegen, die Hulda ihm reicht.* Messer. Wir müssen schneiden. Der Knochen sitzt zu tief. Schneide ihr jetzt den Hals auf. So. Da haben wir ihn. So ein Ding. *Er hält den Knochen empor.* Und jetzt – *weitausholende Handbewegung* das ganze zugenäht. So. Und einen schönen Verband herum. So. Und jetzt das Händchen. Werden wir schon zurechtflicken, das zerquetschte Händchen. Schön in Gips legen. Kinder, wenn ihr mich nicht hättet, wo kämt ihr da hin.

ALFONS Meine Herren Versicherungsdirektoren, gehn wir zu unserm Anliegen über.

Die beiden Direktoren suchen gewohnheitsmäßig an ihrer Brust nach Papieren und Füllfederhalter, finden aber nur ihre Unterwäsche. Laufen zu den aufgehängten Kleidungsstücken, kommen mit Papieren, laufen zurück, um das vergessene Schreibwerkzeug zu holen.

ALFONS Zur Sache, meine Herren, zur Sache. Bitte beeilen Sie sich, meine Herren, meine Zeit ist bemessen.

VERSICHERUNGSDIREKTOR I Schon da, Herr Polizeipräsident, schon zu Diensten.

ALFONS Beginnen wir mit der Unfallversicherung. Auf Schritt und Tritt umlagern mich die Gefahren. In der vergangenen Nacht hat man uns ein Loch in die Wand des Schlafzimmers gesprengt.

VERSICHERUNGSDIREKTOR I *liest rappelnd aus einem Dokument vor.* Diese Versicherung, Herr Polizeipräsident, versichert Sie gegen alle Schäden, die Ihnen durch äußere Gewalt zugefügt werden. Sie versichert Anschläge mit explosiven Mitteln wie Sprengladungen, Höllenmaschinen, Handgranaten, Minen, Knallerbsen, sowie mit Gewehrschüssen, Pistolenschüssen, Maschinengewehrschüssen, Pfeilschüssen, geworfenen Speeren, Steinen, Holzstücken und anderen harten Gegenständen. Sie umfaßt Anschläge mit gegrabenen Gruben, herabfallenden Gegenständen, Giften, Messern,

Schlagringen, Knüppeln, Scherben, Seilen, Drähten, Faustschlägen, Anprellungen, Anfahrungen, sowie Versuche der Ermordung mittels Feuer, elektrischem Strom und Ertränkung. Auch Angriffe psychischer Art werden berücksichtigt, wie sie sich im Lauf einer Tortur oder Gefangenschaft ergeben können.

VERSICHERUNGSDIREKTOR II *hat die Rede seines Mitarbeiters mit einer Pantomime begleitet, in der er die genannten Anschlagsformen darstellt.*

ALFONS Schon gut, schon gut. *Er unterschreibt das Papier.*

VERSICHERUNGSDIREKTOR II *von Versicherungsdirektor I pantomimisch assistiert.* Und hier haben wir die Versicherung des Besitzes gegen Brand- und Wasserschäden. Alles geht mal in Rauch und Flammen auf. Die Versicherung ersetzt es Ihnen. Die elektrische Leitung ist schadhaft, sie vergessen das Bügeleisen, den Brotröster, schon verkohlt der Tisch, Glut fällt auf den Boden, die Gardine faßt Feuer, wipps brennt alles lichterloh, die Decke kracht ein, das Dach stürzt zusammen, die Feuerwehr kommt, durchtränkt alles mit Wasser, alles futsch, Sie sind aber versichert, bekommen alles neu wieder.

ALFONS *langt ungeduldig nach dem Papier und unterschreibt es.* Weiter, meine Herren, weiter, weiter.

VERSICHERUNGSDIREKTOR I *von Versicherungsdirektor II pantomimisch assistiert.* Alle Arten von Hausgeräten, Schüsseln, Teller, Gläser, Tassen, Vasen, Porzellanskulpturen, Lampen, Schirmständer, Sie wissen, wie leicht alles angerannt wird, umfällt, fallengelassen wird, zerspringt, zerbricht, in Stücke geht, und geleimt ist nicht mehr neu, nur versichern hat Wert, da kann es neu angeschafft werden, wieder kaputt gehen, wieder neu angeschafft werden, Teppiche vom Hund zerbissen, Kleider von den Kindern zerrissen, Gardinen von der Sonne verschlissen, Tapeten von Fliegen beschissen –

ALFONS Ja, ja, geben Sie her.

VERSICHERUNGSDIREKTOR I *salbadert weiter, während Alfons unterschreibt.* Bibliotheksbücher verschwinden, Hüte, Spazierstöcke werden vergessen, man verliert die Hose, den Rock, man läßt das Gebiß im Restaurant liegen, der Ehering, die goldene Armbanduhr fällt einem ins Klosett, die Fensterscheiben zerkrachen, alles geht in Fetzen, alles wirbelt durcheinander, man weiß nicht, wo man den Kopf hat –

VERSICHERUNGSDIREKTOR II *fällt ein.* Und hier gegen Ungeziefer, gegen Seuchen, für alles gesorgt, alles in besten Händen, alles in bester Ordnung, morgen scheint die Sonne, auch für Sie, auch für Sie, die Versicherung beschützt Sie, bewacht Sie, Ihr Helfer in der Stunde der Not –

ALFONS *streckt die Hand aus, unterschreibt das Papier.* Ja, ja, ja, ja. *Er wird wieder von einem Anfall des Schluchzens geschüttelt.* Und damit ist wohl alles erledigt?

VERSICHERUNGSDIREKTOR I Nein, nein, noch mehr, noch viel mehr.

ALFONS *mit tränenerstickter Stimme* Das genügt mir für heute. Ich danke Ihnen, meine Herren. *Laut, mit berstender Stimme* Ich danke euch, liebe Freunde, daß Ihr mir die Freude gemacht habt, der feierlichen Stunde beizuwohnen.

Die Gäste nehmen jedoch keine Notiz von ihm, da Kübel, nach dem Abschluß der Operation, sie zu sich an den Tisch gerufen hat und dort befühlt und beklopft.

ALFONS *entfernt sich schluchzend. Stammelnd* Habt Dank, habt Dank, ich rechne es euch hoch an. Ich danke euch, ich danke euch.

VERSICHERUNGSDIREKTOR I & II *rufen ihm nach* Noch die gewöhnlichen, alltäglichen Unfälle. Auf der Straße. Auf dem Arbeitsplatz. Auf Ausflügen im Wald. Im Gebirge. Auf dem See. Gewitter. Blitzschläge. Überschwemmungen. Orkane. Invasionen. Kosmische Stürme. Weltraumexplosionen –

Während der letzten Worte der Versicherungsdirektoren schwellen die Geräusche eines Unwetters an und werden immer gewaltsamer.

Alfons steigt in die Bodenluke hinab und verschwindet. Im Dröhnen des Sturms tritt völlige Dunkelheit ein.

Vorhang, der so weit zurückliegt, daß davor Raum für die folgende Szene bleibt.

III

Eine beleuchtete Leiter, auf der Alfons herabklettert. Die Bühne dunkel. Eine ungeheure Entladung von Geräuschen, durchknallt von elektrischen Schlägen. Ein Pfeifen und Heulen, ein Sturmwind. Alfons klettert wie durch einen zähen Widerstand. Er weint und zittert, die Zähne schlagen ihm aufeinander. Langsam, mit äußerster Anstrengung, drängt er sich hinab, verliert manchmal den Halt, hängt an den Händen, rudert mit den Beinen, bis er endlich, im Tosen und Krachen, den Boden erreicht. Wieder völlige Dunkelheit. Der Orkan läßt nach, wird zu einem einförmigen Sausen.

IV

Das Licht flammt gesteigert auf. Alfons und die Leiter verschwunden. Kübel, Hulda und die Krankenpfleger tragen große schwarze Brillen und unförmliche weiße Pantoffeln. Frau Burian liegt nicht mehr auf dem Tisch. Die Kleidungsstücke hängen nicht mehr über den Stühlen. Die Gäste springen und hüpfen geängstigt umher, als erhielten sie elektrische Stöße aus dem Boden. Manche drängen sich aneinander, andere erklettern schreiend die Stühle. Kübel und seine Assistenten flitzen mit den Bewegungen von Schlittschuhläufern zwischen den Gästen herum, reißen hier und da jemandem die Arme hoch, pressen ihn auf einen Stuhl nieder, reißen ihm den Mund auf, legen das Ohr auf seine Brust, seinen Rücken, beklopfen ihm das Knie, legen ihn auf den Boden, heben ihm die Beine, halten ihn am Haar und lassen ihn vor sich rotieren, alles blitzschnell, von einem zum andern rutschend. Dazu das Sausen, durchkracht von elektrischen Schlägen.

DOKTOR KÜBEL Stellt euch nicht so an, zappelt doch nicht so, bibbert doch nicht so, kreischt doch nicht so, haltet das Maul, es geschieht alles zu euerm Besten, die Elektrizität lockert euch, wir werden sie gleich noch steigern, Schnauze halten, dies ist der beste Weg zur Heilung. Hulda, noch ein paar Grade.
Hulda beschreibt eine Hebelbewegung an der Wand. Das Summen wächst an, die elektrischen Entladungen werden heftiger.

EINZELNE GÄSTE *unter Schreien und Luftsprüngen* Wir wollen nach Hause. Genug, genug. Wir wollen weg. Wo sind unsere Kleider. Wo ist mein Frack hin. Das geht zu weit. Ich laß mir sowas nicht bieten. Hilfe, Hilfe. Stellen Sie das ab.

DOKTOR KÜBEL *umhergleitend, die Hände auf dem Rücken. Die Worte so aussprechend, daß sie oft direkt ans Publikum gerichtet sind.* Ihr seid in einem solchen Zustand, daß ich euch nicht herauslassen kann. Ich kanns nicht verantworten. Krüppel. Wracks. Was ihr braucht ist vor allem Pflege. Gründliche Pflege. Zuerst mal zurechtgeschüttelt, zurechtgerüttelt. Dreckhaufen. Mistbande. Wie seht ihr denn aus. Seht euch doch mal an. Ist sowas noch menschlich. Paßt auf, daß ich euch nicht mit meinen Vivisektionstieren verwechsle, Hulda, holen Sie die Viecher mal rauf.

Hulda drückt auf einen unsichtbaren Wandknopf. Die Bodenluke öffnet sich und drei Ziegen springen hervor, rasen zwischen den Gästen umher, stoßen sie mit den Hörnern. Eine Ziege kriecht einer Frau zwischen die Beine und läßt sie rücklings auf sich reiten. Eine andere Ziege schleckt einem Mann, der auf eine Stuhllehne gekrochen ist, die nackten Füße.

DER MANN AUF DER STUHLLEHNE Weg, nehmen Sie das weg, was fällt Ihnen ein, kennen Sie mich denn nicht. Ich bin der Direktor der Bank. Der Spielbank. Des Casinos. Aufhören, aufhören, sage ich. *Er bricht in gellendes Gelächter aus.* Aufhören, aufhören.

DOKTOR KÜBEL Seht euch den an. Der ist hin. Mit dem ist nichts mehr zu machen. Der ist reif für den Käfig. Runter mit ihm.

Die beiden Krankenwärter ergreifen ihn und lassen ihn in der Bodenluke verschwinden.

DOKTOR KÜBEL Will noch jemand runter? Meldet euch nur an. Es gibt Futter für jeden.

EINZELNE GÄSTE *jammernd* Bitte lieber Doktor, lassen Sie mich raus. Ich muß nach Haus zu den Kindern. Meine Katze muß Milch haben. Ich muß die Blumen gießen. Ich muß mein Auto waschen. Ich hab eine wichtige Besprechung. Ich erwarte ein Telephongespräch. Ich will weg, ich will weg.

VERSICHERUNGSDIREKTOR I Und unsere Dokumente, die Dokumente, die der Herr Polizeipräsident unterschrieben hat, wo sind unsere Dokumente?

VERSICHERUNGSDIREKTOR II Geben Sie uns augenblicklich unsere Kleider zurück.

DOKTOR KÜBEL Was nehmen Sie sich für einen Ton heraus. Hier bestimme ich. Meine Verantwortung als Arzt. Ihr braucht Ruhe. Pflege.

Schreie und Rufe des Protests.

Fresse halten. Wenn ihr nicht still seid, geb ich euch noch ein paar Grade.

Schreien und bittende Rufe.

Ihr bleibt heut nacht hier. Schwester Hulda und die Pfleger werden sich eurer annehmen. Die Betten stehen bereit. Kinder, seid doch froh, daß ihr mal ausspannen könnt. Ich muß jetzt weg. Morgen sehn wir uns wieder. Genießt jetzt die Ruhe. Schlaft schön. Ihr könnts gar nicht besser haben. Dankbar solltet ihr mir sein. *Gleitet zur Luke und verschwindet.*

Hulda vollzieht wieder eine Hebelbewegung an der Wand. Im Dröhnen und Krachen jagen die Gäste umher und werden von Hulda und den Ziegen hinausgetrieben. Die Pfleger, wieder drei an der Zahl, tragen blitzschnell Stühle und Tisch hinaus, einer knipst mit den Fingern und die Lampe erlöscht und wird hinaufgezogen. Das Licht zu einem fahlen Violett.

V

In einem Sturmwind, im violetten Lichtschimmer, überquert Kübel, jetzt ohne Pantoffeln und Brille, die leere Bühne. Langsam, vorgebeugt kämpft er gegen den Wind an.

DOKTOR KÜBEL *heulend* Huh huh, was ist denn das – was wollt ihr denn – was soll denn das – *Zuweilen schlägt er weit mit einem Arm, einem Bein aus, als würde daran gezogen. Er macht Luftsprünge wie ein Hampelmann, drängt sich, seitwärts vorgelehnt, gegen den Widerstand des Windes an. Seine Arme, seine Beine werden zurückgerissen, er kriecht auf allen Vieren, laut weinend.* Sei doch vernünftig – was ist denn los – nimm dich doch zusammen. *Er richtet sich wieder auf, kämpft sich weiter vor. Es wird völlig dunkel. Durch das Blasen des Windes ruft er* Was ist denn das, was ist denn das – bin doch auf dem Heimweg – das kann doch nicht sein – was ist denn das – was ist denn das – *Seine Stimme versiegt. Der Wind läßt nach.*

VI

Die Bühne wieder hell. In der Mitte ein Küchenherd, aus dem es raucht. Rechts ein Bett, voll von Geschirr. Links eine Badewanne. Ein offenes Fenster. Josefine am Herd. Kübel tritt vorgebeugt, noch mit den Armen fechtend, von der Seite herein.

JOSEFINE Kommst du aber spät.

DOKTOR KÜBEL Ich hatte heute so viel Untersuchungen.

JOSEFINE Ich hab so lange auf dich gewartet. Ich hab dir das Essen warmgehalten.

DOKTOR KÜBEL Hab dir doch gesagt, daß ich heut auswärts esse.

JOSEFINE Bist doch immer hungrig, wenn du nach Hause kommst.

DOKTOR KÜBEL *schnuppert* Was hast du denn gekocht.

JOSEFINE Tut mir leid, aber es ist angebrannt. Das ist weil du immer zu spät kommst. Ich kanns nicht helfen. Wollts dir nur warm halten. Kalt schmeckts doch nicht. Dein Lieblingsgericht – heißer Pudding.

DOKTOR KÜBEL Na ja, macht ja nichts, vielleicht kann mans doch essen, selbst wenns ein bißchen angebrannt ist.

JOSEFINE *eifrig zum Herd.* Werd gleich mal nachsehn. *Öffnet den Herd, eine Wolke von Rauch heraus.*

Doktor Kübel legt mit Bewegungen, in denen sich noch die Nachwirkungen des Kampfes gegen den Sturmwind zeigen, den weißen Mantel ab. Hält sich den einen Arm fest, der zur Seite auffliegen will. Dann das eine Bein.

JOSEFINE *Nimmt einen schwarzgebrannten Pudding aus dem Ofen und trägt ihn zum Bett, wo sie ihn zwischen den Tellern und Gläsern abstellt.* Also komm.

DOKTOR KÜBEL *stapft müde und klapprig zum Bett.* Daß du immer alles aufs Bett stellen mußt.

JOSEFINE Wohin soll ichs denn sonst stellen.

DOKTOR KÜBEL Dieses verdreckte Geschirr. Gibs doch in die Badewanne.

JOSEFINE Da liegt Leo.

DOKTOR KÜBEL *blickt zur Wanne. Leos Kopf, mit struppigem rotem Haar, taucht auf. Er drückt einen großen Schwamm über sich aus, taucht wieder unter.* Der hat Zeit zu baden. Unsereiner muß sich abrackern. Na ja. *Er schiebt das Geschirr zur Seite und setzt sich aufs Bett.*

JOSEFINE *nimmt ein paar Löffel aus dem Geschirrhaufen. Einen reicht sie Kübel. Mit dem andern beginnt sie, vom Pudding zu essen. Sie sieht ihn aufmunternd an.* Na.

DOKTOR KÜBEL *kostet vom Pudding, schneidet eine Grimasse, spuckt aus.* Pfui Teufel, was hast du denn da dran, das schmeckt ja widerlich.

JOSEFINE *schmeckt* Nein, so schlecht ist der doch nicht – im Gegenteil – sogar ganz gut – sehr gut – aber du bist ja so verwöhnt –

dir paßt mein Essen nicht mehr – du kannst es nicht mehr runterkriegen – mein Fressen – meinen Schweinefraß – du mußt natürlich immer was besseres haben.

Doktor Kübel legt die Jacke seines Abendanzugs ab. Öffnet den Kragen. Betrachtet Josefine angewidert. Dann zündet er sich eine Pfeife an, lehnt sich in die Teller und Gläser zurück.

JOSEFINE *spitzt die Lippen und nähert sich ihm.* Na, Alter, komm mal her. Bist du mein Alter. Ist doch schön, dich zu Hause zu haben. *Sie greift ihn am Ohr, küßt ihn auf die Nase.*

DOKTOR KÜBEL *versetzt ihr einen Faustschlag, so daß sie auf den Pudding fällt. Dann steht er auf und geht zur Badewanne.* Hast du denn nichts anderes zu tun als den ganzen Tag in der Badewanne zu liegen.

Leo streckt den Kopf über die Wanne. Er bewegt die Hände, als bespritze er Kübel.

DOKTOR KÜBEL *weinerlich* Ach laß doch. Du hasts wirklich gut. Na ja, ich möchts auch, wenn ich die Zeit hätte. *Er beginnt zu schluchzen, schlägt die Hände vors Gesicht.*

Leo hebt eine Badebürste und bespritzt ihn.

DOKTOR KÜBEL Ach ja, wenn ihr wüßtet, wie ich mich abschufte. Ich weiß kaum mehr aus und ein. *Er beugt sich zum Fußboden nieder und hebt das Buch auf, das dort liegt.* Ach ja, baden und lesen, den ganzen Tag lang, das wäre was.

Leo taucht unter, kommt wieder hervor und läßt eine Fontäne von Wasser aus dem Mund spritzen.

DOKTOR KÜBEL *weinerlich* Laß das doch.

Leo steigt aus der Wanne. Sein Körper ist mit einem roten Fell bedeckt. Er schüttelt sich, schlägt mit den Armen um sich, prustet. Dann ergreift er ein Handtuch und trocknet sich ab.

DOKTOR KÜBEL *im Buch blätternd* Ja, Künstler hätte man werden sollen. So ein schönes Bild. Wie das gemalt ist – dieses Leibchen – und Strumpfbänder – ganz wirklich. *Er blättert weiter.* Und die hier – ganz so wie – nein sowas – das nenn ich Kunst – es geht doch nichts über richtige Kunst – *blättert weiter* ich muß schon sagen – also die beiden hier – was machen die denn – was machen die denn da – also wirklich – *Leo läßt das Handtuch klatschend durch die Luft fahren. Zielt auf Kübel.*

DOKTOR KÜBEL *bricht wieder in Weinen aus.* Laß mich doch. Laß mich in Frieden. *Zieht sich zurück.*

Leo verfolgt ihn lachend, wirft ihm das Handtuch über den Kopf.

DOKTOR KÜBEL Laß mich doch, laß mich doch.

Leo trommelt sich auf die Brust. Lacht dröhnend.

DOKTOR KÜBEL *vor dem Bett, auf dem Josefine sich aufrichtet* Sitz nicht bloß so da, Mensch, tu was, räum das Zeug weg, oder solln wir hier zwischen den Tellern schlafen. *Er hebt einen Teller hoch, als wollte er ihn wegwerfen.*

JOSEFINE Nein nein, nicht werfen. Mein Teller, mein Erbstück. Ich werde alles wegräumen, alles saubermachen, blitzblank wird alles werden, mit der Zunge werd ich den Boden auflecken.

Doktor Kübel schleudert den Teller weg. Der Teller zerschellt.

JOSEFINE Mein Teller, mein schöner Teller, mein bester Teller. *Doktor Kübel zieht die Hose aus und kriecht unter die Bettdecke. Schiebt Geschirr und Pudding zur Seite. Josefine versucht, das Geschirr zu retten. Teller und Gläser fallen auf den Boden. Sie trägt das Geschirr zum Ofen, rennt hin und her, während Kübel unter der Decke verschwindet.*

JOSEFINE Mein Geschirr, mein schönes Geschirr. *Rennt verzweifelt umher, hebt Gläser und Teller auf, scharrt Scherben zusammen.*

Leo unter wildem Gelächter zum Fenster. Springt aufs Fensterbrett und läßt das Gelächter in ein Bellen übergehen. Hunde antworten draußen. Er lauscht, bellt und jault wieder, und in der Ferne bellen und jaulen Hunde zurück.

Es wird dunkel. Das Bellen wird im Dunkeln fortgesetzt. Heller Vorhang, auf den Reklamefilme projiziert werden.

VII

Während der Veränderungen, die auf der Bühne vorgenommen werden, laufen ein paar kurze Reklamefilme ab, von der gleichen Art, wie sie auch zur Zeit in den Kinos der Stadt laufen. Anpreisungen von Tellern und Gläsern, von Küchenherden, von Kleidungsstücken und Puddingpulvern. Im Hintergrund ist das Bellen noch eine Weile zu hören.

Dann wieder dunkel.

VIII

Im gedämpften bläulichen Licht zeigen sich links die Kulisse eines großen Kohlehaufens, rechts ein Himmelbett. Grudek, halbnackt, kohlegeschwärzt, kommt mit einer Schaufel hinter den Kohlen hervor. Hulda, in einem silberglitzernden, eng anliegenden Ballkleid, kommt eine Leiter herab.

GRUDEK *hält ihr die Schaufel in den Weg.* Hoppla Fräulein, mach schon hopp.

HULDA Lassen Sie mich vorbei. Wie sehn Sie denn wieder aus. *Sie tritt mit dem Fuß nach der Schaufel.*

GRUDEK *lacht* Schön springen, hab ich gesagt.

Hulda springt.

GRUDEK *hält ihr wieder die Schaufel vor.* Nochmal.

HULDA Lassen Sie mich vorbei. Sie machen mich schmutzig.

Grudek lacht und hält die Schaufel vor sie hin.

HULDA *zieht ihr Kleid hoch und steigt über die Schaufel.*

GRUDEK *hebt die Schaufel, läßt sie darauf reiten. Klemmt den Griff der Schaufel zwischen die eigenen Schenkel.* Hoppla hoppla hoppla.

HULDA *will von der Schaufel steigen.*

GRUDEK *packt sie am Fuß, läßt sie auf einem Bein hüpfen.* Ei, bist du schön heut abend.

HULDA *schlägt nach ihm, fällt hin, flieht zum Kohlehaufen, hebt pantomimisch Kohlestücke auf und bewirft Grudek.*

GRUDEK Au, verfluchtes Aas – ich werd dir. *Packt sie, wirft sich über sie.*

HULDA Mein Kleid, mein Kleid, du machst mich ganz schwarz.

GRUDEK Ziehs doch aus, dein Kleid.

HULDA Au, du tust mir weh.

GRUDEK *umarmt sie noch stärker, zieht sie auf den Boden.*

HULDA Laß mich.

GRUDEK *zieht sie hinter den Kohlehaufen.*

HULDA Mein Kleid.

GRUDEK Ziehs aus.

Das Kleid und Huldas Schuhe kommen hinterm Kohlehaufen hervorgeflogen. Ein Geräusch von rieselnden Kohlen. Huldas Schreie, Grudeks Stöhnen. Nebenan ist das Rollen von hölzernen Kugeln zu hören und das Poltern umfallender Kegel. Schwere Schritte.

Neues Rollen. Hulda und Grudek tauchen hinterm Kohlehaufen auf. Huldas Körper und die Reste ihrer Unterwäsche sind von Kohlestaub geschwärzt. Grudeks Gürtel hängt offen.

HULDA *mit den Händen in den Hüften.* Hast du mir zugesetzt. Ich kann mich kaum rühren. Mein Rücken ist wie ab.

GRUDEK *befühlt sie.*

HULDA *schreit auf.*

GRUDEK Ja, das sieht übel aus. Dein Rücken ist ganz durchgewetzt. Warst du aber wild.

HULDA *stöhnend zum Bett, läßt sich dort fallen.*

GRUDEK *streckt sich neben ihr aus, räkelt sich.*

Eine Holzkugel rollt herein. Drei Männer, in der Uniform von Straßenbahnschaffnern, kommen ihr nach, ergreifen die Kugel, schlendern langsam zurück, verlassen jedoch die Bühne nicht, machen Anstalten, sich in der Nähe des Bettes auf den Boden zu setzen und ihre Butterbrote, die sie aus den Taschen packen, zu verzehren. Einer von ihnen, ein Alter, mit langem weißen Bart, beugt sich über Hulda.

DER ALTE Was ist denn mit der los. Was hast du denn angestellt.

GRUDEK Die hat sich wieder mal ordentlich rumgewälzt.

DER ALTE Wie sieht denn dein Rücken aus. *Er betupft ihren Rücken.*

HULDA Au, mein Rücken, au.

DER ALTE *nimmt ein großes Wattebäuschel aus seiner Ledertasche, bespuckt es, betupft damit ihren Rücken.* Laß mich mal.

HULDA Au au, ei ei ei.

Die beiden andern Schaffner haben sich jetzt gesetzt und essen ihre Butterbrote. Der eine öffnet eine Bierflasche.

GRUDEK *schläfrig* Kannst du nicht Kaffee aufsetzen, wenn du Gäste hast. Ich hätte auch einen Durst. So wie du mit mir umgegangen bist.

HULDA *beugt sich stöhnend über die Bettkante und zieht eine Kaffeekanne unterm Bett hervor. Mühsam steht sie auf und geht mit der Kaffeekanne zum Herd. Zusammengekrümmt kommt sie zurück.*

DER ALTE *betupft wieder ihren Rücken.*

HULDA Au au, ei ei ei.

GRUDEK Stell dich nicht so an. Was du angestellt hast. Und wie du mich zugerichtet hast.

SCHAFFNER I *kauend* Der Zweier kam heut wieder zu spät.

SCHAFFNER II *die Flasche vom Mund nehmend* Mit dem Siebenundzwanziger klappte es auch nicht.

SCHAFFNER I Immer die Weichen.

SCHAFFNER II Ich hab die Verschläge festgeschraubt. Die Windungen am Querkolben. Müßten eigentlich vier Membranen sein. Sind immer nur drei.

SCHAFFNER I Manchmal zwei.

SCHAFFNER II Das Getriebe ist abgenutzt.

SCHAFFNER I Was sagt der Vormann.

SCHAFFNER II Mit dem ist nicht zu reden. Man sollte nicht mitmachen.

SCHAFFNER I Den Hals sollte man ihnen abschneiden. Den Schweinen.

HULDA *hat sich wieder zum Herd begeben. Kommt mit der Kaffeekanne zurück. Zieht drei Tassen unterm Bett hervor. Gießt Kaffee ein, reicht dem Alten und Grudek eine Tasse, setzt sich auf den Bettrand.*

GRUDEK *den Kaffee schlürfend* Ah, das tut gut. Gemütlich haben wirs hier. *Zieht Hulda an sich.* Nur ein bißchen Musik sollten wir noch haben.

HULDA *streckt die Hand unters Bett und zieht einen Grammophon hervor. Sie läßt die Platte schnurren und legt die Nadel auf. Die Musik beginnt.*

Der Alte bespuckt wieder ein Wattebäuschel und reibt Huldas Rücken damit ab. Zuerst zuckt Hulda zusammen, doch allmählich werden ihre Bewegungen katzenhaft anschmiegend, sie knurrt und spinnt. Grudek wippt mit dem Fuß zum Takt der Musik und summt die Melodie. Auch der Alte beginnt zu summen und hier und da ein paar Worte des Textes mitzusingen. Grudek zündet sich eine große Zigarre an und dehnt und streckt sich grunzend. Unmerklich hat sich aus den wollüstigen Drehungen und Wendungen, die Hulda beschreibt, und den liebkosenden Handbewegungen des Alten eine Umarmung und Tanzhaltung ergeben, und die beiden gleiten langsam vom Bett weg. Die Musik ist wehmütig und herzergreifend. Hulda und der Alte halten die Augen geschlossen. Huldas Mund liegt im Bart des Alten. Manchmal beugt der Alte seine Partnerin so weit zurück, daß sie fast den Boden berührt.

Die verbrauchte Platte, die abgespielte Nadel lassen kein deut-

liches Verstehen des Textes zu, der von einer brüchigen Greisenstimme gesungen wird.

MUSIKTEXT Wunderbar – Wundenbar – unten war – Munde nah – Komm zu mir – komm zu dir – komm trink Bier – hier bei mir – Einzige – eine Ziege – einziehe – Einzige –
O wie wunderbar – wo die Wunde war – wies im Grunde war – hier bei dir – wir beim Bier – du mein Tier – du mir hier – Eine Ziege – eine Ziege – eine Ziege –
Geschwunden war – geschunden war – die Wunde war – so wunderbar –
Meine Zier – meine Gier – noch ein Bier – Loch in dir – O meine Siege – meine Siege – meine eine Ziege – meine Einzige – Meine Einzige – meine Einzige – meine Einzige –
Gegen Ende des Musikstückes, und während der Alte und Hulda sich immer weiter vom Bett entfernt haben, stehen die beiden Schaffner auf und gehen mit der Kegelkugel ab. Grudek gähnt und beginnt, die Zigarre schief im Mund, zu schnarchen. Es wird dunkel. Die Musik versiegt.

IX

Ein Fenster. Nachtlicht und Widerschein von Straßenreklamen. Ein paar sich entfernende Stimmen, die die Melodien von vorhin noch singen. Geräusche von Automobilen und Motorrädern. Schritte. Pfiffe. Entferntes Hundebellen. Die Bühne dunkel und leer.

Ein Mann in einem Schlafanzug und eine Frau in einem durchsichtigen Nachthemd am Fenster.

FRAU *aus dem Fenster blickend* Was für ein Betrieb, und es ist doch schon weit nach Mitternacht. Woher kommen eigentlich alle diese Autos. Und wohin fahren sie. Und diese Motorräder. Und alle diese Hunde. Sieh doch mal den da – der will hier rauf. *Beugt sich weit aus dem Fenster. Der Mann beugt sich über sie, hält sie umarmt.* Nein sowas – der klettert hier wirklich rauf – hast du sowas schon gesehn. *Beide weit aus dem Fenster gebeugt. Die Frau zurück* Könntest du das auch, Liebling.

MANN Was denn.

FRAU So eine Wand raufklettern.

MANN *antwortet nicht.*

FRAU *löst sich aus seiner Umarmung, beugt sich wieder hinaus, streckt die Arme hinunter.* Was will denn der – wer ist denn das – wohin wollen Sie denn.

MANN *beugt sich hinaus, schiebt die Arme der Frau beiseite.* Laß doch. Das geht dich doch nichts an.

FRAU *nach draußen gewendet* Das muß aber schwer sein, so eine Wand raufzuklettern. *Flüsternd zum Mann* Würdest du das wagen, Liebling.

MANN *will sie vom Fenster wegziehen. Sie liegt aber fest, mit den Armen nach unten gestreckt.*

FRAU Halt mich – ich halte ihn da unten.

MANN *legt sich neben sie und streckt die Arme nach unten. Sie ziehen beide. Leos Kopf erscheint draußen. Mit einem gewaltsamen Schwung, wobei er den Mann nach draußen reißt, springt Leo aufs Fensterbrett. Der Mann bleibt mit den Zehen draußen am Fensterbrett hängen.*

MANN Hilfe, hilfe.

FRAU Jetzt zeig mal, was du taugst. Zeig mal, ob du auch so klettern kannst.

MANN *draußen stöhnend* Kann doch nicht klettern mit dem Kopf nach unten.

FRAU Häng du da nur.

MANN *schreit* Du kannst mich doch hier nicht hängen lassen.

FRAU *streicht Leo, der sich in der Ecke des Fensters niedergelassen hat, durch das Fell.* Wo wollen Sie denn hin.

LEO Höher rauf.

FRAU Können Sie nicht hierbleiben – kommen Sie – bleiben Sie. *Sie schmiegt sich an ihn.*

MANN *stöhnend* Ihr könnt mich doch nicht runterfallen lassen.

FRAU *streichelt Leo* Komm, komm. *Will ihn ins Zimmer ziehen, doch Leo stößt sie zurück.*

LEO Ich muß weiter.

FRAU Bleib ein bißchen. *Sie umschlingt ihn, küßt ihn.*

LEO Nein, ich muß weiter.

MANN *winselnd* Zieht mich rauf – schnell – ich kann nicht mehr – ich gleite ab.

LEO *klettert weiter nach oben, stützt sich oberhalb des Fensters, schwingt die Beine hin und her, stemmt sich hinauf, verschwindet.*

FRAU *setzt sich rücklings aufs Fensterbrett, beugt sich zurück, blickt nach oben, flüstert* Komm zurück – komm bald zurück.

MANN Hilf mir – hilf mir doch.

FRAU Ja, ja, ich komme schon, ich werd dir schon helfen – bist du denn ein Mann, oder was bist du eigentlich.

MANN *stammelnd* Liebst du mich nicht mehr –

FRAU Lieben und lieben – warte ich will mir nur ne Zigarette anzünden.

MANN *undeutlich* Ich kann nicht mehr –

FRAU *zündet sich eine Zigarette an.* Aber wie soll ich dir denn helfen. *Hält den Mann an den Fersen.*

MANN *schreit* Zieh doch – zieh doch.

FRAU Ich kann dich doch unmöglich raufziehn, das verstehst du doch. *Bläst den Zigarettenrauch aus dem Fenster.*

MANN *stöhnend* Hol was – bind mich fest –

FRAU Was sagst du. *Beugt sich so weit heraus, daß ihre Füße in der Luft hängen.*

MANN Hol irgendwas und bind mich fest.

FRAU Was soll ich denn nehmen – haben wir denn irgendwo ne Schnur.

MANN Gürtel oder irgendwas – schnell – ich kann nicht mehr.

FRAU Was denn für einen Gürtel.

MANN *mühsam* Gürtel vom Regenmantel oder irgendwas – schnell –

FRAU Wo hast du den denn hingehängt. *Sie tastet auf der dunklen Bühne umher.* Ich kann nichts finden. Warum hast du auch das Licht nicht repariert.

MANN Schnell schnell –

FRAU Au, verfluchter Tisch, au, hier stößt man sich nur überall.

MANN Dein Nachthemd, schnell, bind mich fest –

FRAU *zum Fenster* Was sagst du.

MANN Dein Nachthemd –

FRAU Mein Nachthemd – was glaubst du eigentlich – ich kann doch nicht mein Nachthemd nehmen – das würde ja ganz zerknüllt.

MANN *stößt einen hohen Schrei aus. Seine Füße gleiten ab.*

FRAU *setzt sich aufs Fensterbrett, beugt sich rücklings hinaus, blickt nach oben, während der wimmernde Schrei des Mannes sich entfernt.* Komm zurück Liebster – Liebster –

In der Tiefe das dumpfe Aufschlagen des Körpers.

FRAU *weit zurückgebeugt* Komm bald Liebster.

Es wird dunkel. Die Straßengeräusche setzen sich, etwas gedämpfter, fort.

X

Wieder die gleiche Lichtquelle, diesmal hinter der herausgesprengten Öffnung in einer Wandkulisse. Die fahle Projektion vom Portrait des Polizeipräsidenten. Ein breites Ehebett, drei Kinderbetten. In der Ecke Pluto zusammengerollt. Erna, Alfons, die Kinder und der Hund schlafen. Der Hund zuckt mit dem Bein und mit den Ohren. Die Schlafenden im Bett kratzen sich. Leo erscheint im Loch in der Wand und kriecht hinein. Auch er beginnt gleich, sich zu kratzen, sich auf die Arme, die Schultern zu schlagen. Er schleicht sich an das Ehebett heran und beugt sich über Erna.

LEO *flüsternd* Erna, Erna.

Erna wacht auf. Leo versteckt sich unterm Bett. Erna sitzt in einem kurzen Hemd im Bett, kratzt sich das Haar und die Brüste. Dann steht sie auf, zündet eine Laterne an, die mit einem langen Handgriff in einem Halter steht. Sie ergreift einen Gegenstand, der einer Maschinenpistole gleicht, der jedoch eine Insektenspritze ist. Sie geht durch das Zimmer und läßt ringsum die Flüssigkeit in die Luft sprühen, über die Kinder, über Alfons und über den Hund hinweg. Pluto wacht auf. Er streckt sich und gähnt. Er erhebt sich, trabt im Kreis umher, wittert Leos Spur, beginnt zu knurren. Er folgt der Spur zum Bett, legt sich dort schnüffelnd und murrend nieder. Leo kriecht seitwärts unter dem Bett hervor. Pluto drängt sich nah an ihn heran. Sie liegen Nase an Nase. Beide knurren und winseln. Erna nimmt die Laterne aus dem Halter und hebt sie empor. Pluto und Leo umkreisen einander. Erna hält die Lampe hoch über sie. Pluto stürzt sich auf Leo, sie verbeißen sich ineinander, wälzen sich auf dem Boden herum. Erna beugt sich über sie, ihr Gesicht zu einem besessenen Lachen verzogen. Ein berstender Laut. Leo hat Pluto den Hals umgedreht. Der Hund liegt mit zuckenden Beinen auf dem Rücken, fällt dann zur Seite und liegt reglos, mit steif ausgestreckten Beinen. Leo erhebt sich, klopft sich das Fell ab, legt den Finger auf den Mund. Erna weicht langsam vor ihm zurück, die Laterne noch in der erhobenen Hand. Sie gerät bis zur Öffnung in der Wand. Leo folgt ihr.

LEO *indem er die Arme um sie legt* Komm mit mir.

ERNA Was glauben Sie eigentlich – für wen halten Sie mich –

LEO Komm mit.

ERNA Ich kann doch nicht einfach mit Ihnen kommen – ich kenne Sie doch gar nicht.

LEO *hält sie umarmt, küßt sie.*

ERNA Nein nein – wer sind Sie denn.

LEO Kommst du mit –

ERNA Ich kann doch nicht einfach meine Kinder –

LEO Die finden sich schon zurecht. Komm. *Er liebkost sie, klettert mit einem Bein schon aus dem Mauerloch.*

ERNA Oh – oh –

LEO Komm.

ERNA *will sich zurücklegen, bereit für ihn.*

LEO Nicht hier – komm – setz dich auf meinen Rücken – *Erna setzt sich auf seinen Rücken und Leo klettert mit ihr hinaus.*

LEO Halt dich fest – jetzt gehts runter.

Erna klammert sich an seinem Hals fest. Sie verschwinden beide. Es wird dunkel. Alfons stöhnt im Schlaf.

Pause

XI

Gleiches Bild wie vorherige Szene. Die Bühne hell. Tageslicht hinter dem Loch in der Wand. Alfons und die Kinder schlafend in den Betten. Pluto mit steif ausgestreckten Beinen, wie zuvor. Hulda tritt ein, in einem tief ausgeschnittenen ärmellosen modischen Kleid, ein paar große Pflaster am Hals, an den Schultern und Oberarmen. Sie trägt ein Tablett mit dem Frühstück und der Zeitung.

HULDA *über Pluto steigend* Guten Morgen, Herr Polizeipräsident.

ALFONS *setzt sich sofort auf, klarwach.*

Auch die Kinder fahren auf und beginnen sogleich einen Kissenkrieg.

HULDA *stellt das Tablett auf dem Bett ab.*

ALFONS *blickt sich suchend um.* Wo ist denn die gnädige Frau.

HULDA *zieht fragend die Augenbrauen hoch.*

ALFONS Haben Sie meine Frau nicht gesehn – wo ist denn die hin, am frühen Morgen.

DIE KINDER *von Bett zu Bett springend* Wipps iss se weg. Hat nen Liebhaber. Durchs Loch raus.

ALFONS Kommt, Kaffee trinken.

DIE KINDER *stürzen sich über die Kuchenstücke.*

EIN KIND *nimmt ein Zuckerstück, hält es Pluto hin* Pluto – komm schön – Zuckerchen. *Pluto liegt reglos.*

ALFONS Was der schläft.

EIN KIND Was der für komische Beine macht.

HULDA *wendet sich um und geht hinaus. Versetzt Pluto einen Fußtritt.*

ALFONS Was ist denn mit dem Hund. Weckt ihn mal.

DIE KINDER *springen auf, beugen sich über Pluto, rühren ihn an.* Was der fürn komisches Maul macht.

ALFONS Holt ihn mal her.

DIE KINDER *ziehen Pluto am Schwanz zum Bett.*

EIN KIND Der hat nen gesegneten Schlaf.

DIE KINDER *gießen Kaffee in sein Maul, stecken ihm das Zuckerstück zwischen die Zähne.* Wach auf, Pluto, wach auf, mußt in die Schule.

EIN KIND Pluto ist krank.

DIE KINDER *heben Pluto gemeinsam auf und legen ihn neben Alfons ins Bett.* Der muß in die Klinik. Der muß opopariert werden. Bauch aufschneiden, Bauch aufschneiden. Killekillekill.

ALFONS *befühlt Pluto, hebt den Finger.* Hört, Kinder, unser guter Pluto ist nicht mehr, unser guter Pluto ist tot.

DIE KINDER *schreien* Dann müssen wir ihm ein Grab graben. *Sie heben Pluto aus dem Bett und schleppen ihn zur Tür heraus, singend* Ein Grab wolln wir graben, ein Grab wolln wir graben, ein Grab wolln wir graben –

ALFONS *nimmt sich die Zeitung vor, rührt in der Kaffeetasse, kaut an einem Kuchenstück.*

Auf dem Außenblatt der Zeitung große Schlagzeilen

KATAST
ROPHEN
REVOLU
TIONEN

XII

Vorhang mit der Projektion einer aktuellen Wochenschau. Kurze Szenen von einem Hundewettbewerb mit Preiskrönung, einem diplomatischen Empfang, von der Einweihung eines neuen Wohnviertels, einer Modeschau usw. Keine kriegerischen Ereignisse.

XIII

Wandprojektion mit dem Text DOKTOR KÜBELS PRIVATKLINIK. ALLE ARTEN VON HEILVERFAHREN. *Zwei Reihen von Betten. Links liegen die Herren, rechts die Damen. In der Mitte Frau Burian, festgeschnallt auf einem schräg vorgeneigten Tisch, über und über mit Verbänden umwickelt. Am Tisch sind ein paar Räder und Hebel angebracht.*

HULDA *tritt ein, in einem weißen Kittel.*

EINZELNE GÄSTE Da kommen Sie ja endlich. Wie lange solln wir denn hier noch liegen. Warum kommt Doktor Kübel nicht. Wann kriegen wir unsere Kleider.

HULDA *freundlich lächelnd* Leider kann ich gar nichts machen bevor der Doktor kommt.

EINZELNE GÄSTE *durcheinander* Das geht doch nicht. Wir können doch hier nicht in aller Ewigkeit bleiben. Ich muß auf die Börse. Meine Aktien. Mein Auto steht falsch geparkt. Ich muß auf eine Geschäftsreise.

HULDA *schüttelt lächelnd den Kopf.* Aber meine Herrschaften. Genießen Sie doch die Ruhe.

VERSICHERUNGSDIREKTOR I Wir haben eine wichtige Konferenz heute Vormittag.

VERSICHERUNGSDIREKTOR II Ohne uns kann nicht begonnen werden.

HULDA *scharf* Ich kann absolut nichts machen. *Freundlicher* Was wünschen die Herrschaften zum Frühstück – gekochtes Ei oder Spiegelei – Kaffee, Tee, Schokolade –

DIE GÄSTE *durcheinander* Gekochtes Ei. Spiegelei. Ich will gar nichts, ich will weg. Rührei. Kaffee, Tee usw.

HULDA Immer schön der Reihe nach. *Wendet sich an die Herren.* Bitte sehr.

DIE HERREN Spiegelei, auf beiden Seiten gebraten, Kaffee und Brötchen.

Kaffee mit warmer Milch, Schwarzbrot, Schinken mit Schnittlauch. Tee mit Zitrone, geröstetes Brot und die Zeitung.

Schokolade mit Schlagsahne bitte und Butterkuchen, wenn Sie haben.

Die beiden Versicherungsdirektoren schweigen.

HULDA Und Sie, meine Herren.

Die beiden Versicherungsdirektoren schweigen gekränkt.

HULDA *zuckt mit den Schultern.* Wie Sie wollen. *Wendet sich den Damen zu.* Und Sie, meine Damen.

DIE DAMEN Apfelsinensaft.

Ich will zu meinen Kindern.

Einen geriebenen Apfel, ein Mohnbrötchen, Honig und Kaffee. Gern auch Weintrauben.

Ich eß morgens nur Eis.

Ich muß zur Massage.

Ich will mein Frühstück zu Hause essen.

Ich hab einen Termin bei der Friseuse.

HULDA Wenn Sie nicht Ihr bißchen Verstand zusammennehmen können, kriegen Sie gar nichts. *Geht zur Tür und ruft* Bedienung.

Die drei Krankenpfleger erscheinen.

HULDA Rote Grütze für alle.

DIE GÄSTE *richten sich steil auf, blicken einander an.* Unverschämt. Ist ja unerhört. Was erlauben die sich eigentlich. *Ein paar Herren stehen auf, stapfen in Unterhosen umher.* Haben wir denn überhaupt keine Rechte mehr. Werde mich sofort beim Polizeipräsidenten beschweren. Sich sowas gefallen zu lassen.

HULDA Ihr braucht wohl wieder ein bißchen Strom in die Beine. Marsch in die Betten.

DIE GÄSTE *kriechen unter Protesten in den Betten zusammen.*

FRAU BURIAN *läßt ein langgezogenes Stöhnen hören.*

EINZELNE GÄSTE Was ist denn mit der Burian. Der ist wohl nicht gut. Schwester, sehen Sie doch mal nach der Burian. *Grudek tritt ein, in einen weißen Arztkittel gekleidet. Ihm folgen die Krankenpfleger, die Tablette mit Blechschüsseln tragen.*

Die Krankenpfleger verteilen die Schüsseln an den Betten. Grudek tritt zu Frau Burian heran.

FRAU BURIAN *stöhnt.*

DIE GÄSTE *beginnen geängstigt mit den Blechlöffeln aus den Blechschüsseln zu essen.*

Einer der Krankenpfleger tritt mit einer Blechschüssel zu Frau Burian heran und beginnt sie zu füttern.

FRAU BURIAN *stöhnt und spuckt die Grütze aus.*

HULDA *zu Frau Burian* Sie müssen unbedingt essen, sonst werden Sie nicht gesund.

FRAU BURIAN *verworren* Wo bin ich – was wollt ihr denn –

Der Krankenpfleger stopft ihr wieder Grütze in den Mund.

FRAU BURIAN *stöhnt und spuckt den roten Schleim aus.* Ich will nach Hause – ich will nach Hause –

HULDA Das bestimmt Doktor Kübel.

FRAU BURIAN *wieder Grütze ausspuckend* Ich kann nicht – ich kann nicht – mir wird übel –

HULDA Was ist denn das für ein Getue. Wenn Sie nicht essen, kommen Sie ganz herunter.

GRUDEK *zieht eine große Injektionsspritze aus der Tasche und sticht sie Frau Burian in den Arm.*

FRAU BURIAN *schreit auf und zuckt zusammen.* Wie ist mir denn – ich kann mich ja nicht regen – Doktor Kübel – wo ist denn Doktor Kübel –

GRUDEK Ja liebes Kind, hier bin ich. Sein Sie nur ganz ruhig.

FRAU BURIAN *stammelnd* O Pluto – Pluto –

HULDA *steckt ihr ein großes Fieberthermometer in den Mund.*

DIE GÄSTE *essen weiter. Schielen hin und wieder voller Schrecken zum Tisch. Sie beginnen jedoch allmählich, miteinander zu sprechen. Bruchstücke der halblaut gemurmelten Gespräche werden deutlich, greifen ineinander, oder werden zwischen den Repliken, die an Frau Burians Tisch geführt werden, laut.*

EIN HERR Habe mir das folgendermaßen gedacht – rechts der Schreibtisch und links das Regal – in der Mitte die Schreibmaschine – der Tisch mit den Warenproben vorm Fenster – die Stehlampe neben dem Rauchtisch – Sie wissen, der Rauchtisch mit der runden Messingplatte –

EINE DAME Wir hatten den ganzen Nachmittag schönes Wetter – dann wurde es plötzlich kühl – ich hatte keinen Mantel mit – ich dachte, hättest du nur deinen Frühjahrsmantel mitgenommen –

HULDA *nimmt Frau Burian das Thermometer aus dem Mund und liest es ab.* Das ist ja nicht zu sagen – sowas – *Sie schüttelt das Thermometer.*

Der Pfleger stopft ihr wieder Grütze in den Mund.

FRAU BURIAN *spuckt und schreit.*

HULDA Wenn Sie nicht fressen, verrecken Sie.

EINE DAME Ich hab gehört, sie trafen sich in einer Straßenbahn – blieben im Gedränge aneinander hängen – dreiunddreißig Jahre lang – dann verloren sie sich im Gewimmel und sahen einander nie wieder –

EINE DAME Sieh dir doch das mal an – was ich hier unterm Kopfkissen gefunden habe – diese Dinger – Prä – Präs – wie heißen noch gleich diese Dinger –

EINE DAME Und hier bei mir liegen Haarnadeln – das ganze Bett ist voll Haarnadeln – ich möcht wissen, was hier vorgeht –

GRUDEK *ist um den Tisch gestrichen, dreht an einem Rad, rückt an einem Hebel. Die Riemen spannen sich.*

FRAU BURIAN Pluto – bist du das – Pluto –

GRUDEK *nah an ihrem Gesicht* Ich bins, Ihr Freund, Doktor Kübel.

FRAU BURIAN O Pluto – liebster Pluto –

GRUDEK Nur schön still halten, Frauchen. *Dreht an einem Rad. Die Riemen straffen sich knirschend.*

FRAU BURIAN *schreit* Nein nein – wie ist mir denn –

GRUDEK Das geschieht alles zu ihrem Besten. Wir richten Ihr Körperchen schön wieder her.

FRAU BURIAN *schreit und stöhnt.*

EIN HERR Habe mich da gründlich umgesehn – ich sage Ihnen – was da alles zu haben ist – Schlösser, Herrensitze, Güter, sogar eine mittelalterliche Burg mit Zugbrücke und allem Drum und Dran –

EIN HERR Wir haben erst mal alle Grubenaktien aufgekauft – wenn die sich da unten zu Ende geprügelt haben, werden sie schon angekrochen kommen – dann brauchen sie unser Geld –

EINE DAME Und hier liegen Bilder – aber was für Bilder – sehn Sie sich das mal an. *Unterm Kopfkissen gefundene Fotos werden herumgereicht und bekichert.*

HULDA Die spielt uns hier ein Theater vor, während wir unsere Pflicht tun. *Schreit* Sind Sie jetzt still.

GRUDEK *am Rad drehend* Wir bringen Sie doch nur wieder in Form, Püppchen. Werden schon sehn, wie Sie wieder auf die Füße kommen.

EIN HERR Wir brauchen uns nichts vorzumachen – so minderwertig diese Ware auch war, an den Mann haben wir sie gebracht –

heute hat sie sich durchgesetzt – die Leute reißen sich nur so darum –

EINE DAME Da im Fahrstuhl, da steht immer einer – jedesmal wenn ich rauffahre, er steht nur da und sagt kein Wort – da wird einem ganz anders –

EINE DAME Ich möcht nur eins wissen – ich möcht nur eins wissen –

FRAU BURIAN *röchelt* Ohhh –

GRUDEK Das sind ganz neue Methoden. Ein Wunderwerk. Sie werden sehen.

VERSICHERUNGSDIREKTOR II *springt auf.* So geht das nicht weiter. Wir lassen uns das nicht gefallen.

Die bereitstehenden Krankenwärter werfen sich sofort über ihn und drücken ihn ins Bett zurück. Einer hält ihm den Mund zu.

FRAU BURIAN *mit brechender Stimme* Mein Pluto – mein liebster Pluto – *Ihr Kopf sinkt herab und sie ist still.*

HULDA Die glaubt, wir täten das zu unserm Vergnügen. Wir könnten sie ja auch liegen lassen. Dann kann sie sehn, wie sie allein fertig wird.

GRUDEK *nimmt ein großes Hörrohr aus der Tasche, behorcht ihr Herz, befühlt ihren Puls. Nickt stumm.*

EIN HERR Ledersessel sind sehr schön – nur ein bißchen kalt –

EINE DAME Ich möcht nur wissen –

GRUDEK *wendet sich den Gästen zu.* Na, und Sie, meine Lieben –

VERSICHERUNGSDIREKTOR I Wann kommt Doktor Kübel.

GRUDEK Ich bin Doktor Kübel. Was haben Sie auf dem Herzen.

EINZELNE GÄSTE Wir wollen mit Doktor Kübel sprechen. Was geht hier vor. Was ist das für eine Art. Es ist ja sehr freundlich, daß Sie uns hier aufgenommen haben, wir haben gut geschlafen, aber jetzt möchten wir gern nach Hause.

GRUDEK Herrschaften, ihr wirkt mir ja sehr fiebrig. Scheint schlimm mit euch zu stehn.

Ein paar Herren wollen auffahren, werden aber sogleich von den Pflegern niedergedrückt.

GRUDEK *zieht eine große schwarze Brille aus der Tasche und setzt sie auf.* Sprechen Sie in mir Doktor Kübel an. Haben Sie volles Vertrauen.

EINE DAME Bitte bitte, lieber Doktor Kübel, was ist denn mit uns.

GRUDEK Wie ich sehe, sind Sie alle von einer schweren Epidemie ergriffen. Nicht daß unmittelbare Todesgefahr vorliegt, aber Sie müssen sich nur ganz still verhalten. Jede Aufregung, jede Bewegung schadet.

VERSICHERUNGSDIREKTOR II *springt auf.* Wenn ich sterben muß, will ich zu Hause sterben.

Ein Pfleger versetzt ihm einen Faustschlag, so daß er betäubt zurückfliegt.

GRUDEK Ich kann hier keine Panik zulassen. Im Interesse der andern Kranken haben Sie absolute Ruhe zu bewahren. Wo kämen wir denn da hin, wenn jeder einfach losschreien wollte.

EIN HERR Aber unsere Geschäfte – ich muß wenigstens Direktiven geben – ist denn hier kein Telefon –

GRUDEK Das wäre noch schöner, wenn hier alle herumlaufen wollten, um zu telefonieren. Das ist eine Heilanstalt hier. Haben Sie das noch nicht gemerkt.

EINE DAME Ich muß meiner Schneiderin absagen.

EIN HERR Mein Haus ist nicht abgeschlossen – jeder kann kommen und sich was heraustragen –

EIN HERR Ich erwarte einen Möbeltransport – die sind jetzt sicher schon da und stellen die Möbel auf der Straße ab –

GRUDEK Ts ts ts, was ihr für Sorgen habt. *Lacht erkünstelt.*

Die Krankenpfleger fallen in das erkünstelte Lachen ein.

HULDA *stößt noch ein nachträgliches erkünsteltes Lachen aus.*

GRUDEK So – und jetzt will ich mal mit den Damen beginnen. Mir alle einmal vornehmen. Schön Hemdchen ausziehn. Mal alle einmal gründlich angucken. Los, ab mit dem Zeugs.

Schreie des Protests. Ein paar Herren wollen wieder aufspringen und erhalten sogleich Faustschläge von den Pflegern.

GRUDEK *zu Hulda* Schwester, ziehn Sie mal den Vorhang zu, so daß man uns von der Stadt her nicht reinsehen kann.

HULDA *geht zur Seite und zieht einen Vorhang vor die Bühne. Der Vorhang liegt so weit zurück, daß genügend Platz bleibt für die folgende Szene, die sich davor abspielt. Im Hintergrund sind noch eine Weile Schläge, Kreischen und Schreie zu hören.*

XIV

Ein großer Mülleimer mit geschlossenem Deckel rollt herein. Aus dem Innern des Eimers dringen Laute der Wollust. Der Eimer rollt hin und her. Dann wird der Deckel von innen aufgedrückt und Leo kriecht hervor. Erna liegt im Eimer und hält Leos Beine fest.

ERNA O du – o du –

LEO *reißt sich los, richtet sich auf, streicht sich allerlei Unrat vom Fell, verschmiertes Papier, Apfelsinenschalen.*

ERNA Au, da fitzelt mich was am Fuß, da beißt mich was.

LEO *streckt die Arme tief in den Eimer, kommt zurück, eine große Ratte in der Hand, die er auf dem Boden totschlägt.*

ERNA Laß mich hier nicht allein.

LEO *beugt sich nieder, küßt sie. Spuckt aus.* Bist ja ganz voll von Kaffeesatz. Bleib du nur noch ne Weile liegen und schlaf. Ich muß jetzt weg.

ERNA *kommt halb herausgekrochen. Ihr Hemd ist beschmutzt, ihr Haar hängt offen und strähnig, voll von Kartoffelschalen.* Du willst mich doch nicht allein lassen. Komm zu mir – o du – du –

LEO *stößt sie zurück.* Sabbel nicht so. Ich hab jetzt genug. Hab heut Wichtiges vor. Ich komm schon wieder. Runter mit dir. *Drückt sie in den Eimer hinein und legt den Deckel auf. Schraubt den Deckel zu.*

ERNA *klopft innen und schreit* Laß mich nicht allein, laß mich nicht allein –

LEO *hüpft auf allen Vieren und bellt. Läuft davon, verschwindet mit einem hohen Luftsprung.*

Es wird still im Eimer.

Der Alte mit dem langen weißen Bart erscheint, gekleidet wie zuvor. Ein Diener, in Pumphosen, mit langen Schnürbändern, in gestreifter Weste, zieht einen Karren auf dem ein paar Mülleimer liegen.

DER ALTE *als riefe er ein Pferd an* Brrr.

Der Diener hält an neben dem Eimer, in dem Erna liegt. Zusammen mit dem Alten lädt er den Eimer auf den Wagen.

DER ALTE Puh, ist der schwer. Sicher wieder voll von Steinen.

Der Diener zieht den Wagen, der Alte geht hinterher, mit der Zunge schnalzend.

Sie verschwinden.

Ein Straßenkehrer erscheint und kehrt den Unrat auf, der sich vorhin beim Öffnen des Mülleimers angesammelt hat. Er pfeift bei der Arbeit.

Der Straßenkehrer ab.

XV

Rechte Ecke der Bühne beleuchtet. Die übrige Bühne im Dunkeln. Der Besitzer des Casinos liegt in einem Käfig zwischen den Ziegen vor einem Trog.

Grudek tritt ein, im weißen Kittel.

GRUDEK Wie sehn Sie denn aus. Sie müssen sich unbedingt sauberhalten. Wir können Sie nicht vor jedem Versuch waschen.

DER BESITZER DES CASINOS Endlich kommen Sie. Ich weiß gar nicht, wie lange ich hier schon gewartet habe. Das muß ein Mißverständnis sein. Geben Sie mir jetzt meine Kleider zurück.

GRUDEK *fragend* Ihre Kleider –

DER BESITZER DES CASINOS Ja, meine Kleider. Die kamen gestern weg, oder wann es war. Wir waren bei Kübel zu Besuch.

GRUDEK Doktor Kübel, bitte.

DER BESITZER DES CASINOS Kübel oder Doktor Kübel – ich will hier raus. Sie haben kein Recht, mich hier einzusperren – und dazu noch auf solch eine Art.

GRUDEK Was nehmen Sie sich für einen Ton heraus.

DER BESITZER DES CASINOS Wollen Sie jetzt so freundlich sein, mir meine Kleider zu bringen.

GRUDEK Klar, daß Sie oben bei Kübel waren. Glauben Sie, Sie kämen so ohne weiteres in die Vivisektion.

DER BESITZER DES CASINOS Es beruht alles auf einem Irrtum. Ich sagte Ihnen doch, ich kam aus Versehen mit den Viechern da herunter. Ich bin der Besitzer der Spielbank. Ich bin der Direktor des Casinos. Kennen Sie mich denn nicht. Ich war Gast beim Herrn Polizeipräsidenten.

GRUDEK Gast – kennen wir. Alter Polizeikunde.

DER BESITZER DES CASINOS Ich bin persönlich mit dem Polizeipräsidenten befreundet.

GRUDEK *lacht.* Brauchen sich nicht vor mir zu genieren. Ich weiß, was wir für Leute hierher kriegen. Wir hatten schon Massenmörder. Was sind Sie denn schon. Falschspieler, was. Immerhin lobenswert, die Gefängnisstrafe gegen einen Dienst an der Menschheit einzutauschen. Meine Hochachtung. Sehr anständig von Ihnen. Nur sauberhalten müssen Sie sich.

DER BESITZER DES CASINOS *fällt in die Knie, umschlingt Grudeks Beine.* Bitte lassen Sie mich raus – ich hab nichts getan – Sie müssen mir glauben – ich bin unschuldig – führen Sie mich zu Doktor Kübel – der wird den Irrtum sofort aufklären –

GRUDEK *stößt den Besitzer des Casinos mit einem Tritt zurück.* Geh an deinen Platz und leck dir den Schmutz ab. Nimm dir ein Beispiel an den Tieren da.

DER BESITZER DES CASINOS Die Tiere – die setzen mir so zu –

GRUDEK *streichelt die Ziegen, die meckernd ihre Köpfe an ihn drükken.* Das sind die freundlichsten Ziegen von der Welt.

DER BESITZER DES CASINOS *jammert* Wie die mir zusetzen –

GRUDEK Das ist nur Einbildung.

DER BESITZER DES CASINOS *hält Grudek am Mantelsaum fest. Mit dem Ausdruck eines Verrückten, der ein Geständnis macht* Sobald Sie weg sind, fallen sie über mich her, ich kann nichts machen, sie legen mich um, die eine hält mich fest und die andere schleckt mich ab, und ihre Zungen, oh –

GRUDEK *lacht und geht ab.* Also Ordnung und Sauberkeit.

Die Ziegen machen sich über den Besitzer des Casinos her. Sie rempeln ihn an und werfen ihn um. Die eine Ziege legt sich auf ihn und hält ihn fest, die andere beginnt, ihm die Füße und das Gesicht zu lecken.

DER BESITZER DES CASINOS *schreit* Ein Mißverständnis, ein Mißverständnis – ich bin der Direktor des Casinos – ich habe eine Villa am Stadtpark – eine Frau und zwei Kinder – drei Kinder *wehrt sich verzweifelt* – ich hab eine Kunstsammlung – Hilfe, Hilfe, – ein Mißverständnis – Sie können es nachprüfen – mein Auto steht unten auf der Straße – hier ist die Nummer – 2-3-7-8 – *bricht in wahnsinniges Gelächter aus* – 7-8-5 – und meine Telefonnummer ist 11-96-92 – *gellendes Gelächter* – Sie können anrufen und kontrollieren – stimmt alles – Hilfe, Hilfe – und mein Bankkonto hat die Nummer 8-7-6 – ha ha ha – 9-2-1 – halt, halt – ich habe immer meine Steuern bezahlt – an meinen Spieltischen ist alles mit rechten Dingen zugegangen – habe alles selbst kontrolliert – nein, nein – der Herr Polizeipräsident selbst ist zweimal wöchentlich bei mir – jeden Mittwoch und jeden Samstag – Hilfe – Alfons – mein Freund – ruft ihn doch an – Polizeipräsidium – Sie bekommen sogleich Verbindung *wahnsinniges Gelächter* – fragen Sie ihn –

Während der letzten Worte wird der Mittelteil der Bühne beleuchtet. Dort liegt Alfons im breiten Bett, rührt in der Kaffeetasse, kaut an einem Kuchenstück, liest die Zeitung. Langsam wird es wieder dunkel über dem Bett. In der Folge ahnt man jedoch Alfons auf der dunklen Bühne. Er schlägt manchmal ein Blatt der Zeitung um. Eine Luke über dem Trog wird mit einem Krach aufgeschoben. Ein paar Hände entleeren einen Eimer mit Futter über dem Trog. Die Ziegen lassen vom Casinobesitzer ab und stürzen sich über den Trog.

DER BESITZER DES CASINOS Und ich – und ich – soll ich denn hier verhungern – ihr könnt mich doch hier nicht einfach verhungern lassen –

GRUDEK *im Hintergrund* Hier kriegen alle das gleiche Futter. Friß nur.

Die Luke schließt sich mit einem Krach.

Die Ziegen wühlen über dem Trog. Nach einer Weile kriecht der Casinobesitzer an den Trog heran, drängt sich zwischen die Ziegen, stößt sein Gesicht in das Futter und schlürft.

Rechts dunkel. Linker Teil der Bühne beleuchtet. Ein Haufen von alten Hüten und Schuhen, Blechbüchsen, Pappschachteln und anderem Plunder. Der Diener trabt mit dem Karren herein. Hinter ihm der Alte.

DER ALTE Brrr.

Sie laden die Eimer vom Karren ab. Der erste Eimer wird entleert. Er enthält alte Hüte und Schuhe, Blechbüchsen, aufgeweichte Pappschachteln und anderen Plunder. Dann entleeren sie den Eimer, in dem Erna liegt, über dem Haufen. Erna gleitet heraus, zusammen mit klebrigem Zeitungspapier und Unrat.

DER DIENER Wieder eine Leiche. Gestern kriegten wir auch so eine mit. Ich sage ja – das Leben in dieser Stadt. *Er steigt um Erna herum, zieht sie am strähnigen Haar, kneift sie in den Arm, klopft ihr auf die Schenkel, befühlt ihre Brust. Erna gibt kein Lebenszeichen von sich.*

DER ALTE *beachtet sie kaum. Er ordnet den Abfall zu verschiedenen Haufen, die Kleidungsstücke, das Papier, die Blechbüchsen.*

DER DIENER *streicht Erna den Schmutz aus dem Gesicht. Kniet neben ihr nieder und starrt sie an. Dann legt er das Ohr an ihren Mund.* Kommen Sie mal, Meister, sehn Sie sich die mal an.

DER ALTE *läßt sich neben Erna nieder. Richtet sie, mit Hilfe des Dieners, auf.*

DER DIENER Sie atmet.

DER ALTE *schüttelt sie, schlägt sie leicht auf die Backen.*

ERNA *öffnet die Augen.*

DER DIENER Sie lebt.

ERNA *sieht den Alten.* Ich hin im Bimmel – ich bin beim bieben Gott.

DER DIENER Nein, nein, mein Herr fährt nur den Müll ab.

ERNA *stößt verwirrte, singende Laute aus.*

DER DIENER *begeistert* Eine Sängerin. Sing uns was vor.

ERNA *wiegt sich hin und her. Singt noch verwirrter* Läuse kräuse im Gekräuse – Mäuse säuse im Gehäuse – Wanzen tanzen an den Wanden – Ratten natten in den Schatten – hu, hu, hu –

DER ALTE Die will ich bei mir behalten. *Zum Diener* Richte es ihr wohnlich ein – sie soll sich wohlfühlen hier bei uns.

ERNA *versucht, aufzustehn, wird aber vom Alten festgehalten. Sie stößt verwirrte Laute aus.* Ha ha ha – hu hu hu – ha ha – hu hu – *Der Diener errichtet einen erhöhten Sitzplatz aus Pappschachteln, Zeitungspapier und altem Gerät. Der Alte hält Erna fest und streicht ihr durch das lange, verfilzte Haar. Dann zieht er, zusammen mit dem Diener, Erna zum Sitzplatz und drückt sie dort nieder. Erna hockt verwirrt da, wiegt sich hin und her, immer noch summend und stammelnd. Der Diener hockt hinter ihr und hält ihren Leib mit den Armen umschlungen. Der Alte kniet vor ihr und breitet die Arme aus.*

DER ALTE *verzückt* Du Schöne – sei begrüßt im neuen Heim – auf ewig werden wir beieinander sein – alle Reichtümer sind dein – sieh, was ich dir alles anbiete – *mit großen Gesten* – spiegelblanker Parkettboden – Marmorwände – Kronleuchter mit echten Kristallen – sieh die persischen Teppiche – und dort meine Bibliothek – Bände aus Leder und Pergament – dort mein Weinkeller – dort ein Teewagen mit Gebäck und Konfekt –

ERNA *will aufstehen. Der Diener hält sie fest.* O – hu hu – ha ha – hu –

DER ALTE Festschmieden werde ich dich hier – du Schöne – zum ewigen Bund – hier in meinem Heim, das auch dein Heim ist – Pelzwerk werde ich dir schenken – einen Morgenrock aus Damast – perlenbesetzte Pantoffeln – sieh die schönen weißen Gardinen am Fenster – sieh den Garten draußen – Zypressen – Rosenbüsche –

ERNA *sinkt zusammen, beugt den Kopf tief herab. Richtet sich wieder auf. Das Haar hängt ihr übers Gesicht. Sie stößt stöhnende, summende Laute aus.*

DER ALTE Horch – wie schön die Vögel singen – draußen im Garten – *Links dunkel.*

Mittelstück der Bühne erhellt.

ALFONS *legt die Zeitung nieder, richtet sich auf.* Hulda.

HULDA *erscheint, im ausgeschnittenen Kleid, mit den Pflastern.* Der Herr Polizeipräsident wünschen –

ALFONS Ist meine Frau noch nicht zurück.

HULDA *zuckt die Achseln.*

ALFONS Ich versteh nicht. Wo die nur steckt.

Im Dunkeln rechts kriecht der Besitzer des Casinos zwischen den Ziegen hervor. Die Ziegen ihm nach.

DER BESITZER DES CASINOS Hilfe, Hilfe – Alfons – mein bester Freund – habt ihr mich denn alle verlassen – *Er bricht in gellendes Gelächter aus, da die Ziegen ihn wieder niedergedrückt haben und abschlecken.*

Stumm wälzt er sich weiter mit den Ziegen herum.

Links ist während der Fortsetzung der Szene im Dunkeln zu ahnen, wie der Alte vor Erna kniet und sie stumm umwirbt, wie Erna entgeistert dasitzt und hin- und herschwankt. Im Lauf der Szene tragen der Alte und der Diener das Gerümpel und die Mülleimer heraus und laden schließlich Erna auf den Karren.

ALFONS *erhebt sich.* Helfen Sie mir beim Ankleiden.

HULDA *hält ihm die Hose hin.*

ALFONS *steigt im Hemd in die Hose. Setzt sich auf den Bettrand und streckt Hulda die Füße hin.*

HULDA *zieht ihm die Schuhe an.*

ALFONS Ich versteh nicht – wo kann sie nur hin sein –

HULDA Beunruhigen Sie sich nicht, Herr Polizeipräsident, da kommt nie was dabei raus. Es ist so schönes Wetter heute, die Sonne scheint, Sie sollten einen Spaziergang machen.

ALFONS *weinerlich* Ganz allein – das macht doch keinen Spaß. Wo sind denn alle hin. Pluto ist tot. Die Kinder sind weg. Meine Frau ist weg. Wo sind denn alle –

HULDA Aber, aber, Herr Polizeipräsident. Sie als führender Mann müßten mit gutem Beispiel vorangehen. Kopf hoch tragen in allen Lebenslagen.

ALFONS *schluchzt* Ach Hulda, wenn Sie wüßten –

HULDA So, so, kämmen Sie sich jetzt das Haar und ziehen Sie sich die Jacke an. *Hält ihm die Jacke des Fracks hin.*

ALFONS *während er die Jacke anzieht* Ach Hulda –

HULDA Was ist denn, Kleiner.

ALFONS *beginnt zu weinen.* Wenn Sie wüßten – wenn Sie wüßten –

HULDA *streichelt ihn.* So, so –

ALFONS *zieht Hulda schluchzend an sich heran, begräbt sein Gesicht zwischen ihren Brüsten.*

HULDA *streicht ihm durchs Haar und wiegt ihn hin und her* So, so, so –

ALFONS Wie soll nur alles werden –

HULDA *drückt sein Gesicht an sich. Dann öffnet sie vorn ihr Kleid und reicht ihm die Brust.*

ALFONS *saugt schmatzend, ab und zu aufschluchzend.*

Rechts im Dunkeln erscheint Grudek im weißen Rock. Er ergreift den Besitzer des Casinos am Arm und zieht ihn empor.

GRUDEK Los aufstehn.

DER BESITZER DES CASINOS Darf ich jetzt gehn.

GRUDEK Ja, jetzt gehts los. An die Arbeit.

DER BESITZER DES CASINOS *schreit* Nein, nein – Hilfe – Alfons – mein Freund – Hilfe –

Er wird herausgezogen. Die Krankenpfleger erscheinen, führen die Ziegen ab und räumen den Käfig und den Trog weg.

Links im Dunkeln ist Erna auf den Karren gehoben worden. Der Diener zieht den Karren heraus, der Alte folgt.

ERNA *wimmernd* Alfons – mein Mann – meine Kinder –

HULDA *knöpft ihr Kleid zu.*

ALFONS *wischt sich den Mund, schluchzt noch ein paarmal zufrieden.*

HULDA So, und jetzt machen wir einen Spaziergang draußen in der Sonne, wir zwei, und dann gehst du zum Friseur und läßt dich rasieren, kannst dir auch die Haare waschen lassen – wird schon alles gut werden, Kleiner, was –

Vorhang

XVI

Vor dem Vorhang promenieren Alfons und Hulda Arm in Arm. Hulda trägt einen orangefarbenen Sonnenschirm, den sie spielerisch rotieren läßt. Alfons trägt keinen Kragen zum Frack. Die Jacke ist schief geknöpft, die Hose hängt verlottert. Einige Male hört man das Donnern und Pfeifen vorbeifliegender Düsenjäger.

ZEITUNGSVERKÄUFER I *kommt ihnen entgegen. Ruft Zeitungen aus* Morgenblatt, Morgenblatt – Casino heute nacht ausgeraubt – Verwilderte Hunde – lest alles über die verwilderten Hunde – Neue Vivisektionsexperimente – Sensationelle Ergebnisse – Morgenblatt, Morgenblatt – *Verschwindet.*

DER BUCKLIGE *graugekleidet, humpelt hinter Alfons und Hulda her, überholt sie, grüßt ehrerbietig* Guten Morgen, Herr Polizeipräsident, wünsche wohl geschlafen zu haben, schönes Wetter heute. *Verschwindet unter Bücklingen.*

ZEITUNGSVERKÄUFER II *kommt ihnen entgegen.* Die Morgenzeitung, Extraausgabe – Neue Skandale und Schiebungen der Versicherungsgesellschaft – Heute nacht wieder Attentate – Die Hundeplage nimmt zu – Unruhen im Polizeipräsidium – Extraausgabe – Extraausgabe – *Während der letzten Ausrufe sind Alfons und Hulda verschwunden. Es wird dunkel. Die Stimme des Ausrufers ist noch zu hören. Ein paar Düsenjäger sausen vorbei.*

XVII

Doktor Kübels Zimmer, wie zuvor. Rechts im Bett Kübel, röchelnd, mit weit offenem Mund. Josefine in einem violetten Unterrock am Herd, aus dem es raucht. Das Fenster offen. Von draußen noch die Rufe des Zeitungsverkäufers. Hin und wieder Geräusche vorbeifahrender Automobile. Entfernte Pfiffe und Schreie. Aus der Badewanne spritzt eine Wasserfontäne empor, die Leo ausspuckt.

LEO *auftauchend und aus der Wanne kletternd* Hast du das Frühstück fertig, alte Vogelscheuche.

JOSEFINE Ach sei doch lieb.

LEO Ob du das Frühstück fertig hast, hab ich gefragt, du klappriges Gestell.

JOSEFINE Gleich fertig, Liebster, hab dir einen Kuchen gebacken.

LEO Na beeil dich, ich hab heut Wichtiges vor.

JOSEFINE Gleich fertig, du, ich tu ja alles für dich, und du behandelst mich so.

LEO *trocknet sich laut pfeifend ab. Pathetisch* Große Dinge stehen heute bevor. Veränderungen. Umwälzungen.

JOSEFINE *öffnet den Herd. Eine Wolke von Rauch quillt hervor. Sie nimmt einen verkohlten, rauchenden Kuchen heraus, versucht mit fuchtelnden Armen, den Rauch zu vertreiben, stellt den Kuchen in den Herd zurück und schließt die Luke.*

LEO *vollführt ein paar Kniebeugen und Streckübungen mit den Armen, wobei er mit der Stimme eine Trompete nachahmt.*
Gellende Geräusche von vorbeifliegenden Düsenjägern.

DOKTOR KÜBEL *stöhnt und macht Ansätze zu einem Schreien. Seine Stimme ist wie erstickt.*

LEO *ergreift seine Hose, die über einem Stuhl hängt. Die Hose weist große Brandlöcher auf.* Was ist denn mit meiner Hose. Was hast du denn mit meiner Hose angestellt, du Sau.

JOSEFINE Ach, ich wollte sie dir plätten, ich wollte sie dir nur schön machen, ich mag doch so gern, wenn du gut angezogen bist.

LEO Schön machen, was. Schön hergerichtet hast du sie, du Aas. *Er reißt die Hose zu Fetzen und wirft sie ihr ins Gesicht.* Dann werd ich dem seine Hose anziehn. *Läuft zum Bett, auf dem Kübels Kleider liegen, ergreift die Hose und zieht sie an.*
Düsenjäger sausen vorbei.

DOKTOR KÜBEL *beginnt zu schreien. Er schreit gegen das Dröhnen an. Ein wahnsinniges, ohrenbetäubendes Geschrei. Nach einer Weile beruhigt er sich, wirkt erleichtert, liegt mit geschlossenen Augen, tief atmend.*

LEO *hat ihm zugehört.* Hat ers wieder. Ist er wieder auf Touren.

JOSEFINE Die ganze Nacht ist das so gegangen. Der Arme, er ist so überanstrengt.

LEO Los, bring mir jetzt mein Frühstück. Steh nicht so blöd herum.

JOSEFINE *öffnet wieder vorsichtig den Herd. Rauch qualmt hervor. Sie nimmt den Kuchen heraus, schließt die Luke.* Gleich, Liebster, gleich. Setz dich aufs Bett. Hab dir auch Kaffee gekocht.

LEO *zieht sich ein feuerrotes Hemd an und setzt sich auf den Bettrand. Von draußen her ein Poltern und Schreien.*

DOKTOR KÜBEL *fällt in das Schreien ein, anfangs gedämpft, dann mit voller Kraft.*
Düsenjäger vorbei.

LEO *schreit gegen das Geschrei und Dröhnen an.* Schnauze halten, du Mumie, hör auf mit dem Gesabbele, ich kanns nicht mehr hören. Hör auf, hör auf. *Da Kübel weiterschreit, springt er ihm auf die Brust, schüttelt ihn, würgt ihn, bis er verstummt.*

JOSEFINE *kommt mit der Kaffeekanne und einer Tasse. Gießt Leo Kaffee ein. Geht zum Herd, um den Kuchen zu holen. Ein einzelnes Flugzeug nah vorbei. Hinter dem Fenster ist ein Krachen und Bersten zu hören.*

LEO Die Ziegel fliegen von den Dächern. Das ist noch gar nichts. Das ist nur der Anfang. Ihr werdet sehn, was noch kommt. *Trinkt aus der Tasse, spuckt aus, verzerrt das Gesicht.* Was ist denn das für ne Brühe, was hast du denn da zusammengebraut, willst mich wohl vergiften.

JOSEFINE *kommt mit dem verkohlten, rauchenden Kuchen.* Aber Liebster, was denkst du denn. Hab ich nicht immer dein Bestes gewollt. Hab ich dich nicht gehegt und gepflegt. *Stellt den Kuchen auf dem Bett ab, setzt sich neben Leo und schlingt den Arm um ihn.*

LEO Weg, du Gerippe. Du stinkst aus dem Maul. Faß mich nicht an. Du weißt doch, ich kanns nicht vertragen, wenn man mich anrührt.

JOSEFINE Nur ein Küßchen. *Spitzt die Lippen.* Hab dir doch einen Kuchen gebacken.

LEO Was raucht denn da so.

JOSEFINE *reicht ihm den Kuchen.* Ist noch ein bißchen warm. Gib mir ein Küßchen. Bist doch mein lieber Junge.

LEO *stößt sie von sich.*

JOSEFINE *dreht sich geziert im Unterrock.* Findest du den nicht schön. Gefällt dir die Farbe nicht.

LEO Plunder, Mist. *Springt auf und reißt ihr den Unterrock entzwei.*

JOSEFINE Was hab ich dir denn getan. Nichts ist euch gut genug. *Bricht in Weinen aus.* In einen Sack werd ich mich kleiden – in einen Sack – was anderes taugt nicht mehr für mich. *Läuft zum Herd, neben dem ein Sack auf dem Boden liegt. Sie stülpt sich den Sack, der eine Öffnung für den Kopf hat, über.* Nur noch einen Sack werde ich tragen – und mit Asche werde ich mich bestreun – etwas besseres bin ich nicht wert. *Öffnet heulend die Herdluke, nimmt eine Handvoll Asche heraus und bestreut sich damit.*

LEO *nimmt den Kuchen, will ein Stück abbrechen, verbrennt sich.* Was ist denn das wieder, Drecksvieh. *Schleudert Josefine den Kuchen an den Kopf.*

Wieder Düsenjäger vorbei. Draußen hinterm Fenster das

Geräusch eines heftig bremsenden Automobils, ein Krach und ein Klirren.

LEO So ists recht. Nur so weiter, nur so weiter.

DOKTOR KÜBEL *fängt aufs neue an zu schreien.*

LEO *reißt ihn empor, schüttelt ihn, hebt ihn aus dem Bett, setzt ihn auf den Bettrand.* Hör auf, hör auf.

DOKTOR KÜBEL *beruhigt sich allmählich, sitzt schließlich steif, in Unterhosen, auf dem Bettrand.*

LEO Zieh wenigstens ein Hemd an, ich kann deine picklige Hühnerbrust nicht ansehn. *Wirft Kübel ein Hemd über den Kopf.*

DOKTOR KÜBEL *sitzt reglos da, das Hemd über dem Kopf.*

JOSEFINE *nähert sich Leo.* Ich werd dir einen neuen Kuchen backen, ich werd dir einen neuen Kaffee kochen, bitte sei mir nicht böse, ich meins doch so gut, ich kanns doch nicht helfen, wenn mir alles verbrennt, es ist der Herd, ich kann doch nichts dafür –

LEO Heul nicht, ich kanns nicht mit anhören. Gib ihm den Kuchen. Stopf ihm das Maul damit, wenn er wieder zu schreien anfängt. *Klopft Kübel an den verdeckten Kopf.*

DOKTOR KÜBEL *sitzt starr, mit dem Hemd über dem Kopf.*

Düsenjäger vorbei. Draußen das Dröhnen eines einstürzenden Hauses.

LEO *springt auf, eilt zum Fenster. Lacht.* Jetzt gehts los. *Schreiend* Es lebe die Revolution. Die Stunde der Freiheit hat geschlagen. Die Tyrannen sollen vernichtet werden. *Läuft zu Kübel zurück, klopft ihn an den Kopf.*

DOKTOR KÜBEL *verharrt reglos.*

LEO Freßt eure Scheiße, sauft eure Jauche. Aber ohne mich. *Läuft zum Fenster, springt aufs Fensterbrett.*

Ein vorbeidonnerndes Geschwader von Düsenjägern, ein Krachen und Klirren.

LEO *durch das Getöse schreiend* Es lebe die Revolution. Bewohner der Stadt – die Freiheit bricht an – stürzt die Tyrannen. *Er klettert aus dem Fenster.*

JOSEFINE *schüttelt Kübel.* Wach auf, komm zu dir.

DOKTOR KÜBEL *sitzt stocksteif, mit dem Hemd überm Kopf.*

JOSEFINE *eilt zum Fenster.* Leo, Leo, wo willst du hin. Bleib hier. Ich back dir Kuchen. Ich koch dir Kaffee. Ich kanns. Ich werd dir zeigen, daß ichs kann. Leo, Leo – *läuft weinend zu Kübel zurück und schüttelt ihn.*

Leo ist draußen verschwunden. Das Dröhnen läßt langsam nach.

JOSEFINE *sitzt neben Kübel, der erstarrt dasitzt, das Hemd über dem Kopf. Sie hat den Arm um ihn gelegt und wiegt sich mit Kübel hin und her.*

XVIII

Eine Kulisse herab mit zwei Türen. Die folgende Szene spielt sich vor der Kulisse ab, während dahinter die Veränderungen zur letzten Szene vorgenommen werden. Über der linken Tür das Schild FRISEUR, *mit dem üblichen Gewerbezeichen. Über der rechten Tür das Schild* POLIZEIWACHE. *Rechts tritt Hulda auf, mit dem Sonnenschirm. Sie promeniert langsam, wartend, auf und ab. Ein paar Arbeiter erscheinen und stellen eine Bank zwischen den Türen auf. Sie verschwinden wieder. Die Tür zum Friseursalon wird aufgerissen und Alfons eilt heraus, in Hemdsärmeln. Er ist nicht wiederzuerkennen. Seine Backen sind eingeseift, sein Haar ist schneeweiß und das Bärtchen ist zu einem schmalen Streifen unter der Nase verkürzt. Er hält einen Handspiegel vor sich.*

ALFONS Was haben Sie getan, Sie haben mir den Schnurrbart ja viel zu kurz geschnitten.

DER FRISEUR *erscheint hinter ihm, eine große Schere in der Hand.* Entschuldigens, Herr, ist mir versehentlich passiert, das wächst aber bald nach.

ALFONS Das geht doch nicht, wissen Sie nicht, mit wem Sies zu tun haben, ich bin der Polizeipräsident.

DER FRISEUR Entschuldigens, Herr Polizeipräsident, seins mir nicht böse, kommens, ich werds reparieren. *Tritt an Alfons heran, faßt ihn elegant an der Nase und legt die Schere an den Rest des Bärtchens. Während Alfons den Kopf zurückhält, schneidet er ihm den Schnurrbart ganz ab.* S'ist schon besser, wir schneidens ganz ab, dann wächsts richtig nach. Werd Sie dann auch gratis rasieren, Herr Polizeipräsident, ist mir eine Ehre, Herr Polizeipräsident.

ALFONS *hält sich wieder den Spiegel vor.* Aber mein Haar – Um Himmelswillen, mein Haar – was ist denn mit meinem Haar los – das ist ja ganz weiß.

DER FRISEUR *überrascht* Weiß – ja, wars denn net früher weiß –

ALFONS Schwarz wars. Kein graues Haar hatte ich.

DER FRISEUR Es wird schon weiß gewesen sein, denkens doch mal nach.

ALFONS Wenn ich sage, es war schwarz, dann wars schwarz.

DER FRISEUR Vielleicht wars das Wachsmittel. Ja, das kann schon mal passieren, Herr, Sie müssen aber sehr empfindliches Haar haben.

Während des Folgenden stiehlt sich der Bucklige aus der Tür hervor, mit Alfons' Frackjacke unterm Arm. Er begibt sich ans linke Bühnenende, nimmt dort, verstohlen um sich blickend, Brieftasche und Papiere aus der Jacke, blickt hinein, steckt sie in seine Hosentasche und wirft die Jacke weg. Die Hände auf dem Rücken spaziert er über die Bühne, setzt sich auf die Bank, schlägt die Beine übereinander, gähnt, zeigt keinerlei Interesse an der Auseinandersetzung neben ihm. Auch Hulda promeniert ohne Anteilnahme hin und her.

ALFONS Sie müssen mir das Haar schwarz färben. So kann ich doch nicht herumlaufen.

DER FRISEUR Lieber Herr, das wag ich net. Das Haar verträgts net. Wenns so empfindlich ist, dann kann ich ihm die Färbung jetzt net zumuten. Sie müssen halt ein bissel Geduld haben. Wenns nachwächst wirds schon wieder schwarz, wenns schwarz war. Das garantier ich Sie.

ALFONS Das werden Sie mir teuer bezahlen, das kann ich Ihnen sagen. Ich werde Ihren Laden schließen lassen, darauf können Sie sich gefaßt machen.

DER FRISEUR Das werdens schön bleiben lassen. Weißhaarig sinds gewesen, darauf besteh ich.

ALFONS *zu Hulda* Hulda, Hulda – kommen Sie mal her.

HULDA *überrascht* Woher wissen Sie denn, wie ich heiße.

ALFONS Aber Hulda, erkennen Sie mich denn nicht mehr, ich bin doch der Polizeipräsident.

HULDA *lachend* Polizeipräsident kann jeder sagen. Der Polizeipräsident, der sieht anders aus. Ein blühender Mann – Schwarzes Haar, gepflegt, ein Herr. Ein Mann in den besten Jahren.

ALFONS Aber Hulda, ich bins doch. Der Gauner hier hat mich nur so zugerichtet.

HULDA *wendet sich ab.* Belästigen Sie mich nicht. Ich kenn den Polizeipräsidenten aus nächster Nähe. *Promeniert wieder auf und ab.*

ALFONS *zum Friseur* Meine Jacke. Los, bringen Sie mir meine Jacke.

DER FRISEUR Was für ne Jacke. Sie kamens ohne Jacke. Ist doch so schönes Wetter heute.

ALFONS *drängt sich an ihm vorbei, läuft in den Laden.* Meine Jacke. Wo ist meine Jacke hin, mit meiner Brieftasche und allen Papieren.

DER FRISEUR Jetzt ists aber genug. Sowas kann man sich ja nicht gefallen lassen. Schließlich lebt man in einem Rechtsstaat. Jetzt hörens mit der Stänkerei auf.

ALFONS *wieder hinaus* Mit einer Jacke bin ich reingekommen, und mit schwarzem Haar und mit Schnurrbart – und wie komm ich heraus – Hulda, Hulda – sagen Sie es ihm doch.

DER FRISEUR *schüttelt den Kopf.* Die alten Herren heutzutage – immer jung wollen sie sein und sich was vormachen. Fräulein, Sie könnens ganz beruhigt sein, der Alte hier kam so weiß herein wie er rauskam, und ne Jacke hab ich an ihm nie gesehn.

ALFONS Meine schwarze Hose – Hulda, Hulda – erkennen Sie die nicht wieder –

HULDA *wendet sich verächtlich ab.* Schwarze Hose kann jeder haben. *Verläßt rechts die Bühne.*

ALFONS Räuber, Bandit. Bestohlen haben Sie mich. Ich werd Sie einlochen lassen.

DER FRISEUR Habens nichts andres zu tun als am hellichten Tag friedliche Leut zu belästigen. Machens daß Sie wegkommen, sonst hol ich die Polizei.

ALFONS Ja, hol die Polizei. *Packt ihn und schlägt auf ihn ein. Der Friseur schlägt zurück. Der Bucklige erhebt sich und schleicht sich heran, versetzt Alfons von hinten einen Schlag, so daß er zusammensackt. Der Friseur und der Bucklige schleppen Alfons zur Bank und setzen ihn dort nieder. Der Friseur geht in den Laden zurück und schließt die Tür. Der Bucklige zieht Alfons die Hose aus und geht mit der Hose davon. Alfons sitzt im Hemd auf der Bank. Im Hintergrund ertönen die singenden Stimmen der Kinder.*

DIE KINDER *treten auf, Pluto (eine Attrappe) in hoch erhobenen Händen tragend. Andere Kinder folgen ihnen. Sie singen*

Ein Grab wolln wir graben
ein Grab wolln wir graben
ein Grab wolln wir graben
ein Grab wolln wir graben –

ALFONS *erwacht aus der Betäubung.* Meine Kinder – meine Kinder –

DIE KINDER *lachend* Guck mal – Jesus – *alle schreiend* Jesus – Jesus – *Sie gehen schreiend und singend weiter.*

Ein paar Passanten, darunter Leo, sammeln sich an.

ALFONS *ist aufgestanden.* Meine Kinder – erkennt ihr mich denn nicht – ich bin doch euer Vater –

Die Passanten lachen.

DIE KINDER *indem sie die Bühne verlassen* Jesus, Jesus – *dann weitersingend*

Ein Grab wolln wir graben
ein Grab wolln wir graben
ein Grab wolln wir graben
ein Grab wolln wir graben –

Aus der Tür der Polizeiwache sind während des Geschreis ein paar Polizisten hervorgetreten. Sie sind identisch mit den beiden, die am Anfang des Stücks den Polizeipräsidenten bewachten. Die Passanten stehen um Alfons herum und lachen.

POLIZIST I Was ist denn hier los. *Gelächter*

ALFONS Ausgeraubt hat man mich, hier vor der Polizeiwache. Wo habt ihr denn eure Augen. Ich bin euer Vorgesetzter. Ich bin der Polizeipräsident.

Johlendes Gelächter. Die Polizisten greifen ihn am Arm.

ALFONS Loslassen. Sie sind mir Respekt schuldig. Ich bin der Polizeipräsident.

POLIZIST II *lachend* Mensch reg dich nicht so auf. Komm mit auf die Wache und schlaf deinen Rausch aus.

ALFONS Ist ja unerhört. Ich werd Sie mir merken. Ich bin völlig nüchtern. Man hat mich bestohlen.

POLIZIST I *zieht Alfons zur Tür der Wache.* Das wird sich alles auf der Wache herausstellen.

Die Polizisten ziehen Alfons, der heftig widersträubt, in die Wache. Die Passanten gehen lachend ab.

XIX

Die Kulisse wird hochgezogen vor dem Interieur der Polizeiwache. In der Mitte der rückwärtigen Wand ein Text POLIZEIWACHE I. BEZIRK, *darunter eine große Projektion vom Bild des*

Polizeipräsidenten, mit dem Text SEID STETS SOLIDARISCH MIT DEM POLIZEIPRÄSIDENTEN. *Rechts und links breite Fenster. Im Hintergrund ein Pult mit dem wachthabenden Polizeikommissar. Auf der Bühne zwei Reihen Nähmaschinen, an denen Frauen Uniformstücke flicken. Beim Heben der Kulisse beginnt ein allgemeines Surren der Nähmaschinen, das während der ganzen Szene anhält.*

Alfons wird von den Polizisten hereingeführt, in direkter Fortsetzung der vorherigen Szene. Die Polizisten drehen die Bank, die noch dasteht, um und drücken Alfons darauf nieder. Der eine Polizist setzt sich neben ihn, der andere geht zum Wachthabenden. Im Gesurr der Nähmaschinen ist nicht zu hören, was hinten am Pult gesprochen wird.

ALFONS *will aufspringen und wird vom Polizisten festgehalten.* Ich bin der Polizeipräsident.

Einige der nächstsitzenden Näherinnen kichern.

ALFONS *ist es gelungen, sich loszureißen. Er fuchtelt mit den Armen und schreit* Wachthabender, werden Sie jetzt sofort den Fall aufklären.

POLIZIST II *versetzt ihm einen Schlag in den Magen, so daß er sich zusammenkrümmt. Dann läßt er ihn auf der Bank sitzen und geht auf und ab.*

WACHTHABENDER *im Hintergrund durch das Gesurre rufend* Schnauze halten. Wir haben Wichtigeres zu tun, als uns das Gerede von Idioten anzuhören.

ALFONS *sitzt zusammengesunken auf der Bank.*

Eine Näherin in seiner Nähe, ein junges Mädchen, erhebt sich mit einem Kleiderbündel. Während der Polizist sich abseits befindet, beugt sie sich über ihn.

DAS MÄDCHEN Was ist denn mit dir.

ALFONS *hebt den Kopf.* Ich bin der Polizeipräsident, du mußt mir glauben.

DAS MÄDCHEN *mit einem Blick auf das Bild an der Wand* Aber der Polizeipräsident kannst du doch nicht sein, der sieht doch ganz anders aus.

ALFONS Du mußt mir glauben – du mußt mir glauben –

DAS MÄDCHEN *streicht ihm im Vorbeigehen durch das Haar* Ja, ich glaub dir schon, ich glaub dir schon. *Sie trägt das Kleiderbündel zu einem Tisch und kommt mit neuen Kleidungsstücken zurück.*

Hinter den Fenstern laufen johlende Menschen vorbei. Darunter auch Leo und der Bucklige, die einen Augenblick stehen bleiben und hereinblicken. Geschrei und Pfiffe.

DAS MÄDCHEN *indem sie an Alfons vorbeigeht* Ich werd dir helfen. Ganz bestimmt. Ich werd dir helfen. *Sie setzt sich wieder an die Maschine.*

EINE NÄHERIN *neben ihr* Brauchst wohl einen neuen Zuhälter.

DAS MÄDCHEN Ach laß doch.

ALFONS *schreit* Wie lange wollt ihr mich hier noch sitzen lassen. Ich spreche als Vorgesetzter zu euch.

POLIZIST I *zurückkommend* Der ist ja ganz übergeschnappt. *Hebt vor Alfons die Hand* Du hast zu warten, bis wir Zeit für dich haben.

ALFONS *duckt sich zusammen.*

Die beiden Polizisten gehen im Vordergrund, in entgegengesetzten Richtungen, auf und ab.

Wieder laufen Menschen an den Fenstern vorbei. Auch Hulda erscheint, mit dem orangefarbenen Sonnenschirm. Langsam geht sie von rechts nach links und blickt in die Fenster herein.

DAS MÄDCHEN *rückt die Nähmaschine näher an Alfons heran. Beugt sich zu ihm vor.* Mir ists egal, wer du bist – du –

EINE NÄHERIN *neben ihr* Was willst du denn mit solchem Gesindel –

DAS MÄDCHEN Ach laß doch. *Zu Alfons* Du kannst bei mir wohnen. Du – versuch, zu fliehen – ich komm dir nach.

ALFONS *sitzt lauernd und blickt sich um.*

Hinter den Fenstern führt Leo eine Volksmenge an. Schreie und Pfiffe. Trillerpfeifen.

LEO Freiheit – Freiheit – es lebe die Revolution – nieder mit den Tyrannen.

Geschrei und Trillerpfeifen. Die Menge beginnt zu laufen. Polizisten verfolgen sie.

ALFONS *springt auf, versucht, nach vorne rechts auszubrechen. Die beiden Polizisten werfen sich über ihn, bearbeiten ihn mit Fäusten und Fußtritten, werfen ihn nieder.*

Die Volksmenge, angeführt von Leo, läuft jetzt im Vordergrund der Bühne vorbei, von Polizisten verfolgt.

DAS MÄDCHEN *läuft zu ihnen hin und schreit* Laßt ihn los – er hat euch doch nichts getan – er ist doch unschuldig –

POLIZIST I Ebenso ne Unschuld wie du.

Die Näherinnen lachen und nähen weiter.

DAS MÄDCHEN *ängstlich zurück. Setzt sich wieder an die Nähmaschine.*

EINE NÄHERIN *neben ihr* Los – weiternähen – der ist doch nichts für dich. *Die beiden Polizisten führen Alfons, der sich heftig wehrt, nach links ab.*

ALFONS Wohin wollt ihr denn mit mir.

POLIZIST II Dorthin wo solche wie du hingehören.

DAS MÄDCHEN *springt auf und will ihm nachlaufen. Die Näherin neben ihr hält sie am Rock fest und zieht sie zur Nähmaschine zurück.*

Während Alfons links mit Gewalt von den Polizisten weggeschleppt wird und verschwindet, gehen im Vordergrund der Bühne von links nach rechts Hulda und Grudek vorbei. Sie promenieren langsam, lachend. Hulda läßt den Sonnenschirm rotieren. Die Nähmaschinen surren.

Vorhang

Nacht mit Gästen

Eine Moritat

Personen

Mann
Frau
Zwei Kinder
Gast
Warner

MANN UND FRAU *leise*

Was will der Mann in unserm Haus
wir haben ihn nie gesehen
er macht ganz leis die Türe auf
und kommt herein auf Zehen

KINDER

Ene mene mink mank
pink pank pink pank
ene mene eia weia
acke wacke weck

MANN UND FRAU *leise*

Kann das der Peter Kruse sein
der so spät noch kommt herein
stumm da steht mit seinem Bart
und mit seinen Augen starrt

KINDER

Ist das der Peter Kruse mit der roten Bluse

GAST

Ich bin der Kaspar Rosenrot
mit meinem Messer stech ich euch tot
husch flusch Pustekuchen
kommt der Kaspar euch besuchen

KINDER

Ach lieber Kaspar Rosenrot
Laß uns am Leben mach uns nicht tot

MANN UND FRAU *leise*

Da steht er jetzt in unserm Haus
die Tür hat er geschlossen
und bald ist es mit uns wohl aus
und unser Blut geflossen
laut
Komm lieber Kaspar Rosenrot
und teil mit uns das Abendbrot

GAST

Das Abendbrot das mag ich nicht
ich esse selbst viel besser
eßt ihr es auf dort unterm Licht

ich schärf dieweil mein Messer

MANN UND FRAU

Ach komm zu uns und bleib bei uns
du kannst hier bei uns leben
mit deinem Kommen freust du uns
wir wolln dir alles geben

GAST

Macht euch nur keine Sorgen
was ihr habt hab ich auch
ganz weit bin ich schon morgen
mit allem was ich brauch

MANN UND FRAU *leise*

Wie können wir denn essen hier
wenn er dort steht an unsrer Tür
der Fisch das Bier uns garnicht schmeckt
wenn gleich sein Messer in uns steckt

KINDER

Ene mene mink mank
pink pank pink pank
ene mene eia weia
acke wacke weck

GAST *schleift sein Messer*

Schliff schliff schleif
das Messer ist hart die Haut ist weich

MANN UND FRAU

Ach lieber Kaspar bleib doch hier
alles was wir haben geben wir dir
wenn wir tot sind können wir dir nicht sagen
was wir alles haben

GAST

Was habt ihr denn ihr Lieben
außer dem Huhn und den Ziegen

MANN, FRAU UND KINDER

Wir haben keinen Kamm
wir haben keinen Schwamm
wir haben keine Seife
doch eine rosa Schleife
wir haben eine Schüssel
wir haben einen Schlüssel

wir haben ein paar Betten
und darauf ein paar Decken
wir haben vier Stühle und einen Tisch
darauf etwas Bier und einen Fisch
ach wir sind arme Leute
du machst hier keine Beute

GAST

Was lügt ihr da ich werds euch zeigen
mit dem Messer bring ich euch zum Schweigen

MANN

Ach lieber guter Herr Rosenrot
wir leben hier in großer Not
wir gäbens schon auf wenn ich nicht wüßte
von einer goldgefüllten Kiste

GAST

Und wo ist diese Kiste hin
mit dem besagten Gold dadrin

MANN

Sie liegt am Teich im Schilfe
ihr findet sie nicht ohne Hilfe

GAST

Schliff schliff schleif
das Messer ist hart die Haut ist weich
zuerst deine Kinder dann deine Frau
nehm ich mir her du weißts genau

MANN

Ach lieber Kaspar wie könnt ich denn lügen
wie könnt ich so dumm sein euch zu betrügen
wenn ich so ganz in meiner Näh
euer scharfes Messer seh

GAST

So schicke deine Kinder aus
daß sie die Kiste schaffen ins Haus

MANN

Ach lieber Kaspar ach
dafür sind die Kinder viel zu schwach
diese Kiste kann ich euch sagen
können kaum zwei Männer tragen

GAST

Ist die Kiste wirklich so schwer
und wo habt ihr denn die Kiste her

MANN

Soldaten ließen das große Stück
einmal auf der Flucht zurück

GAST

Warum habt ihr denn die Kiste versteckt
und euern Tisch so ärmlich gedeckt
eigentlich seid ihr doch sehr reich
mit solch einer Kiste im Teich

MANN

Ach lieber Gast auf unsrer Diele
die Zeiten sind schlecht Räuber gibts viele
fast jeden Tag kommt einer vorbei
und nimmt dem Huhn das einzige Ei
und läßt den unreifen Apfel kaum
hängen an dem Apfelbaum
und nimmt die harte Beere auch
von unserm dürren Himbeerstrauch
und gräbt die Kartoffel aus der Erd
und reitet weiter auf seinem Pferd
ach wenn ich daran denke
wenn er noch Gold hier fände
und Silber und Ringe und eine Krone
glaubt ihr daß er uns verschone

GAST

Ich seh du bist ein kluger Mann
und packst die Sache tüchtig an
du wirst auch genug Kräfte haben
die Kiste allein hierher zu tragen
dieweil bleib ich bei deinem Weib
und setz ihr das Messer auf den Leib

KINDER *leise*

Wo bleibt denn Peter Kruse
mit der roten Bluse
mit der Bluse feuerrot
hilft er den Armen in der Not

GAST

Husch flusch Pustekuchen
nach Peter Kruse könnt ihr lange suchen
der hat mich kaum gerochen
hat er sich schon verkrochen
sieht er mein Messer blitzen
läßt er euch alle sitzen
den Peter Kruse den gebt nur auf
der ist schneller als der Hase in seinem Lauf

MANN

Kommt mit mir lieber starker Herr
denn ich bin schwach und die Kiste ist schwer

GAST

Halts Maul und bind deiner Frau die Hände
meine Geduld ist jetzt bald zu Ende
mach schnell ich hab keine Zeit
mein Weg ist in dieser Nacht noch weit
und binde sie fest das rat ich dir
sonst lebt sie nicht mehr lange hier
und mach dich dann gleich auf die Socken
glaubst du es macht mir Spaß hier zu hocken

MANN

Und wenn ich euch nur sagen kann
daß ich sie nicht allein tragen kann

GAST

Jetzt zähle ich bis zehn
dann will ich die Frau gefesselt sehn
Eins

KINDER *leise*

Es geht ein Plumpsack

GAST

Zwei

KINDER

in unserm Kreis herum

GAST

Drei

KINDER

dreimal drei ist neune

GAST

Vier

KINDER

ihr wißt ja wie ichs meine

GAST

Fünf

KINDER

es geht ein Plumpsack

GAST

Sechs

KINDER

in unserm Kreis herum

GAST

Sieben

KINDER

dreimal drei ist neun

GAST

Acht

KINDER

und eins dazu ist zehn

GAST

Neun

KINDER

dreht euch nicht um

GAST

Zehn

KINDER

der Plumpsack geht rum

GAST

Streck mir mal die Hände hin
sitzen sie auch fest in den Fesseln drin
jetzt mal schütteln
laß mich mal rütteln
und jetzt aber raus
und die Kiste ins Haus

FRAU

Und wenn er sie nicht heben kann
was wird aus unserm Leben dann

GAST

Schliff schliff schleif
das Messer ist hart die Haut ist weich
bis fünfzig zähl ich hier im Stillen
und hat er dann nicht erfüllt meinen Willen
dann liegt ihr hier alle in euerm Blut
und du da draußen sei auf der Hut
du kannst nicht verschwinden
ich werde dich finden
in allen Verstecken
werd ich dich entdecken
du hast nichts zu wählen
jetzt fang ich an zu zählen

KINDER

Ach Vater Vater laß uns nicht allein
mit diesem Mann im Lampenschein

MANN

Seid still Kinder habt Geduld
es ist doch nicht meine Schuld
seid freundlich zu unserm Gast
bedient ihn und fallt ihm nicht zur Last
Ab

FRAU

Seid still Kinder ihr habt doch vernommen
euer guter Vater wird wiederkommen
mit der großen Kiste kommt er herbei
denn Kräfte hat er jetzt für zwei
ihr wißt doch die große Kiste voll Gold
die wir einmal durchs Schilf in den Teich gerollt

KINDER

Ja wer davon wüßte
von unsrer großen Kiste
wer davon wüßte pink pank
mit allem Gold drin klink klank
und mit der Krone eia weia
acke wacke weck
der hätte unsre Kiste
längst mit nem Gerüste

ene mene rausgezogen
aus dem Teich und hoch nach oben
unsre Kiste mink mank
mit allem Gold drin pink pank

GAST

Habt ihr denn die Kiste gesehen

KINDER

Wir standen auf Zehen
und sahen hinein
und drinnen war alles von goldenem Schein

GAST

So war es

KINDER

So wahr es wahr ist

FRAU

Kinder stört unsern Gast nicht beim Zählen
sonst weiß er nicht welche Zahl zu wählen
und könnte leicht die Rechnung verfehlen
ach wie mir die Hände schwelen

KINDER

Lieber Herr Gast mit dem Messer
wäre es nicht angenehmer und besser
Sie würden das Messer aus den Händen nehmen
und sich hier auf den Stuhl bequemen
sicher sind Sie müde nach langen Wegen
und lassen sich gern von uns pflegen

FRAU

Kinder ihr dürft unsern Gast nicht verwirren
er könnte sich sonst beim Zählen irren
ach wie mir die Adern schwirren

KINDER

Mutter Mutter warum ist der Gast so stumm
und warum sieht er sich immer nach der Türe um
glaubt er daß sie das Haus schon umzingeln
und gleich mit ihren Sensen klingeln

FRAU

Kinder laßt den Gast zufrieden
hier kommt niemand wir leben ganz abgeschieden
ach wie mir die Hände sieden

KINDER

Mutter warum läßt er die Augen so rollen
warum ist sein Gesicht so verquollen
warum ist seine Nase so rot
warum sind seine Stiefel voll Kot

FRAU

Kinder das kann ich euch nicht sagen
sicher hat er viel zu klagen
sicher ist er einsam und allein
und möcht lieber zuhaus bei seiner Familie sein

KINDER

Armer Kaspar Rosenrot
vielleicht ist seine Familie tot
vielleicht hat er kein Heim kein Haus
und hält es draußen nicht mehr aus

FRAU

Kinder ihr müßt schweigen
wenn der Gast will kann er ja bleiben
es gehört ihm ja alles hier
die Stühle der Tisch der Fisch und das Bier
es gehören ihm die Betten
es gehören ihm die Decken
es gehört ihm die Schüssel
es gehört ihm der Schlüssel
wir gehören ihm ganz auch ohne Seife
und es gehört ihm sogar die rosa Schleife

KINDER

Ach Mutter ach Mutter was macht er für Augen
glaubst du denn daß wir ihm taugen

FRAU

Ach Kinder vielleicht nimmt er mit uns vorlieb
jetzt wo der Vater im Teiche blieb
ich fürchte er konnte die Kiste nicht heben
und sie zog ihn nach unten und nahm ihm das Leben
ach Friedrich ach Friedrich mein
mußt du im Sumpf unterm Schilfe sein
und niemehr werden wir dich finden
weil im Regen deine Spuren verschwinden
und vergessen habe ich die Stelle

wo wir einmal in der Helle
aus dem Karren die Kiste lenkten
und im lehmigen Wasser versenkten
ach Friedrich ach Friedrich
allein mit dem Fremden läßt du mich

KINDER

Lieber Vater Rosenrot
komm und teil unser Abendbrot
komm und bleibe unser Gast
selbst wenn du keinen Hunger hast
iß von dem Fisch und trink von dem Bier
sei unser Vater und bleibe hier

FRAU

Ach lieber Kaspar sieh mich an
teile mein Bett und sei mein Mann

KINDER

Ene mene mink mank
pink pank pink pank
ene mene eia weia
acke wacke weck

GAST *schreiend*

Ihr habt mich belogen
ihr habt mich betrogen
der Mann hat sich nicht ins Wasser sondern ins Weite verzogen
er holt keine Kiste aus dem Schilfe
er holt sich die Nachbarn her zur Hilfe
aber das werdet ihr mir büßen
in euerm Blut werdet ihr liegen zu meinen Füßen

KINDER UND FRAU

Ach lieber Kaspar Rosenrot
laß dein Herz erweichen
was nützen wir dir schon wenn tot
dienen können wir dir nicht als Leichen
im Karren werden wir dich schieben und ziehn
du kannst uns seilen wir werden nicht fliehn
wir werden für dich betteln und den Schirm über dich halten
dich umwickeln mit Decken daß dir die Füß nicht erkalten
so hast du zur Hilfe einen ganzen Haufen
das ist besser als allein rumzulaufen

und auf den Wegen zu gehn ist jetzt nicht leicht
die sind vom Unwetter aufgeweicht
ach lieber Kaspar hör uns zu
bei uns hast du Frieden bei uns hast du Ruh

GAST

Das könnt euch so passen
daß sie kommen und mich hier fassen
ich bin nicht so dumm
erst schlag ich euch um

FRAU

Ach Kaspar dem Friedrich dem kannst du trauen
und auf sein Wort auf das kannst du bauen
nur reichen seine Kräfte nicht aus
und jetzt bist du der Herr im Haus

GAST

Still ich höre draußen Schritte
schnell allesamt in die Mitte
hierher neben die Mutter und euch nicht rühren
sonst werdet ihr mein Messer spüren
Pause
Wo ist der Schlüssel

FRAU

Er liegt in der Schüssel

GAST

Und wo habt ihr die Schüssel stehn

FRAU

Hab sie doch eben noch gesehn

EIN KIND

Sie stand in der eia eia Eck

ZWEITES KIND

Jetzt ist sie acke wacke weg

GAST

Her mit dem Schlüssel
mit oder ohne Schüssel
Es klopft.

GAST *flüsternd*

Ich rate euch euch nicht zu regen
und keinen Laut von euch zu geben
ich stelle mich hier vor euch hin

und wenn ihr wollt ist mein Messer in euch drin
ein unnützes Wort und ich tu es gleich
das Messer ist hart und die Haut ist weich
Es klopft noch einmal.
Wer ist dort wer kommt da so spät

WARNER *von draußen*
Ich wollt nur sehen wies euch geht

GAST
Wer bist du uns geht es gut

WARNER
Räuber gehn um seid auf der Hut

GAST
wir leiden keine Not
und Räuber schlagen wir tot

WARNER
Habt ihr auch die Tür gut verschlossen

GAST
Glaubst du wir sind so dumm und lassen sie offen

WARNER
Dann geh ich wieder gute Nacht
und seid vor den Räubern auf der Wacht

GAST
Ja geh du nur wie du auch heißt
und was du auch von Räubern weißt
viel kanns nicht sein du armer Tropf
ohne was in deinem Kopf

KINDER *flüsternd*
Vielleicht wars Peter Kruse
mit der roten Bluse

GAST
Ich muß mir die Sache mal überlegen
vielleicht komm ich doch euerm Anerbieten entgegen
und könnte euch noch eine Weile verschonen
und bis auf weiteres bei euch wohnen

KINDER
Ach lieber Kaspar alles werden wir für dich tun
leg dich hierhin um dich auszuruhn
wir werden dir die Stiefel abziehn und putzen
und die Pantoffeln vom Vater kannst du benutzen

und deine schweren Kleider zieh aus
ist noch eine Schlafjacke vom Vater im Haus
aufs weiche Kissen leg deinen Kopf
und unters Bett stelln wir dir den Topf
ach lieber Kaspar Rosenrot
hier bei uns leidest du niemehr Not

FRAU

Und gleich werd ich im Herd das Feuer schüren
könnt ich nur meine Hände rühren
ganz abgestorben sind sie mir
in diesen engen Fesseln hier

GAST

Dann werd ich euch zeigen wie ich sie in der Mitt
zerschneide mit einem einzigen Schnitt
so und jetzt denkt daran
was dieses Messer alles kann

KINDER UND FRAU *leise*

Jaja jaja wir denken dran
wie er das Messer schwenken kann
er ist unser Herr und Meister
und wir sitzen hier im Kleister
wir müssen tun was er verlangt
weil uns vor seinem Messer bangt

KINDER

Es geht ein Plumpsack
in unserm Kreis herum
dreimal drei ist neune
ihr wißt ja wie ichs meine
drei mal drei ist neun
und eins dazu ist zehn
jetzt bleibt der Plumpsack stehn
er rüttelt sich
er schüttelt sich
er wirft die Jacke hinter sich
jetzt hält er uns die Stiefel hin
mit seinen dicken Beinen drin
jetzt wirft er seine Mütze ab
hu was für buschiges Haar er hat
jetzt streicht er sich durch seinen Bart

der kracht und knirscht wie Draht so hart
die rote Nase schneuzt er sich
wie ein Gewitter fürchterlich
wenn ihr ihn ohne Stiefel seht
er wie in schwarzen Strümpfen steht
sind aber keine Strümpfe
ist nur gegangen durch Sümpfe
und was wir sehen
sind seine Zehen
die Hose ziehen wir ihm aus
und die bleibt stehen wie ein Haus
sein Hemde stellen wir daneben
gemeinsam wir ins Bett ihn heben
die Schlafjacke ziehn wir ihm an
da liegt er unser guter Mann
da liegt er dick da liegt er fett
der Plumpsack liegt in unserm Bett

FRAU

Wo hat er denn sein Messer hin

KINDER

Er hats in seinen Händen drin

FRAU

Schläft er denn schon der liebe Mann
fühlt doch mal seine Hände an

KINDER

Die Hände hält er fest geballt
um sein Messer hart und kalt

EIN KIND

Und wenn ich ihm mal blase
auf die rote Nase

ZWEITES KIND

Und wenn ich ihn mal ans Ohr tupfe

EIN KIND

Und wenn ich ihn mal am Bart zupfe

ZWEITES KIND

Und wenn ich ihn mal am Haar rupfe

EIN KIND

Und wenn ich ihn mal am Arm zwicke

ZWEITES KIND

Und wenn ich ihn mal auf die Stirn picke

EIN KIND

Er liegt ganz still und regt sich nicht
tief in der Matratz mit seinem Gewicht

KINDER

Wir holen die rosa Schleife
und binden sie ihm um
dreimal drei ist neune
du weißt ja wie ichs meine
schnell die rosa Schleife
um seinen Hals herum
Pause
Er liegt auf seinem Rücken
wir wollen ihn schmücken
die rosa Schleife binden wir
um seinen Hals zu seiner Zier

GAST *schreiend*

Ha ha ich weiß schon was ihr wollt
sofort ins andre Bett euch trollt
und keinen Mucks mehr von eurer Seite
sonst werf ich euch ins Feuer wie Scheite
und du Frau kommst jetzt zu mir her
und machst die Matraze noch doppelt so schwer

KINDER

Ach Kaspar sieh uns rennen
zu unserm Bett so schnell wir können

GAST

Und zieht euch die Decke übern Kopf
so daß ich seh weder Schopf noch Zopf
und komm jetzt blas die Lampe aus
damit es dunkel wird im Haus
komm zu mir und halt mich warm

FRAU

Mit solch einem Messer im Arm
leg doch das Messer an die Wand

GAST

Das Messer laß ich nicht aus der Hand

FRAU

Ich kann dich doch nicht wärmen
mit deinem Messer in den Gedärmen

GAST

Du tust was ich sage und bist still
ich halte das Messer wie ich will

KINDER *flüsternd*

Ene mene mink mank
pink pank pink pank
ene mene eia weia
acke wacke weck
Es klopft.

GAST

Wer kommt denn da wieder in der Nacht
und klopft daß man aus dem Schlaf erwacht

WARNER

Verzeiht daß ich euch noch einmal störe
aber ein Räuber geht um wie ich höre
nicht daß ich es mit Bestimmtheit wüßte
aber man sagt er schleppt eine große Kiste
es heißt auch er sei ein riesiger Mann
der ein Pferd mit einem Arm heben kann
ich hab ihn selbst noch nicht gesehn
doch man sagt er sollte hier ums Haus rumgehn
der Himmel ist trübe man sieht keine Sterne
wenn ihr Hilfe wollt bleibe ich gerne

FRAU

Wer kann denn das sein
ach tritt doch ein

GAST

Schweig still wenn du dich rührst
das Messer du im Bauche spürst
Die Tür wird geöffnet.

WARNER

Da könnt ihr wohl nichts dafür
hier zu schlafen bei offener Tür
wenn es draußen wimmelt von Strolchen
mit Schießeisen Schlagringen und Dolchen

GAST

Willst du dich gleich hinausscheren
ich kann mich gegen die Kerls schon wehren
wer hat dich denn gebeten
in unser Haus einzutreten

WARNER

Verzeiht mir aber ich hörte genau
die Stimme da von eurer Frau

FRAU

Nein nein ihr habt euch geirrt
es war wohl der Wind der draußen schwirrt

WARNER

Es schwirrt kein Wind die Luft ist still
kein Zischen kein Säuseln in Ritz und Rill

GAST

Jetzt hab ich genug von deinem Gerede
hinaus mit dir und geh deiner Wege

WARNER

Da draußen ists mir nicht geheuer
da schleicht sich einer ums Gemäuer
ich hör ihn zwischen den Bäumen schnaufen
da kriecht durch den Nebel ein riesiger Haufen
verschließt die Tür verriegelt sie gut
wir brauchen jetzt unsern ganzen Mut

KINDER

Die Tür geht nicht zu schließen
ene mene mink
hier zu unseren Füßen
ene mene mank
eine Schüssel leer und blank
pink pank pink pank
hier in dieser Schüssel
lag einmal ein Schlüssel
der gehört zu unsrer Tür
doch jetzt ist er nicht mehr hier
ene mene eia weia
acke wacke weck

WARNER

Ich hab mein Messer schon bereit

ich fürchte er ist nicht mehr weit
ich bleib hier stehn an dieser Stelle
und stech ihn nieder auf der Schwelle

FRAU

Nein nein

GAST

Kein Schrein
du weißt warum
ich drehs noch um

KINDER *leise*

Wer ist denn dieser andre Mann
hier in unserm Zimmer
daß man ihn nicht sehen kann
das ist noch viel schlimmer
hat er ne rote Bluse
dann ists Peter Kruse
dreh dich rum wir kennen dich nicht
bist dus oder bist dus nicht

GAST

Still da drüben in den Betten
kriecht zurück in eure Decken

WARNER

Still sonst ist es mit euch aus
er steht schon draußen vor dem Haus
jetzt setzt er die Kiste ab
und jetzt kommt er
in sein Grab.
Türknarren. Hieb.

FRAU *sterbend*

O Friedrich
Hieb
O O

MANN *sterbend*

O nein nicht so nicht so

KINDER

O nein o nein
laßt sein laßt sein
ihr habt doch alles was ihr wollt
die ganze Kiste voller Gold

WARNER

Wenns Gold ists mein
ich stach ihm das Messer rein

GAST

Das Gold gehört mir
ich wohne hier

WARNER

Bleib du in deinem zerbuhlten Bett
ich ziehe mit der Kiste weg

GAST

Das könnt dir so passen
meinen Besitz anzufassen

WARNER

Du bringst mich zum Lachen du Dreikäs
mit deiner Bettjacke überm nackten Gesäß

GAST

Paß auf ich tret dir den Hintern
daß du im Misthaufen kannst überwintern

WARNER

Deine großen Worte hast du bald verloren
wenn ich dir die Schnauze aufschneid zu den Ohren

GAST

Ha ha wer redet hier vom Schneiden
komm her so bring ich dich zum Schweigen

WARNER

Ha ha komm selbst ran wenn dus wagst
wenn du mein Messer schmecken magst

GAST

Ha ha zeig mir mal dein Messer
ha das ich hab ist viel besser

WARNER

Ha ha komm nur ich schlag dich krumm

GAST *mit kurzen gellen herausgefauchten Lauten*

Ha ha jetzt komm ich ha ha humm

WARNER

Ha ha ha ha ha ha kumm

Hiebe und aneinanderprallende Dolche.

GAST

Ha ha ha ha ha ha humm

WARNER

Ha ha o o ha ha o

GAST

Ha ha so so ha ha so

WARNER

Ha au au ha au au

GAST

Au ha ha au ha ha au

WARNER

Au au o au au o

GAST

O au o au o o

WARNER

O o au o au o

GAST

O au oo

WARNER

Au oo

Die Kampfgeräusche setzen sich gedämpft während des Folgenden fort.

EIN KIND *flüsternd*

Komm schnell
während sie sich totschlagen über den Leichen
können wir uns wegschleichen
komm leise
sei auf der Hut
daß du nicht ausrutscht auf dem Blut
komm und halte meine Hand
hier gehts zur Tür hier ist die Wand
komm schnell hier ist die Schwelle
draußen ist es bald helle
vorsichtig da liegt er im Dreck
steige leise über ihn weg
hier steht die Kiste sie ist nicht verschlossen
heb den Deckel
gleich haben wir ihn offen
brauchten schon was aus diesem Haufen
dort wo wir jetzt hinlaufen
steck die Hände tief hinein

stecks dir in die Taschen ein

ZWEITES KIND

Es klirrt garnicht es klingt ganz erdig und stumpf
ist das wirklich das Gold aus dem Sumpf
es kann kein Gold sein es ist so leicht
sind das nicht trockene Rüben vielleicht

EIN KIND

Ja es sind Rüben
es ist die Futterkist vom Stall drüben
nimm dir ein paar wir können dran nagen
jetzt wo wir solch einen langen Weg vor uns haben

Wie dem Herrn Mockinpott das Leiden ausgetrieben wird

Spiel in 11 Bildern

Personen:

Mockinpott
Wurst
Frau
Wärter
Nebenbuhler — *Gleicher Schauspieler*
Amtmann
Arbeitgeber — *Gleicher Schauspieler*
Advokat
Arzt — *Gleicher Schauspieler*
Der Liebe Gott
Angestellter
Diener — *Gleicher Schauspieler*
Zwei Engel
Zwei Schwestern
Drei regierende Figuren

1. Bild · Im Gefängnis

Eine Pritsche. Eine Zellentür mit Guckloch. Mockinpott auf der Pritsche, die Decke bis zum Schnauzbart hochgezogen. Seine Nase ist spitz und rot. Die herabhängenden Bartzipfel liegen über dem Deckensaum. Ein knallendes Geräusch an der Tür. Mockinpott schreckt auf. Im Guckloch erscheint ein überlebensgroßes Auge. Mockinpott legt sich wieder zurück. Gleich darauf das krachende Geräusch des Schlüssels in der Tür. Mockinpott schreckt wieder auf. Der Wärter tritt ein und schließt die Tür hinter sich. Der Wärter ist ein großer Mann mit Vollbart. Er trägt eine Blechschüssel.

WÄRTER *gemütlich*
Los los auf auf da bring ich dir
die Suppe hier im Blechgeschirr
hineingespuckt hab ich wie üblich
ich seh die Stimmung ist betrüblich
bösartig
Jetzt aber nicht mehr zugedeckt
Herr Mockinpott du bist geweckt
Sofort wird jetzt das Bett gemacht
es ist jetzt Tag und nicht mehr Nacht
Mockinpott kriecht benommen aus der Decke hervor. Er ist in ein Hemd und eine schlotternde Hose gekleidet. Nur an einem Fuß trägt er einen grünen Strumpf. Sein anderer Fuß ist an einer im Boden verankerten Kette befestigt.

MOCKINPOTT
Was ist denn heute für ein Tag

WÄRTER
Freitag ist den ganzen Tag

MOCKINPOTT
Freitag werd ich da endlich frei

WÄRTER
Fängt der schon wieder an mit dem Geschrei

MOCKINPOTT *während er die Decke zusammenfaltet und auf die Pritsche legt*
Gibt es denn keine Gerechtigkeit
hab nie begangen keine Schlechtigkeit

laß mich nie mit niemand ein
weil ich will in Frieden sein
halt mich immer ganz bescheiden
weil ich will Mißverständnisse vermeiden
und da wird man einfach aus sein Leben gerissen
und mir nichts dir nichts ins Gefängnis geschmissen

WÄRTER

Also du Gauner jetzt halt deinen Mund
daß du hier bist das hat seinen Grund
hier hat noch keiner gesessen
hätt er nicht irgendwas ausgefressen

Mockinpott geht ein paar Schritte, die Kette am Fuß vergessend. Sein Fuß sitzt fest, er fällt hin. Bleibt auf dem Boden sitzen, betupft sich die Zunge, in die er sich gebissen hat.

MOCKINPOTT

Seit mehreren Sonn Mond Dienst und Donnerstagen
bin ich jetzt hier und ich kann nur sagen
das geht zu weit das ist keine Art
daß man mich hier widerrechtlich verwahrt

WÄRTER *hat die Suppe auf die Pritsche gestellt, wendet sich der Tür zu.*

Ich soll mir wohl dein Stöckchen holen
und dich wieder mal versohlen

MOCKINPOTT *erhebt sich, zieht sich ein paar Schritte zurück, die Kette nachschleifend*

Lieber Herr Wärter sehn Sie mich an
ich war und bin ein ehrlicher Mann
der keinem was angetan oder entwendet
der einfach lebt und nichts verschwendet
der die Zeitung liest und Kaffee trinkt
und nie was Starkes zu sich nimmt
und nie sich Vorteile erschleicht
oder vom rechten Weg abweicht

WÄRTER *die Tür öffnend*

Da hab ich ganz andre Sachen gehört
die Ruhe und Ordnung hast du gestört
lungerst nachts auf der Straße rum
und wenn man dich hopp nimmt stellst du dich dumm

tritt hinaus.

Mockinpott tritt schnell vor, um den Wärter zurückzuhalten. Er vergißt wieder die Kette, stolpert, bekommt den Wärter am Arm zu fassen, fällt fast hin, klammert sich aber am Wärter fest. Der knufft ihn grob zurück.

MOCKINPOTT

Ein Mißverständnis man meint einen andern
nie sieht mich keiner bei Nacht rumwandern
wo ich doch sparsam bin und meine Schuhsohlen schone
und zuhaus bei meiner lieben Frau wohne
ach Herr Wärter ich hab was auf der Bank
für einen Advokaten kriegen Sie einen Gulden zum Dank

WÄRTER

Fünf Gulden

MOCKINPOTT

Zwei

WÄRTER

Vier

MOCKINPOTT

Drei

WÄRTER *von draußen*

Fünf Gulden

MOCKINPOTT *jammernd*

Fünf Gulden von mein teuer gespartes Geld
daß man mir einen Advokaten hält

Der Wärter schnell wieder herein. Reicht Mockinpott einen Zettel und einen Schreibstift. Mockinpott unterschreibt stöhnend.

WÄRTER *ruft hinaus*

Herr Advokat treten Sie ein
ich laß Sie mit dem Klienten allein

Der Advokat erscheint unmittelbar. Stutzerisch gekleidet, mit Talar. Spricht mit Brusttönen, den Zeigefinger an der Nase. Der Wärter verschwindet und schließt die Tür hinter sich.

ADVOKAT

Aha aha
was haben wir denn für einen Unglücklichen da
ach wieder einer zu Unrecht verhaftet
und mit den unergründlichsten Anklagen behaftet
ach welch eine Welt die das Gute entstellt
ich sehs Ihnen an Sie sind ein redlicher Mann

für fünfzig Gulden geh ich für Sie durchs Feuer

MOCKINPOTT

Fünfzig Gulden das ist viel zu teuer

setzt sich auf den Rand der Pritsche, schlägt die Hände vors Gesicht.

ADVOKAT *eilig*

Kämen noch fünfzig als Lösegeld hinzu
und Sie werden sehn Sie sind frei im nu

Mockinpott stöhnt, die Hände vorm Gesicht.

ADVOKAT

Sie leiden mein Herr wie war doch der Name
Mottimrock wenn ich recht vernommen habe

Mockinpott blickt auf, ringt die Hände.

ADVOKAT

Name hin und Name her
Sie werden verstehn es ist außerordentlich schwer
sich für einen solch hoffnungslosen Fall einzulegen
wenn Sie nicht bereit sind auch selbst was zu geben
Ja oder nein ich hab nicht viel Zeit
sind Sie zur vorgeschlagenen Zahlung bereit

MOCKINPOTT *richtet sich auf.*

Herr Advokat was soll ich denn anfangen
wenn Sie alle meine Ersparnisse verlangen
Seit Jahren müh ich mich ab
daß ich endlich hundert Gulden beisammen hab
und außer im Portmonnä zwanzig Gulden
hab ich sonst nichts wie Schulden
dabei hätt ich doch nur eigne Beschwerden
und sollte dafür entschädigt werden

ADVOKAT *geölt*

Schnell mit der Entscheidung auf die Waage
Sie haben mein Herr nichts zu fordern in Ihrer Lage
Opfern Sie und ich kriege Sie frei
opfern Sie nicht ists mir einerlei

Mockinpott läßt ein trockenes Schluchzen hören.
Der Advokat reicht ihm Papier und Schreibstift hin.

ADVOKAT

Fünfzig Honorar und fünfzig Kaution
so gut wie frei hab ich Sie schon

Mockinpott unterschreibt. Der Advokat führt ihm die Hand. Während des Unterschreibens rutscht Mockinpott langsam von der Pritsche auf den Boden herab. Der Advokat klopft hart an die Tür, die gleich geöffnet wird. Der Wärter erscheint und zwinkert dem Advokaten zu. Der Advokat geht eilig zur Tür hinaus.

MOCKINPOTT *springt auf, will dem Advokaten nach, stolpert an der Kette, fällt hin.*
Herr Advokat Herr Advokat
ich hab Ihnen doch noch gar nichts über mein Fall gesagt

ADVOKAT *von draußen*
Das kann ich alles aus den Papieren ersehn
die mir selbstverständlich zur Verfügung stehn

MOCKINPOTT
Aber es ist doch alles falsch in den Papieren
Herr Advokat wir werden die Sache verlieren

ADVOKAT
Nur keine Sorge Herr Koppimpott
mit meiner Hilfe und mit Vertrauen auf Gott
wird alles was in unsrer Macht steht geschehn
auf daß Sie das Licht der Freiheit sehn
Der Wärter schlägt von außen die Tür zu und schließt sie ab.

MOCKINPOTT *auf dem Boden sitzend*
Warum geschieht sowas immer nur mir
ich kann doch für alles gar nichts dafür
wie hängt dies zusammen wenn ichs doch verstände
und aus meinem Unglück herausfände
Zwei Engel erscheinen. Sie tragen große weiße Blechflügel, die sie aneinanderschlagen. Mockinpott fährt auf und starrt die Engel an.

DIE BEIDEN ENGEL
Miserere Miserere
daß es sich ihm noch viel mehr erschwere
Sehet nur sehet unsern guten Mann
der sein Leiden nicht verstehn kann
Miserere Miserere
daß er auch kein einziges Unglück entbehre
Mockinpott auf den Knien, während die Engel flügelklappernd verschwinden. Dröhnendes Geräusch des Schlüssels in der Tür. Die Tür geht auf. Wärter, Advokat und Amtmann treten ein. Der

Wärter trägt ein Kleiderbündel über dem Arm, der Amtmann hält ein Schriftstück in der Hand.

AMTMANN

Herr Mussjöh Mockinpott sind Sie der besagte
hier vor uns stehende Angeklagte

MOCKINPOTT *hat sich erhoben.*

Derselbe bin ich doch ich hab nichts gemacht
was mich berechtigterweise hierhergebracht

AMTMANN

Sie sitzen hier also geduldig
und sind dabei ganz unschuldig

MOCKINPOTT

So ist es Herr Scharfrichter so ist es genau
entfernt hat man mich von meine liebe Frau

AMTMANN

Und seitdem sitzen Sie hier und schmarotzen
ganz fidel auf staatliche Kosten

Mockinpott öffnet den Mund, bringt aber kein Wort hervor.

AMTMANN *im Schriftstück lesend*

Es kämen zu Ihren übrigen Schulden
für hiesige Ausspeisung noch fünfzehn Gulden

Mockinpott sinkt wieder in die Knie, sucht nach Worten, findet keine Worte.

ADVOKAT *sehr schnell*

Nachdem erwähnter Herr Knoppimrock mich vertraglich gedungen
ist es unsern andauernden und hartnäckigen Bemühungen gelungen
daß wir nach Vorlegung der Zahlungsverbindung von höchster Instanz
die Zusicherung erhielten daß Genannter nunmehr voll und ganz
von seiner Freiheit Gebrauch machen und sich sofort
nach Begleichung der Schulden entfernen dürfe von diesem Ort

Der Wärter bindet Mockinpott mit großer Geschwindigkeit eine violette Schleife um den Hemdkragen und zieht ihm die mitgebrachte allzuweite Jacke an. Er zieht ihn zur Pritsche herauf und öffnet ihm die Fußfessel. Er stellt zwei große schwarze Schnürstiefel neben ihn. Mockinpott bemerkt die Schuhe nicht und bleibt auf der Pritsche sitzen. Der Wärter nimmt eine unverhältnismäßig große Taschenuhr hervor und zieht sie auf. Das Uhr-

werk knattert, dann platzt die Feder mit einem Krach. Der Wärter hält die Uhr ans Ohr, schüttelt sie, es klappert darin. Er steckt Mockinpott die Uhr in die Hosentasche.
Der Amtmann hebt mit der Bewegung eines Zauberkünstlers ein großes Portemonnaie hoch, öffnet es mit behender Geste, nimmt mit gespreizten Fingern und sich drehender Hand vier Geldstücke heraus, reicht, mit weit ausholender Armschwingung, dem Wärter ein Geldstück, steckt die drei andern, mit Eleganz, in die eigene Tasche, blickt noch einmal ins Portemonnaie, stülpt es um, reicht dann Mockinpott das leere Portemonnaie, hält schon Schreibstift und Schriftstück bereit, führt Mockinpotts Hand zur Unterschrift, dreht sich um und geht zur Tür. Mockinpott steht verdutzt da, geht dann auf die Tür zu, vergißt seine Schuhe, zieht den einen Fuß nach, als stecke er noch an der Kette fest. Amtmann und Advokat verlassen eilig die Zelle. Mockinpott will ihnen nach. Der Wärter schiebt seinen Fuß zwischen Mockinpotts Beine, Mockinpott stolpert und fliegt im hohen Bogen zur Tür hinaus.

2. Bild · Im Freien

Mockinpott erhebt sich, klopft seine Kleider ab. Steht da mit seinem einen grünen Strumpf, dreht sich vorsichtig hin und her, vollführt dann, versuchsweise, mit der rechten Hand eine Bewegung, als schwinge er einen Spazierstock. Er läßt den unsichtbaren Spazierstock einige Male rotieren, um sich dann darauf zu stützen. Eine Sekunde lang stützt er sich auf den unsichtbaren Stock, dann verliert er den Halt. Erstaunt sieht er sich um.

MOCKINPOTT

Mein Spazierstock wo ist denn mein Spazierstock hin
ach den haben sie noch im Gefängnis drin

Ein Spazierstock fliegt zu ihm auf die leere Bühne. Er hebt ihn auf, läßt ihn, mit der gleichen Bewegung wie vorher, am Handgriff herumschwingen, will sich dann darauf stützen, der Stock ist aber unten zerborsten und gibt keinen Halt. Mockinpott kippt um, steht gleich wieder auf und betrachtet den Stock.
Wurst tritt während der Stockszene auf. Er hat einen Spitzbauch und trägt einen zerbeulten Hut. Er sieht fröhlich aus, nimmt anfangs keine Notiz von Mockinpott, läßt sich behende auf die

untergeschlagenen Beine nieder, knotet ein großes kariertes Taschentuch auf und packt seine Wegzehrung aus, bestehend aus einem Stück Brot, einem Wurstzipfel und einer fast leeren Weinflasche.

MOCKINPOTT *abwechselnd auf Wurst und auf seinen Stock blikkend*

Gestatten mein Name ist Mockinpott
Sehn Sie zum Beispiel diesen Stock
es war ein Erbstück geschnitzt von einem Meister

WURST *das Brot und die Wurst mit einem großen Taschenmesser in kleine Würfel zerschneidend*

Was
hast keine Erbsen und sitzt im Kleister

MOCKINPOTT

Er war mein Stolz und meine Stütze

WURST *kauend*

Was
dein Kopf ist aus Holz und voll mit Grütze

MOCKINPOTT

Mein Herr wenn Sie wüßten was mir geschehen ist

WURST

Was
willst dich brüsten und hast zwischen den Zehen Mist
entkorkt genießerisch die Weinflasche und legt, mit übertrieben vornehmen Fingerbewegungen, die Wurstwürfel auf die Brotstückchen.

MOCKINPOTT *auf seine Füße starrend*

Meine Schuhe wo sind denn meine Schuhe hin
ach die sind auch noch im Gefängnis drin
Die Schuhe fliegen zu ihm auf die Bühne. Er hebt die Schuhe auf, betrachtet sie, versucht, sich erst den einen, dann den andern Schuh im Stehen anzuziehn, verliert das Gleichgewicht, setzt sich hin, hebt den rechten Fuß, um sich den rechten Schuh anzuziehn, entschließt sich dann aber, zuerst den linken Schuh an den linken Fuß zu ziehn. Er zieht den linken Fuß wieder heraus, vertauscht beim Niederlegen die Schuhe und zieht nun den rechten Schuh an den linken Fuß, den linken an den rechten Fuß. Wurst ißt während der Schuhszene seine Mahlzeit. Er ißt das Brot und die Wurst als habe er ein Festessen vor sich. Die Flasche führt er zum Mund, als enthielte sie kostbarsten Wein.

MOCKINPOTT *sieht dem Essenden zu und verwirrt sich dabei noch mehr beim Schuhanziehn.*
Wenn ich Ihnen so zuseh lieber Herr
fällt mir das Schuhanziehn nochmal so schwer
frag ich mich warum erst den linken
und dann mit dem rechten Schuh nachhinken
fang ich mit dem rechten an
sieht mich der linke so komisch an
will ich dann den richtigen wählen
versuche ichs mit dem Abzählen
hier ist aber wieder das Problem
wer als erster zum Abzählen käm

WURST *ernsthaft*
Ja ja es ist auch beim Gehen immer sehr schwer zu sagen
wann wir den rechten am linken
und den linken am rechten Fuß vorbeizuziehn haben
nimmt einen Schluck aus der Flasche, rülpst

MOCKINPOTT *erst stutzend, dann freudig*
Nicht wahr mein Herr nicht wahr ach endlich ein Mann
mit dem man sich ernsthaft unterhalten kann
Sehn Sie mein Herr es ist mir schlimm ergangen
ein großes Unrecht ist an mir begangen

WURST
Was hast du für einen Hecht gefangen

MOCKINPOTT *die Schuhbänder die ihm durcheinandergeraten sind, zusammenknüpfend*
Geh ich da so bei Sonnenschein
und bieg in eine Straße ein
kommen die Gendarmen an
rufen das ist unser Mann
halten mich schon fest am Rock
sag ich mein Name ist Mockinpott
Name sagen sie tut nichts zur Sache
was ich denn hier auf der Straße mache
Wie üblich bin ich auf dem Weg
zum Zeitungshändler der da an der Ecke steht
sag ich und oben bei mir im Zimmer
wartet meine Frau zum Kaffee wie immer
Sagen sie das wird sich alles herausstellen

wenn wir die Sachlage erhellen
und an dein Kaffee und an dein Flittchen
kannst du dann denken im Kittchen
Ist das frage ich was man unter Gerechtigkeit versteht
wenn man so bei Sonnenschein spazieren geht
steht auf, es zeigt sich, daß er die Bänder beider Schuhe miteinander verknüpft hat, er stolpert und fällt hin.
Wurst hat inzwischen seine Mahlzeit beendet. Er trocknet sich mit einem Zipfel des Taschentuchs den Mund ab, wischt sich den Mund dann noch einmal mit dem Handrücken ab, faltet das Tuch säuberlich zusammen und steckt es, sowie die leere Weinflasche, in seine Hosentasche. Mit einem akrobatischen Sprung schnellt er in die Höhe, federt noch ein paar Mal auf den Zehen auf und ab und sieht Mockinpott zu, der nun wieder die Schuhbänder aufknüpft und jeden Schuh einzeln verknotet, den linken Schuh am rechten Fuß, den rechten am linken Fuß.

WURST
Ja ja so einer bist du ich sehs dir an
ders zuhaus bei seiner Frau nicht aushalten kann
der nicht bei geordneter Arbeit bleibt
sondern sich lieber auf den Straßen rumtreibt

MOCKINPOTT *sich erhebend*
Mein Herr Sie enttäuschen mich sehr
und machen mir die Verständigung schwer
bitte bedenken Sie doch meine Lage
und was ich Ihnen gesagt habe

WURST
Hast du was gesagt ich habs schon vergessen
ich laß mich ungern stören beim Essen
und jetzt geh ich ich hab einen Durst
wir sehen uns wieder mein Name ist Wurst
geht ab

MOCKINPOTT *traurig*
Und ich glaubte schon ich hätt einen Freund gefunden
für die bevorstehenden schweren Stunden
ach keinem Fremden nie vertrau
es bleibt mir nur noch meine liebe Frau
setzt sich in Bewegung, behindert von den verkehrt angezogenen Schuhen.

3. Bild · Zuhause

Ein Bett. Ein freistehender Schrank, daran lehnt ein Besen. Im Bett sitzt die Frau im Nachthemd und kämmt sich das strähnige Haar. Die Bettdecke über ihren Beinen ist dick aufgeplustert. Am unteren Ende des Bettes stecken zwei große schmutzige Füße unter der Decke hervor. Sie sind allzuweit von der Frau entfernt, als daß es ihre Füße sein könnten. Bei Mockinpotts Eintreten klopft die Frau die Decke zurecht.

MOCKINPOTT *klagend*

Ach liebe Frau bei Tag und bei Nacht
hab ich da wo ich war an dich gedacht
und nur der Gedanke an dein Gesicht und dein Haar
hat mich am Leben gehalten da wo ich war

FRAU *giftig*

Auch ne Art einfach zu verschwinden
und ich muß mich hier allein abschinden

MOCKINPOTT

Fragst du denn gar nicht was mir geschehn
jetzt wo wir uns endlich wiedersehn

Mockinpott setzt sich auf die Bettkante. Die Frau rückt von ihm ab. Unten am Ende des Bettes reiben sich die Füße aneinander.

MOCKINPOTT

Willst du denn gar nicht wissen
was ich alles hab erleiden müssen

Die Frau antwortet nicht. Kämmt weiter ihr Haar. Aus der Decke kommt ein halbunterdrücktes Niesen, von einer ruckhaften Bewegung begleitet. Zur Ablenkung niest die Frau auch, klopft auf die Decke, niest noch einmal.

Mockinpott zieht sein Taschentuch hervor, schneuzt der Frau die Nase und streichelt ihr Haar.

MOCKINPOTT

Meinen Stock hat man mir auf dem Rücken zerschlagen
und alles abgenommen was ich bei mir getragen
ich hab nicht verstanden zu was für ein Zweck
aber alle Ersparnisse die sind jetzt weg

FRAU *stößt ihn zurück.*

Erst weglaufen und meine Mitgift verprassen
dann dich hier hinflegeln das könnte dir passen

bei mir nicht das kann ich dir sagen
ich will mal eine Veränderung haben
schlägt auf die Decke, ein Räuspern unter der Decke, die Frau stimmt in das Räuspern ein.

MOCKINPOTT
Diese Ungerechtigkeit in der Welt
möcht ich doch wissen wie sich das alles verhält
ich geh zur Arbeit und tu meine Pflicht
höhere Ansprüche hab ich nicht
zahl pünktlich die Steuer und die Miete fürs Heim
und da wirfts einen mitten ins Unglück hinein
Die Füße unten am Bett reiben sich aneinander.

FRAU
Ach kämen mal solche die mich nicht betrögen
sondern was für mich täten und für mein Vermögen
Es hustet unter der Decke. Sogleich beginnt auch die Frau zu husten. Sie schiebt Mockinpott vom Bett weg und steht auf. Ihr Nachthemd reicht bis auf den Boden, ihre Füße sind nicht zu sehen. Am Bettende bleiben die andern Füße unter der Decke sichtbar.

MOCKINPOTT *die Füße anstarrend*
Hast du denn deine Füß verloren

FRAU *auf die Füße blickend, sich schnell fassend*
Die Füß die hab ich mir abgefroren
Sie beginnt zu hüpfen, hüpft zum Besen, ergreift den Besen, hüpft, auf den Besen gestützt, umher und fegt den Boden. Sie hüpft zum Bettende und zieht die Decke über die Füße. Oben steckt der Nebenbuhler seinen bärtigen Kopf aus der Decke hervor. Mockinpott wendet ihm in diesem Augenblick den Rücken zu. Als Mockinpott sich umwendet ist der Kopf eben wieder unter der Decke verschwunden.

FRAU *währenddessen*
Denn Strümpfe die waren zu teuer
und im Ofen da hatt ich kein Feuer
deine Schuld ist es denn du bist weg
und läßt mich ohne was hier im Dreck
aber damit sag ich dir ist es jetzt aus
du hast nichts mehr zu suchen in diesem Haus
hebt drohend den Besen.

Der Nebenbuhler schiebt seinen Kopf wieder aus der Decke hervor.

Wieder steht Mockinpott gerade abgewandt, und als er sich umdreht, hat der Nebenbuhler den Kopf zurückgezogen.

MOCKINPOTT

Aber wo du wohnst da wohn ich auch
so ist es doch zwischen Eheleuten der Brauch

FRAU

Das kann man nicht mehr Ehe nennen
wo du wegläufst um wo anders zu pennen

Der Nebenbuhler ist inzwischen aus dem Bett gekrochen. Er ist in ein kurzes Hemd gekleidet. Er geht auf Zehenspitzen, zieht den Hemdsaum herab. Das bärtige Gesicht Mockinpott zugewandt, stolziert er auf den Schrank zu. Mockinpott steht mit dem Rücken zu ihm, bis der Nebenbuhler den Schrank erreicht hat. Mockinpott wendet sich um als der Nebenbuhler eben hinter dem Schrank verschwunden ist.

MOCKINPOTT

Mir kommt dies alles so komisch vor
ich trau nicht mein Auge und mein eigenes Ohr

geht auf Zehenspitzen, behindert von den verkehrt angezogenen Schuhen, auf den Schrank zu

Wie ist das eigentlich mit dieses Zimmer
es scheint mir gar nicht so wie immer

Die Frau hüpft mit großen Sprüngen hin und her und fegt, um Mockinpott abzulenken.

Mockinpott schleicht sich an den Schrank heran. Als er hinter den Schrank blickt schleicht sich vorn der Nebenbuhler um den Schrank herum. Mockinpott schleicht sich hinter den Schrank, vorn schleicht der Nebenbuhler. Mockinpott ist verschwunden, der Nebenbuhler drückt sich am Schrank entlang. Mockinpott taucht wieder auf, der Nebenbuhler verschwindet. Mockinpott geht auf das Bett zu.

Die Frau ist mit einem hohen Sprung im Bett gelandet. Sie zieht die Decke über sich und streckt unten ihre Füße heraus. Mockinpott beugt sich über sie und will die Decke heben.

FRAU

Ach das könnte dir so passen
glaubst ich würd dich zu mir lassen

aber mit die Gefühle bei mir
da ist es aus das sag ich dir
Der Nebenbuhler läßt hinter dem Schrank ein Grollen und Knurren hören.

MOCKINPOTT *fährt zusammen und fällt vor dem Bett auf die Knie.*
Wie verhält sich denn das mit dieses Zimmer
ich bin doch jetzt hier bei dir wie immer
und den Schrank haben wir wie immer in der Ecke stehn
und jahrelang hab ich dies Bett gesehn
Der Nebenbuhler grollt und knurrt hinter dem Schrank.

FRAU *unheimliche Grimassen schneidend, die Arme ausbreitend und gespenstisch auf und abschwingend*
Nie warst du hier ich kenn dich nicht
wer bist du denn du armer Wicht
paß auf ich hab einen großen Hund
der frißt dich auf mit seinen Schlund
Der Nebenbuhler knurrt laut.

MOCKINPOTT *zitternd*
Wie ist mir denn mir ist so bange
ach ich ertrag das nicht mehr lange
Die beiden Engel erscheinen flügelklappernd.

DIE BEIDEN ENGEL
Miserere Miserere
daß sich ihm alles gründlich verheere
Sehet nur sehet unsern guten Mann
der sein Leiden nicht verstehen kann
Miserere Miserere
daß ihn sein Unglück gänzlich verzehre
Die Engel verschwinden flügelklappernd.

MOCKINPOTT *sich auf den Knien rückwärts vom Bett entfernend*
Warum willst du mich denn nicht mehr erkennen
und bei die üblichen Namen nennen
was hab ich getan warum treibst du mich weg
es ist doch mein Zimmer und ist doch mein Bett
ach wenn du wüßtest was du verpaßt
und an mir für immer verloren hast
Die Frau und der Nebenbuhler stimmen ein furchtbares Grölen an. Mockinpott entfernt sich wimmernd, rückwärts kriechend.

4. Bild · Beim Arbeitgeber

Der Arbeitgeber an einem Stehpult, mit Papieren und Federhalter. Ein Angestellter trägt eine Kiste vorbei. Mockinpott tritt auf. Er zieht seine Uhr aus der Tasche, hält die Uhr ans Ohr, schüttelt sie, es klappert darin. Er steckt die Uhr wieder in die Tasche. Geht auf den Arbeitgeber zu, verbeugt sich. Der Arbeitgeber blickt nicht auf.

MOCKINPOTT

Besten guten Tag Herr Chef ich bin wieder da
wenn Sie wüßten was mir alles geschah
eingesperrt hat man mich ohne Grund
ich bin doch kein Dieb und kein Vagabund
daß ich Arbeit habe das hab ich gesagt
dann hab ich nichts mehr zu sagen gewagt
denn wenn ich nur den Mund aufmachte
schlugen sie mich daß es nur so krachte

ARBEITGEBER *blickt auf.*

Mein Herr ich versteh nicht was Sie da sagen
ich erinnre mich nicht Sie je gesehn zu haben
mir ist es gleichgültig was Sie anzetteln
doch wenn Sie hierherkommen um zu betteln
dann kommen Sie an den verkehrten Ort
wir geben nichts scheren Sie sich fort

MOCKINPOTT *zieht einen zerknitterten Zettel aus der Tasche.*

Herr Chef hier können Sie meinen Namen lesen
angestellt bei Ihnen bin ich gewesen
zu dieser Tür ging ich doch rein und raus
arbeitete hier tagein und tagaus

ARBEITGEBER *sieht den Zettel, den Mockinpott ihm hinreicht, nicht an.*

Das muß lang hergewesen sein
daß Sie noch angestellt sind seh ich nicht ein
Wer ohne Entschuldigung oder ärztliches Attest
einfach seinen Arbeitsplatz verläßt
muß als vom Arbeitsverhältnis gelöst angesehn werden
da helfen Ihnen Herr keine Beschwerden
wendet sich wieder seinen Papieren zu
Der Angestellte geht wieder mit einer Kiste vorbei.

MOCKINPOTT *ruft ihm zu*

Du kannst du dem Chef nicht sagen
ich hab hier bei euch auch Kisten getragen
und ich hab nie was verkehrt gemacht
sondern genau abgezählt jede Fracht

ARBEITGEBER

Stören Sie den Mann nicht im Arbeitstakt
sonst wird ihm was abgezogen laut Kontrakt

MOCKINPOTT

Bitte Herr Chef ich konnt doch nichts dafür
daß ich da saß hinter verriegelter Tür
konnt Ihnen keine Nachricht zukommen lassen
weil niemand wollt sich mit mein Fall befassen

ARBEITGEBER

Sind Sie noch hier das geht zu weit
ich hab für sowas keine Zeit

MOCKINPOTT

Herr Chef bin ich nur wieder dabei
dann werd ich auch arbeiten für zwei

ARBEITGEBER

Wir brauchen bei den Kisten nicht mehr als einen
und von Ihrer Sorte gebrauchen wir keinen

MOCKINPOTT

Wolln Sie mich denn einfach auf die Straße setzen

ARBEITGEBER

Kommen Sie vielleicht her um meine Leut aufzuhetzen

MOCKINPOTT

Ich will doch nichts andres als mein Recht

ARBEITGEBER

Verschwinden Sie Sie verstehn mich wohl schlecht
Der Angestellte kommt zurück, mit einer Kiste.
Der Arbeitgeber wendet sich an ihn.
Mann nehmen Sie den mal am Kragen
Sie haben den Auftrag ihn rauszutragen
Der Angestellte setzt die Kiste ab. Er geht einen Schritt auf Mockinpott zu.
Mockinpott zieht sich zurück.

MOCKINPOTT

Ich geh schon ich geh schon allein

soll das der Dank für lange und treue Arbeit sein
geht rückwärts ab.

5. Bild · Im Freien

Eine Bank und ein kleiner runder Tisch. Mockinpott sitzt auf der Bank, über den Tisch gebeugt, das Gesicht in den Armen liegend. Wurst tritt auf, fröhlich, nimmt einen Schluck aus der wieder zu einem Drittel gefüllten Flasche. Mockinpott hebt den Kopf, bemerkt Wurst kaum, spricht mehr zu sich selbst.

MOCKINPOTT
Ach das mir angetane Unrecht

WURST
Welches ungetane Anrecht

MOCKINPOTT
Es geht mir schlecht es geht mir schlecht

WURST
Geschieht dir recht geschieht dir recht

MOCKINPOTT *aufschluchzend*
Ich dacht bei meine Frau hätt ich endlich Ruh
kommt die mit dem Besen auf mich zu
treibt mich aus meine Wohnung weg
und bleibt allein in ihrem Bett

WURST
Bist du sicher sie war allein

MOCKINPOTT
Sie lag allein mit ihre zwei Bein
ach die hatte sie verloren
waren ihr beim Alleinsein abgefroren

WURST
Und was sonst noch da war außer den Zehen
da hast du natürlich nicht nachgesehen

MOCKINPOTT *richtet sich bestürzt auf.*
Ach meine Frau würd mich nie belügen
nie würd sie mich mit keinem andern betrügen
Wurst setzt sich zu ihm auf die Bank. Er bietet Mockinpott die Flasche an. Mockinpott bemerkt die Flasche nicht, da nimmt Wurst selbst einen Schluck.

MOCKINPOTT

Oder meinen Sie da wär jemand da
wo ich doch keinen anderen sah
schlägt die Hände vors Gesicht und weint.
Ach die schönen Stunden im trauten Heim
am Abend nach der Arbeit im Lampenschein
wo ich immer im Lehnstuhl saß
und meiner Frau aus die Zeitung vorlas

WURST

Im Lehnstuhl wo jetzt ein andrer drin sitzt
weshalb dir der Lehnstuhl nicht viel nützt

MOCKINPOTT *richtet sich auf.*

Und meine Arbeit wo ich den ganzen Tag war
und dafür gezahlt kriegte jeden Monat in bar
rausgesetzt haben sie mich ohne sichs zu überlegen
und meine Arbeit einfach einem andern gegeben

WURST

Was hattst du denn bei der Arbeit zu tun
außer rumzustehn und auszuruhn

MOCKINPOTT *verletzt*

Ich hatte was sehr Wichtiges zu tun mit Kisten
und zwar was drin war an Hand von Listen
herauszunehmen und mit die Listen zu vergleichen
und wenns drin war auf den Listen zu streichen
Mein Herr dies war der Inhalt meines Lebens
und dafür opferte ich mich vergebens

WURST

Wenn ein andrer jetzt da steht so ist es doch klar
daß das nicht d e i n e Arbeit war
Mockinpott wirft sich aufschluchzend vornüber auf den Tisch, das Gesicht in die Arme legend. Der Tisch fällt unter ihm zusammen. Mockinpott stürzt auf den Boden. Wurst bleibt auf der Bank sitzen, nimmt wieder einen Schluck aus der Flasche.

WURST

Warum legst du dich denn auf den Boden
es sitzt sich viel bequemer hier oben
dazu fremdes Eigentum demolieren
dafür wird man dir bestimmt ne Rechnung servieren

MOCKINPOTT *bleibt liegen.*
Ich kann nichts mehr zahlen ich hab nichts auf der Bank
ach ich kann nicht weiter ach ich bin krank

WURST *verkorkt die Flasche, erhebt sich.*
Dann gehn wir gleich mal zu einem Arzt
du legst dich auf den Tisch und wartst
bis er dich aufgeschnitten hat
das geht bei dem ganz schnell und glatt
und schon in wenigen Sekunden
hat er deine ganze Krankheit gefunden

Mockinpott krümmt sich zusammen, verbirgt den Kopf unter den Armen. Wurst zieht ihn hoch. Mockinpott wehrt sich, strampelt. Wurst zerrt Mockinpotts Arm über seine Schulter und trägt nun Mockinpott auf dem Rücken.

WURST
Der schneidet alles was faul ist weg
und du bist gesund noch auf dem Fleck

Wurst geht, mit Mockinpott auf dem Rücken. Die beiden Engel erscheinen flügelklappernd.

DIE BEIDEN ENGEL
Miserere Miserere
daß sein Fall auch die Wissenschaft nähre
Ach sehet nur sehet unsern guten Mann
der sein Leiden noch nicht verstehen kann
Miserere Miserere
daß er der Forschung gereiche zur Ehre

Die Engel verschwinden flügelklappernd. Wurst und Mockinpott ab.

6. Bild · Beim Arzt

Ein Untersuchungstisch. An der Wand ein weißer Kittel und ein Brett mit überdimensionierten Instrumenten, Behältern, Flaschen. Wurst trägt Mockinpott auf dem Rücken herein. Gleichzeitig tritt der Arzt ein, in einen weißen Kittel gekleidet. Ihm folgen zwei Schwestern in weißen Kitteln. Wurst legt Mockinpott auf den Tisch ab.

Die beiden Schwestern legen Mockinpott zurecht. Wurst versteckt sich hinter ihnen, schleicht schnell zur Wand und zieht sich den weißen Kittel über. Der Arzt umschreitet währenddessen den Untersuchungstisch, die Hand am Kinn.

Wurst öffnet Schwester 1, die sich über den Tisch beugt, die Schleife hinten am Kittel und versteckt sich hinter Schwester 2. Schwester 1, im Glauben, Schwester 2 habe ihr die Schleife geöffnet, versetzt Schwester 2 eine Ohrfeige. Schwester 2 schlägt zurück.

ARZT *während der Ohrfeigenszene*

Aha aha
was haben wir denn für einen Unglücklichen da
ach wieder einer zermürbt und verschmachtet
und von den unergründlichsten Krankheiten umnachtet
ach welch eine Welt
die das Gesunde entstellt

Der Arzt bleibt vor Mockinpott stehen, er hebt die rechte Hand, knipst mit den Fingern. Schwester 2 reicht ihm einen Hammer vom Wandbrett.

Wurst knöpft Schwester 2 die Schleife am Kittel auf, tritt zur Seite und steht unschuldig da. Nachdem Schwester 2 dem Arzt den Hammer gereicht hat, versetzt sie Schwester 1 eine Ohrfeige. Schwester 1 schlägt zurück. Alles geschieht mit großer Geschwindigkeit.

Der Arzt zielt mit dem Hammer auf Mockinpotts Kopf, schlägt aber nicht zu, sondern zielt weiter über seinem Körper, bis er zum Knie gelangt. Er schlägt mit dem Hammer auf Mockinpotts Knie, das Bein fliegt hoch, trifft den Arzt, der Arzt fällt um und reißt beim Sturz beide Schwestern mit sich.

Wurst ergreift ein Hörrohr und horcht Mockinpott von den Füßen bis zur Brust ab.

Arzt und Schwestern erheben sich.

ARZT

Können Sie was hören Herr Kollege

WURST

Ich hör ein Brummen wenn ichs mir recht überlege

ARZT

Halten Sie es für einen beunruhigenden Ton

WURST

Am besten wir schreiten gleich zur Operation

MOCKINPOTT *aufschreckend*

O nein Herr Professor bitte nicht schneiden
ich bitte sehr ließ sich das nicht vermeiden

ARZT

Strecken Sie mal die Zunge raus

Der Arzt knipst mit den Fingern, Schwester 1 reicht ihm eine Taschenlampe, er leuchtet in Mockinpotts Mund hinein. Wurst beugt sich über Mockinpotts Mund.

WURST *mit übertriebenem Schauder*

Was da zu sehn ist ist ja ein Graus

ARZT

Sagen Sie mal A

MOCKINPOTT

I

ARZT

A hab ich gesagt

MOCKINPOTT

O

ARZT

A

MOCKINPOTT

U

ARZT

Können Sie nicht A sagen

MOCKINPOTT *mit Mühe*

Herr Oberprofessor wenn ich unbedingt müßte
und wenn ich auch den Grund dazu wüßte
dann würd ichs ganz bestimmt sagen
und Antwort geben auf alle Fragen

Der Arzt und Wurst beugen sich tief über Mockinpott.

ARZT

Herr Kollege ist die Zunge belegt

WURST

Ich kanns nicht sehn weil er sie immer bewegt

ARZT *mit den Fingern knipsend*

Wollen Sie diesem Herrn
mal von beiden Seiten den Mund aufsperrn

Die Schwestern halten Mockinpott von rechts und links den Mund auf.

MOCKINPOTT *stöhnend*

Ahhh

Wurst beugt sich tief über Mockinpotts aufgerissenen Mund.

ARZT

Was sehn Sie Herr Kollege lebt der Patient noch

WURST

Soviel ich seh hat er hinten ein Loch

Der Arzt fuchtelt mit den Händen vor Mockinpotts Augen.

ARZT

Reagiert der Patient noch mit seinem Blick

WURST

Schwester heben Sie dem Patient das Genick

Schwester 1 hebt Mockinpotts Kopf hoch, Schwester 2 kommt mit einem Stoß viereckiger Schilder und stellt sich damit am Fußende des Tisches auf.

ARZT

Sagen Sie uns jetzt was für ein Bild
sich Ihnen zeigt auf jeweiligem Schild

Schwester 2 hebt das erste Bild.

MOCKINPOTT *mit Mühe*

Mond

ARZT *sehr schnell*

Sonne

Schwester 2 hebt das zweite Bild.

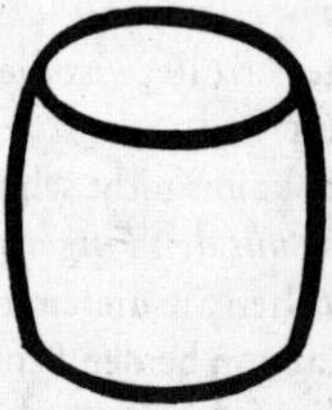

MOCKINPOTT

Turm

ARZT

Tonne

Schwester 2 hebt das dritte Bild.

MOCKINPOTT
Vogel

ARZT
Fisch

Schwester 2 hebt das vierte Bild.

MOCKINPOTT
Haus

ARZT
Tisch

Schwester 2 hebt das fünfte Bild.

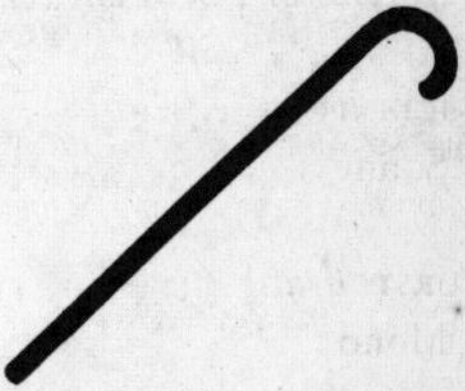

MOCKINPOTT
Wurm

ARZT
Stock

Schwester 2 hebt das sechste Bild.

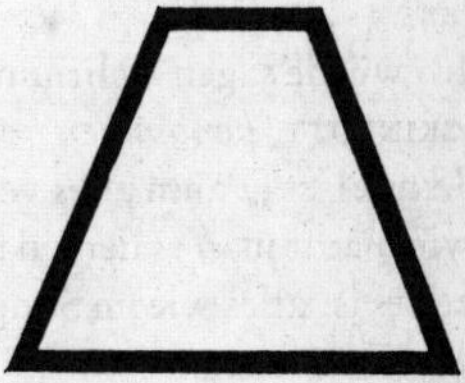

MOCKINPOTT
Schirm

ARZT
Rock

Schwester 2 hebt das siebte Bild.

MOCKINPOTT
Schlüsselloch

ARZT
Baum

Schwester 2 hebt das achte Bild.

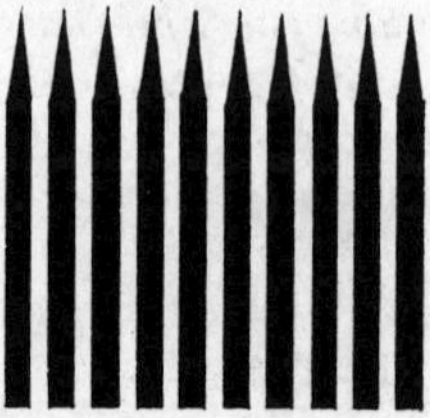

MOCKINPOTT
Zahnstocher

ARZT
Zaun

Schwester 2 hebt wieder das erste Bild.

MOCKINPOTT *eifrig*
Sonne

WURST *brüllt*
Mond

ARZT *dozierend*
Auffassung trübe was er sieht dreht er um
WURST
Ich würde sagen Delirium
MOCKINPOTT *benommen*
Aber es ist ja auch alles verkehrt und verdreht
wie macht man es denn daß man das alles versteht
ach es ist alles wie im Suppentopf durcheinandergerührt in meinem Kopf
Schwester 1 läßt Mockinpotts Kopf los. Der Kopf schlägt dröhnend auf den Tisch. Mockinpott jammert.

ARZT

Herr Kollege unsern ärztlichen Kenntnissen gemäß
untersuchen wir einmal dies kostbare Gefäß

Der Arzt knipst mit den Fingern. Schwester 1 reicht ihm einen großen Schlüssel. Er dreht den Schlüssel, zu einem starken Geräusch, an Mockinpotts Kopf und öffnet eine Klappe, die an Mockinpotts Schädel angebracht ist. Er beugt sich, gleichzeitig mit Wurst, darüber. Ihre Köpfe stoßen zusammen und fahren zurück.

ARZT

Entschuldigen konnten Sie was sehn Herr Kollege

WURST

Entschuldigen nein es war was im Wege

Wurst blickt in Mockinpotts aufgeklappten Schädel. Er hebt die Hand und knipst mit den Fingern. Schwester 2 reicht ihm einen großen Löffel. Er rührt in Mockinpotts Schädel herum.
Mockinpott kichert und zappelt mit den Beinen.
Die Schwestern halten ihn an den Beinen fest.

ARZT *begeistert*

Seht dies Gehirn ach welch ein Wunder
und man bedenke nur mit wieviel Plunder
es sich zu Lebenszeiten füllt
Hier liegt es vor uns ganz enthüllt

Wurst hebt die Hand und knipst mit den Fingern. Schwester 1 reicht ihm einen Behälter in der Form eines Salzstreuers. Er schüttelt den Behälter über Mockinpotts Kopf, reicht den Behälter zurück, die Schwester nimmt ihn entgegen und reicht ihm eine rote Flasche. Er schüttet etwas aus der Flasche in Mockinpotts Kopf, reicht die Flasche zurück und erhält eine Tüte. Er schüttet etwas aus der Tüte in Mockinpotts Kopf, reicht die Tüte zurück und erhält einen Behälter in der Form einer Pfefferdose, schüttet auch aus diesem etwas aus und reicht ihn zurück. Alles geschieht mit großer Geschwindigkeit.

ARZT *während Wursts Handhabungen*

Seht dies Gehirn wie es neu funktioniert
wenn eine erfahrene Hand es kuriert
Hat es nicht was von göttlicher Sendung
wie wir unsern Beruf beherrschen mit Vollendung

Wurst schlägt die Klappe, mit starkem Geräusch, an Mockinpotts Schädel zu. Er richtet sich auf, reibt sich die Hände.

Der Arzt legt sein Ohr auf Mockinpotts Brust. Wurst legt sein Ohr auf Mockinpotts Bauch.

ARZT

Können Sie das Herz hören Herr Kollege

WURST

Ich hör ein Knurren wenn ichs mir recht überlege

Wurst greift mit der Hand unter Mockinpotts Hemd. Mockinpott kichert und zappelt. Schwester 1 hält ihm die Arme fest, Schwester 2 wirft sich über seine Beine. Auch der Arzt fühlt an Mockinpott herum. Mockinpott bricht in schrilles Gelächter aus. Wurst dreht Mockinpott auf die Seite und steckt seine Hand hinten in Mockinpotts Hose. Er zieht ein großes Herz hervor. Er hält es hoch, schüttelt es, es klappert darin.

ARZT *hingerissen*

Seht dieses Herz ach welch ein Schatz

WURST

War leider nur am verkehrten Platz

Wurst knipst mit den Fingern und Schwester 1 reicht ihm in schneller Folge die Behälter wie zuvor, aus denen er etwas auf das Herz schüttet.

ARZT *während Wursts Handhabungen*

Ist es doch immer intressant zu beobachten wie
bei richtiger Behandlung die Anatomie
sich in den einzelnen Teilen wieder belebt
und mit neuer Kraft und Ausdauer bewegt

Wurst steckt das Herz tief in Mockinpotts Hemd. Mockinpott kichert.

ARZT

Herr Kollege damit wär unsre Aufgabe vollzogen

WURST *mit Verbeugung*

Und was an Schäden zu beheben ist ist behoben

7. Bild · Im Freien

Mockinpott und Wurst treten auf. Mockinpott kichernd. Er verliert von Zeit zu Zeit die Kontrolle über Arme und Beine.

MOCKINPOTT

Ach Herr Wurst mir ist ganz eigen

was ist denn das wieder für ein Leiden
er kratzt sich, schlägt mit den Armen um sich.

WURST *dozierend*

Wir hörten soeben aus dem Arzt seinem Mund
nach gründlicher Untersuchung den Befund
mit Sachkenntnis ausgesprochen und nach dem
keine Krankheitserscheinungen mehr sind zu ersehn
demnach bist du als vollauf gesund erklärt
und alles ist richtig und nichts ist verkehrt

MOCKINPOTT *ab und zu kichernd*

Und da wär dann davon das Resultat
erstens daß man mich verhaftet am hellichten Tag
zweitens daß man mir mein Geld abgenommen
ohne daß ich was dafür hätt bekommen
drittens daß meine liebe Frau auf mich scheißt
viertens daß man mich aus die Arbeit rausschmeißt
Ach das Weinen wär eine schöne Sache
es kommt mir aber immer nur so eine Lache
kratzt sich, schüttelt sich, bricht in Gelächter aus, steht dann benommen da

WURST *feierlich*

Was dich ankommt das kennen die Weisen nur
du bist nämlich den Welträtseln auf der Spur
man siehts deinem vergeistigten Ausdruck an
du bist ganz nah an der Lösung dran
Mockinpott steht mit offenem Mund und großen Augen da. Er hebt den Zeigefinger, als wolle er einer Erkenntnis Ausdruck verleihen.
Die beiden Engel erscheinen flügelklappernd.

DIE BEIDEN ENGEL

Miserere Miserere
daß er von allen Schmerzen geläutert wäre
Sehet nur sehet unsern guten Mann
der sein Leiden vielleicht bald verstehen kann
Miserere Miserere
daß es ihm eine Erleuchtung beschere
Die Engel verschwinden flügelklappernd.

MOCKINPOTT

Ja jetzt weiß ichs ja ich habs

ich wußte schon immer eines Tags
hält inne und steht mit offenem Mund
Nein es geht nicht das ist eine Plage
ach daß mir doch einer die Lösung sage

WURST
Weißt du was

MOCKINPOTT
Nein

WURST
Ich hab ne Idee

MOCKINPOTT
Hast du

WURST
Wir gehn zur Regierung hier in der Näh
denn was diese Herrn anbelangt
die müssen es wissen das ist ihr Amt

MOCKINPOTT
Und du meinst die haben für uns Zeit
mit ihrer hohen Persönlichkeit

WURST
Wenn nicht dann haben sie ihren Beruf verfehlt
wir selbst haben sie doch schließlich gewählt
die müssen auf unsereinen bauen
und dazu brauchen sie unser Vertrauen
du wirst sehn die haben auf alle Fragen
sicher was Bedeutungsvolles zu sagen
Beide ab.

8. Bild · Bei der Regierung

Hinter einem erhöhten Tisch sitzen drei Figuren mit überlebensgroßen Köpfen. Figur 1 kratzt sich am Schädel, Figur 2 bohrt sich in der Nase, Figur 3 legt die Füße auf den Tisch. Mockinpott und Wurst treten auf. Mockinpott macht eine tiefe Verbeugung. Wurst legt die Hände an die Hüften und streckt sich nach rückwärts.

WURST
Mein Freund hier ein gewisser Herr Mockinpott
möcht gern daß ein ehrwürdiger und gelehrter Kopp

ihm mal was Nützliches und Denkwürdiges sage
über demselben seine schwierige Lage

FIGUR 1 *sich übers Gesicht streichend, zu Figur 2 gewandt*
Mir scheint mir scheint jetzt ist das Wetta
wieder viel angenehma und bessa

MOCKINPOTT *zu Figur 1*
Zum Beispiel möcht ich Sie folgendes fragen
hab ich da einmal einen Spazierstock getragen
sind von die Gendarmen zweie gekommen
haben mir den Spazierstock abgenommen
haben mir den Stock auf dem Rücken zerschlagen
ist das Gerechtigkeit können Sie mir das sagen
Wurst vollzieht unterdessen gymnastische Armhebungen und Körperstreckungen.

FIGUR 1 *zu Figur 3 gewandt*
Wer ist denn jetzt am besten als Schneida
von wegen Anfertigung neua Kleida

FIGUR 2 *sehr schnell*
Was sich an Aufruhr zeigt vor unsern Blicken
haben die Gendarmen rücksichtslos zu ersticken
es freut uns besonders von Ihnen zu erfahren
wie dieselben das Land vor Gefahren bewahren

FIGUR 3 *sofort darauf*
Wir können es gar nicht genug betonen
wie falsch es wäre jemand zu schonen
der uns stört wo wir gewohnt sind zu wohnen

MOCKINPOTT *zu Figur 3*
Oder vielleicht können Sie mir darauf Antwort geben
hab da verbracht so mein halbes Leben
mit meine Gemahlin im gleichen Bett
und von heute auf morgen schickt die mich weg
nun frage ich könnte es dagegen
nicht irgendein einschlägiges Mittel geben
Wurst geht währenddessen einigemal in die Kniebeuge.

FIGUR 1 *zu Figur 3 gewandt*
Ach sagen Sie mein lieber Vetta
war nicht die vorige Gans viel fetta

FIGUR 2 *sehr schnell*
Es freut uns von Ihnen bestätigt zu bekommen

was wir auch von zahlreichen andern Seiten vernommen
daß es Kräfte gibt die uns unterstützen
in unsern Bemühungen die Sitten zu schützen
so daß man bewahre den gesunden Keim
zur Erhaltung von Fortpflanzung Familie und Heim

FIGUR 3 *in mechanischem staccato*

Im besten Einvernehmen zusammengeschlossen
sind wir wie immer fest entschlossen
den eingeschlagenen Weg weiter zu schreiten
in diesen verantwortungsvollen Zeiten

MOCKINPOTT *zu Figur 1*

Ich will mich mit mein Anliegen beeilen
und Sie nicht mit mein geldlichen Verlust langweilen
aber eins das möcht ich doch gern wissen
warum wenn man uns was nimmt wir noch dazuzahlen müssen

FIGUR 2 *sich in den Zähnen bohrend, zu Figur 1 gewandt*

Bei uns zuhause sind die Fliegen
selbst mit Leimpapier nicht wegzukriegen

FIGUR 3 *die Füße auf dem Tisch spreizend*

Wir nehmen an es ist Ihnen bekannt
daß der Reichtum in einem Land
abhängt vom allgemeinen Wohlstand
deshalb das werden Sie verstehn
müssen wenn irgendwo Löcher entstehn
diese gefüllt werden so daß sie vergehn

FIGUR 2 *sofort mechanisch*

Immer wieder weisen wir darauf hin
daß es nichts Wichtigeres gibt als den Gewinn
und wenn wir uns alle gemeinsam vereinen
kann einem keine Abgabe als Verlust erscheinen

FIGUR 3 *den Finger im Ohr schüttelnd, zu Figur 1 gewandt*

Kauft meine Frau sich einen neuen Hut
wär aber übertrieben zu sagen er stände ihr gut

MOCKINPOTT *zu Figur 2*

Gestatten Sie mir ich hab noch ein paar Fragen
und ich bin gespannt was Sie mir darauf sagen
eifrig, jetzt abwechselnd zu Figur 1, 2 und 3 sprechend
Warum passiert grade mir immer Mallör
wo ich doch nie keinen andern stör

nie laß ich mich ein auf Diskusitionen
weil ich will meinen Mitmenschen schonen
remple nie keinen an und geh immer allein
und fortwährend stellt mir einer das Bein
ich versteh nicht wie sich das alles verhält
mit die Arbeit und die Ehe und mit das Geld
und die Gesundheit und das Schuhanziehn und überhaupt
was ist verboten und was ist erlaubt
Wurst vollzieht unterdessen Laufübungen auf der Stelle.

FIGUR 1 *gähnend, zu Figur 3 gewandt*
Mir scheint im letzten Jahr war das Wetta
doch sehr viel angenehma und bessa

FIGUR 3 *in mechanischem staccato*
Und sollten Sie es noch nicht wissen
so sagen wir Ihnen was Sie wissen müssen
Trotz beunruhigenden Warnungen aus manchem Mund
gibt es zur Beunruhigung keinen Grund
solang wir entschlossen und unverdrossen
im besten Einvernehmen zusammengeschlossen
den eingeschlagenen Weg immer weiter schreiten
in diesen verantwortungsvollen Zeiten
Ein Diener erscheint mit einer Handglocke, die er läutet.

DIENER
Meine Herren die Audienz ist beendet
es wird jetzt von der Regierung eine Proklamation gesendet
Mockinpott zieht sich mit tiefer Verbeugung zurück. Wurst streckt beim Weggehen den Figuren den Hintern zu. Bei ihrem Abgehen beginnen die Vorbereitungen zur Proklamation: ein Räuspern, Husten und Schneuzen, dann ein paar Taktschläge und ein Zählen – Eins, Zwei, Drei.

9. Bild · Im Freien

Im Lautsprecher ertönt die Proklamation, als dreistimmiger Kanon. Mockinpott und Wurst treten auf. Zunächst nicken beide andächtig, Wurst mit herabgezogenen Mundwinkeln und großer Kopfbewegung, Mockinpott zurückhaltender, mit der Hand am Kinn oder an der Nase. Bald nickt nur noch Mockinpott. Wurst beginnt, die Worte mit Augenrollen und Mundaufsperren zu begleiten. Während Mockinpott angestrengt lauscht, mimt Wurst große Sprechergesten, schlägt sich auf die Brust, breitet die Arme aus. Mockinpott fordert ihn manchmal mit Handebewegungen auf, Andacht zu zeigen, doch Wurst läßt sich nicht stören. Mockinpott legt die Hände hinter die Ohren, um besser hören zu können.

Die Proklamation

FIGUR 1
Geschlossen entschlossen zusammengeschlossen
Räuspern

FIGUR 2
Entschlossen zusammengeschlossen unverdrossen

FIGUR 3
Unverdrossen geschlossen zu allem entschlossen

FIGUR 1
Geschlossen geschossen besoffen erhoffen

FIGUR 2
Verhoffen gesoffen zusammen gesoffen besoffen.
Husten

FIGUR 3
Besoffen geschossen erschossen zusammengeschossen

FIGUR 1
Verantwortung Beantwortung Verantwortung Beantwortung

FIGUR 2
Beantwortung Verantwortung Beantwortung Verantwortung

FIGUR 3 *Niesen*
Beanstandung unverantwortliche Verhandlung Handlung

FIGUR 1
Anstand beanstanden Handstand Handlangung

FIGUR 2
Handstand Handlangung Anstand verantwortliche Handlung

FIGUR 3
Anstand verantwortliche Handlung beanstanden Handstand

FIGUR 1
Zusammengeschlossene verantwortliche Beantwortung
Räuspern

FIGUR 2
Verantwortliche Beantwortung beanstandete Handlung

FIGUR 3 *Husten*

Verhandlungskräftige versammlungskräftige Verantwortung

FIGUR 1

Zusammengeschossen zusammen ersoffen verhandlungsoffen

FIGUR 2 *Niesen*

Verhandlung beantworten unverantwortliche Handlung

FIGUR 3

Versammlung Verhandlung Versandung schlechte Behandlung

FIGUR 1

Unverantwortliche Handlung beantworten Verantwortung

Husten

FIGUR 2

Geschlossen zusammengeschlossen fest entschlossen

FIGUR 3

Zu allem entschlossen unverdrossen zu Verhandlungen offen

FIGUR 1

Guten Gewissen Gewissensbissen müssen wissen

FIGUR 2 *Husten*

Ohne Gewissensbisse wissen mit gutem Gewissen

FIGUR 3

Wissen mit gutem Gewissen müssen wissen Gewissensbissen

FIGUR 1

Unaufhörliche Anstrengung besten Einvernehmen

FIGUR 2

Ungefährliche Einmengung unaufhörlich unentbehrlich

Husten

FIGUR 3

Besten Einvernehmen gefährliche Einmengung Anstrengung

Husten

FIGUR 1

Verantwortung Beantwortung Verantwortung Beantwortung

Niesen

FIGUR 2

Beantwortung Verantwortung Beantwortung Verantwortung

FIGUR 3 *Räuspern*

Verantwortung Beantwortung Verantwortung Beantwortung

FIGUR 1

Ausbedungen gezwungen notgedrungen eingedrungen

FIGUR 2

Notgedrungen gesungen ausbedungen niedergezwungen

FIGUR 3

Eingedrungen leider gezwungen Lieder gesungen

FIGUR 1 *Räuspern*

Verantwortung Beantwortung Verantwortung Beantwortung

FIGUR 2

Beantwortung Verantwortung Beantwortung Verantwortung

FIGUR 3 *Räuspern*

Verantwortung Beantwortung Verantwortung Beantwortung

FIGUR 1

Entschlossen zusammengeschlossen zusammengeschossen

FIGUR 2

Zusammengeschossen entschlossen zusammen gesoffen

FIGUR 3 *Räuspern*

Erschossen ersoffen zu Verhandlungen offen

Die Proklamation tönt ab. Mockinpott lauscht noch einige Augenblicke, klatscht dann, etwas zweifelnd, in die Hände. Wurst nickt, mit tief herabgezogenen Mundwinkeln, grimassierend. Mockinpott läßt zögernd vom Klatschen ab. Da klatscht Wurst gewaltsam.

WURST

Eine schöne und erbauliche Rede
vielleicht noch etwas zu sehr in der Schwebe
aber die Worte immerhin
die sind für den Zuhörer schon ein Gewinn

MOCKINPOTT *nickt erst, schüttelt dann den Kopf.*

Ich weiß nach dieser Rede so wenig als wie zuvor
zum einen geht sie rein und raus zum andern Ohr
wie soll denn das gehn wenn ich nie erfahre
was das Verkehrte ist und was das Wahre

WURST

Wie du hast von so vielen Gedanken
die die verlauten ließen nichts verstanden

MOCKINPOTT

Ich will dirs erklären es ist immer so
ich höre was ganz deutlich und denke oh
das stimmt so ists genau aufs Haar
so wies gesagt ist so ist es wahr

und überleg ichs mir noch auf dem Fleck
dann ist die Wahrheit schon wieder weg
und man redet von was andres und ich frage wie
was da geredet wird das verstehst du nie
Die beiden Engel erscheinen flügelklappernd.

DIE BEIDEN ENGEL

Miserere Miserere
daß er sich nicht gegen die Erleuchtung wehre
Sehet nur sehet unsern guten Mann
ist ganz nah an der Deutung seiner Leiden dran
Miserere Miserere
daß Gott selbst ihn mit seinem Anblick beehre
Die Engel verschwinden flügelklappernd.

MOCKINPOTT

Meinen die wirklich der hätt für sowas Zeit
und der Weg hierher wär ihm nicht zu weit

WURST

Für den der leidet wohnt er immer nebenan
also gehn wir und fragen mal bei ihm an
Mockinpott und Wurst gehen ab.

10. Bild · Beim Lieben Gott

Der Liebe Gott ist in einen langen Pelzmantel gekleidet. Er trägt einen Zylinder und pafft an einer dicken Zigarre. Mockinpott tritt mit tiefer Verbeugung auf, Wurst hält sich im Hintergrund.

DER LIEBE GOTT

Aha aha
was haben wir denn für einen Glücklichen da
wieder einen von den unzählig Vielen
die nicht nach irdischem Reichtum schielen
ach wie erfreut mich doch diese Welt
wie ist hier alles aufs Beste bestellt

MOCKINPOTT

Lieber und ehrwürdiger Herr Gott
gestatten meinerseits *tiefe Verbeugung* Mockinpott
bitte ergebenst weil es mich interessiert
was wird an mir eigentlich ausprobiert

Leb ich jetzt hier seit etliche Jahre
und was ich immer wieder erfahre
das ist ja wie soll ichs Ihnen nur sagen
legt den Finger an die Nase
ja ich muß mich da jedesmal fragen
warum wenn was ist
es so ist wie es ist
und wie es wohl wär
wenns nicht wär wie bisher
sucht angestrengt nach Worten
Ich weiß nicht ob Sie mich richtig verstehn
und aus meine Auslegungen ersehn
daß ich von Ihre Ordnung betroffen bin
Können Sie mir sagen wo führt das hin
pustet, wischt sich die Stirn mit dem Taschentuch ab.

DER LIEBE GOTT

Wo sagte ich denn das schon neulich
ist es doch immer wieder besonders erfreulich
soviel Ernst zu finden und soviel Wissensdurst
und nicht einen der sagt es sei ihm alles wurst
Wurst zuckt beim Wort »wurst« zusammen, hüpft vor, legt die Hand auf die Brust, beginnt mit großer Geste.

WURST

Herr Direktor zwar können Sie alles lenken
aber auch ich kann mich in Denken versenken
es handelt sich um folgende Sache
über die ich mir Gedanken mache
hebt den Zeigefinger
Wie ist oben im Himmel die Temperatur
Was ißt man dort zu Mittag und um wieviel Uhr
Sind Sie und die Ihren immer wach
Lesen Sie baden Sie spielen Sie Schach
Der Liebe Gott schüttelt erbost den Kopf, pafft an der Zigarre, droht mit dem Zeigefinger.

WURST

Wieviel Chöre von Engeln haben Sie im Ganzen
können die außer singen und klappern auch tanzen
Und haben Sie noch eine von diesen schönen Zigarren
dann braucht ich nicht so neidisch den Rauch anzustarren

Der Liebe Gott nimmt einen heftigen Zug aus der Zigarre, verschluckt sich, hustet. Wurst klopft ihm den Rücken.

DER LIEBE GOTT

Sagen Sie wissen Sie eigentlich mit wem Sie reden
es kränkt mich sehr was ich da hörte soeben
In meinem Alter bin ich gewohnt
daß man mich vor unnützen Aufregungen schont
Es ist schwer genug den Betrieb zu verwalten
und alles organisatorisch zusammenzuhalten
und alle Eingänge und Ausgänge von heute auf morgen
zu übersehn und für meine Leute zu sorgen
und immer parat auf die Konkurrenz zu sein
zeigt nach unten
denn der fallen immer neue Überraschungen ein
nimmt einen Zug aus der Zigarre.
Ach glauben Sie mir meine Herrn
so wie Sie herumlaufen möcht ich auch gern
und selbst Fragen stelln nach Belieben
und auf alles eine Antwort kriegen
aber dazu meine Herrn hab ich keine Zeit
ich weiß nicht einmal in wie weit
meine Firma und alles was man da investiert
in all ihren Abteilungen noch funktioniert
Ach wen muß man da nicht bearbeiten und schmieren
und was muß man da nicht alles ausprobieren
und sich drehen und wenden und immer wieder sparen
um wenigstens unsern guten alten Namen zu bewahren
zu Wurst gewandt
Mein Herr ich brauchte Trost und Respekt
Sie aber haben ein Gefühl von Trauer in mir geweckt
Anstatt von Ihnen will ich noch was hören von jenem
weist mit der Hand, in der er die Zigarre hält, auf Mockinpott
der ist bescheiden und hat ein gutes Benehmen
bitte Herr Hoppingott das Wort ist an Ihnen
zeigen Sie daß Sie meine Aufmerksamkeit verdienen

MOCKINPOTT *macht eine Verbeugung.*

Was ich sagen wollte das ist warum
kichert
fall ich wenn ich schief stehe manchmal um

und warum ist wenn ich mich setze der Stuhl plötzlich weg
und anstatt auf dem Stuhl sitz ich im Dreck
lacht heraus
Und was soll ich nur dagegen machen
es kommt mir wieder so ein Lachen
Mockinpott lacht laut. Wurst fällt in das Gelächter ein, hält sich den Bauch vor Lachen.

MOCKINPOTT *hält plötzlich inne und wird wütend*
Wenn Sie der Verantwortliche sind vom Ganzen
von der Arbeit der Ehe den Gendarmen und Finanzen
dann muß ich sagen ich krieg eine Wut
denn von all dem kommt mir nichts zugut
Ich hab mal geglaubt es gäb einen Lohn
für alle Leiden aber das seh ich schon
die Ungerechtigkeiten die sind Ihnen egal
Sie meinen wohl die wären für unsereinen normal
Aber das kann ich Ihnen sagen von diesem Betrug
hab ich jetzt ein für alle Male genug
Mockinpott vollzieht eine heftige Drehung. Will weit ausschreiten, stolpert dabei über seinen eigenen Fuß. Bleibt auf dem Boden sitzen, befühlt seine immer noch verkehrt angezogenen Schuhe. Der Liebe Gott geht langsam, kopfschüttelnd, ab, als gebrochener Mann. Die Zigarre hängt ihm schief im Mundwinkel.

11. Bild · Im Freien

Mockinpott sitzt auf dem Boden. Er befühlt den linken Schuh am rechten Fuß. Er knüpft den Schuh auf. Wurst setzt sich neben ihm nieder. Er sieht Mockinpott eine Weile zu, zieht dann seine Flasche hervor, nimmt einen Schluck. Mockinpott zieht den Schuh aus, betrachtet ihn. Knüpft dann den rechten Schuh am linken Fuß auf, zieht den Schuh aus. Zieht dann sorgfältig den linken Schuh an den linken Fuß und den rechten Schuh an den rechten Fuß. Wurst nimmt noch einen Schluck, rülpst, steckt die Flasche wieder ein. Mockinpott erhebt sich. Er steht zunächst unsicher, macht dann ein paar vorsichtige Schritte. Mockinpott macht Gehversuche. Wurst sieht ihm grinsend zu. Mockinpott entwickelt beim Umhergehen immer größere Kunst.

Die beiden Engel erscheinen flügelklappernd.

DIE BEIDEN ENGEL

Miserere Miserere
daß sein Unglück auch andre bekehre
Sehet nur sehet unsern guten Mann
der sich in der Gegend jetzt zurechtfinden kann
Miserere Miserere
daß er von allen Leiden befreiet wäre

Die beiden Engel verschwinden mit mächtigem Geklapper. Mockinpott, beschwingt wie ein Tänzer, wie ein Schlittschuhläufer, entfernt sich, in immer weiteren Bögen. Wurst liegt ausgestreckt auf dem Rücken, die Arme unterm Kopf verschränkt, schnarchend.

Die Verfolgung und Ermordung Jean Paul Marats dargestellt durch die Schauspielgruppe des Hospizes zu Charenton unter Anleitung des Herrn de Sade

Drama in zwei Akten

Musik von Hans-Martin Majewski
Vom Autor revidierte Fassung 1965

Marquis de Sade, *achtundsechzig Jahre alt, außerordentlich beleibt, das Haar ergraut, das Gesicht noch glatt. Er bewegt sich schwerfällig, atmet zuweilen mühsam und asthmatisch.*
Seine Kleidung ist vornehm, doch verkommen. Er trägt Kniehosen mit Schleifen, ein weitärmeliges Hemd mit Brustlatz und Spitzenmanschetten, sowie Schnallenschuhe.
Jean Paul Marat, *neunundvierzig Jahre alt, an Paranoia leidend. Er ist in ein weißes Tuch gehüllt und trägt eine weiße Binde um die Stirn.*
Simonne Evrard, *Marats Lebensgefährtin, von unbestimmtem Alter. Die Darstellerin der Rolle trägt Anstaltskleidung, mit einer Schürze und einem Kopftuch. Ihre Bewegungen sind zwanghaft und verschroben. Wenn sie nichts zu tun hat, wringt sie ein Tuch in den Händen. Sie nimmt jede Gelegenheit wahr, Marats Kopftuch zu wechseln.*
Charlotte Corday, *vierundzwanzig Jahre alt.*
Ihre Kleidung besteht aus einem dünnen weißen Hemd vom Schnitt eines Directoire-Gewands. Das Hemd verbirgt die Brüste nicht, doch sie trägt ein leichtes weißes Tuch darüber. Zu ihren Auftritten wird ihr ein mit Schleifen verzierter Hut umgebunden.
Sie steht ständig unter der Obhut von zwei Schwestern, die sie stützen, kämmen und ihr die Kleider ordnen.
Ihre Bewegungen sind die einer Somnambulen.
Duperret, *girondistischer Abgeordneter.*
Der Darsteller der Rolle trägt zu seinem Anstaltshemd eine kurze Weste und die glatten, eng anliegenden Hosen eines »Incroyable«.
Er ist als Erotomane in der Anstalt interniert und nützt seine Rolle als Liebhaber Cordays bei jeder passenden Gelegenheit zu seinem Vorteil aus.
Jacques Roux, *ehemaliger Priester, radikaler Sozialist.*
Er trägt ein weißes Anstaltshemd mit einem Überwurf vom Schnitt einer Mönchskutte. Die Ärmel des Hemds sind vorn über seinen Händen zusammengebunden. Er kann sich nur in dieser Zwangsjacke bewegen.
Die vier Sänger Kokol *Baß* Polpoch *Bariton* Cucurucu *Tenor* Rossignol *Sopran repräsentieren den vierten Stand. Sie haben ihre Anstaltskleidung mit grotesken Kostümstücken versehen. Sie tragen*

die Revolutionsmütze, Rossignol stellt mit Trikolorenbinde und umgehängtem Säbel die »Marianne« dar.
Sie haben Singstimmen, können Possen reißen und Pantomime spielen.
Patienten, *als Nebenfiguren, Stimmen, Pantomimen und Chor. Sie treten je nach Gebrauch auf, entweder in ihrer weißen Anstaltskleidung oder in primitiver Kostümierung.*
Diejenigen, die nicht zum Spiel benötigt werden, geben sich ihren autistischen Übungen hin.
Einige von ihnen führen stereotype Bewegungen aus, drehen sich im Kreis, hüpfen, murmeln halblaut vor sich hin, brechen in scheinbar unmotiviertes Lachen oder Schreien aus, oder verharren während des ganzen Spiels in einem Stupor. Andere lassen sich willenlos hierhin und dorthin schieben. Es gibt aber auch ein paar, die die Handlung aufmerksam betrachten und daran erinnern, daß in Charenton nicht nur Geisteskranke interniert waren, sondern auch Menschen, die der napoleonischen Gesellschaft aus politischen Gründen unliebsam waren.
Ausrufer, *trägt über dem Anstaltshemd einen Harlekinkittel. Er hat zahlreiche Instrumente umgehängt, mit denen er im Bedarfsfall Lärm erzeugen kann.*
In der Hand hält er einen Zeigestab.
Fünf Musikanten, *Insassen der Anstalt.*
Sie spielen Harmonium, Laute, Flöte, Trompete und Trommel.
Pfleger, *in Uniform, mit langen weißen Schürzen, die ihnen das Aussehen von Schlächtern geben. In den Taschen der Schürzen haben sie Knüppel stecken.*
Schwestern, *mit langen weißen Schürzen, gestärkten Kragen und weit auslangenden weißen Hauben. Sie tragen Rosenkränze. Die Schwestern werden von athletischen Männern gespielt.*
Coulmier, *Direktor der Anstalt, in eleganter Kleidung, mit Mantel und Zylinder. Trägt einen Spazierstock. Er nimmt gern eine napoleonische Haltung ein.*
Coulmiers Frau und Tochter, *reich gekleidet.*

Erster Akt

Läuten der Hospizglocke hinter der Bühne.

1 Aufmarsch

Die Bühne stellt den Badesaal der Heilanstalt dar, mit dazugehörigen Einrichtungen, Bänke sind aufgestellt für die Schauspieler, Schwestern und Pfleger.
Links vorn steht Marats Wanne mit einem darübergelegten Schreibbrett. Rechts befindet sich Sades Stuhl. Der rechten Bühnenseite zugehörig soll auch die Tribüne sein für Coulmier und dessen Familie.
Die Musiker haben ihren Standort sichtbar auf der Bühne. Vorbereitungen zum Spiel werden abgeschlossen und alle Mitwirkenden treten auf.
Orchesterbegleitung.

2 Prolog

COULMIER

Als Direktor der Heilanstalt Charenton
heiße ich Sie willkommen in diesem Salon
Wir haben es dem hier ansässigen Herrn de Sade zu verdanken
daß er zu Ihrer Unterhaltung und zur Erbauung der Kranken
ein Drama ersonnen und instruiert
und es jetzt zur Aufführung ausprobiert
Wir bitten Sie uns Ihre Aufmerksamkeit zu gönnen
denn alle spielen so gut sie können
doch ihre einzige Bühnenerfahrung
erwarben sie hier in der Verwahrung
Als moderne und aufgeklärte Leute
sind wir dafür daß bei uns heute
die Patienten der Irrenanstalt
nicht mehr darben unter Gewalt
sondern sich in Bildung und Kunst betätigen

und somit die Grundsätze bestätigen
die wir einmal im feierlichen Dekret
der Menschenrechte für immer geprägt
das Stück unter der Leitung des Herrn Alphonse de Sade
lassen wir stattfinden in unserm Bad
und hierbei sind uns nicht im Wege
die technischen Errungenschaften der Körperpflege
im Gegenteil sie bilden die Szenerie
zu Herrn de Sades Dramaturgie
denn in unserm Spiel geben wir Ihnen Kunde
von Jean Paul Marats letzter Stunde
die dieser wie bekannt in der Wanne verbrachte
während Charlotte Corday über ihn wachte

3 Aufstellung

Ausrufer gibt mit seinem Stab dem Orchester ein Zeichen. Feierlicher Musikeinsatz.
Coulmier begibt sich mit seiner Familie zur Tribüne. Sade geht zu seinem Stuhl.
Marat wird in die Wanne gesetzt. Simonne legt ihm Kopfbinde und Schultertuch um.
Die Schwestern ordnen Cordays Kleidung.
Die gesamte Gruppe nimmt die Haltung eines heroischen Tableaus ein.
Die Musik zu Ende.

4 Präsentation

AUSRUFER
klopft dreimal mit dem Stab auf den Boden

Marat erkennen Sie in diesem Manne
der bereits Platz genommen hat in der Wanne

zeigt mit dem Stab auf ihn

er befindet sich in seinem fünfzigsten Jahr
und trägt eine Binde um das Haar

zeigt darauf

Seine Haut ist flammig und gelb

zeigt auf seinen Hals

weil von einem Ausschlag entstellt
Das kühle Wasser in dem er sitzt

zeigt in die Wanne

lindert das Fieber das ihn erhitzt

Marat ergreift die Feder und beginnt, zu schreiben.

zur Ausführung der Rolle haben wir einen erwählt
der zu jenen an Paranoia leidenden Patienten zählt
mit denen wir in unsrer Hydrotherapie
Erfolge erzielen wie sonst noch nie
Die Dame die sich über ihn beugt

zeigt auf Simonne, die sich über ihn beugt, ihm die Kopfbinde löst und ihm eine neue umlegt

und deren Berührung er nicht scheut
ist nicht die Corday sondern Simonne Evrard
mit der er zu Lebzeiten verehelicht war
und zwar nicht nach einer Zeremonie unter kirchlichem Gebimmel
sondern auf Grund eines Gelöbnisses unter offenem Himmel
Hier sehn Sie die Corday in unsrer Fabel

zeigt auf Corday, die ihr Kleid zurechtstreicht und ihr Brusttuch befestigt

sie stammt aus Caen und ist von ländlichem Adel
sie ist hübsch gekleidet und trägt modische Schuh

zeigt auf die Schuhe

und bindet sich gerade das Brusttuch zu

zeigt darauf

Sie ist nach unserer und der Geschichtsschreiber Meinung
eine in die Augen fallende Erscheinung

sie richtet sich auf

Doch da die Darstellerin hier in unsrer Institution
an Schlafsucht leidet und Depression

Corday neigt das Gesicht mit geschlossenen Augen weit zurück.

ist all unsre Hoffnung darauf gestellt

nachdrücklich, an Corday gewandt

daß sie ihre Aufgabe im Sinn behält

zeigt auf Duperret

Mit seidener Hose und gepuderter Perücke
sehn Sie Herrn Duperret in unserm Stücke
Wenn er auftritt bringt er immer einen vornehmen Ton
in die Wirrnisse der Revolution
Er steht als Mitglied der Girondisten
natürlich auf Marats schwarzen Listen
ist aber sonst frohen Mutes
und will in seinem Herzen nur Gutes

Duperret macht sich mit einer verstohlenen Liebkosung an Corday heran. Ausrufer schlägt ihm zurechtweisend mit dem Stab auf die Hand. Eine Schwester zieht Duperret zurück.

Interniert von wegen politischer Radikalität

zeigt auf Roux, der seine Ellbogen seitwärts vorschiebt und das Gesicht hebt

ist der Mönch der dort im Hintergrund steht
Er spielt die Rolle des Jacques Roux
und gehört zu Marats Revolution dazu
Leider hat die Zensur sehr viel
gestrichen von seinen Aussagen im Spiel
denn sie gingen in ihrem Ton zu weit
für die Ordnungsbewahrer in unserer Zeit

Roux reißt den Mund auf und stößt heftig mit den Ellbogen seitwärts aus.
Coulmier hebt drohend den Zeigefinger.

Verehrtes Publikum
Zusammengesetzt aus allen Ständen

weist über das Publikum

ist auch das Ensemble in diesen Wänden

zeigt auf die Schauspieler

das sehn Sie zum Beispiel an diesen Vieren

zeigt auf die vier Sänger

die wir hier in der Anstalt auskurieren
Spelunken und Landstraßen bilden nicht länger
den Hintergrund für unsre vortrefflichen Sänger

zeigt auf jeden einzeln

Cucurucu Polpoch und Kokol
und die ehemals käufliche Rossignol

Jeder der Genannten ändert seine Haltung mit einer einstudierten grüßenden Bewegung, wie sie in Jahrmarktsbuden üblich ist. Rossignol knickst.

Betrachten wir jetzt diesen etwas beleibten Herrn

zeigt auf Sade, der dem Publikum gelangweilt den Rücken zudreht

der unter eines anrüchigen Ruhmes Stern
seit fünf Jahren in unsrer Anstalt weilt
von zahlreichen Verfolgungen und Prüfungen ereilt
so sehn wir in ihm Herrn de Sade ehemals Marquis
der dies Spiel ersonnen mit unübertroffnem Genie
Autor von Werken die verkannt und verbrannt
und um derentwillen man ihn Jahrzehnte verbannt
Nach dieser kurzen Introduktion
ist schon im Gang unsere Produktion
und Sie sehen heute am dreizehnten Juli achtzehnhundertundacht
wie vor fünfzehn Jahren die immerwährende Nacht
für jenen dort in der Wanne begann

zeigt auf Marat

als ihm das Blut aus der Schnittwunde rann

zeigt auf Marats Brust

die diese da nachdem sie es wohl bedachte

zeigt auf Corday

ihm mit einem eingekauften Dolch beibrachte

Musikeinsatz.
Corday wird von den Schwestern zur Ruhe auf ihre Bank gelegt. Simonne setzt sich hinter Marats Wanne. Sade nimmt auf seinem Stuhl Platz. Roux und Duperret ziehen sich zu einer Bank zurück. Die vier Sänger stellen sich zur Huldigung Marats auf.

5 Huldigung Marats

KOKOL UND POLPOCH
Rezitativ

Vier Jahre waren damals vergangen
seitdem unsre Revolution angefangen
seitdem wir den goldenen Hm Hm gestürzt
und viele um einen Kopf verkürzt

CHOR
im Hintergrund
Gesang

An die Laterne die Aristokraten
raus aus der Kirche mit den Prälaten

CUCURUCU UND ROSSIGNOL
Rezitativ

Und wie wir heute gedenken des Krieges
gedachte jener des ersten großen Sieges

zeigen auf Marat

damals am Vorabend zur Feier der Revolution
später zum Ende geführt durch Kaiser Napoleon

CHOR
im Hintergrund
Gesang

Hängt sie auf die Generäle
Die Spekulanten an die Pfähle

ROUX
Es lebe die Revolution

Die vier Sänger und andere Patienten stellen sich zu einer Apotheose um die Wanne auf. Ein Blätterkranz wird emporgehoben.

PATIENT
im Hintergrund

Marat wir wollen unser Grab nicht graben

PATIENT
im Hintergrund

Marat wir wollen zu fressen haben

PATIENT
im Hintergrund

Marat wir wollen keine Tüten kleben

ALLE PATIENTEN
Marat wir wollen im Wohlstand leben

KOKOL
zum Kranz weisend

Wir krönen dich mit diesen Blättern Marat
in Ermangelung des Lorbeers
der für die Dickschädel der Akademisten
Heerführer und Prinzen
verbraucht wurde

Der Kranz wird Marat auf das Haupt gesetzt, er wird aus der Wanne gehoben und auf den Schultern von zwei Patienten getragen.

CHOR
Hoch Marat
auf dich wolln wir bauen
du bist der einzige dem wir vertrauen

Marat wird rings um die Spielfläche getragen. Simonne geht neben Marat her, ängstlich zu ihm aufblickend. Die Patienten im Zug vollführen einstudierte Gebärden der Huldigung.

ROSSIGNOL
naiv, das Spiel ernst nehmend

Väterchen Marat wie hast du dich zerkratzt
paß auf daß du unsre Revolution nicht verpatzt

KOKOL UND POLPOCH
Gesang

Marat seit vier Jahren unverzagt
Verräter aufspürend von Verrätern gejagt
Marat vor Gericht und Marat in Verstecken
mit Steckbriefen gesucht an allen Ecken

CUCURUCU UND ROSSIGNOL
Weiterkämpfend gegen die Höflinge und Pfaffen
die Geldsäcke und militärischen Affen
immer wieder da um den Schmus aufzudecken
von denen die der alten Ordnung den Hintern lecken

KOKOL UND POLPOCH
Während unsre Vorkämpfer unsre neuen Herrn
einander überall den Weg versperrn
Während sie einander bescheißen
und ins Loch und unters Beil schmeißen

CUCURUCU UND ROSSIGNOL
Und von den Rechten reden die wir uns längst selbst holten
damals als wir die ganze Bande versohlten
und die sogenannte uneinnehmbare Zitadelle
zerpulverten in großer Schnelle

DIE VIER SÄNGER UND CHOR
Marat was ist aus unserer Revolution geworden
Marat wir wolln nicht mehr warten bis morgen
Marat wir sind immer noch arme Leute
und die versprochenen Änderungen wollen wir heute

Marat wird feierlich in die Wanne zurückgesetzt. Der Kranz wird von seinem Kopf gehoben. Simonne wechselt ihm beflissen das

Kopftuch und rückt das Tuch zurecht, das um seine Schultern liegt. Musik zu Ende. Sade sitzt unbeweglich und überblickt die Bühne mit einem spöttischen Gesichtsausdruck.

6 Erstickte Unruhe

ROSSIGNOL

Jetzt sind die nächsten dran unser Blut zu saugen
Papierfetzen werfen sie uns hin
die Geld vorstellen solln
und nur zum Arschabwischen taugen

PATIENT

Von allen Rechten haben wir nur das Recht zu verhungern

PATIENT

Unsre einzige Arbeit ist das Herumlungern

PATIENT

In Brüderlichkeit können wir verlausen und verdrecken

PATIENT

In Gleichheit dürfen wir hier verrecken

Coulmier springt von seinem Stuhl auf.

ROUX

im Mittelgrund der Bühne

Wer beherrscht die Markthallen
Wer hält die Speicher verschlossen
Wer hat die Reichtümer aus den Schlössern ergattert
Wer sitzt auf den Ländereien
die an uns verteilt werden sollten

Coulmier sieht sich um. Eine Schwester zieht Roux zurück.

PATIENTEN

im Hintergrund, den Takt schlagend, nach vorheriger Vereinbarung sprechend

Wer hält uns zu Unrecht gefangen wer sperrt uns ein
Wir sind gesund und wollen in Freiheit sein

Unruhe kommt auf.

COULMIER

klopft mit dem Stock auf den Boden

Herr de Sade

Sade reagiert nicht auf die Anrede.

ich sehe ich muß hier die Stimme der Vernunft vertreten
Wie soll denn das werden wenn wir schon am Anfang des Stückes
soviel Unruhe aufkommen lassen
Ich muß doch um etwas Besänftigung bitten
Schließlich sind heute andere Zeiten als damals
und wir sollten uns bemühen
die längst überwundenen Mißstände
in einem etwas verklärten Schimmer zu sehen

Die Patienten werden von den Pflegern zurückgedrängt. Ein paar Schwestern stellen sich vor den Patienten auf und singen eine Litanei zur Beruhigung.

7 Corday stellt sich vor

Im Mittelgrund wird Corday, die zusammengesunken auf der Bank sitzt, von den Schwestern zum Auftritt hergerichtet.

AUSRUFER

Sie sehen Marat einen Mann aus dem Volke
in seines Fiebers und Traumes Wolke
Sie sehn seine Hand um die Schreibfeder geballt
und das Geschrei von der Gasse ist eben verhallt
Sie sehn seinen Blick auf die Karte Frankreichs gerichtet

zeigt auf die Landkarte, die Marat aufgerollt hat

während Sie darauf warten

wendet sich um.
Im Hintergrund setzt ein Flüstern ein, das sich immer mehr verbreitet.

CHOR

flüstert

Corday Corday

AUSRUFER

Während Sie darauf warten
daß diese dort ihn vernichtet

zeigt mit dem Stab auf Corday.
Das Orchester intoniert das Corday-Thema.
Pause. Ausrufer wartet, daß die Schwestern mit ihren Vorbereitungen fertig werden.

Und niemand von uns
und niemand von uns

Corday wird von den Schwestern nach vorn geleitet.

und niemand von uns kann was dafür
daß sie schon bereitsteht vor seiner Tür

er klopft dreimal mit dem Stab auf den Boden. Corday wird von den Schwestern aufgestellt. Dies gleicht einer Ritualhandlung.
Die Musik zu Ende. Die Schwestern treten zurück.

CORDAY

schläfrig und zögernd

Armer Marat in deiner Wanne
verseucht von Gift

wach werdend

Gift sprühend aus dem Hinterhalt
die Leute vergiftend
aufwiegelnd zu Mord und Plünderung
Marat
ich bin gekommen
ich
Charlotte Corday aus Caen
wo jetzt eine Armee zur Befreiung gesammelt wird
ich komme als erste Marat

Sie sinkt wieder in sich zusammen.
Die Schwestern treten heran und führen sie ab.

MARAT

tyrannisch

Simonne Simonne
gieß kaltes Wasser zu
gib mir ein neues Tuch um die Stirn
O dieses Jucken
dieses Jucken ist nicht zu ertragen

Simonne steht hinter ihm bereit und führt die erlernten Handgriffe aus. Sie wechselt ihm das Kopftuch, fächelt ihn mit dem Schultertuch und neigt einen Krug über die Wanne.

SIMONNE

Jean Paul kratz dich nicht so
du zerreißt dir die Haut
Laß das Schreiben Jean Paul
es bringt nichts Gutes ein

MARAT

Mein Aufruf
Mein Aufruf zum vierzehnten Juli
an die französische Nation

SIMONNE

Jean Paul du mußt dich schonen
das Wasser ist schon ganz rot

MARAT

Was ist eine Wanne voll Blut
gegen das Blut das noch fließen wird
Einmal dachten wir daß ein paar hundert Tote genügten
dann sahen wir daß tausende noch zu wenig waren
und heute sind sie nicht mehr zu zählen
dort überall
überall

richtet sich in der Wanne auf.
Die vier Sänger spielen Karten und strecken sich auf dem Boden aus. Sie beachten Marat nicht.

Da da
hinter den Wänden
auf den Dächern
in den Kellern
Scheinheilige
Setzen sich unsere Mützen auf
und tragen das Wappen des Königs unterm Hemd
Sie halten mit uns
doch wenn draußen ein Laden geplündert wird
dann schreien sie
Lumpengesindel Proletenpack Kanaillen
Simonne Simonne
mein Kopf brennt
Ich kann nicht mehr atmen

Simonne
Das Geschrei ist drinnen in mir
Simonne
Ich bin die Revolution

Corday wird von den Schwestern wieder nach vorn geleitet. Duperret folgt ihr.

9 Erster Besuch von Corday

AUSRUFER
klopft dreimal mit dem Stab auf den Boden und zeigt auf Corday.
Simonne steht beschützend vor der Wanne.

Erster Besuch der Corday

Das Orchester intoniert das Corday-Thema.

CORDAY
Ich bin gekommen um den Bürger Marat zu sprechen
ich habe ihm wichtige Mitteilungen zu machen
über die Lage in meiner Stadt Caen
wo die Verschwörer sich versammelt haben

SIMONNE
Wir wünschen keine Besuche

wir wollen unsere Ruhe haben
Wer Marat etwas zu sagen hat
der soll ihm schreiben

CORDAY
Was ich ihm zu sagen habe kann ich nicht schreiben
Ich will vor ihm stehn und ihn ansehn

im Ton einer Liebeserklärung

ich will sein Zittern sehn
und den Schweiß auf seiner Stirn
und in seine Rippen will ich den Dolch treiben
den ich unter meinem Brusttuch verwahre

besessen

In beide Hände werde ich den Dolch nehmen
und ihn in seine Haut schlagen
und dann will ich hören

nähert sich Marats Wanne

was er mir zu antworten hat

Sie steht unmittelbar vor der Wanne, zieht den Dolch hervor und holt zum Schlag aus. Simonne ist erstarrt. Sade erhebt sich von seinem Platz.

SADE
Noch nicht Corday
Dreimal kommst du an seine Tür

Corday hält inne, verbirgt den Dolch und geht dann geschmeidig zu ihrer Bank zurück. Die Schwestern und Duperret folgen ihr.

10 Lied und Pantomime von Cordays Ankunft in Paris

Zur Begleitung des Liedes treten Patienten als Pantomimen auf. Mit einfachen Verkleidungen stellen sie Typen aus dem Straßenleben dar. So tritt einer als »Incroyable«, als »Merveilleuse« oder als Fähnchenschwinger auf, ein andrer als Händler und Messerschmied, einer als Akrobat oder Blumenverkäufer, ein paar andere als hüftenschwingende Freudenmädchen. Corday stellt das Mädchen vom Land dar, das zum ersten Mal in die Stadt kommt und alles voller Verwunderung betrachtet.

KOKOL UND POLPOCH
zu Musikbegleitung singend

Charlotte Corday kam in unsre Stadt
sah aus allen Fenstern unsre Wimpel hängen
sie war nach der Reise noch etwas matt
hatte aber keine Zeit im Hotel zu pennen
Ging in der Morgensonne zum Palais Royal
wo einer ihr einen Messerschmied empfahl

CUCURUCU UND ROSSIGNOL
Sah in den Auslagen der Arkaden
Pasten Essenzen und Schminken in allen Farben
bekam Schutzmittel gegen Syphilis angeboten
und Einladungen und Aufforderungen nach allen Noten
Händler kamen mit Schächtelchen und Kännchen
mit Gummiröstern und Sicherheitsschwämmchen

KOKOL UND POLPOCH
Sie aber hörte auf keinen Pfiff
und ging geradewegs zum bezeichneten Laden
erstand dort einen Dolch mit weißem Griff
und der Verkäufer fragte zu wessen Schaden
Sie aber lächelte nur und bezahlte den Preis
von zwei Livres wie jeder weiß

Die Pantomime des Messerkaufs wird ausgeführt. Corday wählt ihren Dolch, nimmt ihn entgegen und bezahlt. Sie verbirgt den Dolch unterm Brusttuch. Der Verkäufer schaut ihr in den Busen und beschreibt eine Gebärde der Bewunderung.

CUCURUCU UND ROSSIGNOL
Sie hörte die Vögel singen in den Tuilerien
und der Geruch der Blumen trieb zu ihr hin
und auch jetzt hielt sie nicht an vor den Parfümerien
sondern war bald wieder in den Gassen drin

wo der Geruch der Blumen sich mit dem Geruch des Bluts
vermischte
und wo man in die Hände klatschte und zischte
beim Anblick der hochrädrigen Karren
voll von formidablen Narren

Der Pantomimenzug wird mächtiger und entwickelt sich zu einem Totentanz. Die Musik unterstreicht den eintönigen Rhythmus. Zwei Patienten, von einem Tuch überdeckt, stellen ein Pferd dar. Sie ziehen einen Karren, in dem Verurteilte in Hemden stehen. Ein Priester gibt ihnen die letzte Weihe. Die Patienten die den Karren begleiten drehen sich verzückt und verkrümmt, tanzen und schütteln sich. Einige werden von Konvulsionen ergriffen und werfen sich in Krämpfen nieder. Ein gedämpftes Kichern und Stöhnen. Zur Musik das Stampfen der Schritte.

CORDAY

zum Publikum gewandt. Hinter ihr das Stampfen.

Was ist dies für eine Stadt
in der die Sonne kaum durch den Dunst dringt
und es ist kein Dunst von Regen und Nebel
es ist ein warmes dickes Dampfen
wie in Schlachthäusern
Was johlen sie so
was zerren sie da hinter sich her
was tragen sie da auf den Spießen
was hüpfen sie so was tanzen sie so
was ist das für ein Lachen das sie so schüttelt
was klatschen sie so in die Hände
was kreischen die Kinder
was sind das für Klumpen um die sie sich raufen
Was ist dies für eine Stadt
in der das nackte Fleisch auf den Straßen liegt
Was sind das für Gesichter

Hinter ihr findet der Totentanz statt. Die vier Sänger schließen sich den Tanzenden an. Der Karren wird zur Richtstätte verwandelt. Zwei Patienten stellen die Guillotine dar. Eine Hinrichtung wird vorbereitet. Corday sitzt versunken am vorderen Rand der Spielfläche.

CORDAY

Bald werden sie dicht um mich herum sein
die Gesichter
mit ihren Augen und ihren Mündern
und mich fordern

11 Triumph des Todes

Die Hinrichtung wird pantomimisch dargestellt.

MARAT

nach vorn sprechend

Was jetzt geschieht ist nicht aufzuhalten
was haben sie nicht alles ertragen
ehe sie Rache nehmen
Ihr seht jetzt nur diese Rache
und denkt nicht daran daß ihr sie dazu triebt
Jetzt jammert ihr als verspätete Gerechte
über das Blut das sie vergießen
doch was ist dieses Blut gegen das Blut
das sie für euch vergossen haben
in euern Raubzügen und Tretmühlen

Der erste Kopf ist gefallen. Triumphierendes Geschrei. Die nächste Hinrichtung beginnt.

Was sind die Opfer die jetzt gebracht werden
gegen die Opfer die sie brachten
um euch zu ernähren
Was sind ein paar geplünderte Häuser
gegen die Ausplünderung unter der sie verkamen
Euch rührt es nicht
wenn sie verderben vor den feindlichen Heeren
mit denen ihr im geheimen konspiriert
Ihr hofft daß ihre Niederlage zu eurem Sieg wird
und da würde sich nichts verziehn in euren edlen Gesichtern
die jetzt verzerrt sind von Abscheu und Empörung

COULMIER

steht auf.

Der Kopf fällt.

Geschrei. Der Kopf wird wie ein Ball umhergeworfen.

Herr de Sade
so geht das nicht
das können wir nicht Erbauung nennen
daran können unsere Patienten nicht gesunden
im Gegenteil sie geraten in unnötige Erregung
Schließlich haben wir das Publikum hierhergebeten
um zu zeigen
daß wir nicht nur den Auswurf der Gesellschaft
hier beherbergen

Sade reagiert nicht auf die Anrede. Er blickt mit spöttischem Lächeln über die Bühne.

AUSRUFER
klopft mit dem Stab in Coulmiers Worte hinein

Wir zeigen nur was sich in unserer Stadt
einmal ohne Zweifel abgespielt hat
So laßt es uns also in Ruhe betrachten
weil wir die Taten von damals verachten
Denn an Einsicht sind wir heute viel klüger
als jene deren Zeit für immer vorüber

zeigt mit dem Stab auf die Hinrichtungsszene. Langer Trommelwirbel. Ein paar neue Opfer werden herangeführt. Sie stehen zum Sterben bereit.

CORDAY
erhebt sich

So wie ihr da oben unbeweglich steht und weiter blickt
als die Augen eurer Henker reichen
so werde auch ich dort stehn
wenn alles vorbei ist.

Sie schließt die Augen und scheint im Stehen zu schlafen.

SADE
Siehe sie dir an Marat
diese ehemaligen Besitzer aller irdischen Güter
wie sie ihre Niederlage noch zum Triumph machen

Jetzt da sie ihrer Genüsse beraubt sind
bewahrt das Schafott sie vor der unendlichen Langweile
Beglückt steigen sie auf das Gerüst
als erstiegen sie einen Thron
Ist das nicht die Höhe von Korruption

Die Opfer knien vor dem Richtblock nieder. Sade weist mit einer Handbewegung die gesamte Gruppe zum Rückzug an. Die Patienten ziehen sich zurück. Der Karren wird abgefahren. Corday wird zu ihrer Bank geführt. Musikfinale.

12 Gespräch über Tod und Leben

Im Hintergrund tritt Ruhe ein.
Die Schwestern murmeln eine kurze Litanei.

MARAT

über die leere Spielfläche zu Sade sprechend

Ich las bei dir Sade
in einer deiner unsterblichen Schriften
das Prinzip alles Lebendigen sei der Tod

SADE

Und dieser Tod besteht nur in der Einbildung
nur wir stellen ihn uns vor
die Natur kennt ihn nicht
Jeder Tod auch der grausamste
ertrinkt in der völligen Gleichgültigkeit der Natur
Nur wir verleihen unserm Leben irgendeinen Wert
die Natur würde schweigend zusehn
rotteten wir unsere ganze Rasse aus
Ich hasse die Natur
ich will sie überwinden
ich will sie mit ihren eigenen Waffen schlagen
in ihren eigenen Fallen fangen

steht auf

Dieses reglose Zusehn dieses Gesicht aus Eis
Daß nichts sie erschüttern kann

daß sie alles erträgt
das spornt uns zu immer größeren Leistungen an

schwer atmend

Wie versuchten wir nicht seit jeher
ihren Grundsatz zu erfüllen
nach dem der Schwache dem Starken
auf Gnade und Ungnade ausgeliefert ist
Wie fielen wir nicht in allen Hierarchien über sie her
in immerwährender Infamie und Schadenfreude
Wie überwältigten wir nicht die falsche Tugend
mit unsrer gemeinsten Geschicklichkeit
Wie experimentierten wir nicht in unsern Laboratorien
ehe wir zur letzten Behandlung schritten
Laß mich erinnern an die Hinrichtung des Damiens
nach dessen mißglücktem Anschlag
auf den seligen fünfzehnten Louis
Wie milde ist unser Beil gegen die Folter
die er erdulden mußte
vier Stunden lang während das Volk sich daran ergötzte
und während Casanova oben hinter dem Fenster
seiner zuschauenden Dame unter die Röcke griff

mit einem Blick auf die Tribüne Coulmiers

Brust Arme und Schenkel wurden ihm aufgeschlitzt
geschmolzenes Blei wurde in die Wunden gegossen
überschüttet wurde er mit siedendem Öl brennendem Pech
Wachs und Schwefel
die Hand sengte man ihm mit Feuer ab
Taue befestigte man an seinen Gelenken
vier Pferde spannte man dran und trieb diese an
eine Stunde lang zerrten sie ungewohnt dieser Aufgabe
ohne ihn zu zerreißen
bis man ihm die Schultern ansägte und die Hüften
so verlor er den ersten Arm und dann den zweiten
und er sah zu was man mit ihm trieb und er wandte sich an uns
und machte sich uns verständlich mit seiner Stimme
und als sie ihm das erste Bein ausrissen und dann das zweite
lebte er immer noch doch seine Stimme war schwächer geworden

und schließlich hing er als blutiger Stumpf mit
wackelndem Kopf
und er stöhnte nur noch und starrte das Kruzifix an
das der Beichtvater ihm vorhielt

Im Hintergrund ertönt eine halblaut gemurmelte Litanei.

Das
war ein Volksfest
mit dem sich unsere heutigen Volksfeste nicht messen können
Unsere Inquisition macht uns schon keinen Spaß mehr
obgleich wir eben erst begonnen haben
Unsere Morde haben kein Feuer
weil sie zur täglichen Ordnung gehören
Ohne Leidenschaft verurteilen wir
kein schöner individueller Tod mehr
stellt sich uns dar
nur ein anonymes entwertetes Sterben
in das wir ganze Völker schicken könnten
in kalter Berechnung
bis es einmal soweit ist
alles Leben
aufzuheben

MARAT

Bürger Marquis
obgleich du in unsern Tribunalen sitzt
und beim Sturm im September dabei warst
spricht aus dir noch der alte Höhenmensch
und was du die Gleichgültigkeit der Natur nennst
ist deine eigene Apathie

SADE

Mitleid Marat
ist eine Eigenschaft der Privilegierten
Wenn der Mitleidige sich niederbeugt
um ein Almosen zu geben
so ist er voller Verachtung
er heuchelt Rührseligkeit zugunsten seines Reichtums
und mit seiner Gabe versetzt er dem Bettelnden
nur einen Tritt

Lautenakkord

Nein Marat
keine kleinlichen Gefühle
ich weiß es geht dir um anderes
Für dich wie für mich
gelten nur die äußersten Extreme

MARAT

Wenn es Extreme sind
dann sind es andere Extreme als deine
Gegen das Schweigen der Natur
stelle ich eine Tätigkeit
In der großen Gleichgültigkeit
erfinde ich einen Sinn
Anstatt reglos zuzusehn
greife ich ein
und ernenne gewisse Dinge für falsch
und arbeite daran sie zu verändern und zu verbessern
Es kommt drauf an
sich am eigenen Haar in die Höhe zu ziehn
sich selbst von innen nach außen zu stülpen
und alles mit neuen Augen zu sehn

13 Marats Liturgie

Die Patienten stehen zum Chor formiert.

MARAT

Wie hieß es doch lange
Die Monarchen seien gute Väter
unter deren Obhut wir friedlich lebten
und ihre Taten wurden uns von den gekauften Poeten
begeistert geschildert
Andächtig brachten die einfältigen Familienversorger
ihren Kindern die Lehren bei

CHOR

zu Marats Monolog

Die Monarchen sind gute Väter

unter deren Obhut wir friedlich leben
Die Monarchen sind gute Väter
unter deren Obhut wir friedlich leben

MARAT

Und die Kinder wiederholten die Lehren und glaubten daran
wie man daran glaubt
was man wieder und wieder hört
Und so hörte man auch die Priester sagen

begleitet vom Chor

In unsrer Barmherzigkeit umfassen wir alle Menschen
in gleicher Weise
wir sind an kein Land und an keine Regierung gebunden
wir sind zu einem einzigen Volk von Brüdern vereint

allein weitersprechend

Und die Priester sahen sich die Ungerechtigkeiten an
und sie schwiegen dazu und sagten

begleitet vom Chor

Unser Reich ist nicht von dieser Welt
diese Erde ist nur eine Stätte der Pilgerschaft
unser ist der Geist der Milde und der Geduld

allein weitersprechend

Und so zwangen sie den Unbemittelten
den letzten Spargroschen ab
und richteten es sich wohlig ein zwischen ihren Schätzen
und schmatzten und zechten mit den Fürsten
und zu den Hungernden sagten sie

begleitet vom Chor

Leidet
leidet wie jener dort am Kreuz
denn so will es Gott

Ein Pantomimenzug tritt auf. Patienten und die vier Sänger bewegen sich nach vorn. In Verkleidungen werden Würdenträger der Kirche angedeutet. Cucurucu trägt ein aus Besen zusammen-

gebundenes Kreuz und zieht Polpoch an einem Strick, der um dessen Hals liegt, hinter sich her. Kokol schwenkt einen Eimer wie ein Weihfaß. Rossignol dreht einen Rosenkranz.
Allein weitersprechend

Und was man immer wieder und wieder hört
daran glaubt man
und so begnügten sich die Unbemittelten mit dem Bild
des Blutenden und Gemarterten und Festgenagelten
und sie beteten das Bild ihrer Hilflosigkeit an
und die Priester sagten

begleitet vom Chor. Die Litaneien der Schwestern klingen dazu auf.

Erhebet die Hände gen Himmel
und ertraget schweigend das Leiden
und betet für eure Peiniger
denn Gebete und Segnungen seien eure einzigen Waffen
auf daß euch das Paradies zuteil werde

allein weitersprechend

Und so hielten sie sie zurück in ihrer Unwissenheit
daß sie sich nicht auflehnten gegen ihre Herren
die sie unterm Schein einer göttlichen Sendung regierten

CHOR
Amen

COULMIER
aufstehend und in das Amen hineinrufend

Herr de Sade
Gegen dieses Treiben muß ich mich wenden
wir einigten uns hier auf Streichung
Wie nimmt sich denn sowas heute aus
da unser Kaiser von kirchlichen Würdenträgern umgeben ist
und es sich immer aufs neue zeigt
wie sehr das Volk des priesterlichen Trostes bedarf
Von einer Unterdrückung kann überhaupt keine Rede sein
Im Gegenteil da wird alles getan um die Not zu lindern
mit Kleidereinsammlung Krankenhilfe und Suppenverteilung
und auch wir hier unterstehen nicht nur der Gnade

der weltlichen Regierung
sondern vor allem der Gunst und dem Verständnis
unsrer geistlichen Väter

AUSRUFER
hebt den Zeigestab hoch

Sollte jemand im Publikum sich getroffen fühlen
so bitten wir denselben seinen Ärger abzukühlen
und in Freundlichkeit zu bedenken
daß wir den Blick hier in die Vergangenheit lenken
in der alles anders war als heute
Heute sind wir natürlich gottesfürchtige Leute

schlägt ein Kreuzzeichen

14 Bedauerlicher Zwischenfall

Im Hintergrund wird ein Patient, der sich eine priesterliche Halskrause umgelegt hat, von einem Anfall ergriffen und hüpft auf den Knien nach vorn.

PATIENT
überstürzt stammelnd

Betet betet
betet ihn an
Satan der du bist in der Hölle
dein Reich komme
dein Wille geschehe
wie in der Hölle also auch auf Erden
Vergib uns unsre Unschuld
erlöse uns von allem Guten
Führe uns
führe uns in Versuchung
in Ewigkeit
Amen

Coulmier ist aufgesprungen. Pfleger werfen sich über den Patienten, binden ihn, schleppen ihn nach hinten ab. Er wird unter eine Dusche gestellt.

AUSRUFER

schwingt die Holzrassel

Zwischenfälle dieser Art sind nicht zu vermeiden
sie gehören bei uns zum Bild der Leiden
Lassen Sie uns mit Ehrfurcht bedenken
daß jener den sie dort hinten zur Besinnung lenken
einmal als Prediger sehr bekannt
einem berühmten Kloster vorstand
Lassen Sie es als eine Erinnerung gelten
an die Undurchschaubarkeit himmlischer und irdischer Welten

schwingt die Rassel zum Abschluß.
Coulmier setzt sich.
Die Patienten ziehen sich zurück und strecken sich, von Schwestern und Pflegern überwacht, auf den Bänken aus.

15 Fortsetzung des Gesprächs zwischen Marat und Sade

SADE

Um zu bestimmen was falsch ist und was recht ist
müssen wir uns kennen
Ich
kenne mich nicht
Wenn ich glaube etwas gefunden zu haben
so bezweifle ichs schon
und muß es wieder zerstören
Was wir tun ist nur ein Traumbild
von dem was wir tun wollen
und nie sind andere Wahrheiten zu finden
als die veränderlichen Wahrheiten der eigenen
Erfahrungen
Ich weiß nicht
bin ich der Henker oder der Gemarterte
Ich ersinne die ungeheuerlichsten Torturen
und wenn sich sie mir beschreibe
so erleide ich sie selbst
Ich bin fähig zu allem und alles füllt mich mit Schrecken

und so sehe ich auch wie andere sich plötzlich
bis zur Unkenntlichkeit entstellen
und getrieben werden zu unberechenbaren Handlungen
So sah ich kürzlich meinen Schneider
einen zarten musischen Mann der gern mit mir philosophierte
ich sah ihn mit Schaum vor dem Mund
rasend und schreiend mit einem Knüppel
auf einen Schweizer einschlagen und diesen
einen hünenhaften bewaffneten Mann
völlig zertrümmern
ich sah ihn dann
über dem offenen Brustkasten des Gefällten
sah ihn das Herz das noch pulsierte
herausreißen und verschlingen

PATIENT
schnell vorspringend

Ein irrsinniges Tier
ein irrsinniges Tier ist der Mensch
In meinem jahrtausendelangen Leben
war ich an Millionen von Morden beteiligt
Dick gedüngt
dick gedüngt ist überall die Erde
vom Brei der menschlichen Eingeweide
Wir wenige Lebende
wir wenige Lebende
gehen auf einem schwappenden Morast von Leichen
Überall unter unsern Füßen
bei jedem Schritt
unter uns verweste Gebeine Asche verfilztes Haar
ausgeschlagene Zähne gespaltene Schädel
Ein irrsinniges Tier
ein irrsinniges Tier bin ich

Sade ist auf ihn zugetreten und leitet ihn beschwichtigend zum Hintergrund zurück, er schreit weiter

Kein Käfig hilft
keine Fesseln helfen
ich wühle mich doch hinaus

unter allen Mauern durch
durch die Jauche die Knochensplitter
ihr werdets noch sehn
es ist noch nicht zu Ende
ich habe meine Pläne

Marat sucht nach seinem Einsatz.

AUSRUFER
souffliert ihm

O dieses Jucken

MARAT
O dieses Jucken dieses Jucken

zögert

AUSRUFER
souffliert

Das Fieber

MARAT
Das Fieber saust mir im Kopf
in meiner Haut ist ein Brennen und Sieden
Simonne
Simonne tauch das Tuch in Essigwasser
Kühl meine Stirn

Simonne tritt eilfertig heran und führt ihre Handhabungen aus.

SADE
Ich weiß
jetzt würdest du allen Ruhm und alle Volksgunst hingeben
für ein paar Tage Gesundsein
Du liegst in deiner Wanne
wie im rosigen Wasser der Gebärmutter
Zusammengekrümmt schwimmst du
allein mit deinen Vorstellungen von der Welt
die den Ereignissen draußen nicht mehr entsprechen
Du wolltest dich einmengen in die Wirklichkeit
und sie hat dich in die Enge gedrängt
Ich

habe es aufgegeben mich mit ihr zu befassen
mein Leben ist die Imagination
Die Revolution
interessiert mich nicht mehr

MARAT

Falsch Sade falsch
mit der Ruhlosigkeit der Gedanken
läßt sich keine Mauer durchbrechen
Mit der Schreibfeder kannst du keine Ordnungen umwerfen
Wie wir uns auch abmühen das Neue zu fassen
es entsteht doch erst
zwischen ungeschickten Handlungen
So verseucht sind wir von den Gedankengängen
die Generation von Generation übernahm
daß auch die besten von uns
sich immer noch nicht zu helfen wissen
Wir sind die Erfinder der Revolution
doch wir können noch nicht damit umgehn
Im Konvent sitzen immer noch Einzelne
jeder von seinem Ehrgeiz beseelt
und jeder will etwas von früher übernehmen
der eine ein schönes Bild
der andre seine Mätresse
der eine seine Mühlen
der andre seine Werften
der eine seine Armee
der andre seinen König
Und da stehen wir wieder
und hängen an die verbürgten Menschenrechte
das heilige Recht der Bereicherung
Und wir hören was daraus werden soll
In Freiheit und Gleichheit soll jeder kämpfen
brüderlich und mit ebenbürtigen Waffen
jeder sein eigener Krösus
Mann soll gegen Mann stehn und Gruppe gegen Gruppe
in einer fröhlichen wechselseitigen Ausbeutung

Patienten richten sich nach und nach auf, einige treten vor. Die vier Sänger stellen sich zum Auftritt bereit.

Und sie sehen ein Blühen vor sich
ein Blühen des Handels ein Blühen der Industrie
einen einzigartigen Aufschwung
und während wir weiter als je
von unserm Ziel entfernt sind
ist in den Augen der andern

weist über den Zuschauerraum

die Revolution schon gewonnen

16 Reaktion des Volkes

DIE VIER SÄNGER
mit Musikbegleitung

Und woher haben sie den Kies
und woher haben sie die Ellbogen
und woher haben sie die Beziehungen
und den Unternehmungsgeist
während wir nichts haben als Löcher

KOKOL
Zum Wohnen

POLPOCH
Im Bauch

ROSSIGNOL
Und in den Kleidern

DIE VIER SÄNGER UND CHOR
Marat
was ist aus unsrer Revolution geworden
Marat
wir wolln nicht mehr warten bis morgen
Marat
wir sind immer noch arme Leute
und die notwendigen Änderungen wollen wir heute

AUSRUFER
tritt vor, den Stab schwingend.

Musik zu Ende. Die vier Sänger und der Chor ziehen sich zurück.

Wir bitten geehrtes Publikum
zu bedenken wie unüberlegt und dumm
das Volk immer wieder ins Unglück gerät
weil es von der Sachlage nichts versteht
Anstatt solch kopflose Ungeduld zu zeigen
sollte es in dieser schwierigen Zeit lieber schweigen
und für jene arbeiten und ihnen vertrauen
die aus eigner Kraft wieder was aufbauen
Genau wie Sie meine Damen und Herrn
sähen wir die Einigung sehr gern
die sich verwirklichen ließe ganz leicht
und die wir ja auch heute schon fast erreicht

Duperret und die Schwestern bemühen sich um Corday, die nicht aufzuwecken ist. Sie ziehen sie hoch und stützen sie und versuchen, sie in Bewegung zu versetzen.

17 Erstes Gespräch zwischen Corday und Duperret

Corday wird von den beiden Schwestern nach vorn geleitet. Sie stützen sie an den Armen, Duperret geht hinter ihnen und stützt mit den Händen Cordays Rücken.

AUSRUFER

bläst ein paar Läufe auf der Pansflöte

Um auch Anstand zu zeigen und hohe Gesinnung
traf der Verfasser jetzt die Bestimmung
der schönen und kühnen Charlotte Corday

wendet sich besorgt um, nickt erleichtert und weist mit dem Stab auf Corday

hinzuzugesellen den Herrn Duperret

Corday wird vorne aufgestellt. Duperret tritt neben sie. Die Schwestern stehen hinter ihr. Zeremonielle Begrüßung zwischen Corday und Duperret.

In Caen wo sie die Jahre ihrer Jugend

in einem Kloster verbrachte voller Tugend
wurde ihr dieser Herr aufs beste empfohlen
daß sie sich sollte Rat und Trost bei ihm holen

Duperret benützt die Szene, um Corday liebkosend über den Körper zu streichen.
Der Ausrufer zu Duperret

Nütz deine Rolle nicht aus
deine Liebe ist platonisch

Er gibt dem Orchester ein Zeichen mit dem Stab.
Corday steht mit zurückgeneigtem Kopf, die Augen geschlossen.
Das Orchester intoniert das Corday-Thema.
Der Ausrufer hält sich wachsam in ihrer Nähe auf.

CORDAY
mit geschlossenen Augen

Ach liebster Duperret

sie zögert, setzt wieder ein, im Stil einer Arie

ach liebster Duperret was können wir tun
um das Unheil zu verhindern

öffnet die Augen

Überall in den Straßen hören wir jetzt davon sprechen
Marat sollte ernannt werden

zögert. Duperret streicht ihr vorsichtig mit der Hand über die Hüften und den Rücken.

Marat sollte ernannt werden zum Tribun und Diktator
Noch heuchelt er daß die Maßnahmen der Gewalt
nur von begrenzter Dauer wären
wir aber wissen
daß Auflösung und Gesetzlosigkeit sein Ziel ist

sinkt ermüdet in sich zusammen

DUPERRET
während er Corday umschlungen hält, im gleichen Arienstil, doch mit Feuer

Ach liebste Charlotte
kehre zurück in den Kreis deiner frommen Freundinnen
und führe ein Leben in Zurückgezogenheit und in Gebeten
denn du bist ihnen denen du hier begegnest
nicht gewachsen

Eine der bewachenden Schwestern tritt an Duperret heran und zieht dessen Hand zurück, die sich in einer Liebkosung an Cordays Busen gelegt hat. Corday steht versunken da.

Du sprichst von Marat
Doch wer ist Marat
irgendein hergelaufener Corsikaner Verzeihung Sardinier
oder gar Jude
Wer hört ihm schon zu
Nur das Gesindel auf den Gassen
Dieser Marat ist für uns nicht gefährlich

hält Corday wieder mit beiden Händen und drückt liebkosend ihre Hüften.
Die vier Sänger vertreiben die Zeit mit allerlei Possen, sie knobeln und zeigen einander Kartenkunststücke.

CORDAY
plötzlich wach und kraftvoll

Liebster Duperret du willst mich nur prüfen
doch ich weiß was ich zu tun habe

versucht sich aus Duperrets Umarmung zu befreien.
Die beiden Schwestern greifen ein und ziehen Duperrets Hände zurück.

Fahre du nach Caen
wo Barbaroux und Buzot dich brauchen
fahre noch heute und flieh
warte nicht auf den Abend
an dem es zu spät ist

DUPERRET
leidenschaftlich, im Arienstil wie zuvor

Liebste Charlotte mein Platz ist hier

wirft sich aufs Knie vor ihr und umschlingt ihre Beine mit den Armen

wie könnt ich die Stadt verlassen in der ich dich weiß
Liebste Charlotte
mein Platz ist hier

vergißt sich und wird stürmischer in der Umarmung. Der Ausrufer stößt ihn mit dem Stab an und klopft dann mit dem Stab auf den Boden.

AUSRUFER
souffliert

Und warum sollte ich fliehn

DUPERRET
Und warum sollte ich fliehn
jetzt da es nicht mehr lange dauern kann

streichelt Corday heftig

schon liegen die Engländer vor Dunkerque und
Toulon
die Preußen

AUSRUFER
verbessert

Die Spanier

DUPERRET
Die Spanier haben Roussillon besetzt
Paris

AUSRUFER
verbessert

Mainz

DUPERRET
Mainz ist von den Preußen umzingelt
Condé und Valenciennes von den Engländern

AUSRUFER
verbessert

Österreichern

DUPERRET

Österreichern erobert
die Vendée steht im Aufruhr

mit großem Feuer und heftigen Liebkosungen

Sie können sich nicht mehr lange halten
diese Emporkömmlinge und Fanatiker
die keinen Weitblick haben keine Kultur
Nein Charlotte ich bleibe hier

drängt sich nah an sie heran, legt seinen Kopf an ihren Schoß

und warte auf den Tag
an dem wir das Wort Freiheit
wieder aussprechen dürfen

erhebt sich, indem er Corday umschlingt, versucht, sie zu küssen. Corday entwindet sich ihm, die beiden Schwestern kommen zu Hilfe, stoßen Duperret unsanft zurück und leiten Corday zu ihrer Bank.
Die Musik zu Ende.

18 Sade pfeift auf alle Nationen

SADE

von seinem Platz aus Marat zurufend

Hörst du Marat
wie sie alle Frankreichs Bestes wollen
Sie überbieten einander an Patriotismus
und mit und ohne Schönheitssinn sind sie bereit
sich für Frankreichs Ehre zu opfern
ob radikal oder gemäßigt
alle wollen sie Blut lecken

erhebt sich

wir nennens Gerechtigkeit wenn wir verurteilen und köpfen
die andern hoffen auf unsre innere Zersetzung
und sehen den Tag vor sich
an dem sie wieder noble talentierte Herren einsetzen dürfen

die höfisch verhandeln und die Fürsten Europas
aufatmen lassen können
Beide
die Lauen und die Zornigen
glauben an Frankreichs Größe
Marat
siehst du den Irrsinn dieser Vaterlandsliebe
ich sage dir
ich habe diesen Heroismus längst aufgegeben
ich pfeife auf diese Nation
so wie ich auf alle andern Nationen pfeife

Ein paar Pfiffe aus dem Hintergrund.

COULMIER
ruft dazwischen, mit gehobenem Zeigefinger

Gebt acht

PATIENT
im Hintergrund

Es lebe Napoleon und die Nation

Ein schrilles Gelächter im Hintergrund.

KOKOL
im Hintergrund rufend

Es leben alle Kaiser Könige Bischöfe und Päpste

Unruhe bricht im Hintergrund aus.

POLPOCH
Es lebe die Wassersuppe und die Zwangsjacke

ROSSIGNOL
Es lebe Marat

SADE
durch die Unruhe rufend

Ich pfeife auf diese Bewegungen von Massen
die im Kreis laufen

Schrille Pfiffe im Hintergrund. Ein Patient beginnt, wild im Kreis zu laufen, ein zweiter und dritter schließt sich ihm an. Pfleger laufen ihnen nach.

Ich pfeife auf alle guten Absichten
die sich nur in Sackgassen verlieren
ich pfeife auf alle Opfer
die für irgendeine Sache gebracht werden
Ich glaube nur an mich selbst

MARAT
sich heftig zu Sade wendend

Ich glaube nur an die Sache
die du verrätst
Wir haben ein Gesindel gestürzt das fett über uns thronte
viele haben wir unschädlich gemacht
viele sind entkommen
doch viele von denen die mit uns begannen
liebäugeln wieder mit dem alten Glanz
und es zeigt sich
daß es in der Revolution
um die Interessen von Händlern und Krämern ging
Die Bourgeoisie
eine neue siegreiche Klasse
und darunter der Vierte Stand
wie immer zu kurz gekommen

DIE VIER SÄNGER
von Musik begleitet

Jetzt saufen die neureichen Affen
aus den Fässern der Pfaffen
Uns steht der Dreck über den Ohren
sie packen Gold in die Tresoren
Und im Konvent die Deputierten
diese aufgeblasenen Studierten
haben nichts anderes im Sinn
als Ruhm und Weiber und Klimbim
Über ihrem Furzen und ihrem Fressen
haben sie uns längst vergessen

Nicht nur die ihrer Schlösser Entledigten
sondern wir sind die Geschädigten

19 Erste Agitation des Jacques Roux

ROUX
im Hintergrund auf eine Bank springend
Greift zu den Waffen
kämpft um euer Recht
Wenn ihr euch jetzt nicht holt was ihr braucht
dann könnt ihr noch ein Jahrhundert lang warten
und zusehn
was die sich für einen Betrieb errichten

Patienten nähern sich Roux von allen Seiten.

Sie verachten euch
weil ihr es euch nie habt leisten können
lesen und schreiben zu lernen
Zur groben Arbeit der Revolution taugtet ihr ihnen
doch sie rümpfen die Nase über euch
weil euer Schweiß stinkt
Unten sollt ihr sitzen
weit weg von ihnen
daß sie euch nicht zu sehen brauchen
da könnt ihr mittun
in eurer Unbildung und in eurem Gestank
daß sich das neue Zeitalter entfalte
Und wieder taugt ihr ihnen zur gröbsten Arbeit
während oben ihre Dichter
von gewaltigen Lebensströmungen sprechen
und während ihre Machenschaften
verbrämt werden von hochentwickelter Kunst
und verfeinertem Luxus
Erhebt euch
stellt euch vor sie hin
zeigt ihnen
wie viele ihr seid

Zwei Schwestern packen Roux von hinten und ziehen ihn von der Bank herunter.

COULMIER

springt auf

Sollen wir uns so was mit anhören
wir Bürger eines neuen Zeitalters
wir die den Aufschwung wollen

COULMIERS FRAU

Das ist Untergrabung
das können wir doch nicht zulassen

AUSRUFER

einen schrillen Pfiff ausstoßend

Sie hörten den Priester Jacques Roux
der erkennt eine neue Religion im Nu
der vertauscht die Kanzel mit der Gasse
und wettert da in seinem seelsorgenden Hasse
Als Prediger sind ihm gute Wendungen bekannt
und er hat seine Zuhörer ganz in der Hand
Er verändert die himmlischen Gefilde
schnell zu einem irdischen Bilde
Hier soll das Paradies sein und hier sollen sie wandeln
und nach ungeahnt neuen Ordnungen handeln
nur weiß er noch nicht wie er diese erreicht
denn Handeln ist schwer und Reden ist leicht
So macht er sich erstmal zum Propheten
angesichts dieser geschundenen Proleten
und stellt ihnen Marat als Heiligen hin
denn das verspricht schon einen Gewinn
weil dieser wie ein Gekreuzigter ist

zeigt auf Marat

und daran erbaut sich jeder Christ

Coulmier nickt erleichtert und setzt sich.
Die Patienten werden zurückgetrieben.

SADE

So wie du da liegst
zerkratzt und verschwollen
in der Wanne die deine Welt ist

glaubst du immer noch daß Gerechtigkeit möglich ist
daß alle gleich viel verwalten können
Heute malt ihr den einen schwarz und enteignet ihn
und verteilt den Besitz an andre
die damit schieben um ihn zu vermehren
genau wie ihre Vorgänger
und durch die Stockungen im großen Geschäft
und den Ausfall der phantasievollen Produktionen
wird Millionen wieder das Brot genommen
Glaubst du immer noch daß alle auf allen Plätzen
das gleiche leisten
daß niemand sich an andern messen wollte
Wie heißt es doch im Lied

begleitet von der Laute und von der Pantomime der vier Sänger, in der dargestellt wird, daß alles was Sade nennt, nur dem zugute kommt, der es sich kaufen kann

Der eine ist bekannt als Bäcker der besten Kuchen
der andre ist ein Künstler im Lockendrehn
der eine ist ein Schnapsbrenner von besonderem Ruhm
und wer wollte es diesem Diamantenschleifer gleichtun
Dieser hier massiert dir geschickter als andre die Knochen
jener weiß die raffiniertesten Speisen zu kochen
Hier züchtet dir einer die seltensten Rosen
da schneidert dir einer die perfektesten Hosen
Der eine schwingt am besten das Beil
und diese hat den beglückendsten Körperteil

Pause

Glaubst du du würdest sie glücklich machen
wenn jeder nur halbwegs gehen dürfe
und mit der Nase immer nur an die Gleichheit stieße
Glaubst du es gäbe ein Fortschreiten
wenn jeder nur ein kleines Glied wäre
in einer großen Kette
glaubst du immer noch daß es möglich ist
die Menschen zu einen
da du doch siehst wie schon die wenigen
die um der Eintracht willen begannen

sich in den Haaren liegen
und über Bagatellen
zu Todfeinden werden

MARAT

richtet sich auf

Es geht nicht um Bagatellen
es geht um einen Grundsatz
und es gehört zum Lauf der Revolution
daß die Halbherzigen die Mitläufer
ausgestoßen werden müssen
Es gibt für uns nur ein Niederreißen bis zum Grunde
so schrecklich dies auch denen erscheint
die in ihrer satten Zufriedenheit sitzen
und sich in den Schutzmantel ihrer Moral hüllen
Hört nur
hört durch die Wände
wie sie flüstern und intrigieren
Seht
wie sie überall lauern
und auf ihre Chance warten

DIE VIER SÄNGER

einzeln zu Musikbegleitung

Was ist eigentlich los
Ich bin ein guter Franzos
und möcht doch gern wissen
wer mich beschissen
Es hieß doch mal
es sei aus mit der Qual
Wer kann uns jetzt sagen
was die da noch austragen
Der König ist weg
Die Pfaffen sind im Dreck
Die Noblen sind im Loch
Worauf warten wir noch

Roux springt nach vorn.

ROUX

Wir fordern
daß die Speicher zur Linderung der Not geöffnet werden
Wir fordern
daß alle Werkstätten und Fabriken in unsern Besitz übergehn

Die Patienten und die vier Sänger begeben sich nach vorn und umringen Roux.

Wir fordern
daß in den Kirchen Schulen eingerichtet werden
so daß dort endlich einmal etwas Nützliches verbreitet wird

Coulmier fuchtelt mit den Händen und erhebt Einspruch.

Wir fordern eine sofortige Anstrengung aller
um den Krieg zum Ende zu bringen
diesen verfluchten Krieg
der der Preistreiberei zum Vorwand dient
der die Gier nach Eroberungen weckt

Coulmier läuft von der Tribüne hinunter zu Sade, er spricht auf Sade ein, doch dieser reagiert nicht.

Wir fordern
daß diejenigen die den Krieg entfacht haben
unmittelbar alle Kosten dafür tragen
Ein für alle Mal
muß der Gedanke an große Kriege
und an eine glorreiche Armee
ausgelöscht werden
Auf beiden Seiten ist keiner glorreich
auf beiden Seiten stehn nur verhetzte Hosenscheißer
die alle das gleiche wollen
Nicht unter der Erde liegen sondern
auf der Erde gehn
ohne Holzbein

COULMIER
dazwischenrufend

Das ist Defaitismus

COULMIERS FRAU
Wir brauchen unsere Armee

COULMIER
sich heftig an Sade wendend

Diese Szene wurde gestrichen

SADE
ruft, ohne sich um Coulmiers Einspruch zu bekümmern

Bravo Jacques Roux
Deine mönchische Kleidung ist nach meinem Sinn
denn das ist jetzt das beste
immer bereit zu sein
sich im Sack zu verkriechen
aufzutauchen in günstigen Momenten
dann schnell wieder weg wenns sein muß
Deine Kutte Jacques Roux
ist ein gutes Mimikri

Roux wird von zwei Schwestern überwältigt und abgeschleppt. Duperret benutzt die Unruhe, Corday mit Liebkosungen zu überschütten. Sie liegt passiv.
Patienten treten unruhig vor.

ROUX
während er auf einer Bank festgeschnallt wird

Marat
deine Zeit ist jetzt da
Marat zeige dich
sie warten auf dich
denn die Revolution
sie soll nur einen Augenblick währen
wie ein einschlagender Blitz
der alles verzehrt
in blendender Helle

Roux springt auf, die Bank an seinem Rücken festgeschnallt. Er wird niedergeschlagen. Die Patienten werden zurückgedrängt.

21 Sade unter der Peitsche

SADE

tritt langsam vor, er spricht, ohne sich um die Unruhe zu bekümmern

Sie tragen dich eine Stunde lang einen Tag lang
dann lassen sie dich fallen
Marat
Heute brauchen sie dich denn du sollst für sie leiden
und die Urne mit deiner Asche stellen sie ins Panthéon
Morgen kommen sie und zerschlagen die Urne zu Scherben
dann wird gefragt
Marat wer war Marat
Marat
jetzt werde ich dir sagen
was ich von dieser Revolution halte
zu deren Heraufbeschwörung ich selbst beitrug

Im Hintergrund ist Stille eingetreten.

Damals als ich in der Bastille saß
waren meine Thesen schon aufgezeichnet
Ich hatte sie aus mir herausgeschunden
unter den Schlägen meiner Geißel
aus Haß gegen mich selbst
und die Begrenztheiten meines Denkens
In der Einkerkerung stiegen sie vor mir auf
die monströsen Vertreter einer untergehenden Klasse
deren Macht sich nur noch in einem Schauspiel
körperlicher Exzesse darstellte
Bis ins kleinste Detail rekonstruierte ich
den Mechanismus ihrer Gewalttaten
und dabei ließ ich alles zur Sprache kommen
was es in mir an Bosheit gab und an Brutalität
Es war weniger ein Angriff auf diese Ertrinkenden

die alles mit sich rissen was sie noch greifen konnten
als ein Angriff auf mich selbst
In einer Gesellschaft von Verbrechern
grub ich das Verbrecherische aus mir selbst hervor
um es zu erforschen und damit die Zeit zu erforschen
in der ich lebte
Die Schändungen und Peinigungen
die ich meine erdachten Giganten ausführen ließ
führte ich selbst aus
und so ließ ich mich auch selbst binden und bearbeiten
und schon möchte ich sie mir vornehmen
diese Schöne dort

zeigt auf Corday, die nach vorn geführt wird

die da so erwartungsvoll steht
und ihr die Riemen in die Hand drücken
daß sie mich schlägt
während ich zu dir von der Revolution spreche

Corday wird von den Schwestern aufgestellt. Sade reicht ihr eine Peitsche. Er reißt sich das Hemd ab und bietet ihr seinen Rücken dar. Er steht nach vorn gewandt. Corday steht hinter ihm. Patienten treten langsam aus dem Hintergrund vor. Die Damen auf Coulmiers Tribüne stehen erwartungsvoll auf.

Zunächst sah ich in der Revolution die Möglichkeit
zu einem ungeheuren Auswuchs an Rache
zu einer Orgie die alle früheren Träume übertraf

Corday holt langsam zu einem Schlag aus und läßt die Peitsche niederfahren. Sade krümmt sich zusammen.

dann aber sah ich
als ich selbst zu Gericht saß

Peitschenhieb.
Er schnauft

nicht wie sonst als Angeklagter
sondern als Richtender
daß ich es nicht über mich bringen konnte
die Eingefangenen dem Henker zu überliefern

Peitschenhieb.

Ich tat alles um sie freizusprechen oder entkommen zu lassen
Ich sah daß ich nicht fähig war zum Mord

Peitschenhieb.
Er stöhnt asthmatisch

obgleich dies doch die letzte Tat war
mit der der Beweis meines Daseins erbracht werden konnte
und jetzt

Peitschenhieb.
Er stöhnt auf

vor der Möglichkeit
würgte mich Übelkeit

Corday hält inne und steht selbst schwer atmend da.

Im September bei den Säuberungsaktionen
im Karmeliterkloster
mußte ich mich im Hof plötzlich zusammenkrümmen
und erbrechen

er läßt sich auf die Knie nieder

als ich sah wie meine Prophezeiungen sich verwirklichten

Corday steht breitbeinig über ihm.

und wie Weiber gelaufen kamen
in den blutigen Händen
die abgeschnittenen Geschlechtswerkzeuge von Männern

Peitschenhieb.
Sade wirft sich vornüber

Und dann in den folgenden Monaten

behindert vom Asthma

als die Karren mit ihrer Ladung regelmäßig zum Richtplatz fuhren
und das Beil fiel und hochgezurrt wurde und wieder fiel

Peitschenhieb.

da war dieser Vergeltung schon jeder Sinn genommen
es war eine mechanische Vergeltung

Peitschenhieb. Sade krümmt sich zusammen. Corday steht hochaufgerichtet.

ausgeführt in einer stumpfen Unmenschlichkeit
in einer eigentümlichen Technokratie

Peitschenhieb.

und jetzt Marat

Peitschenhieb.
Sade atmet schwer

jetzt sehe ich
wohin sie führt
diese Revolution

Corday steht atemlos mit der Peitsche über Sade. Die beiden Schwestern treten vor und ziehen sie zurück. Sie läßt sich abführen, die Peitsche hinter sich herschleifend. Sade spricht, auf den Knien liegend, weiter

zu einem Versiechen des einzelnen
zu einem langsamen Aufgehen in Gleichförmigkeit
zu einem Absterben des Urteilsvermögens
zu einer Selbstverleugnung
zu einer tödlichen Schwäche
unter einem Staat
dessen Gebilde unendlich weit
von jedem einzelnen entfernt ist
und nicht mehr anzugreifen ist
Ich kehre mich deshalb ab
ich gehöre niemandem mehr an
Wenn ich zum Untergang verurteilt bin
so will ich dem Untergang abgewinnen
was ich ihm aus eigener Kraft abgewinnen kann
Ich trete aus
aus meiner Sektion
Ich sehe nur noch zu
ohne einzugreifen

beobachtend
das Beobachtete festhaltend
und es umgibt mich
die Stille

hält schwer atmend inne

Und wenn ich verschwinde
möchte ich alle Spuren
hinter mir auslöschen

ergreift sein Hemd und geht langsam zu seinem Stuhl zurück, während er sich ankleidet.

22 Armer Marat verfolgt und verschrien

MARAT
vorgebeugt, zusammengesunken

Simonne Simonne

starrt wie erblindet

warum wird es so dunkel
Gib mir ein neues Tuch für die Stirn
leg mir ein neues Tuch um die Schultern
Ich weiß nicht
frier ich oder vergeh ich vor Hitze

Simonne steht schon bereit und beugt sich über ihn, legt ihm die Hand auf die Stirn, wechselt ihm die Tücher, fächelt ihm Kühlung zu.

Simonne
ruf Bas daß ich ihm den Aufruf diktiere
den Aufruf an die französische Nation

Simonne schüttelt entsetzt den Kopf und schlägt die Hand vor den Mund.

Wo sind meine Papiere Simonne
ich hab sie doch eben noch gesehn
warum ist es so dunkel

SIMONNE

schiebt ihm die Papiere, die auf dem Brett liegen, näher

Hier sind sie doch Jean Paul

MARAT

Wo ist die Tinte
Wo ist meine Feder

SIMONNE

zeigt auf das Schreibzeug

Hier liegt die Feder
Jean Paul
und hier steht das Tintenfaß
wie immer
Es war nur eine Wolke die vorbeizog
oder Rauch
Man verbrennt jetzt die Leichen

Das Orchester intoniert.
Die vier Sänger treten vor.

DIE VIER SÄNGER

singen

Armer Marat verfolgt und verschrien
immer wieder mußt du dich vor ihnen verziehn
die dir deine Presse zerschlagen
und dir den Druck deiner Schriften untersagen
Armer Marat an den wir glauben
immer weiterschreibend mit entzündeten Augen
bei rauchender Lampe in Verstecken
bis sie dich mit Spürhunden wieder entdecken
Und dein Haus umzingeln und deine Tür einrammen
und dich aufs neue unter die Erde verbannen
Armer Marat wir wolln an dich glauben
doch kann all deine gesammelte Weisheit noch taugen
Jetzt wo du da in der Wanne sitzt
und in Wundbrand und Atemnot schwitzt

Musikfinale.

Die Schwestern und Duperret bemühen sich um Corday. Mit vereinten Kräften heben sie sie hoch. Die Schwestern richten ihre Kleidung her und befestigen ihren Hut.
Die Patienten und Sänger treten zurück.
Der Ausrufer tritt vor und klopft mit seinem Stab dreimal auf den Boden.

AUSRUFER
bläst ein paar Läufe auf der Pansflöte

Nachdem wir so viel Beschwerliches weckten
befassen wir uns einmal mit lichteren Aspekten
denn wenn auch einer fiebert und einer kriegt Hiebe
so besteht doch weiter die holde Liebe
es gibt nicht nur Trübsal und nicht nur Groll
nein auch von Edelmut ist das Leben voll
So laßt uns betrachten dies umschlungene Paar

Corday wird von den Schwestern nach vorn geleitet. Duperret hält den Arm um sie. Ausrufer zeigt mit dem Stab auf sie

sie mit ihrem Schwall von gepflegtem Haar

zeigt darauf

mit ihrem Gesicht von interessanter Blässe

zeigt darauf

mit den Augen verklärt von der Tränen Nässe
und den Lippen sinnlich geschwungen und zart

zeigt darauf

und dann diesen der mit Liebkosungen nicht spart

zeigt auf Duperret. Duperret hebt Cordays Fuß und küßt ihren Schuh, bedeckt dann ihr Bein mit Küssen. Corday stößt ihn zurück.

der in natürlicher Grazie sich bewegt

Duperret verliert, zurückgestoßen, die Balance und setzt sich ohne

Grazie auf den Hintern, er erhebt sich jedoch gleich wieder und nimmt vor Corday eine komische Pose der Liebesbezeugung ein. Corday wendet das Gesicht voller Verachtung ab.

während sein Herz in Leidenschaft schlägt

zeigt auf Duperrets Brust

Erfreun wir uns noch an ihrem verlangenden Blick
eh ihnen der Kopf fällt vom Genick

Orchester intoniert das Corday-Thema.
Corday sucht nach ihrem Einsatz.

AUSRUFER
souffliert

Einmal wird es sich verwirklichen

CORDAY
im Arienstil

Einmal wird es sich verwirklichen
daß der Mensch im Einklang lebt mit sich selbst
und mit seinesgleichen

Duperret bedeckt ihre Hand und ihren Arm mit Küssen.

DUPERRET
über ihr Haar streichend, im Arienstil singend

Einmal in einer Gesellschaftsordnung
in der jeder einzelne
obgleich er sich mit allen vereint

die Hand unter Cordays Kleid schiebend. Corday wehrt sich.

nur sich selbst gehorcht
und seine Freiheit behält

versucht, Corday auf den Mund zu küssen, Corday weicht ihm aus.

CORDAY
In der ein jeder über alle dasselbe Recht erwirbt
das man ihm über sich selbst gewährt

DUPERRET

Corday festhaltend und sie mit Liebkosungen überschüttend

Einmal
in einem Grundvertrag
in dem die natürlichen Ungleichheiten zwischen den Menschen

Corday biegt sich weit zurück und reißt sich los. Duperret springt ihr nach, weitersingend

einer höheren Ordnung unterstellt werden

atemlos

so daß alle

Eine der Schwestern hält Corday auf und leitet sie zurück. Corday wird zu einer heroischen Pose zurechtgestellt.

wenn auch verschieden an Körper und Geist
doch gleich sind
durch Übereinkunft und Recht

seufzt erleichtert auf. Auch Duperret nimmt eine dazu passende Pose ein, so daß sie ein angenehmes Schlußbild darstellen.

24 Diese Lügen die im Umlauf sind

MARAT

richtet sich hoch auf.
Corday wird von den Schwestern zurückgeleitet.
Duperret folgt ihr.

Diese Lügen die im Umlauf sind über den idealen Staat
Als wären die Reichen je bereit
freiwillig ihre Besitztümer herauszugeben
Und wenn sie vom Druck der Verhältnisse gezwungen werden
hier und da nachzugeben
so tun sie es nur weil sie wissen
daß sie dabei auch wieder gewinnen können
Es heißt jetzt
Die Arbeiter hätten bald höhere Löhne zu erwarten

Warum
weil mit einer gesteigerten Produktion gerechnet wird
und folglich mit größerem Umsatz
der die Taschen der Unternehmer dick macht
Glaubt nicht
daß ihnen ohne Gewalt beizukommen ist

Hier und da treten Patienten langsam zum Mittelgrund vor, bleiben dort lauschend stehen.
Corday liegt ausgestreckt auf der Estrade, Duperret beugt sich über sie.

Laßt euch nicht täuschen
wenn unsre Revolution erstickt worden ist
und wenn es heißt
daß die Zustände sich jetzt gebessert haben
Auch wenn ihr die Not nicht mehr seht
weil die Not übertüncht ist
und wenn ihr Geld verdient
und euch was leisten könnt von dem
was die Industrien euch andrehn
und es euch scheint
euer Wohlstand stände vor der Tür
so ist das nur eine Erfindung von denen
die immer noch viel mehr haben als ihr

Patienten und die vier Sänger treten langsam nach vorn.

Glaubt ihnen nicht
wenn sie euch freundschaftlich auf die Schultern klopfen
und sagen die Unterschiede wären nicht mehr der Rede wert
und es bestände kein Anlaß mehr
zu Streitigkeiten

Coulmier blickt sich beunruhigt um.

denn dann sind sie ganz auf der Höhe

wendet sich dem Publikum zu

in ihren neuen Burgen aus Marmor und Stahl
von denen aus sie die Welt ausräubern

unter der Devise
sie verbreiteten Kultur

Coulmier verläßt die Tribüne und eilt auf Sade zu. Er spricht auf ihn ein. Sade reagiert nicht.

Paßt auf
denn sobald es ihnen gefällt
schicken sie euch
daß ihr ihre Haufen verteidigt
in Kriege

Sade erhebt sich und besänftigt Coulmier.

deren Waffen in der rapiden Entwicklung
der gekauften Wissenschaft
immer schlagkräftiger werden
und euch in großen Mengen zerreißen

AUSRUFER
Schnell müssen wir hinzufügen
daß wir uns hier nur damit vergnügen
derartige Dinge auszusagen
die natürlich mit unsrer Zeit nichts zu tun haben
Sie meinen dann sollten wir lieber schweigen
wir wollen Ihnen aber nur zeigen
was vielleicht einmal geschehen könnte
wenn uns das Schicksal nicht jenen vergönnte
der aufräumte mit solchen Prophezeiungen
und beendete alle Entzweiungen
Alle wollen wir gerne verzichten
auf die eben genannten Zukunftsaussichten
und deshalb steht die Corday auch schon da
um das Reden zu verbieten diesem Marat

zeigt auf Corday, die inzwischen von den Schwestern hergerichtet und nach vorn geführt worden ist.
Coulmier kehrt beruhigt zu seinem Platz zurück.

Corday hält die Hand wie zum Klopfen gehoben. Hinter ihr stehen die Schwestern, bereit, sie zu stützen. Der Ausrufer gibt Corday ein Zeichen mit dem Stab, sie bewegt die Hand als klopfe sie und der Ausrufer klopft dreimal mit dem Stab auf den Boden.

CORDAY
leise

Ich bin gekommen
um diesen Brief zu übergeben

zieht einen Brief aus dem Brusttuch

in dem ich noch einmal bitte
bei Marat vorgelassen zu werden

zögert

Ich bin unglücklich
und habe deshalb ein Anrecht auf seine Hilfe

Corday streckt den Brief Simonne entgegen. Simonne ist verwirrt, geht einen Schritt auf Corday zu, kehrt dann zur Wanne zurück und beginnt, wieder Marats Kopftuch zu wechseln.

CORDAY
wiederholt laut

Ich habe ein Anrecht auf seine Hilfe

Sie stößt mit der Hand aus. Simonne zuckt nervös hin und her. Läuft dann zu Corday und reißt ihr den Brief aus der Hand.

MARAT
Wer war an der Tür Simonne

Simonne eilt wieder verwirrt einige Schritte zwischen Corday und Marat hin und her.

AUSRUFER
souffliert

Ein Mädchen aus Caen mit einem Brief
eine Bittstellerin

Corday steht jetzt zusammengesunken da. Duperret erhebt sich und legt von hinten den Arm um sie. Die beiden Schwestern kommen hinzu. Corday wird zu ihrer Bank zurückgeführt.

SIMONNE

verworren und erbost

Ich lasse niemanden herein
die bringen uns nur ins Unglück
Alle diese Leute mit ihren Krämpfen und Beschwerden
als hättest du nichts andres zu tun
als ihnen Advokat und Arzt und Beichtvater zu sein
in ihren mißglückten Geschäften
ihren Familienintrigen und Ehekonflikten

Simonne zerreißt den Brief, steckt die Papierstücke in ihre Schürze. Sie legt Marat ein frisches Tuch um die Schultern.

SADE

geht nach vorn und bleibt nah vor der Wanne stehen. Musikbegleitung

So ist es Marat
das ist für sie die Revolution
Sie haben Zahnschmerzen
und sollten sich den Zahn ziehen lassen
Die Suppe ist ihnen angebrannt
aufgeregt fordern sie eine bessere Suppe
Der einen ist ihr Mann zu kurz
sie will einen längeren haben
Einen drücken die Schuh
beim Nachbarn sieht er bequemere
Einem Poeten fallen keine Verse ein
verzweifelt sucht er nach neuen Gedanken
Ein Fischer taucht seit Stunden die Angel ins Wasser
warum beißt kein Fisch an
So kommen sie zur Revolution
und glauben die Revolution gebe ihnen alles
Einen Fisch
einen Schuh
ein Gedicht

einen neuen Mann
eine neue Frau
und sie stürmen alle Befestigungen
und dann stehn sie da
und alles ist wies früher war
die Suppe angebrannt
die Verse verpfuscht
der Partner im Bett
stinkend und verbraucht
und unser ganzes Heldentum
das uns hinab in die Kloaken trieb
können wir uns an den Hut stecken
wenn wir noch einen haben

Musik geht zu einem tragischen Anklang über.

DIE VIER SÄNGER
treten in Positur

Armer Marat ist nicht alles vergebens
was du studiert hast zeitlebens
Sind deine medizinischen Kenntnisse nicht verloren
jetzt wo es dir dröhnt und saust in den Ohren
Und ist all deine physikalische Wissenschaft
jetzt wo es drauf ankommt nicht verpaßt
Armer Marat in deinen Mauern
während die Feinde dich umlauern
Marat kennst du in deiner Enge
immer noch die großen Zusammenhänge
Marat bist du noch bei klaren Sinnen
da in deiner Wanne drinnen

Marat legt sich müde vornüber auf das Brett.

Kannst du uns die Welt noch erklären
jetzt wo die Fieber dich verzehren
Marat kannst du uns nennen
was wir im Dunkeln nicht mehr erkennen

Die Musik geht in ein dramatisches Grollen über.
Marat fiebert. Simonne befühlt seine Stirn, fächelt ihm Kühlung zu, wechselt sein Kopftuch.

Der ganze Bühnenraum zittert und dröhnt. Die Pantomimengruppe tritt mit dem Karren auf. Der Karren wird von einem Mann und einer Frau gezogen, die Marats Eltern spielen. Die Figuren im Karren stellen Vertreter der Wissenschaft, des Militärs, der Kirchenmacht und der Neureichen dar.
Die Figuren sind mit Orden behängt und mit primitiven Insignien versehen. Ihre Kostümierung ist äußerst grotesk.

MARAT
richtet sich hoch auf

Sie kommen
paßt auf
Seht sie euch an
diese Galerie von Figuren
dieses Kabinett von Hohenpriestern Ordensträgern
und Falschmünzern
Paßt auf
sie sind schon dabei
ihr neues Reich zu bauen
Frankreich
werden sie rufen
und
Frankreichs Größe
und vor dieser Größe
werdet ihr klein sein und kriechen
Paßt auf
sie sind da
Ja
ich höre euch
ich sehe euch

Das große Gewitter setzt sich fort.

AUSRUFER
klopft mit dem Stab auf den Boden

Hören Sie jetzt meine Damen und Herrn
was diese dort nur allzu gern

weist auf die Gestalten

über jenen zu vermelden haben

zeigt auf Marat

eh wir ihn ein für alle Mal begraben
Zunächst den Schulmeister der lieblichen Stadt

zeigt auf den Pantomimen, der den Lehrer darstellt

in der jener das Licht der Welt erblickt hat

zeigt auf Marat

LEHRER
singt mit Fistelstimme

Schon als Kind hetzte dieser Marat
Gruppen seiner Gespielen
unter Geschrei aufeinander
Mit Holzschwertern schlugen sie sich
und es floß schon Blut

Schreie werden im Hintergrund ausgestoßen.

und man machte Gefangene
und band sie und folterte sie
und niemand wußte
worum es ging

AUSRUFER
zeigt auf die Figur, die die Mutter darstellt

So hören Sie was die uns jetzt nennt
die die Sache von innen her kennt
die ihn von Anfang an gerochen
weil er aus ihrem Schoß gekrochen

MUTTER
singt mit zeternder Stimme

Verweigerte die Nahrung
lag tagelang ohne zu sprechen
Ruten zerschlugen wir an ihm zu Spreu

sie lacht schrill. Gelächter kommt aus dem Hintergrund und das Geräusch von Rutenschlägen.

in den Keller sperrten wir ihn
Nichts half
es war ihm nicht beizukommen
Oh

bricht wieder in Gelächter aus

VATER

vorspringend, mit sich überschlagender Stimme

Er biß zurück wenn ich ihn biß
er trat um sich wenn ich ihn aufhängen wollte
und wenn ich ihn anspuckte lag er stocksteif
und eiskalt

bricht in grölendes Gelächter aus

MARAT

Ja
ich sehe euch
verhaßter Vater verhaßte Mutter

Die beiden Figuren hocken sich nieder, immer noch vom Gelächter geschüttelt. Sie schaukeln vor und zurück, als säßen sie in einem Boot.

was ist das für ein Boot in dem ihr schaukelt
Ich sehe euch
ich höre euch
Was lacht ihr so schrecklich

Die beiden Figuren sitzen schaukelnd voreinander, ihr Gelächter versiegt.

SIMONNE

an die Wanne tretend

Jean Paul du fieberst
laß das Schreiben Jean Paul
es bringt dich ins Verderben
Lieg still
du mußt dich schonen

MARAT

Ich fiebre nicht
ich seh jetzt deutlich

was das für Figuren waren
von Anfang an

LEHRER
vorspringend

Dieses Großmaul
rief im Alter von fünf Jahren
Was der Lehrer kann ka ka kann ich auch
und ich weiß noch mehr dazu
und mit Fünfzehn hab ich die Uni Uni Universitäten erobert
und alle Pro Pro Professoren ausgeschlagen
und mit Zwanzig liegen mir alle geistigen Kapa Kapa Kapazitäten
zu Füßen
Das rief er
so wahr ich so wahr ich so wahr ich hier stehe

schwingt den Rohrstock

MARAT
Simonne
wo sind meine alten Manuskripte
die Abenteuer des Potovsky
und die Polnischen Briefe
und meine Schrift über die Ketten der Sklaverei

SIMONNE
abwehrend

Laß doch das Zeug
es bringt dich nur ins Verderben

MARAT
richtet sich auf

Ich will sie sehn
suche sie
bring sie mir

LEHRER
Schreibereien eines Tagediebs
zusammengestohlene Gedanken
Floskeln und Tiraden

VERTRETER DES MILITÄRS

Das eine Buch herausgegeben unter dem Namen eines Grafen
das andre unter dem Namen eines Prinzen
Seht ihn euch an
den Scharlatan der nach Titeln
und höfischen Ehren strebte
und der nur weil man ihn nicht anerkannte
sich gegen die wandte die er umschmeichelt hatte

VERTRETER DER WISSENSCHAFT

Was tat er in England dieser dunkle Marat
war er nicht ein Dandy in der feinsten Gesellschaft
und mußte fliehn
weil man ihn bei Unterschlagungen und Diebstählen ertappte
Schmuggelte er sich nicht wieder ein in namhafte Kreise
gelang es ihm nicht zum Leibarzt zu werden
beim Grafen d'Artois
oder wars nur Pferdearzt
Sahn wir ihn nicht ein- und ausgehn bei den Aristokraten
Sechsunddreißig Livres nahm er für eine Konsultation
und geschenkt bekam er noch dazu die besondre Gunst
gewisser hochwohlgeborner Damen

Coulmiers Frau und Tochter klatschen Beifall.

NEUREICHER

Und als sie herausfanden
daß er nur ein Kurpfuscher war
der seine Medizinen aus Wasser und Kreide herstellte
und als sie ihn auf die Gasse hinauswarfen
auf der er zuhause war
da begann er zu schrein

Schreie im Hintergrund.

Besitz ist Diebstahl
und
Nieder mit den Tyrannen

Der Ruf wird im Hintergrund aufgenommen.

AUSRUFER

Eine Figur mit angedeuteter Voltaire-Maske tritt vor.

Es ist uns eine ganz besondere Ehr
Ihnen zu präsentieren den Herrn Voltaire

zeigt mit dem Stab

VOLTAIRE
leiernd

Wir haben von einem gewissen Marat
ein Heftchen erhalten
mit dem Titel
Über den Menschen
Besagter Marat erklärt uns in diesem umstürzenden Essay
daß die Seele ihren Sitz in der Gehirnbaumrinde habe
und von dort auf die hypodraulische Maschinerie des Körpers einwirke
und auch vom Mechanimismus des Körpers ihrerseits Benachrichtigungen
entgegennähme und dieselben in einzelnen zu verschiedenen Zeiten
wirksamen Zentrifugien zu Bewußtsein verwandle
Mit andern Worten
so meint dieser Herr
daß ein Hühnerauge
die Gehirnwindeln mit seelischem Schmerz fülle
und daß eine bekümmerte Seele
die Leber oder Niere versaure
Für derartigen Zeitvertreib
der sich als Wissenschaft ausgibt
haben wir nicht mal ein Gelächter übrig

Cucurucu und Rossignol lachen ironisch Ha ha ha.
Eine Figur mit einem Palmenzweig tritt vor.

AUSRUFER
Dies ist der Herr Lavoisier
als er noch stand auf des Ruhmes Höh

zeigt mit dem Stab

LAVOISIER
leiernd

Die Akademie hat von einem gewissen Marat

Ausführungen über das Feuer die Elektrifizität und das Licht entgegengenommen
Besagter Marat maßt sich an
unsre Lehren verbessern zu können
Feuer sagt er ist kein Urstoff
sondern ein flüssiges Fluidium wo bei Erhitzung entsteht
und wo sich an der Luft entzündet
Licht sagt er sodann ist eigentlich kein Licht
sondern der Weg des Lichtes den das Licht zurücklegt
wo nämlich nur aus vibrationierenden Strahlen besteht
Ist überhaupt ein großer Entdecker
sagt daß auch Wärme eigentlich keine Wärme ist
sondern nur aus vibrationierenden Strahlen besteht
die erst Wärme bilden
wenn sie mit einem Körper karambolieren
und in demselben die kleinsten Molekugeln
in Bewegung versetzen
Mit andern Worten
so will dieser Meister
die Schöpfung
in der alles fest und beständig ist
für ungültig erklären
und anstelle eine ständige Aktivivität
von elektrifizischen Magnetitäten einführen
wo sich aneinander reiben
Kein Wunder
daß er da in einer Wanne sitzt
und sich vor Jucken nicht zu helfen weiß

Kokol und Polpoch lachen ironisch Ha ha ha.
Vater und Mutter fallen in das Gelächter ein.
Die Figuren nehmen die Haltung von Richtern ein, die ein Urteil aussprechen.

VOLTAIRE
zu Musikbegleitung

Und als er es mit seiner Forscherei zu nichts brachte

PRIESTER
Da kam diesem Dilettanten die Revolution gerade gelegen

LEHRER

Und er ging zu den Unterdrückten über

NEUREICHER

Und nannte sich Freund des Volkes

PRIESTER

Doch er dachte nicht an das Volk

LAVOISIER

Sondern nur an seine eigene Unterdrücktheit

Vor- und zurückschaukelnd, das Gelächter wieder aufnehmend, schieben Vater und Mutter den Karren mit den Figuren zurück. Roux eilt nach vorn, als Verteidiger.

ROUX

Wehe dem Andersgearteten
der es wagt nach allen Richtungen
gegen die Begrenzungen anzudrängen
um sie zu erweitern und zu durchstoßen
überall aufgehalten und angepöbelt
von den scheuklappenbehängten Sicherern
alter Positionen
Du wolltest Helligkeit
deshalb erforschtest du das Feuer und das Licht

Unruhe entsteht im Hintergrund.

Du wolltest herausfinden wie die Kräfte zu lenken seien
deshalb studiertest du die Elektrizität
und die Funktion des Menschen wolltest du klarlegen
deshalb fragtest du dich was denn dies sei
die Seele

Patienten treten zu einer Gruppe vor.

dieser Klumpen von leeren Idealen und verworrener Ethik
und du legtest die Seele ins Gehirn
damit sie denken lerne
denn Seele ist dir etwas Praktisches
etwas mit dem wir unser Dasein regeln und bemeistern können

Und zur Revolution kamst du
weil es sich dir zeigte
daß vor allem andern
grundlegende Änderungen in den Verhältnissen erreicht werden müssen
und daß ohne diese Änderungen
nichts was wir unternehmen
fruchtbar werden kann

Coulmier springt auf. Schwestern und Pfleger laufen auf Roux zu und reißen ihn zum Hintergrund zurück. Sade steht hoch aufgerichtet vor seinem Stuhl und lächelt. Corday liegt schlafend auf der Bank. Duperret sitzt vor ihr auf dem Boden.

CHOR
zu Musikbegleitung, während die Schwestern eine Litanei singen.

Marat was ist aus unsrer Revolution geworden
Marat wir wolln nicht mehr warten bis morgen
Marat wir sind immer noch arme Leute
und die geforderten Änderungen wollen wir heute

Musik zu Ende.

AUSRUFER
läßt die Holzrassel schwingen

So schalten wir in die schnell abrollende Zeit
in der der Schluß schon nicht mehr weit
zur Erleichterung eine andre Zeitspanne ein
ganz als würde hier alles zum Schein
nur vorgetragen und gespielt
und als könnte das Ende auf das alles zielt
nach eigenem Wunsch und nach eigenem Verlangen
geändert werden und aufgefangen
Erfreun wir uns jetzt unsrer gegenwärtigen Tage
und erwägen wir in der Pause dessen Lage

zeigt auf Marat

den Sie bald wieder nach Kaffee und Bier
sehen werden in der Wanne hier

Vorhang

Zweiter Akt

Läuten der Hospizglocke hinter der Bühne.

27 Die Nationalversammlung

Gleiches Bühnenbild, mit folgenden Gruppierungen: Rechts, um Sades Stuhl, und vor Coulmiers Tribüne, sitzen die Patienten, die in der Nationalversammlung die Girondisten darstellen.
Duperret sitzt zwischen den beiden Patientinnen, die sich zu Freudenmädchen ausstaffiert haben.
Links um Marats Wanne befinden sich die Patienten, die die Jakobiner darstellen, sowie die zuhörenden Vertreter des Volkes. Hier halten sich auch die vier Sänger auf.

Chor in Sektionen:
Ein lang ausgehaltener Buh-Ruf
Ein langes eintöniges Pfeifen
Ein gedämpftes Füßetrampeln.
Marat steht hoch aufgerichtet in seiner Wanne und blickt nach vorn.

AUSRUFER

Wir hören wie Marat ehe er verspielt
im Geist seine letzte Rede hielt
um dem Auditorium einen zu empfehlen
den sie als Tribun könnten wählen

er gibt dem Orchester ein Zeichen mit dem Stab. Ein Tusch. Die Umsitzenden im Tableau pfeifen, trampeln und scharren mit den Füßen.

RUFE

einstudiert

Nieder mit Marat
Man verbiete ihm das Reden
Hört ihn an er hat das Recht zu sprechen

Raus mit ihm
Lebe Robespierre
Lebe Danton

MARAT

nach vorn sprechend. In seiner ganzen Ansprache richtet er sich nicht an die auf der Bühne Anwesenden. Es bleibt deutlich, daß seine Rede imaginär ist.

Mitbürger
Abgeordnete der Nationalversammlung
Unser Land ist in Gefahr
Von ganz Europa sind Armeen über unsre Grenzen eingebrochen
dirigiert von Schiebern
die uns abwürgen wollen
und sich schon um die Verteilung der Beute streiten
Und was tun wir

Füßescharren links.

Unser Kriegsminister
dessen Tugend und Ehrbarkeit ihr nie bezweifelt
hat das Getreide das zur Verpflegung unsrer Heere bestimmt war
mit eignem Gewinn ans Ausland verkauft
wo es jetzt den Truppen zugute kommt
die gegen uns stehn

Ein langer Pfiff.
Zwischenruf: Lüge werft ihn raus

Unser Heerführer Dumouriez

Zwischenruf von Coulmiers Frau: Bravo Er lebe

vor dem ich seit langem warnte
und den ihr vor kurzem noch als Helden feiertet
ist zum Feind übergelaufen

Rufe: Pfui Bravo Lüge
Füßescharren.

Die Mehrzahl unserer Generäle
sympathisieren mit den Emigranten
und warten auf den Tag

an dem sie ihre gemeinsamen Geschäfte
wieder aufnehmen können

Rufe: Unters Beil mit ihnen
Raus mit Marat
Hetzer Lügner
Lebe Marat

Unser Vertrauensmann in Finanzfragen
der vielgelobte Herr Cambon
zieht durch Herstellung falscher Wertpapiere
ein Vermögen in die eigene Tasche
während er durch die Ausfertigung von Assignaten
die Inflation in die Höhe treibt

Pfiffe und Getrampel.
Zwischenruf von Rossignol: Es lebe das freie Geschäft

und ich höre
daß unser geschickter Bankier Perregaux
mit den Engländern unter einer Decke steckt
und in seinen Panzerkellern
ein Spionagezentrum gegen uns leitet

COULMIER
springt auf und erhebt Einspruch

Unverschämtheiten gegen einen verdienten Mann
einen Ritter der Ehrenlegion
von Napoleon zum Chef der Bank von Frankreich ernannt

Zwischenrufe: Aufhören Marat
Stopft ihm das Maul
Weitersprechen
Lebe Marat

MARAT
einfallend

Das Volk kann die Wucherpreise fürs Brot nicht zahlen
unsere Soldaten gehen in Lumpen
ein neuer Bürgerkrieg ist von der Konterrevolution entfacht worden
und was tun wir

Nichts ist bisher von den klerikalen Ländereien
den Besitzlosen zugute gekommen
und vor Jahren schlug ich vor
diese zu Parzellen aufzuteilen
und mit Ackerbaugeräten und Saatgut zu versorgen
Auch sehn wir nichts von den Gemeindewerkstätten
die in den ehemaligen Klöstern und Herrschaftshäusern
eingerichtet werden sollten
wer Arbeit hat
schuftet sich ab
für Makler Börsenagenten und Aktienspekulanten

Zischen.

Mitbürger
haben wir um die Freiheit derer gekämpft
die uns jetzt wieder ausbeuten

Rufe: Aufhören Abführen
Hört hört

Unser Land ist in Gefahr
Wir sprechen von Frankreich
doch für wen ist Frankreich
Wir sprechen von Freiheit
doch für wen ist diese Freiheit
Abgeordnete der Nationalversammlung
nie werdet ihr herauskommen aus eurer Vergangenheit
nie werdet ihr verstehn
in welche Umwandlungen ihr hineingeraten seid

Pfiffe und Buh-Rufe.

Warum sind nicht Tausende von Plätzen
hier in diesem Konvent
so daß jeder der es will
hören kann was hier vorgeht

DUPERRET
Was will er mit seinem Gerede
will er die Leute wieder aufhetzen
Seht euch doch an was da auf den Tribünen herumsitzt
Strickerinnen Pförtnerinnen und Waschweiber

ihrer Arbeitgeber beraubt
Und was hat er sonst noch
Tagediebe Flaneure Parasiten
wie sie auf den Boulevards strolchen

Empörung zwischen den Zuhörern.

und in den Cafés lungern

Zwischenruf: Wenn wir könnten

Entlassene Gefangene
entlaufene Irre

Tumult und Pfiffe.

will er mit denen
unser Land steuern

MARAT

Ihr Lügner
ihr haßt das Volk

Geschrei der Empörung.
Rufe: Lebe Marat Er spricht die Wahrheit

Immer werdet ihr vom Volk
als von einer rohen und formlosen Masse sprechen
weil ihr getrennt von ihm lebt
Ihr habt euch mitreißen lassen zur Revolution
ohne ihre Grundbegriffe zu kennen
Meint nicht selbst unser geschätzter Danton
daß wir anstatt den Reichtum zu verbieten
uns bemühen sollten
die Armut ehrenhaft zu machen
und sitzt Robespierre
der beim Wort Gewalt erbleicht
nicht an vornehmen Tafeln
und führt gepflegte Gespräche
bei Kerzenschein

Zungenschnalzen.
Zwischenrufe: Nieder Robespierre
Lebe Marat

Immer noch wollt ihr ihnen nacheifern
den gepuderten Schurken
Necker Lafayette Talleyrand

COULMIER
dazwischenrufend

Maul halten
Wir leben heute im Jahr achtzehnhundert und acht
und der Kaiser hat diesen Namen
die damals durch den Schmutz gezogen wurden
wieder die Ehre gegeben
die ihnen gebührt

MARAT
einfallend

Und so weiter
wie sie alle heißen
Wir brauchen endlich einen wahren Abgeordneten des Volkes
einen der unbestechlich ist
einen dem wir trauen können
Wir haben die Auflösung und das Chaos
das ist gut
das ist das erste Stadium
Jetzt müssen wir zum zweiten Stadium gelangen
Wählt einen
der eure Interessen wahrt

Zwischenrufe: Marat als Diktator
Marat in der Badewanne
Runter mit ihm in die Kloaken
Diktator der Ratten

Diktator
dieses Wort soll verschwinden
ich hasse alles
was an Meister und Patriarchen erinnert
ich spreche von einem Chef
der in der Zeit der Krise

Seine Worte gehen in gewaltsamem Tumult unter.

DUPERRET

Er will aufwiegeln
zu neuen Morden

MARAT

Wir morden nicht
wir töten aus Notwehr
wir kämpfen
um unser Leben

DUPERRET

O hätten wir noch schöpferische Gedanken
anstelle von Agitation
Hätten wir wieder Schönheit und Harmonie
anstatt Taumel und Fanatismus

Die vier Sänger werfen sich über ihn und halten ihm den Mund zu.

ROUX

im Hintergrund aufspringend

Hört was hier geschieht
Vereint euch
Stürzt eure Feinde
Macht sie unschädlich
denn wenn s i e gewinnen
dann würden sie
k e i n e n v o n e u c h v e r s c h o n e n
und alles was wir erreicht haben
ist verloren

Begeisterte Rufe, Pfiffe und Getrampel im Sprechchor:
Buh
Raus mit Marat
Nieder Nieder

RUFE

Marat Marat Marat Marat Marat
Den Lorbeerkranz für Marat
Einen Triumphzug für Marat
Es leben die Straßen

Es leben die Laternenpfähle
Es leben die Bäckerläden
Es lebe die Freiheit
Nieder mit der Zwangsjacke
Nieder mit den verriegelten Türen
Nieder mit den Gittern

Aufruhr und Geschrei. Die Patienten stürzen nach vorn. Huldigung Marats.

CHOR
Hoch Marat auf dich wollen wir bauen
du bist der einzige dem wir vertrauen

KOKOL UND POLPOCH
tanzend

Stürzt die Reichen mitsamt ihrem Gott
und werft den Erlös in einen gemeinsamen Pott

CUCURUCU UND ROSSIGNOL
tanzend

Wir wollen auch einmal versuchen
wie Rehrücken schmeckt und Sahnekuchen

CHOR
Marat Marat Marat Marat Marat

SADE
vortretend, während der Sprechchor im Hintergrund langsam leiser wird.

Einen werden sie finden
auf den sie alles abladen können
und sie werden ihn ernennen zu einem blutgierigen Ungeheuer
das in die Geschichte eingehen kann
unter dem Namen Marat

Trommelwirbel und Musikeinsatz.

Marat läßt sich in die Wanne zurücksinken. Erschöpft lehnt er sich vornüber auf das Brett.
Die Zuschauerbänke werden zurückgeschoben, die Patienten werden von den Schwestern und Pflegern nach hinten gedrängt.
Vorn tanzen die vier Sänger eine langsame Carmagnole.

KOKOL UND POLPOCH

Armer Marat in deiner Wanne
Von Zeit hast du nur noch ne kurze Spanne
mit rasender Eil gehts zu auf dein End
obgleich die Corday auf ihrer Bank jetzt pennt

CUCURUCU UND ROSSIGNOL

Stellt euch nur vor sie würd es verschlafen
dieweil sie da träumt von Rittern und Grafen
Marat vielleicht ists noch möglich du wirst gesund
und niemand fügt dir zu die tödliche Wund

KOKOL UND POLPOCH

Armer Marat schärf deine Ohren
denn ohne dich sind wir verloren

CUCURUCU UND ROSSIGNOL

Armer Marat sei auf der Wacht
an diesem Abend vor dieser Nacht

Drei dröhnende Trommelwirbel.
Im Hintergrund ist Ruhe hergestellt worden. Die Patienten müssen ausgerichtet stehen, die Hände überm Kopf verschränkt. Schwestern stehen vor ihm, falten die Hände und beten.
Das Murmeln der Gebete ist zu vernehmen. Die vier Sänger tanzen noch eine Weile weiter und strecken sich dann auf dem Boden aus.

MARAT

mit Furcht in der Stimme

Was ist das für ein Klopfen Simonne

wieder tyrannisch

Simonne
gieß kaltes Wasser zu

Simonne sitzt zusammengekauert und reagiert nicht.

Simonne
wo bleibt Bas

SADE

Gib es auf Marat
du sagtest selbst
es sei nichts zu erreichen mit dem Gekritzel
Auch ich habe mein Hauptwerk längst aufgegeben
eine dreißig Meter lange Papierrolle
dicht beschrieben mit winziger Schrift
damals im Kerker
Sie verschwand beim Fall der Bastille
Sie verschwand wie alles Geschriebene verschwindet
wie alles Gedachte und Geplante verschwindet

Marat liegt mit dem Gesicht auf dem Brett und hält die Hände vor die Ohren.

Marat
sieh mich an
Marat
wie hast du gelebt
in deiner Wanne
in deiner Kasteiung

Die Patienten wechseln auf Befehl der Schwestern die Haltung und strecken die Hände hoch.

MARAT

richtet sich auf

Ich hatte zu nichts anderm Zeit
als zur Arbeit
Der Tag und die Nacht reichten mir nicht aus
Wenn ich einen Mißstand untersuchte
so verzweigte er sich gleich
Wo ich auch hingriff
überall geriet ich in ein Wuchern

Ein Patient fällt aus der Reihe heraus.
Ein Pfleger trägt ihn fort.

Wenn ich schrieb
so schrieb ich immer mit dem Gedanken an Handlung
hatte immer vor Augen
daß dies nur Vorbereitung war
Wenn ich schrieb
so schrieb ich immer im Fieber
und hörte schon das Dröhnen der Handlungen
Damals
bei der Abfassung der Schrift über die Ketten der Sklaverei
saß ich drei Monate lang einundzwanzig Stunden am Tag
über Bergen von Wälzern
das Material zusammensuchend das Material sichtend
das sich knisternd und siedend ausbreiten wollte
immer weiter
bis ich in dessen Sümpfen versackte
Ich lag dann zwei Wochen in einem Stupor
während das abgesandte Manuskript unterschlagen wurde
Dies gehörte ja dazu
immer standen sie bereit
meine Aussagen abzufangen
zu verleumden und unschädlich zu machen
Nach jeder Fertigstellung eines Flugblatts
mußte ich hinunter in die Laufgänge
Sie kamen mit Kanonen
tausend Mann der Nationalgarde standen um mein Haus
und heute noch
warte ich auf das Klopfen an der Tür
warte darauf
daß sich das Bajonett
auf meine Brust setzt

SADE
Was sollen die Aufrufe
Es ist zu spät Marat
Vergiß deinen Aufruf
er enthält nur Lügen
Was willst du noch mit dieser Revolution

wohin soll sie führen
Sieh diese verlorenen Revolteure

zeigt auf die vier Sänger, die wartend dasitzen

mit ihren angesteckten Kokarden
Was willst du ihnen befehlen
wohin willst du sie leiten
was willst du ihnen befehlen
Einmal sprachst du von den Obrigkeiten
in deren Hände die Gesetze
zu Unterdrückungsinstrumenten werden
Oder willst du daß einer über dich bestimmt
und über deine geschriebenen Worte
und dich zwingt
zu dieser Arbeit oder zu jener
und dir neue Ordnungen vorspricht
wieder und wieder
bis du sie im Schlaf nachsprechen kannst

Die Patienten im Hintergrund gehen im Kreis, die Schwestern beten dazu.

Die vier Sänger erheben sich und treten vor.

MARAT
lehnt sich wieder vornüber auf das Brett

Warum wird alles so undeutlich
Alles was ich sagte
war doch durchdacht und wahr
jedes Argument stimmte
warum zweifle ich jetzt
warum klingt alles falsch

DIE VIER SÄNGER
Armer Marat in deinem belagerten Haus
du bist uns um ein Jahrhundert voraus
und während das Hackbeil draußen schellt
werden deine Worte entstellt
und im Blut verronnen
ist alles was du an Wahrheit gewonnen

Musik zu Ende. Die vier Sänger treten zurück.
Die Patienten werden zu ihren Sitzplätzen geleitet.
Die Schwestern bemühen sich, Corday zu wecken.
Ein dreimaliges großes Pochen.

29 Vorbereitungen zum dritten Besuch

AUSRUFER

Corday
wach auf

Pause.
Der Name Corday wird im Hintergrund geflüstert. Das Flüstern schwillt an und breitet sich über die ganze Bühne aus. Die Schwestern rütteln Corday, Duperret ruft ihren Namen.
Simonne steht verkrampft neben der Wanne und blickt in Cordays Richtung.

CHOR

Corday Corday
Wach auf
Wach auf
Wach auf Corday
Corday wach auf

AUSRUFER

gibt dem Orchester ein Zeichen mit dem Stab.
Das Corday-Thema setzt ein.

Charlotte Corday es ist jetzt so weit
du hast jetzt zum Schlafen keine Zeit
Charlotte Corday steh jetzt auf
und fasse deinen Dolch beim Knauf

Pause.
Corday wird von den Schwestern hochgezogen. Corday hält den Kopf gesenkt und knickt in den Beinen ein. Die Schwestern stützen sie und führen sie langsam nach vorn. Ihre Beine schleifen auf dem Boden.
Duperret geht hinter ihr her und hält seine Hände um ihre Hüften.

Charlotte Corday du weißt ja Bescheid
bald kannst du schlafen in Ewigkeit

Corday wird aufgestellt. Zwei Schwestern halten sie an den Seiten fest. Duperret steht hinter ihr und stützt ihren Rücken.
Musik zu Ende.

CORDAY

hat die Augen noch geschlossen, spricht leise, angstvoll

Jetzt weiß ich wie dieser Augenblick ist
in dem der Kopf vom Leib getrennt wird
dieser Augenblick
die Hände auf dem Rücken gebunden
die Füße zusammengeschnürt
der Hals entblößt
das Haar abgeschnitten
der Augenblick auf den Brettern
das Geräusch des hochgezogenen Beils
von dessen schräger Schneide
das Blut noch tröpfelt
dieser Augenblick
der Kopf eingespannt in das metallene Joch
hinabblickend in den triefenden Korb
und dann der Sturz
der uns zweiteilt

Pause

Es heißt
daß der Kopf
wenn er von der Hand des Scharfrichters hochgehalten wird
noch lebt
daß die Augen noch sehen
daß die Zunge sich noch regt
und unten zucken noch die Arme und Beine

DUPERRET

tritt vor sie hin, hält aber noch die Hand um ihre Hüfte. Die Laute begleitet ihn.

Wovon sprichst du Charlotte

was sind das für Träume
wach auf Charlotte und betrachte die Bäume
betrachte das rosige Abendlicht
und denke an solche Dinge nicht
verspüre die Wärme und sommerliche Luft
in der sich hebt deine schöne Brust

Pause
Er hebt die Hand und streicht ihr über die Brust. Er spürt den Dolch unter dem Tuch.

Was trägst du denn dort
Einen Dolch
wirf ihn fort

Musik zu Ende.

CORDAY
stößt seine Hand weg

Wir müssen jetzt Waffen tragen
um uns zu verteidigen

DUPERRET
flehend

Niemand greift dich an Charlotte
Charlotte wirf den Dolch weg
Fahre weg von hier
zurück nach Caen

CORDAY
richtet sich auf und stößt die Hände der Schwestern weg

In meinem Zimmer in Caen
auf dem Tisch unterm offenen Fenster
liegt Judiths aufgeschlagenes Buch
Judith brach auf um nie zurückzukehren
Angetan mit wunderbarer Schönheit
trat sie vor das Lager
des Tyrannen
und mit einem einzigen Hieb
vernichtete sie ihn

DUPERRET

Charlotte
was planst du

CORDAY

wieder versunken

Sieh diese Stadt
in der die Gefängnisse voll sind
von unsern Freunden
Ich war bei ihnen
eben im Schlaf
Sie stehn dort zusammengedrängt
und hören durch die Luken
die Posten von den Hinrichtungen sprechen
Es ist jetzt die Rede von Backofenschüben
und sie werden abgeholt nach Listen
die im gleichen Maß in dem sie sich verkürzen
verlängert werden von der Handschrift der Fänger
Ich stand bei ihnen
und wir warteten
auf die Verlesung unserer Namen

DUPERRET

Charlotte
laß uns zusammen fahren
noch heute abend

CORDAY

als habe sie ihn nicht gehört

Was ist dies für eine Stadt
was sind dies für Straßen
wer hat dies ersonnen
und schlägt schon Gewinn draus
Händler sah ich
überall an den Ecken
sie verkaufen kleine Guillotinen
mit winzigen scharfen Beilen
und Puppen mit roter Flüssigkeit gefüllt
die aus dem Hals spritzt
wenn das Urteil vollzogen ist

Was sind dies für Kinder
die wissen
mit solchem Spielzeug kunstfertig umzugehn
und wer spricht die Urteile
wer spricht die Urteile

Patienten treten zu einer Gruppe in den Mittelgrund vor. Corday hebt die Hand zur Geste des Klopfens.

30 Dritter und letzter Besuch der Corday

Der Ausrufer klopft dreimal mit dem Stab auf den Boden, während Corday die Klopfbewegung mit der Hand ausführt.
Marat schreckt auf und blickt in Cordays Richtung.
Simonne stellt sich schützend vor die Wanne.

DUPERRET
Was willst du an dieser Tür
Weißt du denn wer hier wohnt

CORDAY
Er
Um dessentwillen ich hierhergekommen bin

DUPERRET
Was willst du von ihm
kehre um Charlotte

fällt vor ihr aufs Knie

CORDAY
Ich habe einen Auftrag
den muß ich ausführen
Geh

stößt ihn mit dem Fuß

und laß mich allein

Duperret umschlingt ihre Beine. Sie tritt mehrmals nach ihm. Duperret zieht sich auf den Knien zurück.

AUSRUFER
zeigt mit dem Stab auf Corday

Nun sehen Sie wie zum dritten Mal
diejenige die in diesem Saal
die Corday spielt in unserm Stück
vor der Tür des Marat versucht ihr Glück
vor ihren Füßen sehen Sie Duperret

zeigt auf ihn

zusammengesackt in Abschiedsweh
Sie sehen sie will seinen Schmerz nicht lindern
und läßt sich an ihrem Schritt nicht hindern

hebt den Zeigefinger

denn es läßt sich nicht ändern was einmal geschehn
und wollten wir alle es auch anders sehn

zeigt auf Corday

es hilft nichts sie hat diesen da schon vergessen

zeigt auf Duperret.
Duperret kriecht auf den Knien nach rückwärts.

und ist auf den andern da drinnen

zeigt auf Marat

versessen

MARAT
richtet sich hoch auf

Nein ich habe recht
und ich werde es noch einmal sagen
Simonne
wo bleibt Bas
es eilt
mein Aufruf

Simonne tritt zur Seite, bleibt dort stehen und starrt verhext auf Corday.

SADE
geht auf die Wanne zu

Marat
was sind alle Pamphlete und Reden
gegen sie
die da steht und zu dir will
um dich zu küssen und zu umarmen
Marat
eine Virgo Intacta steht vor dir und bietet sich dir an

Corday steht hoch aufgerichtet und lächelnd da, sie schwingt ihr Haar zur Seite und legt die Hand auf ihr Brusttuch, dort wo sie den Dolch verwahrt.

Sieh wie sie lächelt
wie ihre Zähne glitzern
wie sie ihr Haar zur Seite schwingt
Marat
gib alles andre auf
jetzt da sie zu dir kommt
Marat
es gibt nichts andres
als diesen Leib
Sieh
da steht sie
mit nackter Brust unterm dünnen Tuch
Vielleicht trägt sie ein Messer
zur Aufreizung des Liebesspiels

Corday bewegt sich einen Schritt näher an die Wanne heran. Sie bietet ihren Körper dar, wiegt sich leicht hin und her. Simonne steht erstarrt, knetet nur mechanisch das Tuch, das sie in der Hand hält.

MARAT
Simonne
Simonne wer hat geklopft

SADE
Ein Mädchen
aus der ländlichen Einöde eines Klosters
Bedenke
wie diese Mädchen auf hartem Boden liegen

in Nesselhemden
und wie die warme Luft von den Feldern
zu ihnen durchs vergitterte Fenster dringt
Bedenke
wie sie da liegen
mit nassem Schoß und mit nasser Brust
und an jene denken
die draußen das Leben lenken

Lautenakkord. Im Rezitativ, während Patienten nach vorn treten und die »Kopulations-Pantomime« aufführen.

SADE
Musikbegleitung

Und da hatte sie genug von der Abgeschiedenheit
und wurde ergriffen von der neuen Zeit
Und geriet hinein in die Umschmelzungen
und wollte beitragen zu den Umwälzungen
Denn was wäre schon diese Revolution
ohne eine allgemeine Kopulation

CHOR
im Kanon

Denn was wäre schon diese Revolution
ohne eine allgemeine Kopulation

Die Pantomime zu Ende.

SADE
Marat
nah ist nur dieser Leib
der dich erwartet
Marat
als ich in der Zitadelle lag
dreizehn Jahre lang
da habe ich gelernt
daß dies eine Welt von Leibern ist
und jeder Leib voll von einer furchtbaren Kraft
und jeder allein und gepeinigt von seiner Unruhe
In diesem Alleinsein

mitten in einem Meer von Mauern
hörte ich ununterbrochen dieses Flüstern von Lippen
spürte ununterbrochen
in den Flächen der Hände und an der Haut des Körpers
diese Berührungen
Eingeschlossen hinter dreizehn Riegeln
den Fuß in der Kette
träumte ich nur
von diesen Körperöffnungen
die dazu da sind
daß man sich in sie verhakt und verschlingt

Ein Patient kommt auf Zehenspitzen, vorgebeugt, nach vorn und verweilt mit eingezogenem Kopf, gespannt lauschend. Andere Patienten folgen.

Ununterbrochen träumte ich von diesem einzigen
Gegenüber
und es war ein Traum von rasender Eifersucht
und gewaltsamen Meditationen
Marat
diese Gefängnisse des Innern
sind schlimmer als die tiefsten steinernen Verliese
und solange sie nicht geöffnet werden
bleibt all euer Aufruhr
nur eine Gefängnisrevolte
die niedergeschlagen wird
von bestochenen Mitgefangenen

CHOR

Wiederholung mit Musikbegleitung

Denn was wäre schon diese Revolution
ohne eine allgemeine Kopulation

Musik zu Ende.

CORDAY

zu Simonne, von der Laute begleitet

Hast du Marat meinen Brief übergeben
laß mich jetzt ein es geht um das Leben

ich muß Marat über die Lage in Caen berichten
wo sie sich sammeln um ihn zu vernichten

MARAT

Wer ist da an der Tür

SIMONNE

stellt sich wieder deckend vor die Wanne

Das Mädchen aus Caen

MARAT

Laß sie zu mir

Simonne tritt zur Seite, heftig den Kopf schüttelnd. Sie kauert sich hinter der Wanne nieder und verbirgt das Gesicht in den Händen.
Corday bewegt sich auf die Wanne zu. Ihr Gang ist wiegend. Sie lächelt. Ihre Hand liegt immer noch auf dem Brusttuch.
Sade begibt sich zu seinem Stuhl, wo er stehen bleibt und die Handlung voller Spannung verfolgt.

CORDAY

leise

Marat
ich will dir die Namen meiner Helden nennen
doch ich verrate sie nicht
denn ich spreche zu einem Toten

MARAT

richtet sich auf

Sprich deutlicher
ich versteh dich nicht
Komm näher

Corday nähert sich starr lächelnd der Wanne. Ihr Körper dreht und wiegt sich langsam. Sie schiebt die Hand unter ihr Brusttuch.

CORDAY

in einen Singsang geratend

Namen nenne ich dir
Marat

Namen von denen
die sich in Caen versammelt haben
Barbaroux nenne ich dir
und Buzot
und Pétion
und Louvet
und Brissot
und Vergniaud
und Guadet
und Gensonné

Während des Aussprechens der Namen verzerrt sich ihr Gesicht mehr und mehr zu einer Wildheit, in der sich Haß und Wollust mischen.

MARAT
Wer bist du
komm näher

Marat richtet sich hoch auf. Das Tuch gleitet von seinen Schultern.
Corday wiegt sich näher an Marat heran.
Ihre linke Hand hält sie wie zu Liebkosungen ausgestreckt. In der rechten Hand hält sie den Dolch unterm Tuch.

CORDAY
Ich komme Marat
doch du kannst mich nicht sehn Marat
weil du tot bist

MARAT
halbnackt, richtet sich hoch auf, schreit

Bas
schreibe was ich dir diktiere
Sonnabend den dreizehnten Juli
siebzehnhundert dreiundneunzig
An die französische Nation

Corday steht unmittelbar vor Marat. Sie führt ihre linke Hand nah an seiner Haut über seine Brust, seine Schultern, seinen Hals. Marat sitzt über die Rücklehne der Wanne gebäumt. In der rechten Hand hält er die Schreibfeder.

Corday zieht den Dolch aus dem Brusttuch. Sie ergreift den Dolch mit beiden Händen und holt mit den Armen weit zum Hieb aus. Der Ausrufer läßt eine schrille Pfeife ertönen. Die Patienten, Pfleger und Schwestern verharren unbeweglich. Corday sinkt in sich zusammen. Marat sitzt in vorgebeugter Ruhestellung.

31 Interruptus

AUSRUFER

Es gehört zu Herrn de Sades künstlerischem Duktus
daß er jetzt einschaltet einen Interruptus
und zwar soll Marat in dieser Sekunde
vorm Ende noch hören aus unserm Munde
was nach ihm kommt wenn er nicht mehr ist
und was ihr alle dort unten wißt

zeigt aufs Publikum.
Musik setzt ein mit einem schnellen militärischen Marsch. Die vier Sänger treten vor.

DIE VIER SÄNGER

In der Vendée rast jetzt der Streit
voll Mut und voller Grausamkeit
zwischen den unsern und den Royalisten
und es gelingt uns sie auszumisten
Mit fliegenden Fahnen kommen wir schon
singend und sengend die Strafexpedition
dir zu Ehren Regiment Marat genannt
und damit säubern wir das Land

Marat alles was du uns gepredigt
wird jetzt mit großer Kraft erledigt
Die Feinde liegen erschlagen im Sand
oder sterben von eigener Hand
Und mit Kanonen und Pferden kommen wir schon
und stürmen den Hochsitz der Gegenrevolution
Lyon wo wir ein Exempel statuieren
und dreitausend Mann auf einmal ex'kutieren

Auch nach Nantes sind wir jetzt gekommen
und da wird gründliche Rache vorgenommen
jedes Haus in dem ein Aufständischer gewohnt
wird niedergerissen und keiner wird verschont
Und mit Trompeten und Trommeln kommen wir schon
in die verräterische Stadt Toulon
und dabei ist einer wir werdens noch spüren
der kann uns zu großen Siegen anführen

Du siehst Marat es geht voran
und jetzt packen wir auch die eigenen an
Wie du gesagt hast so müssen vor allem
die Schwachen und Unfähigen wegfallen
Und mit Karren und Beilen kommen wir schon
und holen uns die Verräter der Revolution
Da steht Danton die Hände gebunden
und schon ist sein Kopf im Korb verschwunden

Robespierre führt jetzt die Jakobiner
gegen die Betrüger und Geldverdiener
doch so viele wir auch von ihnen vernichten
sie wollen immer noch nicht auf ihr Reich verzichten
Und mit Gold und mit Eisen kommen sie schon
und reden fröhlich von Restauration
Marat du siehst wie sie sich wieder entfalten
Nicht mal Robespierre kann sich da noch halten

Für diesmal verloren ist auch Jacques Roux
dessen Worte in diesem Kreise tabu
Marat zum Trost können wir dir noch sagen
wer es ist den wir jetzt bei uns haben
Mit Fanfaren und Pauken kommt er schon
ein leibhaftes Beispiel für aller Mühen Lohn
Der Bonaparte der ist jetzt da
stammt wie du aus Sardinien oder Corsica

Und er verspricht uns den ewigen Frieden
und gibt uns Arbeit in den Waffenschmieden
und zu Ehren der Revolution
nennt er sich Kaiser Napoleon
Das ist ein Schauspiel das können wir dir sagen

wir sehn es an mit knurrendem Magen
wir stehen nur und gaffen
und es segnen
und es segnen
und es segnen uns die Pfaffen

32 Der Mord

Ausrufer gibt ein Zeichen mit dem Stab.

AUSRUFER
Der Mord

Corday, plötzlich klarwach, holt mit den Armen weit zum gewaltsamen Hieb aus und stößt den Dolch in Marats Brust. Ein gemeinsamer Schrei aller Patienten.
Sade steht vorgebeugt, triumphierend, von einem lautlosen Gelächter geschüttelt.
Alle umstehen die Wanne in einem heroischen Tableau. Die Komposition hat folgendes Aussehen: Marat hängt, wie auf Davids klassischem Bild, mit dem rechten Arm über der Wannenkante. In der rechten Hand hält er die Schreibfeder, in der linken Hand seine Papiere. Corday hält den Dolch noch umfaßt. Die vier Sänger halten sie von hinten gepackt und ziehen ihre Arme so weit zurück, daß ihr Brusttuch aufplatzt und ihre Brüste entblößt werden.
Simonne steht mit einer Geste des Entsetzens über die Wanne gebeugt. Duperret liegt auf den Knien. Roux steht hinter der Wanne hoch aufgereckt auf einer Bank.

33 Epilog

Orchestereinsatz mit gedämpfter feierlicher Musik.
Die Schwestern treten vor und nehmen Corday entgegen, die jetzt in sich zusammensinkt.
Sie legen ihr das Brusttuch um und führen sie auf Sade zu.
Corday überreicht Sade den Dolch.
Schwestern heben ein großes weißes Tuch vor die Wanne. Hinter

dem Tuch verläßt Marat die Wanne.
Ausrufer tritt vor und hebt den Stab.
Musik zu Ende.

AUSRUFER
Geehrtes Publikum in aufgeklärter Zeit
Nach diesem Blick in die Vergangenheit
wenden wir uns wieder der Gegenwart zu
die uns heute wenn auch nicht mit Ruh
so doch mit Zuversicht füllt vor dem Morgen
von dem es heißt es sei ohne Sorgen
Eh Sie hinausgehn aus den Türen
lassen Sie uns kurz rekapitulieren
was wir versuchten auszudrücken
in den gesprochnen und gesungnen Stücken
Zu diesem Zweck rufen wir noch einmal zum Leben
den Sie ermordet sahen soeben

Das Tuch wird gesenkt.
Marat tritt vor.

MARAT
Ich glaube nur an ein einziges Leben
drum trifft jetzt jedes Wort daneben
Nur ein einziges Mal hier in eurer Mitte
bin ich Herr über meine Schritte
und bei diesem einzigen Mal
mußte ich treffen meine Wahl
Was sich mir zeigte war eine einzige Welt
und diese war regiert vom Geld
doch die es besaßen waren nur wenige
und die's nicht besaßen waren unzählige
Es zeigte sich mir daß es galt
das Gesetz zu brechen mit Gewalt
und jene zu stürzen die dick und breit
dasitzen in geheuchelter Sicherheit
die uns erklären die Unterschiede müßten bestehn
und der Kampf um den Profit müßte weitergehn
Als Leiche bin ich wenig wert
doch es bleibt bestehn was ich gelehrt

so daß andre die nach mir kommen
weiterführen was ich begonnen
bis einmal jeder im gleichen Maß ein Hüter
sein wird aller gemeinsamen Güter

CORDAY

Auch ich sah diese Veränderungen so
denn beide gingen wir aus vom großen Rousseau
doch der Grund daß wir uns nicht vereinten
ist daß wir beide was andres meinten
wenn wir die gleichen Worte wählten
mit denen wir unsre Ideale aufzählten
Beide wollten wir die Freiheit erreichen
doch für dich gings zur Freiheit über einen Berg von Leichen
Von Eintracht sprachen wir wie aus einem Munde
doch wie du dir die Eintracht dachtest davon gabst du uns Kunde
deshalb mußte ich auf deine Brüderlichkeit verzichten
und machte es mir zur Aufgabe dich zu vernichten
Ich tötete e i n e n um tausende zu retten
und sie zu befreien aus ihren Ketten
Und könnt ich meine Tat noch einmal begehn
ihr würdet mich wieder vor diesem hier sehn

ROUX

schnell vortretend

Und müßt ich mich mit meinem Tod nicht tarnen
so würd ich euch vor dieser da warnen

zeigt auf Corday

denn immer wieder müssen wir für diese zahlen
die wir reden hören von hohen Idealen
die von Reinheit sprechen und geistigen Zielen
und mit dem Ausbeuter unter einer Decke spielen
Gefährlicher noch als jene mit ihrem Geld
ist diese hier weil sie sich verstellt
in den andern sehn wir deutlich den Feind
bei dieser wissen wir nie was sie meint

Auf Befehl Coulmiers sind Schwestern und Pfleger auf ihn zugelaufen. Er wird abgeschleppt.

AUSRUFER

wendet sich an Sade

Sagen Sie uns Herr Marquis
was Sie erreicht haben mit Ihrer Regie
Führte das Spiel in unserm Bad
zu einem erkennbaren Resultat

SADE

Es war unsre Absicht in den Dialogen
Antithesen auszuproben
und diese immer wieder gegeneinander zu stellen
um die ständigen Zweifel zu erhellen
Jedoch finde ich wie ichs auch dreh und wende
in unserm Drama zu keinem Ende
Ich war selbst ein Fürsprecher der Gewalt
doch im Gespräch mit Marat sah ich bald
daß meine Gewalt eine andre war als seine
und daß ich seinen Weg verneine
Einerseits der Drang mit Beilen und Messern
die Welt zu verändern und zu verbessern
andererseits das individuelle System
kraft seiner eigenen Gedanken unterzugehn
So sehn Sie mich in der gegenwärtigen Lage
immer noch vor einer offenen Frage*

COULMIER

Jetzt aber leben wir in ganz anderen Zeiten
ohne Unterdrücker und ohne Pleiten
wir sind auf dem Wege uns zu erholen
wir haben Brot und es gibt auch Kohlen
und haben wir auch noch einen Krieg
so leuchtet vor uns doch nur der Sieg

Das Orchester intoniert den Schlußmarsch. Die Patienten beginnen, auf der Stelle zu marschieren.

* Dieser erste Teil des Epilogs, der in der ursprünglichen Fassung des Stücks enthalten war und zur Londoner Inszenierung von Peter Brook sowie zur Rostocker Inszenierung Hanns Anselm Pertens überarbeitet wurde, ist hier zum ersten Mal der Buchausgabe beigefügt worden.

DIE VIER SÄNGER

Und haben die meisten auch wenig und nur wenige viel
so nähern wir uns doch alle dem gemeinsamen Ziel
und wir dürfen uns äußern in jeder Weise
und was wir nicht äußern dürfen sagen wir leise

CHOR

zur gesteigerten Musik auf der Stelle marschierend

Und selbst wir Internierten sind nicht mehr gekettet
und für immer ist die Ehre unsres Landes gerettet
und um Politik brauchen wir uns nicht mehr zu streiten
denn einer ist da um uns alle zu leiten
um den Armen zu helfen und auch uns Kranken
und diesem einen haben wir alles zu verdanken
diesem einzigen Kaiser Napoleon
der glorreich beendete die Revolution

Ein Transparent mit einer Apotheose Napoleons wird herabgelassen. Die Musik steigert sich. Der Zug setzt sich in Bewegung und marschiert nach vorn. Schwestern und Pfleger drängen von den Seiten dagegen an. Der Zug marschiert mehrmals vier Schritte vor und drei Schritte zurück. Musik und Marschtakt werden immer gewaltsamer.
Coulmier tritt beunruhigt zur Seite und winkt mit den Armen ab.

ALLE

Der unsre unbesiegbare Armee
übers Wasser führt und durch Wüsten und Schnee
um unsre Macht nach allen Seiten
zum Segen der Völker zu verbreiten

Mit dröhnendem Marschtakt gelangt der Zug weiter nach vorn, indem er einige Schritte vor und einige Schritte zurück stampft.

COULMIER

durch das Dröhnen rufend

Es lebe der Kaiser und die Nation
es lebe unsre Heilanstalt
Charenton

ALLE

rhythmisch beim Marschieren durcheinanderschreiend

Charenton Charenton
Napoleon Napoleon
Nation Nation
Revolution Revolution
Kopulation Kopulation

ROUX

schreit durch den Tumult

Wann werdet ihr sehen lernen

Musik, Geschrei und Trampeln wächst zum Sturm an.
Coulmier flüchtet auf seine Tribüne und läutet eine Alarmglocke.
Die Pfleger gehen mit ihren Knüppeln auf die Patienten los.
Roux stürzt nach vorn.

ROUX

zu den Patienten und zum Publikum

Wann werdet ihr sehen lernen
Wann werdet ihr endlich verstehen

Er wirft sich rücklings vor die Reihen der Marschierenden. Er will sie zurückdrängen, wird aber von ihnen aufgesogen und verschwindet in der Tiefe des Zugs, der vorwärtsstampft. Die Patienten sind in die Raserei ihres Marschtanzes geraten. Viele hüpfen und drehen sich verzückt.
Coulmier feuert die Pfleger zur äußersten Gewalt an. Patienten werden niedergeschlagen.
Der Ausrufer vollführt im Takt große Sprünge vor dem Orchester.
Sade steht hoch auf seinem Stuhl und lacht triumphierend. Verzweifelt gibt Coulmier das Signal zum Zuziehen des Vorhangs.

Vorhang

Die Ermittlung

Oratorium in 11 Gesängen

Personen

Richter

Vertreter der Anklage
stellt Staatsanwalt und Nebenkläger dar

Vertreter der Verteidigung

Angeklagte 1–18
stellen authentische Personen dar

Zeugen 1–9
stellen abwechselnd die verschiedensten anonymen Zeugen dar

Anmerkung

Bei der Aufführung dieses Dramas soll nicht der Versuch unternommen werden, den Gerichtshof, vor dem die Verhandlungen über das Lager geführt wurden, zu rekonstruieren. Eine solche Rekonstruktion erscheint dem Schreiber des Dramas ebenso unmöglich, wie es die Darstellung des Lagers auf der Bühne wäre.

Hunderte von Zeugen traten vor dem Gericht auf. Die Gegenüberstellung von Zeugen und Angeklagten, sowie die Reden und Gegenreden, waren von emotionalen Kräften überladen.

Von all dem kann auf der Bühne nur ein Konzentrat der Aussage übrig bleiben.

Dieses Konzentrat soll nichts anderes enthalten als Fakten, wie sie bei der Gerichtsverhandlung zur Sprache kamen. Die persönlichen Erlebnisse und Konfrontationen müssen einer Anonymität weichen. Indem die Zeugen im Drama ihre Namen verlieren, werden sie zu bloßen Sprachrohren. Die 9 Zeugen referieren nur, was hunderte ausdrückten.

Die Verschiedenheiten in den Erfahrungen können höchstens angedeutet werden in einer Veränderung der Stimme und Haltung.

Zeuge 1 und 2 sind Zeugen, die auf seiten der Lagerverwaltung standen.

Zeuge 4 und 5 sind weibliche, die übrigen männliche Zeugen aus den Reihen der überlebenden Häftlinge.

Die 18 Angeklagten dagegen stellen jeder eine bestimmte Figur dar. Sie tragen Namen, die aus dem wirklichen Prozeß übernommen sind. Daß sie ihre eigenen Namen haben ist bedeutungsvoll, da sie ja auch während der Zeit, die zur Verhandlung steht, ihre Namen trugen, während die Häftlinge ihre Namen verloren hatten.

Doch sollen im Drama die Träger dieser Namen nicht noch einmal angeklagt werden. Sie leihen dem Schreiber des Dramas nur ihre Namen, die hier als Symbole stehen für ein System, das viele andere schuldig werden ließ, die vor diesem Gericht nie erschienen.

Bei Bühnenaufführungen kann eine Pause nach dem 6. Gesang eingelegt werden.

1 Gesang von der Rampe

I

RICHTER Herr Zeuge
Sie waren Vorstand des Bahnhofs
in dem die Transporte einliefen
Wie weit war der Bahnhof vom Lager entfernt
ZEUGE 1 2 Kilometer vom alten Kasernenlager
und etwa 5 Kilometer vom Hauptlager
RICHTER Hatten Sie in den Lagern zu tun
ZEUGE 1 Nein
Ich hatte nur dafür zu sorgen
daß die Betriebsstrecken in Ordnung waren
und daß die Züge fahrplanmäßig
ein- und ausliefen
RICHTER In welchem Zustand waren die Strecken
ZEUGE 1 Es war eine ausgesprochen gut
ausgestattete Rollbahn
RICHTER Wurden die Fahrplananordnungen
von Ihnen ausgearbeitet
ZEUGE 1 Nein
Ich hatte nur fahrplantechnische Maßnahmen
im Zusammenhang mit dem Pendelverkehr
zwischen Bahnhof und Lager durchzuführen
RICHTER Dem Gericht liegen Fahrplananordnungen vor
die von Ihnen unterzeichnet sind
ZEUGE 1 Ich habe das vielleicht einmal
vertretungsweise unterschreiben müssen
RICHTER War Ihnen der Zweck der Transporte bekannt
ZEUGE 1 Ich war nicht in die Materie eingeweiht
RICHTER Sie wußten
daß die Züge mit Menschen beladen waren
ZEUGE 1 Wir erfuhren nur
daß es sich um Umsiedlertransporte handelte
die unter dem Schutz des Reichs standen
RICHTER Über die vom Lager regelmäßig
zurückkehrenden Leerzüge
haben Sie sich keine Gedanken gemacht

ZEUGE 1 Die beförderten Menschen
waren dort angesiedelt worden

ANKLÄGER Herr Zeuge
Sie haben heute eine leitende Stellung
in der Direktion der Bundesbahn
Demnach ist anzunehmen
daß Sie vertraut sind mit Fragen
der Ausstattung und Belastung von Zügen
Wie waren die bei Ihnen ankommenden Züge
ausgestattet und belastet

ZEUGE 1 Es handelte sich um Güterzüge
Laut Frachtbrief wurden per Waggon
etwa 60 Personen befördert

ANKLÄGER Waren es Güterwagen
oder Viehwagen

ZEUGE 1 Es waren auch Wagen
wie sie zum Viehtransport benutzt wurden

ANKLÄGER Gab es in den Waggons
sanitäre Einrichtungen

ZEUGE 1 Das ist mir nicht bekannt

ANKLÄGER Wie oft kamen diese Züge an

ZEUGE 1 Das kann ich nicht sagen

ANKLÄGER Kamen sie häufig an

ZEUGE 1 Ja sicher
Es war ein stark frequentierter Zielbahnhof

ANKLÄGER Ist Ihnen nicht aufgefallen
daß die Transporte
aus fast allen Ländern Europas kamen

ZEUGE 1 Wir hatten soviel zu tun
daß wir uns um solche Dinge
nicht kümmern konnten

ANKLÄGER Fragten Sie sich nicht
was mit den umgesiedelten Menschen
geschehen sollte

ZEUGE 1 Sie sollten zum Arbeitseinsatz
geschickt werden

ANKLÄGER Es waren aber doch nicht nur Arbeitsfähige
sondern ganze Familien
mit alten Leuten und Kindern

ZEUGE 1 Ich hatte keine Zeit
mir den Inhalt der Züge anzusehn

ANKLÄGER Wo wohnten Sie

ZEUGE 1 In der Ortschaft

ANKLÄGER Wer wohnte sonst dort

ZEUGE 1 Die Ortschaft war von der einheimischen
Bevölkerung geräumt worden
Es wohnten dort Beamte des Lagers
und Personal der umliegenden Industrien

ANKLÄGER Was waren das für Industrien

ZEUGE 1 Es waren Niederlassungen
der IG Farben
der Krupp- und Siemenswerke

ANKLÄGER Sahen Sie Häftlinge
die dort zu arbeiten hatten

ZEUGE 1 Ich sah sie beim An- und Abmarschieren

ANKLÄGER Wie war der Zustand der Gruppen

ZEUGE 1 Sie gingen im Gleichschritt und sangen

ANKLÄGER Erfuhren Sie nichts
über die Verhältnisse im Lager

ZEUGE 1 Es wurde ja soviel dummes Zeug geredet
man wußte doch nie woran man war

ANKLÄGER Hörten Sie nichts
über die Vernichtung von Menschen

ZEUGE 1 Wie sollte man sowas schon glauben

RICHTER Herr Zeuge
Sie waren für die Güterabfertigung
verantwortlich

ZEUGE 2 Ich hatte nichts anderes zu tun
als die Züge dem Rangierpersonal zu übergeben

RICHTER Was waren die Aufgaben des Rangierpersonals

ZEUGE 2 Sie spannten eine Rangierlok vor
und beförderten den Zug ins Lager

RICHTER Wieviele Menschen befanden sich
Ihrer Schätzung nach
in einem Waggon

ZEUGE 2 Darüber kann ich keine Auskunft geben
Es war uns streng verboten
die Züge zu kontrollieren

RICHTER Wer hinderte Sie daran

ZEUGE 2 Die Bewachungsmannschaften

RICHTER Gab es Frachtbriefe für alle Transporte

ZEUGE 2 In den meisten Fällen waren keine
Begleitbriefe dabei
Da stand nur die Zahl mit Kreide
auf dem Waggon

RICHTER Was standen da für Zahlen

ZEUGE 2 60 Stück oder 80 Stück
je nachdem

RICHTER Wann kamen die Züge an

ZEUGE 2 Meistens nachts

ANKLÄGER Welchen Eindruck erhielten Sie
von diesen Frachten

ZEUGE 2 Ich verstehe die Frage nicht

ANKLÄGER Herr Zeuge
Sie sind Oberinspektor der Bundesbahn
und kennen sich in Reiseverhältnissen aus
Wurden Sie durch Einblicke in Waggonluken
oder durch Geräusche aus den Waggons
auf die Zustände aufmerksam

ZEUGE 2 Ich sah einmal eine Frau
die ein kleines Kind an die Luftklappe hielt
und fortgesetzt nach Wasser schrie
Ich holte einen Krug Wasser
und wollte ihn ihr reichen
Als ich den Krug hochhob kam einer der Wachleute
und sagte
wenn ich nicht sofort weggehe
würde ich erschossen

RICHTER Herr Zeuge
Wieviele Züge kamen Ihrer Berechnung nach
auf dem Bahnhof an

ZEUGE 2 Im Durchschnitt ein Zug pro Tag
Bei Hochdruck verkehrten auch 2 bis 3 Züge

RICHTER Wie groß waren die Züge

ZEUGE 2 Sie hatten bis zu 60 Waggons

RICHTER Herr Zeuge
waren Sie im Lager

ZEUGE 2 Ich fuhr einmal auf der Rangierlok mit
weil es etwas wegen der Frachtbriefe
zu besprechen gab
Gleich hinter dem Einfahrtstor stieg ich ab
und ging in das Lagerbüro
Da kam ich beinah nicht mehr raus
weil ich keinen Ausweis hatte

RICHTER Was sahen Sie vom Lager

ZEUGE 2 Nichts
Ich war froh daß ich wieder wegkam

RICHTER Sahen Sie die Schornsteine am Ende der Rampe
und den Rauch und den Feuerschein

ZEUGE 2 Ja
ich sah Rauch

RICHTER Was dachten Sie sich dabei

ZEUGE 2 Ich dachte mir
das sind die Bäckereien
Ich hatte gehört
da würde Tag und Nacht Brot gebacken
Es war ja ein großes Lager

II

ZEUGE 3 Wir fuhren 5 Tage lang
Am zweiten Tag
war unsere Wegzehrung verbraucht
Wir waren 89 Menschen im Waggon
Dazu unsere Koffer und Bündel
Unsere Notdurft verrichteten wir
in das Stroh
Wir hatten viele Kranke
und 8 Tote
Auf den Bahnhöfen konnten wir
durch die Luftlöcher sehn
wie die Bewachungsmannschaften
von weiblichem Personal
Essen und Kaffee erhielten
Unsere Kinder hatten zu jammern aufgehört
als wir in der letzten Nacht vom Bahndamm

auf ein Nebengleis abbogen
Wir fuhren durch eine flache Gegend
die von Scheinwerfern beleuchtet wurde
Dann näherten wir uns einem langgestreckten
scheunenähnlichen Gebäude
Da war ein Turm
und darunter ein gewölbtes Tor
Ehe wir durch das Tor einfuhren
pfiff die Lokomotive
Der Zug hielt
Die Waggontüren wurden aufgerissen
Häftlinge in gestreiften Anzügen erschienen
und schrien zu uns herein
Los raus schnell schnell
Es waren anderthalb Meter herab zum Boden
Da lag Schotter
Die Alten und Kranken fielen
in die scharfen Steine
Die Toten und das Gepäck wurden herausgeworfen
Dann hieß es
Alles liegen lassen
Frauen und Kinder rüber
Männer auf die andere Seite
Ich verlor meine Familie aus den Augen
Überall schrien die Menschen
nach ihren Angehörigen
Mit Stöcken wurde auf sie eingeschlagen
Hunde bellten
Von den Wachtürmen waren Scheinwerfer
und Maschinengewehre
auf uns gerichtet
Am Ende der Rampe war der Himmel
rot gefärbt
Die Luft war voll von Rauch
Der Rauch roch süßlich und versengt
Dies war der Rauch
der fortan blieb

ZEUGIN 4 Ich hörte meinen Mann noch
nach mir rufen

Wir wurden aufgestellt
und durften den Platz nicht mehr wechseln
Wir waren eine Gruppe
von 100 Frauen und Kindern
Wir standen zu fünft in einer Reihe
Dann mußten wir an ein paar Offizieren
vorbeigehn
Einer von ihnen hielt die Hand in Brusthöhe
und winkte mit dem Finger
nach links und nach rechts
Die Kinder und die alten Frauen
kamen nach links
ich kam nach rechts
Die linke Gruppe mußte über die Schienen
zu einem Weg gehen
Einen Augenblick lang sah ich meine Mutter
bei den Kindern
da war ich beruhigt und dachte
wir werden uns schon wiederfinden
Eine Frau neben mir sagte
Die kommen in ein Schonungslager
Sie zeigte auf die Lastwagen
die auf dem Weg standen
und auf ein Auto vom Roten Kreuz
Wir sahen
wie sie auf die Wagen geladen wurden
und wir waren froh daß sie fahren durften
Wir andern mußten zu Fuß weiter
auf den aufgeweichten Wegen

ZEUGIN 5 Ich hielt das Kind meiner Schwägerin an der Hand
Sie selbst trug ihr kleinstes Kind auf dem Arm
Da kam einer von den Häftlingen auf mich zu
und fragte ob das Kind mir gehöre
Als ich es verneinte sagte er
ich solle es der Mutter geben
Ich tat es und dachte
die Mutter hat vielleicht Vorteile
Sie gingen alle nach links
ich ging nach rechts

Der Offizier der uns einteilte
war sehr freundlich
Ich fragte ihn
wohin denn die andern gingen
und er antwortete
Die gehen jetzt nur baden
in einer Stunde werdet ihr euch wiedersehn

RICHTER Frau Zeugin
wissen Sie wer dieser Offizier war

ZEUGIN 5 Ich erfuhr später
daß er Dr. Capesius hieß

RICHTER Frau Zeugin
können Sie uns den Angeklagten
Dr. Capesius zeigen

ZEUGIN 5 Wenn ich mir die Gesichter ansehe
fällt es mir schwer zu sagen
ob ich sie wiedererkenne
Doch dieser Herr da
kommt mir bekannt vor

RICHTER Wie heißt er

ZEUGIN 5 Dr. Capesius

ANGEKLAGTER 3 Die Zeugin muß mich
mit einem anderen verwechseln
Ich habe nie auf der Rampe
ausgesondert

ZEUGE 6 Ich kannte Dr. Capesius
von meinem Heimatort her
Ich war dort Arzt
und er hatte mich vor dem Krieg mehrmals
als Vertreter des Bayer-Konzerns besucht
Ich begrüßte ihn und fragte
was mit uns geschehen sollte
Er sagte
Hier wird alles gut werden
Ich sagte ihm
daß meine Frau nicht gesund sei
Dann soll sie hier stehn
sagte er
Hier bekommt sie Pflege

Er zeigte auf die Gruppe
von alten Leuten und Kranken
Ich sagte zu meiner Frau
Du mußt dorthin gehn und dich hinstellen
Sie ging zusammen mit ihrer Nichte
und ein paar anderen Verwandten
zur Gruppe der Kranken
Sie fuhren alle auf Lastwagen ab

RICHTER Besteht für Sie kein Zweifel
daß dies Dr. Capesius war

ZEUGE 6 Nein
Ich habe ja mit ihm gesprochen
Es war damals eine große Freude für mich
ihn wiederzusehn

RICHTER Angeklagter Capesius
Kennen Sie diesen Zeugen

ANGEKLAGTER 3 Nein

RICHTER Waren Sie bei ankommenden Transporten
auf der Rampe

ANGEKLAGTER 3 Ich war nur dort
um Medikamente aus dem Gepäck der Häftlinge
entgegenzunehmen
Diese hatte ich in der Apotheke zu verwahren

RICHTER Herr Zeuge
Wen von den Angeklagten
sahen Sie noch auf der Rampe

ZEUGE 6 Diesen Angeklagten
Ich kann auch seinen Namen nennen
Er heißt Hofmann

RICHTER Angeklagter Hofmann
Was hatten Sie auf der Rampe zu tun

ANGEKLAGTER 8 Ich hatte für Ruhe und Ordnung zu sorgen

RICHTER Wie ging das vor sich

ANGEKLAGTER 8 Die Leute wurden aufgestellt
Dann bestimmten die Ärzte
wer arbeitsfähig war
und wer zur Arbeit nicht infrage kam
Mal waren mehr
mal weniger Arbeitsfähige

rauszuholen
Der Prozentsatz war bestimmt
Er richtete sich nach dem Bedarf
an Arbeitskräften

RICHTER Was geschah mit denen
die nicht zur Arbeit gebraucht wurden

ANGEKLAGTER 8 Die kamen ins Gas

RICHTER Wie groß war der Prozentsatz
der Arbeitsfähigen

ANGEKLAGTER 8 Im Durchschnitt ein Drittel
des Transportes
Bei Überbelegung des Lagers
hatten die Transporte
geschlossen abzugehn

RICHTER Haben Sie selbst
Aussonderungen vorgenommen

ANGEKLAGTER 8 Ich kann dazu nur sagen
daß ich manchmal Nichtarbeitsfähige
zu den Arbeitsfähigen rübergeschoben habe
wenn die darum gebeten und gebettelt haben

RICHTER Durften Sie das

ANGEKLAGTER 8 Nein
das war verboten
aber man hat eben beide Augen zugedrückt

RICHTER Wurde für den Rampendienst
Sonderverpflegung ausgegeben

ANGEKLAGTER 8 Ja
da gab es Brot
eine Portion Wurst
und einen Fünftel Liter Alkohol

RICHTER Hatten Sie bei der Ausübung Ihrer Arbeit
Gewalt anzuwenden

ANGEKLAGTER 8 Da war immer ein großes Durcheinander
und da hat es natürlich mal
eine Zurechtweisung
oder eine Ohrfeige gegeben
Ich habe nur meinen Dienst gemacht
Wo ich hingestellt werde
mache ich eben meinen Dienst

RICHTER Wie kamen Sie zu diesem Dienst

ANGEKLAGTER 8 Durch Zufall
Das war so
Mein Bruder hatte noch eine Uniform übrig
die konnte ich übernehmen
Da hatte ich keine Unkosten
Es war geschäftshalber
Mein Vater hatte eine Gaststätte
da verkehrten viele Parteigenossen
Als ich abkommandiert wurde
hatte ich keine Ahnung
wohin ich kam
Bei meiner Ankunft fragte ich
Bin ich denn hier richtig
Da hat man gesagt
Hier bist du immer richtig

ANKLÄGER Angeklagter Hofmann
wußten Sie
was mit den ausgesonderten Menschen
geschehen sollte

ANGEKLAGTER 8 Herr Staatsanwalt
Ich persönlich hatte gar nichts
gegen diese Leute
Die gab es ja auch bei uns zuhause
Ehe sie abgeholt wurden
habe ich immer zu meiner Familie gesagt
Kauft nur weiter bei dem Krämer
das sind ja auch Menschen

ANKLÄGER Hatten Sie diese Einstellung noch
als Sie Dienst auf der Rampe taten

ANGEKLAGTER 8 Also
von kleinen Übeln abgesehen
wie sie solch ein Leben von vielen
auf engem Raum
nun einmal mit sich bringt
und abgesehen von den Vergasungen
die natürlich furchtbar waren
hatte durchaus jeder die Chance
zu überleben

Ich persönlich
habe mich immer anständig benommen
Was sollte ich denn machen
Befehle mußten ausgeführt werden
Und dafür habe ich jetzt
dieses Verfahren auf dem Hals
Herr Staatsanwalt
ich habe ruhig gelebt
wie alle andern auch
und da holt man mich plötzlich raus
und schreit nach Hofmann
Das ist der Hofmann
sagt man
Ich weiß überhaupt nicht
was man von mir will

ZEUGE 7 Als wir aufgestellt waren
kam einer der Wachleute und fragte
Hat jemand irgendwelche Beschwerden
Da traten einige vor
die glaubten
sie würden leichtere Arbeit finden
und sie kamen zu denen
die nach links gehen mußten
Als er sie abführte
kam es zu einer Unruhe
und er schoß in die Menschen hinein
Dabei wurden 5 oder 6 getötet

RICHTER Herr Zeuge
befindet sich der von dem Sie sprechen
in diesem Raum

ZEUGE 7 Herr Vorsitzender
es ist lange her
daß ich ihnen gegenüber stand
und es fällt mir schwer
ihnen in die Gesichter zu sehn
Dieser hier hat Ähnlichkeit mit ihm
er könnte es sein
Er heißt Bischof

RICHTER Sind Sie sicher

oder zweifeln Sie

ZEUGE 7 Herr Vorsitzender
ich war diese Nacht schlaflos

VERTEIDIGER Wir stellen die Glaubwürdigkeit des Zeugen
infrage
Es ist anzunehmen
daß er das Gesicht unseres Mandanten
nach einem der öffentlich verbreiteten Bilder
wiedererkennt
Die Übermüdung des Zeugen
kann keine Grundlage bilden
für beweiskräftige Aussagen

RICHTER Angeklagter Bischof
Wollen Sie zu der Beschuldigung
Stellung nehmen

ANGEKLAGTER 15 Das ist mir ein Rätsel
was der Herr Zeuge da sagt
Ich verstehe auch nicht
warum der Zeuge sagt
5 oder 6
Hätte er 5 gesagt
oder hätte er 6 gesagt
dann wäre es verständlich

RICHTER Hatten Sie Dienst auf der Rampe

ANGEKLAGTER 15 Ich hatte nur die Schübe zu ordnen
Geschossen habe ich nie
Herr Präsident
Es ist mein Bestreben
hier reinen Tisch zu machen
Das nagt schon seit Jahren an mir
Herzkrank bin ich davon geworden
Da sollen mir mit solchen Schweinereien
die letzten Tage meines Lebens
versaut werden

ANKLÄGER Was meint der Angeklagte
mit Schweinereien

RICHTER Der Angeklagte ist erregt
Er meint sicher nicht
das von der Staatsanwaltschaft

eingeleitete Strafverfahren
Die Angeklagten lachen

ZEUGE 8 Ich gehörte als Häftling
dem Aufräumungskommando an
Wir hatten das Gepäck der Angekommenen
wegzuschaffen
Der Angeklagte Baretzki
hat auf der Rampe
an Aussonderungen teilgenommen
und die Transporte
zu den Krematorien begleitet

RICHTER Herr Zeuge
Erkennen Sie den Angeklagten wieder

ZEUGE 8 Dies ist Blockführer Baretzki

ANGEKLAGTER 13 Ich gehörte nur
zu den Wachmannschaften
Daß ein Mannschaftsdienstgrad selektierte
das gab es gar nicht
Ein Blockführer konnte doch keine
arbeitsunfähigen Leute rausstellen
Das konnte nur ein Arzt

RICHTER War Ihnen der Zweck der Aussonderungen
bekannt

ANGEKLAGTER 13 Wir erfuhren das
Ich war empört darüber
Ich habe das meiner Mutter einmal
auf einem Urlaub berichtet
Die wollte das nicht glauben
Das ist nicht möglich
sagte sie
Menschen brennen doch nicht
weil Fleisch nicht brennen kann

ZEUGE 8 Ich sah
wie Baretzki mit seinem Stock
auf die Leute zeigte
Es konnte ihm nie schnell genug gehn
Immer trieb er zur Eile
Einmal kam ein Zug mit 3000 Menschen an
Die meisten waren Kranke

Baretzki schrie uns zu
Ihr habt 15 Minuten Zeit
sie aus den Waggons zu holen
Beim Abladen wurde ein Kind geboren
Ich wickelte es in Kleidungsstücke
und legte es neben die Mutter
Baretzki kam mit dem Stock auf mich zu
und schlug mich und die Frau
Was tust du mit dem Dreck da
rief er
und gab dem Kind einen Fußtritt
so daß es 10 Meter fortflog
Dann befahl er mir
Bring die Scheiße hierher
Da war das Kind tot

RICHTER Herr Zeuge
Können Sie das beschwören

ZEUGE 8 Das kann ich beschwören
Baretzki hatte auch einen Spezialschlag
Er war bekannt dafür

RICHTER Was war das für ein Spezialschlag

ZEUGE 8 Er wurde mit der flachen Hand ausgeführt
So
Gegen die Aorta
Dieser Schlag
führte in den meisten Fällen
zum Tod

ANGEKLAGTER 13 Der Zeuge sagte doch eben
ich hätte einen Stock gehabt
Wenn ich einen Stock hatte
dann brauchte ich doch nicht
mit der Hand zu schlagen
Und wenn ich mit der Hand schlug
brauchte ich doch keinen Stock
Herr Vorsitzender
das ist Verleumdung
Ich hatte überhaupt keinen Spezialschlag
Die Angeklagten lachen

III

RICHTER Herr Zeuge
wen haben Sie noch auf der Rampe gesehn

ZEUGE 8 Alle Ärzte waren auf der Rampe
Die Aussonderungen
gehörten zu ihrer Arbeit
Dr. Frank war da
Dr. Schatz und Dr. Lucas

VERTEIDIGER Herr Zeuge
Wo befanden Sie sich
während der Aussonderungen

ZEUGE 8 An verschiedenen Stellen der Rampe
beim Aufsammeln des Gepäcks

VERTEIDIGER Können Sie uns das Aussehen
der Rampe beschreiben

ZEUGE 8 Die Rampe lag hinter der Toreinfahrt
Rechts von der Rampe befand sich
das Männerlager
links das Frauenlager
Am Ende der Rampe lagen rechts und links
die neuen Krematorien
mit den Ziffern II und III
Die Züge wurden von der Weiche aus
zumeist auf das rechte Gleis gerollt

VERTEIDIGER Wie lang war die Rampe

ZEUGE 8 Etwa 800 Meter lang

VERTEIDIGER Wie lang waren die Züge

ZEUGE 8 Sie nahmen oft 2 Drittel
der Länge ein

VERTEIDIGER Wo wurden die Aussonderungen vorgenommen

ZEUGE 8 In der Mitte der Rampe

VERTEIDIGER Wo standen die Menschen aufgestellt

ZEUGE 8 Sowohl auf dem oberen Abschnitt
als auch auf dem unteren

VERTEIDIGER Wie breit war die Rampe

ZEUGE 8 Etwa 10 Meter breit

VERTEIDIGER Dort standen die Menschen
in 2 Gruppen nebeneinander

Jede Gruppe in Reihen zu fünft
Wir bezweifeln daß es möglich war
sich bei diesem Gedränge
mit Packarbeiten in der Nähe
der selektierenden Offiziere
aufzuhalten

RICHTER Angeklagter Dr. Frank
haben Sie an den Aussonderungen teilgenommen

ANGEKLAGTER 4 Ich war lediglich als Ersatzmann
zum Rampendienst eingeteilt worden
Meine Aufgabe war
eintreffenden Zahnärzten
ihre Ausrüstung
für die Häftlingszahnstation abzunehmen
Die Zahnärzte und Zahntechniker hatte ich sodann
zu registrieren und einzukleiden
Wenn es vorkam daß einer antrat
der nur so gesagt hatte
er sei Dentist
dann ließ ich ihn nicht zurückschicken
Wir brauchten ja auch Leute
zum Putzen

RICHTER Haben Sie sich nie darum bemüht
vom Rampendienst entbunden zu werden

ANGEKLAGTER 4 Ich war deshalb beim Standortarzt Dr. Wirth
vorstellig
Ich bekam nur zur Antwort
Der Dienst im Lager ist Frontdienst
Jede Weigerung
wird als Fahnenflucht bestraft

RICHTER Haben Sie Transporte
zu den Gaskammern begleitet

ANGEKLAGTER 4 Nein
Die Begleitfunktionen
wurden von Wachmannschaften übernommen
Ich selbst habe alles getan
um den Häftlingen Hilfeleistungen
zukommen zu lassen
In meiner Station

machte ich ihnen den Aufenthalt
so angenehm wie möglich
Sie hatten maßgeschneiderte Anzüge
und brauchten sich das Haar
nicht scheren zu lassen

RICHTER Angeklagter Dr. Schatz
haben Sie an den Aussonderungen teilgenommen

ANGEKLAGTER 5 Ich hatte nie etwas damit zu tun
Wenn ich zur Entgegennahme von Medikamenten
oder ärztlichen Instrumenten
auf die Rampe befohlen wurde
versuchte ich nach Möglichkeit
mich zu drücken
Ich war überhaupt nur unter Zwang
ins Lager gekommen
Ich wurde von einer Heereszahnstation
abkommandiert
Ich möchte darauf hinweisen
daß ich ein ausgesprochen freundschaftliches
Verhältnis mit den Häftlingen
unterhielt

RICHTER Angeklagter Dr. Lucas
Was hatten Sie auf der Rampe zu tun

ANGEKLAGTER 6 Ich war dort nicht im geringsten aktiv
Ich habe immer wieder gesagt
Ich bin Arzt um Menschenleben zu erhalten
nicht um Menschen zu vernichten
Auch mein katholischer Glaube ließe nichts anderes zu
Als man mich zwingen wollte sagte ich
daß ich das körperlich nicht könne
Ich täuschte Krankheiten vor und versuchte
so schnell wie möglich
zur Truppenunterkunft zurückzukommen
Ich wandte mich an meinen alten Vorgesetzten
der antwortete mir
ich hätte alles zu tun
um nicht unangenehm aufzufallen
Auf einem Urlaub sprach ich sowohl
mit einem befreundeten Erzbischof als auch

mit einem hohen Juristen
Beide sagten mir
unmoralische Befehle dürften nicht befolgt werden
jedoch ginge dies nicht so weit
daß man dabei sein eigenes Leben
gefährden müsse
wir stünden im Krieg
und da käme eben manches vor

ANKLÄGER Herr Dr. Lucas
was für Krankheiten simulierten Sie denn
wenn Sie zur Aussonderung befohlen wurden

ANGEKLAGTER 6 Ich täuschte Gallenkolik vor
oder eine Magengeschichte

ANKLÄGER Hat man sich nicht gewundert
daß Sie Ihre Kolik
immer erst auf der Rampe bekamen

ANGEKLAGTER 6 Da gab es nie Schwierigkeiten
Mein passiver Widerstand
war die einzige Möglichkeit
mit den Dingen so wenig wie möglich
zu tun zu haben
Ich sehe auch heute noch nicht
wie ich es damals
hätte anders machen sollen

ANKLÄGER Und wenn Sie mit den Dingen zu tun hatten
was machten Sie da

ANGEKLAGTER 6 Nur in drei bis vier Fällen
halfen mir meine Weigerungen nichts
Ich erhielt den Befehl
auf die Rampe zu gehn
unter der Drohung
auf der Stelle abgeführt zu werden
wenn ich dem Befehl nicht nachkäme
Was das bedeutete
war unmißverständlich

ANKLÄGER Und da nahmen Sie an den Aussonderungen teil

ANGEKLAGTER 6 Ich hatte nur
arbeitsfähige Menschen auszusuchen
und ich habe so ausgesucht

daß auch viele Nichtarbeitsfähige
mit ins Lager kamen

ANKLÄGER Und die übrigen

ANGEKLAGTER 6 Die wurden von anderen
beiseite geführt

VERTEIDIGER Keinesfalls
kann es als strafbare Handlung
bezeichnet werden
wenn diensthabende Ärzte
Häftlinge für das Lager auswählten
da sie dadurch nur die Zahl der Opfer
um die Anzahl der als arbeitsfähig Befundenen
verringerten

ANKLÄGER Was geschah mit dem Gepäck der Eingetroffenen
nachdem die Aussonderungen
vorgenommen worden waren

ZEUGE 8 Es wurde zum Effektenlager gebracht
und dort sortiert und aufgestapelt

ANKLÄGER Wie groß war das Effektenlager

ZEUGE 8 Es bestand aus 35 Baracken

ANKLÄGER Können Sie Angaben machen
in Bezug auf die Werte und Mengen
des erfaßten Gutes

ZEUGE 8 Indem man den Häftlingen
vor der Deportierung geraten hatte
soviel wie möglich an Wertgegenständen
Wäsche Kleidern Geld und Werkzeugen mitzunehmen
unter dem Vorwand daß dort
wo sie angesiedelt werden sollten
nichts zu bekommen sei
nahmen alle ihren letzten Besitz mit
Vieles wurde schon auf der Rampe
bei den Vorsortierungen herausgenommen
Die aussondernden Ärzte
nahmen nicht nur Gebrauchsgegenstände an sich
sondern auch Schmuckstücke und Valuten
die sie kofferweise für sich zurückstellten
Dann nahmen sich die Wachmannschaften
und die Mitglieder des Zugpersonals

das ihre
Auch für uns fiel immer etwas ab
mit dem wir später Tauschgeschäfte
betreiben konnten
In der Effektenkammer ergaben sich
bei der Zusammenrechnung
Milliardenwerte

ANKLÄGER Herr Zeuge
Können Sie uns Angaben machen
über die genauen Werte
des von den Häftlingen übernommenen Gutes

ZEUGE 8 Nach einem Abschlußbericht
über die Zeit vom 1. April 1942
bis zum 15. Dezember 1943
beliefen sich die erfaßten Geldmittel
Devisen Edelmetalle und Juwelen
auf 132 Millionen Mark
wozu noch 1900 Waggons voller Spinnstoffe kamen
im Wert von 46 Millionen
Da stand noch ein Jahr
der größten Transporte bevor

ANKLÄGER Wer übernahm diese Werte

ZEUGE 8 Die Güter wurden weitergeleitet
an die Reichsbank
beziehungsweise an das Reichswirtschaftsministerium
Der Schmuck wurde eingeschmolzen
Uhren zum Beispiel
kamen an die Truppen

RICHTER Kam es auf der Rampe nie
zu Widersetzlichkeiten
Die Ankommenden waren den Bewachern zahlenmäßig
um das Vielfache überlegen
Sie wurden von ihren Familienmitgliedern getrennt
Der Besitz wurde ihnen genommen
Wehrten sie sich nicht

ZEUGE 9 Sie wehrten sich nie

RICHTER Warum wehrten sie sich nicht

ZEUGE 9 Die Ankommenden waren erschöpft
und ausgehungert

Sie hofften nur
daß sie endlich zur Ruhe kämen

RICHTER Ahnten sie nicht
was ihnen bevorstand

ZEUGE 9 Wie sollten sie es sich vorstellen
daß sie praktisch nicht mehr existierten
Ein jeder glaubte noch daran
daß er überleben konnte

2 Gesang vom Lager

I

ZEUGIN 4 Als wir über die Gleise gegangen waren
und vor dem Lagereingang warteten
hörte ich
wie ein Häftling zu einer Frau sagte
Der Rotekreuzwagen fährt nur das Gas
zu den Krematorien
Dort werden eure Angehörigen getötet
Die Frau begann zu schreien
Ein Offizier der die Worte gehört hatte
wandte sich an sie
Er sagte
Aber gnädige Frau
wie können Sie einem Häftling glauben
Das sind doch alles Verbrecher
und Geisteskranke
Sehen Sie doch die abstehenden Ohren
die kahlgeschorenen Köpfe
Wie können Sie auf solche Leute hören

RICHTER Frau Zeugin
Erinnern Sie sich
wer der Offizier war

ZEUGIN 4 Ich sah ihn später wieder
Ich arbeitete als Schreiberin unter ihm
in der Politischen Abteilung
Sein Name ist Broad

RICHTER Können Sie uns
den Angeklagten Broad zeigen

ZEUGIN 4 Dies ist Herr Broad
Der Angeklagte 16 nickt der Zeugin freundlich zu

RICHTER Was geschah mit dem Häftling

ZEUGIN 4 Ich hörte
daß er für Verbreitung von Greuelnachrichten
zu 150 Stockschlägen verurteilt wurde
Er starb daran

RICHTER Angeklagter Broad
haben Sie etwas dazu zu sagen

ANGEKLAGTER 16 Der Fall ist mir nicht erinnerlich
So viele Schläge wurden bei uns
nie verabfolgt

ZEUGE 3 Obgleich unser Gepäck zurückgeblieben war
und wir getrennt worden waren
von unsern Familienmitgliedern
gingen wir noch ohne Mißtrauen
durch das Tor zwischen den Stacheldrähten
wir glaubten
daß unsere Frauen und Kinder
jetzt drüben zu essen bekämen
und daß wir sie bald wiedersehen dürften
Dann aber sahen wir Hunderte
von zerlumpten Gestalten
viele bis aufs Skelett abgemagert
Da verging uns die Zuversicht

ZEUGE 6 Einer kam auf uns zu
der rief
Häftlinge
Seht den Rauch da hinter den Baracken
Der Rauch
das sind eure Frauen und Kinder
Auch für euch
die ihr ins Lager eingetreten seid
wird es nur einen Ausgang geben
Durch die Roste der Kamine

ZEUGE 3 Wir wurden in eine Waschbaracke getrieben
Wachleute und Häftlinge kamen
mit Stößen von Papieren
Wir mußten uns ausziehn
und alles was wir noch besaßen
wurde uns abgenommen
Uhren Ringe Ausweise und Fotos
wurden auf dem Personalbogen registriert
Anschließend wurde uns die Nummer
in den linken Unterarm tätowiert

RICHTER Wie wurde die Tätowierung ausgeführt

ZEUGE 3 Mit Nadelstempeln wurden uns die Ziffern
in die Haut gestochen
Dann wurde Tusche hineingerieben
Die Haare wurden uns abgeschoren
wir kamen unter kalte Duschen
Zum Schluß wurden wir eingekleidet

RICHTER Woraus bestand die Kleidung

ZEUGE 3 Aus einer löchrigen Unterhose
einem Unterhemd
einer zerrissenen Jacke
einer geflickten Hose
einer Mütze
und einem Paar Holzschuhe
Dann begaben wir uns im Laufschritt
zu unserm Block

RICHTER Wie sah der Block aus

ZEUGE 3 Eine Holzbaracke ohne Fenster
Vorn und hinten eine Tür
Oberlichtklappen unter dem schrägen Dach
Rechts und links dreistöckige Pritschen
Die untere Schlafstätte zu ebener Erde
Die Pritschen von gemauerten
Zwischenwänden getragen
Länge der Baracke etwa 40 Meter

RICHTER Wieviele Häftlinge
waren dort untergebracht

ZEUGE 3 Der Belegraum war für 500 Menschen berechnet
Wir waren dort 1000 Mann

RICHTER Wieviele solcher Baracken gab es

ZEUGE 3 Über 200

RICHTER Wie breit waren die Pritschen

ZEUGE 3 Etwa 1.80 Meter breit
Auf jeder Pritsche lagen 6 Mann
Sie mußten abwechselnd auf der rechten
und auf der linken Seite liegen

RICHTER Gab es Stroh oder Decken

ZEUGE 3 Manche Pritschen hatten Stroh
Das Stroh war verfault
Von den oberen Pritschen rieselte das Stroh

auf die unteren Pritschen herab
Für jede Pritsche gab es eine Decke
Daran zog abwechselnd der eine der außen lag
und dann der andere
In der Mitte lagen die Stärksten

RICHTER Waren die Baracken geheizt

ZEUGE 3 Es gab 2 eiserne Öfen
von den Öfen aus liefen Rohre
zum Schornstein in der Mitte
Die Rohre waren ummauert
Diese Ummauerungen dienten als Tische
Die Öfen waren nur selten geheizt

RICHTER Wie waren die sanitären Einrichtungen

ZEUGE 3 In der Waschbaracke befanden sich Holztröge
mit einem durchlöcherten Eisenrohr darüber
Aus dem Rohr tröpfelte das Wasser
In der Latrine standen lange Betonbecken
darauf lagen Bretter mit runden Öffnungen
200 Personen konnten auf einmal Platz nehmen
Das Latrinenkommando paßte auf
daß niemand zu lange saß
Die Leute des Kommandos schlugen
mit Stöcken zwischen die Häftlinge
um sie wegzujagen
Bei manchen ging es aber nicht so schnell
und vor Anstrengung trat ihnen der Mastdarm
ein Stück hervor
Wenn sie vertrieben worden waren
stellten sie sich wieder bei den Wartenden an
Papier gab es nicht
Manche rissen sich Fetzen ihrer Kleidung ab
um sich zu reinigen
oder stahlen einander nachts
Stücke aus der Montur
um Vorrat zu haben
Man mußte seine Notdurft morgens erledigen
Tagsüber gab es keine Möglichkeit dazu
Wer doch dabei ertappt wurde
erhielt Kerkerstrafe

Die Abwässer aus der Waschbaracke
liefen in die Latrine
um den Kot wegzuschwemmen
Es gab immer wieder Stauungen
weil der Wasserdruck nicht ausreichte
Dann kamen die Scheißkommandos
um das Zeug abzusaugen
Der Gestank der Latrinen
vermischte sich mit dem Geruch
des Rauchs

ZEUGIN 4 Die Näpfe die wir erhalten hatten
dienten einem dreifachen Zweck
Zum Waschen
Zum Suppefassen
und zum Verrichten der nächtlichen Notdurft
Im Frauenlager war die einzige Wasserquelle
unmittelbar neben der Latrine
An dem dünnen Strahl
der in die Bottiche mit den Exkrementen
weiterlief
standen die Frauen und tranken
und versuchten
sich etwas Wasser in ihren Napf abzuschöpfen
Diejenigen die aufgaben
sich zu waschen
gaben sich selbst auf

ZEUGIN 5 Schon beim Herausspringen aus dem Waggon
in das Gewühl der Rampe
wußte ich
daß es hier darum ging
seinen eigenen Vorteil zu wahren
sich nach oben zu fügen
und einen günstigen Eindruck zu wecken
und sich fernzuhalten von allem
was einen nach unten ziehen konnte
Als wir im Aufnahmeraum
auf die Tische gelegt wurden
und man uns After und Geschlechtsteile
nach versteckten Wertgegenständen untersuchte

vergingen die letzten Reste
unseres gewohnten Lebens
Familie Heim Beruf und Besitz
das waren Begriffe
die mit dem Einstechen der Nummer
ausgelöscht wurden
Und schon begannen wir
nach neuen Begriffen zu leben
und uns einzufügen in diese Welt
die für diejenigen
die darin existieren wollten
zur normalen Welt wurde
Das oberste Gesetz war
gesund zu bleiben
und körperliche Kraft zu zeigen
Ich hielt mich dicht neben denen
die zu schwach waren
ihre Ration zu essen
um mir diese bei der ersten Gelegenheit
anzueignen
Ich lag auf der Lauer
wenn eine die einen besseren Schlafplatz besaß
dem Tod nah war
Unser Aufstieg in der neuen Gesellschaft
begann in der Baracke
die jetzt unser Heim war
Vom Schlafloch auf dem kalten Lehmboden
kämpften wir uns empor
zu den warmen Plätzen der oberen Pritschen
Wenn zwei aus der selben Schüssel essen mußten
starrten sie einander auf die Kehle
um darüber zu wachen
daß die andere nicht einen Löffel mehr schluckte
Unsere Ambitionen
waren auf ein einziges Ziel gerichtet
irgend etwas zu gewinnen
Es war das Normale
daß uns alles gestohlen worden war
Es war das Normale

daß wir wieder stahlen
Der Schmutz die Wunden und die Seuchen ringsum
waren das Normale
Es war normal
daß zu allen Seiten gestorben wurde
und normal war
das unmittelbare Bevorstehn des eigenen Todes
Normal war
das Absterben unserer Empfindungen
und die Gleichgültigkeit
beim Anblick der Leichen
Es war normal
daß sich zwischen uns solche fanden
die denen die über uns standen
beim Prügeln halfen
Wer zur Dienerin der Blockältesten wurde
gehörte nicht mehr zu den Niedrigsten
und noch höher gelangte die
die es vermochte
sich bei den Blockführerinnen einzuschmeicheln
Überleben konnte nur der Listige
der sich jeden Tag
mit nie erlahmender Aufmerksamkeit
seinen Fußbreit Boden eroberte
Die Unfähigen
die Trägen im Geiste
die Milden
die Verstörten und Unpraktischen
die Trauernden und die
die sich selbst bedauerten
wurden zertreten

ZEUGE 6 Am ersten Morgen standen wir beim Appell
Es regnete
Wir standen stundenlang
und sahen
wie hinter den Stacheldrähten
auf der andern Seite der Rampe
Frauen auf die Lastwagen geprügelt wurden
Sie waren nackt und schrien

zu uns Männern hinüber
Sie erwarteten Hilfe von uns
doch wir standen nur da und zitterten
und konnten ihnen nicht helfen

ZEUGIN 4 Ich kam in eine Baracke
die war voll von Leichen
Da sah ich
daß sich etwas rührte zwischen den Toten
Es war ein junges Mädchen
Ich habe es herausgezogen auf die Lagerstraße
und gefragt
Wer bist du
Wie lange bist du hier
Ich weiß es nicht
sagte sie
Warum liegst du hier zwischen den Toten
fragte ich
Da sagte sie
Bei den Lebenden kann ich nicht mehr sein
Am Abend war sie tot

ZEUGIN 5 Wir mußten Gräben ausheben
Viele Frauen brachen
unter den Schaufeln mit Lehm zusammen
Wir standen bis zur Hüfte im Wasser
Die Bewacher sahen uns zu
Es waren ganz junge Leute
Eine Frau wandte sich an den Kommandoführer
Herr Hauptmann
rief sie
ich kann doch nicht so arbeiten
ich bin schwanger
Da lachten die Leute
und einer drückte sie mit der Schaufel
so lange unter das Wasser
bis sie ertrunken war

ZEUGE 7 Ich hörte
wie ein Wachposten sich über den Draht
mit einem neunjährigen Jungen unterhielt
Du weißt ja schon ziemlich viel für dein Alter

sagte der Mann
Der Junge erwiderte
Ich weiß daß ich viel weiß
und ich weiß auch
daß ich nichts mehr dazulernen werde
Er wurde zusammen mit einer Gruppe
von etwa 90 Kindern
auf die Lastwagen verladen
Als die Kinder sich sträubten
rief er
Steigt nur rauf aufs Auto
schreit doch nicht so
ihr habt doch gesehn
wie unsre Eltern und Großeltern
abgefahren sind
Steigt nur rauf
dann werdet ihr sie wiedersehn
Und als sie fuhren
hörte ich
wie er dem Wachmann noch zurief
Es wird euch nichts geschenkt werden

II

ZEUGE 8 Morgens erhielt jeder
einen halben Liter Brühe
die Brühe enthielt ein Kaffee-Ersatzmittel
Dazu gab es 5 Gramm Zucker
Manche hatten vom Abend vorher
noch ein Stück trockenes Brot
Mittags wurde Suppe ausgegeben
Die Suppe war aus Abfällen von Kartoffeln
Rüben und Kohl gekocht
mit einem minimalen Zusatz von
Fleisch oder Fett
und mit einem mehligen Nahrungsstoff
der gab der Suppe den Geschmack
der Lagersuppe

Zusätzlich gab es Papierschnitzel
und Lumpen in der Suppe
Bei der Ausgabe stritten die Häftlinge
sich nicht darum
wer zuerst seinen Schlag abholen durfte
sondern wer zum Schluß an die Reihe kam
Das erste Drittel der Suppe
bestand aus Wasser
Erst unten trieb etwas Nährendes herum
Abends nach dem Appell
erhielt jeder sein Stück Brot
von 300 bis 350 Gramm
und verschiedene Zulagen
etwa 20 Gramm Wurst
30 Gramm Margarine
oder einen Eßlöffel Rübenmarmelade
Freitags gab es manchmal
5 bis 6 Pellkartoffeln
Oft gab es nur die Hälfte der Zulage
oder sie fiel ganz aus
weil das Lagerpersonal
von den Wachmannschaften an
bis hinauf zum Kommandanten
sich selbst unbehindert
Lebensmittel aus den Häftlingsmagazinen
holte

ANKLÄGER Herr Zeuge
Wieviel Kalorien betrug im Durchschnitt
die tägliche Verpflegung

ZEUGE 8 Etwa 1000 bis 1300 Kalorien
Im Zustand der Ruhe
kommt der Organismus mit 1700 Kalorien aus
Ein Schwerarbeiter braucht etwa 4800
Da alle schwer arbeiteten
waren die letzten Reserven bald verbraucht
Je nach dem Stadium des Hungers
wurden die Bewegungen langsamer
weil keine Kraft mehr da war
den eigenen Körper zu tragen

Apathie und Schläfrigkeit
waren charakteristische Merkmale
der Schwächung
Die körperliche Abzehrung
war von einer geistigen Erschöpfung begleitet
die bis zum völligen Schwund
des Interesses an den Geschehnissen führte
Ein solcher Häftling konnte seine Gedanken
nicht mehr konzentrieren
Sein Erinnerungsvermögen schwand so weit
daß er oft nicht mehr
seinen eigenen Namen nennen konnte
Im Durchschnitt vermochte ein Häftling
nicht länger als 3 bis 4 Monate zu leben

VERTEIDIGER Herr Zeuge
Wie war es möglich
daß Sie selbst überlebten

ZEUGE 8 Überleben konnte nur der
dem es während der ersten Wochen gelang
irgendeinen Innendienst zu bekommen
sei es durch eine Spezialistentätigkeit
oder durch die Ernennung
zu einer Hilfsfunktion
Für einen Funktionshäftling
der sich darauf verstand
seine Vorzugsstellung auszunutzen
war im Lager praktisch alles zu erhalten

VERTEIDIGER Was für eine Vorzugsstellung hatten Sie

ZEUGE 8 Ich war Häftlingsarzt
anfangs im Quarantänelager
später im Krankenbau

RICHTER Wie waren dort die Verhältnisse

ZEUGE 8 Im Quarantänelager gab es Ratten
Die nagten nicht nur die Leichen an
sondern auch die Schwerkranken
Oft waren die Füße von denen
die in Agonie lagen
morgens angebissen
Die Tiere holten sich nachts Brot

aus den Taschen der Häftlinge
Oft beschimpfte man sich gegenseitig
Du hast mir mein Brot gestohlen
Aber es waren die Ratten
Milliarden von Flöhen
peinigten das Lager
Wer Stiefel hatte gab sie ab
weil ihm das Ungeziefer
den kostbaren Besitz verleidete
Wer nur Strümpfe und Lumpen anhatte
konnte sich wenigstens kratzen
Im Häftlingskrankenbau war es besser
Da gab es Binden aus Kreppapier
etwas Zellstoff
Ein Faß mit Ichthyolsalbe
und ein Faß mit Kreide
Alle Wunden wurden mit der Salbe bestrichen
und auf Bartflechte kam Kreide
damit man sie nicht mehr sah
Wir hatten auch ein paar Aspirintabletten
die wurden an Zwirnsfäden aufgehängt
Kranke mit Fieber unter 38 Grad
durften einmal lecken
Kranke mit Fieber über 38 Grad
zweimal

RICHTER Was waren die häufigsten Krankheiten

ZEUGE 8 Außer allgemeiner Schwäche
und Körperschäden durch Mißhandlung
hatten wir Fleckfieber und Paratyphus
Bauchtyphus Rotlauf und Tuberkulose
sowie die eigentliche Lagerkrankheit
einen therapieresistenten Durchfall
Die Furunkulose blühte im Lager
Oft schlugen die Wachleute
die Geschwüre mit Stöcken auf
bis sich das Fleisch von den Knochen schälte
Ich habe im Lager Krankheiten gesehn
von denen ich nie geglaubt hätte
daß ich sie mal zu Gesicht bekommen würde

Krankheiten
von denen man nur in Lehrbüchern liest
Da war Noma
eine Krankheit die nur
bei völlig entkräfteten Menschen auftritt
und die Löcher in die Wangen frißt
durch die die Zähne zu sehen sind
Oder Phemphicus
eine überaus seltene Krankheit
in deren Verlauf sich die Haut
in Blasen ablöst
und die nach wenigen Tagen
mit dem Tod endet

ZEUGE 9 Nach dem Abendappell
holte unser Blockältester
sich einige zum Sportmachen heraus
Wir mußten hüpfen wie Frösche
Schneller hüpfen schneller hüpfen
rief er
und wenn einer nicht mitkam
schlug er ihn mit einem Schemel zusammen

RICHTER Wie hieß dieser Blockälteste

ZEUGE 9 Er hieß Bednarek
und ich kann auf ihn zeigen

ANGEKLAGTER 18 Daß beim Sportmachen Leute geschlagen wurden
ist mir nicht bekannt

RICHTER Wie ging denn das Sportmachen vor sich

ANGEKLAGTER 18 Häftlinge die auffielen
mußten leichte Leibesübungen machen
Mal linksum
mal rechtsum
Das war alles

ZEUGE 9 Im Winter ließ Bednarek
Häftlinge eine halbe Stunde lang
unter der kalten Dusche stehn
bis sie unterkühlt waren und erstarrten
Dann wurden sie auf den Hof geworfen
wo sie verstarben

ANGEKLAGTER 18 Diese Beschuldigungen sind frei erfunden

So etwas konnte ich ja gar nicht tun
Ich war doch selbst Funktionshäftling
und hatte über mir den Kapo
den Arbeitsdienstführer
und den Lagerältesten
Ich selbst
das kann ich heute mit Stolz sagen
habe Mithäftlinge in meiner Stube
schlafen lassen
und bei uns im Block gabs abends
immer viel Spaß

ZEUGE 9 Wenn Bednarek
einen Häftling erschlagen hatte
ging er in seine Stube
und betete

ANGEKLAGTER 18 Da muß ich sagen
Gottgläubig das bin ich
aber zu beten habe ich nicht gewagt
Dafür gab es zu viel Spitzel
Und erschlagen habe ich nie jemanden
Es hat höchstens mal eine gesetzt
wenn ich bei Streitigkeiten
zu schlichten hatte

ZEUGE 3 Vor allem einer war im Lager
der war immer vornean
wo geschlagen und getötet wurde
Der hieß Kaduk
Kaduk war ein Begriff

RICHTER Herr Zeuge
können Sie uns den Angeklagten Kaduk
zeigen

ZEUGE 3 Dies ist Herr Kaduk
Der Angeklagte 7 grinst den Zeugen an
Kaduk wurde von den Häftlingen
Professor genannt
oder
Der heilige Dr. Kaduk
weil er selbständig Aussonderungen vornahm
Mit dem Griff seines Stocks

fischte er sich die Opfer
am Hals oder am Bein heraus

ANGEKLAGTER 7 Herr Direktor
Diese Behauptung ist unwahr

ZEUGE 3 Ich war dabei
als Kaduk Hunderte von Häftlingen
aus der Krankenstation holen ließ
Sie mußten sich in der Wäscherei ausziehn
und in einer Reihe
an Kaduk vorbeilaufen
Er hielt den Spazierstock in der Höhe
von etwa einem Meter vor sie hin
Sie mußten darüber springen
Wer den Stock berührte
kam ins Gas
Wem der Sprung über den Stock gelang
wurde geschlagen bis er zusammenbrach
Jetzt spring noch einmal
rief Kaduk
und zum zweiten Mal
gelang es nicht mehr

ANGEKLAGTER 7 Ich habe keine Häftlinge ausgesondert
Ich habe nichts entschieden
Da war ich gar nicht zuständig

RICHTER Wozu waren Sie denn zuständig

ANGEKLAGTER 7 Ich hatte nur zur Bewachung
bei Aussonderungen zugegen zu sein
Da habe ich aufgepaßt wie ein Luchs
daß von den Ausgesonderten
niemand mehr herüberwechselte
zur arbeitsfähigen Gruppe

RICHTER Hatten Sie auch Dienst auf der Rampe

ANGEKLAGTER 7 Ja
Da hatte ich den Gruppenverkehr
zu regeln

RICHTER Wie machten Sie das

ANGEKLAGTER 7 Alles raustreten
Gepäck auf die Rampe
Antreten zu fünft

Vorwärts marsch

ZEUGE 3 Kaduk schoß wahllos
in die Leute hinein

ANGEKLAGTER 7 Wahllos zu schießen
wäre mir nicht eingefallen
Hätte ich schießen wollen
dann hätte ich auch den getroffen
den ich aufs Korn nahm
Scharf war ich
das kann ich schon sagen
Aber ich habe nur getan
was ich tun mußte

RICHTER Und was mußten Sie tun

ANGEKLAGTER 7 Zusehn daß der Betrieb klappte
Kinder wurden grundsätzlich
gleich überstellt
auch Mütter die sich von den Kindern
nicht trennen wollten
Alles ging reibungslos
Die Transporte kamen an
wie warme Brötchen
da brauchte gar keine Gewalt angewendet zu werden
Die nahmen alles gelassen hin
Die wehrten sich nicht
weil sie einsahen
daß jeder Widerstand
sinnlos gewesen wäre

ZEUGE 6 Einmal schlug Kaduk in unserm Arbeitskommando
einen Häftling zusammen
Dann legte er ihm seinen Stock über den Hals
stellte sich auf beide Enden
und wippte hin und her
bis der Mann erdrosselt war

ANGEKLAGTER 7 Lüge Lüge

RICHTER Hinsetzen Kaduk
Schrein Sie den Zeugen nicht an

ANGEKLAGTER 7 Herr Direktor
das ist einfach nicht wahr
was hier gesagt wird

Mir geht es nur um die Wahrheit
Auf diese Weise ist bei uns
nie ein Häftling getötet worden
Wir hatten Befehl
mit den Arbeitskräften
schonend umzugehn
Aber manchmal fiel einer schon um
wenn ich bloß die Hand hob
Das hat er nur vorgetäuscht
Die Angeklagten lachen
Herr Direktor
An Schlagen hatten wir gar kein Interesse
Von morgens 5.30 an waren wir auf den Beinen
und abends hatten wir noch Rampendienst zu machen
Das genügte uns
Herr Direktor
ich will nichts anderes als in Frieden leben
Das habe ich doch gezeigt in den vergangenen Jahren
Ich war Krankenpfleger
und ich war beliebt bei meinen Patienten
Die können es bezeugen
Papa Kaduk nannten sie mich
Sagt das nicht alles
Soll ich jetzt dafür büßen
was ich damals tun mußte
Alle andern haben es ja auch getan
Warum nimmt man gerade mich fest

III

ZEUGIN 4 Je besser es einem gelang
seine Untergebenen herabzudrücken
desto sicherer war seine Position
Ich sah wie sich das Gesicht
der Blockältesten veränderte
wenn sie mit einer Vorgesetzten sprach
da war sie munter und liebenswürdig
und dahinter spürte man ihre Furcht

Manchmal wurde sie von der Aufseherin
wie die beste Freundin behandelt
und genoß viele Freiheiten
Aber hatte die Aufseherin nur einmal
schlecht geschlafen
dann konnte die Bevorzugte
von einem Augenblick zum andern
gestürzt werden
und sie hatte schon alles durchgemacht
ihre Angehörigen hatte man vor ihren Augen
niedergeknallt
sie hatte zusehn müssen
wie man ihre Kinder ermordete
sie war abgestumpft wie wir andern auch
sie wußte
war sie einmal untergetaucht
half ihr keiner
und eine andere an ihrer Stelle
schlug weiter
So schlug sie uns
weil sie oben bleiben wollte
um jeden Preis

ZEUGIN 5 Die Frage
was recht und was unrecht
bestand nicht mehr
Für uns galt nur das
was uns im Augenblick nützlich sein konnte
Nur unsere Herren konnten es sich leisten
Launen zu haben
und sogar Rührung zu zeigen
oder Mitleid
und Pläne zu schmieden für die Zukunft
Der Lagerarzt Dr. Rohde
ließ mich in seiner Abteilung arbeiten
Er erfuhr
daß wir in der gleichen Stadt studiert hatten
und fragte mich
ob wir einander nicht begegnet wären
im Ritter

wo er manches Glas Wein getrunken hatte
und ich dachte
schön wenn du willst
so bestätige ich es dir
und so erinnerte ich ihn an seine Jugend
und er sagte
Nach dem Krieg werden wir dort wieder
beisammensitzen
Dr. Mengele sandte einer Schwangeren Blumen
und die Frau des Kommandanten
schickte mit einem Gruß
eine selbstgestrickte Säuglingsjacke
in die Kinderbaracke
wo es einem andern eingefallen war
Zwerge auf die Wände malen zu lassen
und eine Sandkiste aufzustellen
Die Wege zu den Krematorien
wurden zwischen den Schüben geharkt
Da standen beschnittene Büsche
und im Gras über den unterirdischen Kammern
waren Blumenbeete angelegt
Mengele kam in seiner feschen Art
die Daumen im Bauchriemen steckend
freundlich nickte er den Kindern zu
die ihn Onkel nannten
ehe sie in seinem Laboratorium
zerschnitten wurden
Doch da gab es auch einen
der hieß Flacke
In dessen Abteilung starb keiner an Hunger
und dort gingen die Häftlinge
in sauberen Kleidern
Herr Sanitätsdienstgrad
sagte ich zu ihm
für wen tun Sie das was Sie hier tun
einmal werden doch alle verschwinden müssen
denn es darf nicht einen einzigen Zeugen geben
Da sagte er
Genügend werden unter uns sein

die das zu verhindern wissen

ANKLÄGER Sie wollen damit sagen
Frau Zeugin
daß es an jedem einzelnen der Bewacher lag
sich gegen die Verhältnisse zu wehren
und sie zu verändern

ZEUGIN 5 Eben das wollte ich sagen

ZEUGE 1 Normal reagieren
konnte man nur in den ersten Stunden
Wenn man erst einmal eine zeitlang dort war
war es nicht mehr möglich
Geriet man in das Reglement hinein
war man gefangen
und mußte mitmachen

ANKLÄGER Herr Zeuge
Sie waren als Arzt
zur Seuchenbekämpfung angefordert worden

ZEUGE 1 Zwischen dem Lagerpersonal und deren Familien
waren Fälle von Fleckfieber
und Typhus aufgetreten
Ich hatte mich auf Anweisung
des Hygiene-Instituts
ins Lager zu begeben

ANKLÄGER Es handelte sich also nicht
um Behandlung von Häftlingen

ZEUGE 1 Nein

ANKLÄGER Gewannen Sie einen Einblick
in die Zustände des Lagers

ZEUGE 1 Gleich nach meiner Ankunft
sagte der Chef des Laboratoriums zu mir
Das ist alles neu für dich und halb so schlimm
Wir haben nichts mit der Liquidierung
von Menschen zu tun
und es geht uns auch nichts an
Wenn du nach 14 Tagen
nicht mehr hierbleiben willst
kannst du wieder gehn
Mit dem Vorsatz
das Lager nach 2 Wochen zu verlassen

trat ich meine Arbeit an
Nach einigen Tagen schon befahl mir
der Standortarzt Dr. Wirth
an Aussonderungen auf der Rampe teilzunehmen
Als ich erklärte
daß ich da nicht mitmachen werde
sagte er
Sie haben dort nicht viel zu tun
Doch ich weigerte mich

ANKLÄGER Was geschah auf Ihre Weigerung hin

ZEUGE 1 Es geschah nichts
Ich hatte bei den Selektionen
nicht mitzuwirken

ANKLÄGER Verließen Sie nach der Probezeit das Lager

ZEUGE 1 Ich entschloß mich dann doch
zu bleiben
um etwas gegen die Krankheiten zu tun
Ich sah daß es möglich war
wenigstens hier und da etwas zu verhindern
ohne daß man sich selbst exponierte
Auf Grund meiner Arbeit gelang es
die Epidemiegefahr zu beheben

ANKLÄGER Zwischen dem Lagerpersonal
Nicht zwischen den Häftlingen

ZEUGE 1 Ja
Das war meine Aufgabe

RICHTER Herr Zeuge
Sie waren damals verantwortlich
für die äußere und innere Postenkette
sowie für die Wachmannschaften
der Arbeitskommandos
Was hatten Sie dabei zu tun

ZEUGE 2 Meine Aufgabe war
die Soldaten zu beobachten
ob sie auch treu und richtig wachten

RICHTER Was für Grundsätze galten
bei dieser Bewachung

ZEUGE 2 Bei einem Fluchtversuch hatte der Soldat
den Flüchtling erst dreimal anzurufen

und dann den Warnschuß abzugeben
Hielt der Flüchtling dann immer noch nicht
hatte er ihn fluchtunfähig zu schießen

RICHTER Wurden dabei Häftlinge erschossen

ZEUGE 2 Bei mir nicht

RICHTER Sind Häftlinge in den
elektrisch geladenen Stacheldraht gelaufen

ZEUGE 2 Bei mir nicht

RICHTER Ist es denn sonst vorgekommen

ZEUGE 2 Ich habe mal davon gehört

RICHTER Befolgten die Wachmannschaften
die Instruktionen

ZEUGE 2 Soweit ich im Bilde bin
ja
Darauf mein Ehrenwort

RICHTER Wissen Sie etwas vom Mützenschießen

ZEUGE 2 Von was

RICHTER Vom Mützenschießen

ZEUGE 2 Ich habe davon gehört

RICHTER Was haben Sie gehört

ZEUGE 2 Die haben erzählt
daß die Mützen werfen
und dann haben sie geschossen

RICHTER Wer hat die Mützen geworfen
Wessen Mützen
Und wer hat geschossen

ZEUGE 2 Das weiß ich nicht

RICHTER Was hat man Ihnen denn erzählt

ZEUGE 2 Ja
da wurde einem Häftling befohlen
sich die Mütze vom Kopf zu reißen
und sie wegzuwerfen
und dann hieß es
Los
lauf und hol dir die Mütze
Und wenn er lief
wurde er abgeknallt

RICHTER Und wenn er nicht lief

ZEUGE 2 Dann wurde er auch erschossen

denn das war Befehlsverweigerung

ANKLÄGER Herr Zeuge
gab es Sonderrationen oder Sonderurlaub
als Prämien für
auf der Flucht erschossene Häftlinge

ZEUGE 2 Ein solcher Fall ist mir nicht bekannt
Das glaube ich auch nicht
Es würde dem Ansehen eines Soldaten widersprechen
wenn eine solche Handlung belohnt würde

ANKLÄGER Das Gericht ist im Besitz von Dokumenten
nach denen in verschiedenen Fällen
Wachsoldaten für auf der Flucht
erschossene Häftlinge
belobigt wurden
Auch wurden laufend Listen
mit auf der Flucht erschossenen Häftlingen
ausgestellt

ZEUGE 2 Das ist mir neu

ANKLÄGER Herr Zeuge
soweit wir unterrichtet sind
üben Sie heute den Beruf
eines Versicherungsdirektors aus

VERTEIDIGER Wir protestieren
gegen diese unsachgemäßen Einlassungen
der Staatsanwaltschaft

ANKLÄGER Herr Zeuge
Wir nehmen an
daß Ihnen die Bedeutung einer persönlichen
Unterschrift bekannt ist

ZEUGE 2 Jawohl

ANKLÄGER Einige dieser Listen
sind von Ihnen unterzeichnet

ZEUGE 2 Es ist möglich
daß ich das einmal
routinemäßig tun mußte
Ich kann mich daran
nicht mehr erinnern

3 Gesang von der Schaukel

I

RICHTER Frau Zeugin
Sie waren als Häftling
in der Politischen Abteilung
Was hatten Sie dort zu tun

ZEUGIN 5 Zuerst war ich Stenotypistin
in der Schreibstube
dann wurde ich auf Grund meiner Sprachkenntnisse
Dolmetscherin

RICHTER Von wem wurden Sie dazu angefordert

ZEUGIN 5 Von Herrn Boger

RICHTER Frau Zeugin
erkennen Sie den Angeklagten Boger wieder

ZEUGIN 5 Dies ist Herr Boger
Der Angeklagte 2 begrüßt die Zeugin freundlich

VERTEIDIGER Frau Zeugin
wo befand sich die Politische Abteilung

ZEUGIN 5 Das war eine Holzbaracke
gleich hinter dem Eingang

VERTEIDIGER Hinter welchem Eingang

ZEUGIN 5 Gleich links hinter dem Eingang
zum alten Kasernenlager

VERTEIDIGER Wie weit lag das alte Lager
von den Außenlagern entfernt

ZEUGIN 5 Etwa 3 Kilometer

VERTEIDIGER Wo waren Sie untergebracht

ZEUGIN 5 Im Frauenlager

VERTEIDIGER Können Sie uns den Weg
zu Ihrem Arbeitsplatz beschreiben

ZEUGIN 5 Wir mußten jeden Morgen
aus dem Lager heraus
und an den Feldern entlangmarschieren
Der Weg führte über den Bahndamm
Da rangierten die Güterzüge
Wir mußten oft an der Schranke warten

Hinter dem Bahndamm waren wieder Felder
und ein paar verlassene Höfe
Dann kamen wir durch ein Gittertor
Da standen Bäume
und da war das alte Krematorium
Daneben lag die Politische Abteilung

VERTEIDIGER Lag die Politische Abteilung
im eigentlichen Lagergebiet

ZEUGIN 5 Sie lag außerhalb des Straflagers
Erst kamen die Verwaltungsgebäude
Dann kamen die doppelten Stacheldrähte
und die Wachtürme
Dahinter lagen die Blocks der Häftlinge

VERTEIDIGER Wie sah die Baracke der Politischen Abteilung aus

ZEUGIN 5 Sie war einstöckig
und grün gestrichen

VERTEIDIGER Wie sah das Schreibzimmer aus

ZEUGIN 5 Da standen Blumentöpfe auf den Fensterbrettern
und da waren Gardinen
An den Wänden waren Bilder und Sprüche

VERTEIDIGER Was für Bilder und Sprüche

ZEUGIN 5 Ich erinnere mich nicht mehr

VERTEIDIGER Wer sorgte für die Ordnung in der Schreibstube

ZEUGIN 5 Das war Herr Broad
Wir Schreiberinnen mußten immer
tipp topp aussehn
Wir durften unser Haar wachsen lassen
wir trugen Kopftücher
und hatten richtige Kleider und Schuhe
Morgens spuckten wir auf die Schuhe
und polierten sie mit den Händen

VERTEIDIGER Wie war Herr Boger zu Ihnen

ZEUGIN 5 Mich hat Herr Boger immer menschlich behandelt
Er gab mir auch oft sein Kochgeschirr
mit dem Rest seines Essens
Einmal rettete er mir das Leben
als ich zur Strafkompanie versetzt werden sollte
Ein Kapo hatte mich wegen nachlässigen
Staubwischens angezeigt

Herr Boger machte die Anzeige rückgängig

RICHTER Frau Zeugin
wieviel Schreiberinnen waren in der Abteilung

ZEUGIN 5 Wir waren 16 Mädchen

RICHTER Was hatten Sie zu tun

ZEUGIN 5 Wir hatten die Totenlisten zu führen
Das wurde Absetzen genannt
Wir mußten die Personalien
den Todestag und die Todesursache eintragen
Die Eintragungen mußten mit absoluter
Genauigkeit vorgenommen werden
Wenn etwas vertippt war
dann wurde Herr Broad furchtbar wütend

RICHTER Wie waren die Karteien angeordnet

ZEUGIN 5 Da standen 2 Tische
Auf dem einen Tisch waren die Kästen
mit den Nummern der Lebenden
Auf dem andern die Kästen
mit den Nummern der Toten
Dort konnten wir sehen
wieviele von einem Transport noch lebten
Von 100 lebten nach einer Woche
noch ein paar Dutzend

RICHTER Wurden hier alle Todesfälle
die innerhalb der Lager eintraten
verzeichnet

ZEUGIN 5 Nur Häftlinge
die eine Nummer erhalten hatten
wurden in den Büchern geführt
Diejenigen die direkt von der Rampe
ins Gas geschickt wurden
kamen in keinen Listen vor

RICHTER Was für Todesursachen hatten Sie zu verzeichnen

ZEUGIN 5 Die meisten Todesursachen die wir aufschrieben
waren fiktiv
Zum Beispiel durften wir nicht schreiben
Auf der Flucht erschossen
sondern Herzschlag
Und statt Unterernährung schrieben wir

Dysenterie
Wir mußten dafür sorgen
daß nicht 2 Häftlinge zur selben Minute starben
und daß die Todesursachen ihrem Alter entsprachen
Demnach durfte ein Zwanzigjähriger nicht
an Herzmuskelschwäche sterben
In der ersten Zeit wurden noch Briefe
an die Angehörigen geschrieben

ANKLÄGER Frau Zeugin
erinnern Sie sich an den Wortlaut der Briefe

ZEUGIN 5 Trotz aller medikamentöser Pflege
ist es leider nicht gelungen
das Leben des Inhaftierten zu retten
Wir sprechen Ihnen zu diesem großen Verlust
unser aufrichtigstes Beileid aus
Auf Wunsch kann Ihnen die Urne
gegen Nachnahme von 15 Mark
zugestellt werden

ANKLÄGER Befand sich in dieser Urne
die Asche des Verstorbenen

ZEUGIN 5 In einer solchen Urne war Asche
von vielen Toten
Durch das Fenster konnten wir
die Leichenhaufen vor dem alten Krematorium sehen
Sie wurden aus Lastwagen gekippt

ANKLÄGER Können Sie uns Zahlen nennen
im Zusammenhang mit den von Ihnen
verzeichneten Todesfällen

ZEUGIN 5 Wir arbeiteten 12 bis 15 Stunden am Tag
über den amtlichen Sterbebüchern
Es fielen bis zu 300 Tote pro Tag an

ANKLÄGER Waren dabei Todesfälle
die durch unmittelbares Einwirken
der Politischen Abteilung enstanden

ZEUGIN 5 Täglich starben Häftlinge dort
durch Mißhandlung und Erschießung

VERTEIDIGER Frau Zeugin
wo wurden die Häftlinge erschossen

ZEUGIN 5 Im Block Elf des Lagers

VERTEIDIGER Durften Sie das Lager betreten
ZEUGIN 5 Nein
aber wir erfuhren alles
Jede Mitteilung darüber
lief bei uns ein
Boger sagte zu uns
Was Sie hier sehen und hören
das haben Sie nicht gesehn und gehört
RICHTER Wie spielten sich die Verhöre
in der Politischen Abteilung ab
ZEUGIN 5 Boger begann die Vernehmungen
stets sehr ruhig
Er trat nah an den Häftling heran
und stellte die Fragen
die ich zu übersetzen hatte
Wenn der Häftling nicht antwortete
schüttelte Boger ein Schlüsselbund
vor seinem Gesicht
Wenn der Häftling dann immer noch schwieg
schlug er ihm die Schlüssel ins Gesicht
Zum Schluß ging er noch dichter
an ihn heran und sagte
Ich habe eine Maschine
die wird dich zum Sprechen bringen
RICHTER Was war das für eine Maschine
ZEUGIN 5 Boger nannte sie die Sprechmaschine
RICHTER Wo stand die Maschine
ZEUGIN 5 Im Nebenzimmer
RICHTER Haben Sie die Maschine gesehen
ZEUGIN 5 Ja
RICHTER Wie sah die Maschine aus
ZEUGIN 5 Es waren Stangen
VERTEIDIGER Frau Zeugin
täuscht Sie nicht Ihr Gedächtnis
ZEUGIN 5 Es war ein Gestell
Daran wurden sie gehängt
Wir hörten die Schläge und das Schreien
Nach einer Stunde
oder auch nach mehreren Stunden

wurden sie herausgetragen
Sie waren nicht mehr zu erkennen

RICHTER Lebten sie noch

ZEUGIN 5 Wer danach nicht tot war
konnte die nächsten Stunden kaum überleben
Einmal sah Boger daß ich weinte
Er sagte
Hier müssen Sie Ihre persönlichen Gefühle
ausschließen

RICHTER Aus welchen Gründen wurden die Häftlinge
dieser Bestrafung ausgesetzt

ZEUGIN 5 Manchmal wenn einer ein Stück Brot gestohlen hatte
oder wenn er dem Befehl zur schnelleren Arbeit
nicht gleich nachgekommen war
Oft genügte es auch wenn ein Spitzel
den Betreffenden denunziert hatte
Es gab einen Spitzelbriefkasten
da konnten einfach Zettel eingeworfen werden

ANGEKLAGTER 2 Wegen derartigen Lappalien
wurde ich nie tätig
Wir hatten in der Politischen Abteilung
ausschließlich mit Widerstandshandlungen zu tun

RICHTER Frau Zeugin
wie oft haben Sie gesehn
daß Häftlinge nach dem Herunternehmen
von der Maschine starben

ZEUGIN 5 Mindestens 20 mal

RICHTER In mindestens 20 Fällen können Sie dafür bürgen
daß in Ihrer Gegenwart
der Tod eingetreten ist

ZEUGIN 5 Ja

RICHTER Frau Zeugin
haben Sie den Strafvollzug gesehen

ZEUGIN 5 Ja
Einmal sah ich dort einen Mann hängen
mit dem Kopf nach unten
Ein anderes Mal wurde eine Frau
an die Stange gebunden
Da zwang uns Boger

hereinzusehen

ANGEKLAGTER 2 Es entspricht der Wahrheit
daß die Zeugin bei uns Dolmetscherin war
Jedoch ist sie nie bei verschärften Vernehmungen
zugegen gewesen
Bei solchen Gelegenheiten
waren überhaupt nie Damen dabei

ZEUGIN 5 Damen

ANGEKLAGTER 2 Das kann ich heute wohl sagen
Die Angeklagten lachen

RICHTER Frau Zeugin
haben Sie einen der hier anwesenden Angeklagten
beim Austeilen von Schlägen gesehen

ZEUGIN 5 Ich sah Boger in Hemdsärmeln
mit dem Schlaginstrument in der Hand
und ich sah ihn oft blutig herauskommen
Einmal hörte ich wie Broad zu Lachmann
einem Mitglied der Politischen Abteilung sagte
Weißt du Gerhard
es hat gespritzt wie aus einem Biest
Dann gab er mir seinen Rock
daß ich ihn reinigte
Die Herren waren selbst
immer auf Sauberkeit bedacht
Broad bewunderte sich gern im Spiegel
besonders als er zum Sturmmann avanciert war
und ich ihm den Gefreitenwinkel
angenäht hatte
Bogers Stiefel habe ich einmal putzen müssen

RICHTER Was war da

ZEUGIN 5 Da war draußen ein Lastwagen vorgefahren
mit einer Fracht von Kindern
Ich sah es durch das Fenster der Schreibstube
Ein kleiner Junge sprang herunter
er hielt einen Apfel in der Hand
Da kam Boger aus der Tür
Das Kind stand da mit dem Apfel
Boger ist zu dem Kind gegangen
und hat es bei den Füßen gepackt

und mit dem Kopf an die Baracke geschmettert
Dann hat er den Apfel aufgehoben
und mich geholt und gesagt
Wischen Sie das da ab an der Wand
Und als ich später bei einem Verhör dabei war
sah ich
wie er den Apfel aß

VERTEIDIGER Frau Zeugin
In den Voruntersuchungen ist von diesem Fall
nie die Rede gewesen

ZEUGIN 5 Ich konnte nicht darüber sprechen

VERTEIDIGER Warum nicht

ZEUGIN 5 Es hat persönliche Gründe

VERTEIDIGER Können Sie uns die Gründe nennen

ZEUGIN 5 Ich habe seitdem nie mehr
ein eigenes Kind haben wollen

VERTEIDIGER Warum können Sie jetzt
von dem Fall sprechen

ZEUGIN 5 Jetzt
wo ich ihn wieder sehe
muß ich es sagen

RICHTER Angeklagter Boger
was haben Sie auf diese Beschuldigung
zu erwidern

ANGEKLAGTER 2 Das ist eine Erfindung
mit der die Zeugin schlecht
das Vertrauen lohnt
das ich ihr damals habe zukommen lassen

II

ZEUGE 7 Ich wurde zusammen mit einigen andern Häftlingen
in den Vernehmungsraum
der Politischen Abteilung gebracht

RICHTER Können Sie diesen Raum beschreiben

ZEUGE 7 Auf dem Fußboden lagen kostbare Teppiche
die einem französischen Transport
entnommen worden waren

Bogers Schreibtisch
stand schräg gegenüber der Tür
Er saß auf dem Schreibtisch als ich eintrat
Die Dolmetscherin saß hinter dem Schreibtisch

RICHTER Wer war sonst noch im Zimmer

ZEUGE 7 Der Chef der Politischen Abteilung
Grabner
und die Angeklagten Dylewski und Broad

RICHTER Was wurde Ihnen gesagt

ZEUGE 7 Boger sagte
Wir sind die Politische Abteilung
wir fragen nicht wir hören nur zu
Was du zu sagen hast mußt du selbst wissen

RICHTER Aus welchem Grund waren Sie eingeliefert worden

ZEUGE 7 Das wußte ich nicht
Ich wußte nicht was ich sagen sollte
und bat die Herren mich zu fragen
Da wurde ich bewußtlos geschlagen
Als ich zu mir kam lag ich auf dem Korridor
Boger stand neben mir
Steh auf sagte er
Aber ich konnte nicht aufstehn
Boger trat nach mir
Da richtete ich mich an der Wand auf
Ich sah daß Blut an mir herunterfloß
Der Fußboden und meine Kleider
waren voll von Blut
Mein Kopf war zerschlagen
das Nasenbein gebrochen
Den ganzen Nachmittag bis spät in die Nacht
mußte ich mit dem Gesicht zur Wand stehn
Es standen noch einige andere hier
Wer sich umdrehte
wurde mit dem Kopf an die Wand gestoßen
Am nächsten Tag wurde ich wieder vernommen
Mit den andern Häftlingen
wurde ich in das Zimmer geführt

RICHTER Was wollte man von Ihnen erfahren

ZEUGE 7 Ich wußte die ganze Zeit nicht

um was es ging
Ich bekam ein paarmal etwas an den Kopf
ich glaube es war eine Metallspirale
dann mußte ich wieder in den Korridor raus
und mein Nebenmann wurde von Boger abgeführt
in das angrenzende Zimmer
Er hieß Walter Windmüller

RICHTER Wissen Sie was mit ihm geschah

ZEUGE 7 Ich schätze
er ist 2 bis 3 Stunden drin gewesen
Ich stand im Korridor
mit dem Gesicht zur Wand
Dann kam Windmüller raus
Er mußte sich neben mir hinstellen
Er blutete aus den Hosenbeinen
und kippte ein paarmal um
Wir haben dort gelernt
mit unbeweglichen Lippen zu sprechen
Als ich ihn nach der Vernehmung fragte
sagte er
Mir sind dort drin die Hoden zerschlagen worden
Er starb noch am selben Tag

RICHTER War Boger für den Tod
dieses Häftlings verantwortlich

ZEUGE 7 Ich bin sicher daß er mindestens
mit unmittelbarem Zutun Bogers
wenn nicht von ihm selbst
erschlagen wurde

RICHTER Angeklagter Boger
haben Sie etwas zu sagen

ANGEKLAGTER 2 Herr Vorsitzender
wenn ich es erklären darf
Dieser Vorgang hat sich nicht so abgespielt

RICHTER Wie war es denn

ANGEKLAGTER 2 Herr Vorsitzender
ich habe niemanden erschlagen
Ich hatte nur meine Vernehmungen durchzuführen

RICHTER Was waren das für Vernehmungen

ANGEKLAGTER 2 Manchmal waren es verschärfte Vernehmungen

die im Rahmen der bestehenden Verordnungen
praktiziert wurden

RICHTER Wie waren diese Verordnungen begründet

ANGEKLAGTER 2 Im Interesse der Sicherheit des Lagers
mußte gegen Verräter und andere Schädlinge
strengstens vorgegangen werden

RICHTER Angeklagter Boger
war Ihnen als Kriminalkommissar nicht bekannt
daß ein Mensch
der einem solchen Verhör unterzogen wird
alles sagt was man von ihm hören will

ANGEKLAGTER 2 Da bin ich ganz anderer Auffassung
und zwar mit ausdrücklichem Bezug
auf unsere Amtsstelle
Bei der Verstocktheit der Gefangenen
half nur Gewalt zur Herbeiführung
von Geständnissen

ZEUGE 8 Als ich in den Vernehmungsraum gerufen wurde
sah ich auf Bogers Tisch
einen Teller mit Heringen stehn
Grabner fragte mich ob ich hungrig sei
Ich sagte nein
Aber Grabner sagte
Ich weiß wann du zuletzt Mittag gegessen hast
Du wirst heute mein gutes Herz kennen lernen
Ich werde dir zu essen geben
Der Boger hat einen Salat für dich gemacht
Er befahl mir zu essen
Ich konnte nicht
denn meine Hände waren mit Handschellen gefesselt
Da stieß Boger mein Gesicht auf den Teller
Ich mußte die Heringe in mich hineinschlingen
Sie waren so versalzen daß ich erbrach
Ich mußte das Erbrochene und den Rest der Heringe
aufschlecken
Zum Schluß hatte ich noch was im Mund stecken
und Boger rief
Paßt auf daß er den Rest nicht
auf dem Korridor ausspuckt

Dann wurde ich in den Block Elf gebracht
und auf dem Dachboden
an den nach hinten gebundenen Händen
aufgehängt
Das hieß Pfahlhängen
Man hing so hoch
daß die Fußspitzen gerade den Boden berührten
Boger stieß mich hin und her
und trat mir in den Bauch
Vor mir stand ein Eimer mit Wasser
Boger fragte mich ob ich trinken wollte
Er lachte und drehte mich hin und her
Als ich ohnmächtig wurde
übergoß man mich mit dem Wasser
Meine Arme starben ab
Die Gelenke platzten fast
Boger stellte mir Fragen
aber meine Zunge war so angeschwollen
daß ich nicht antworten konnte
Da sagte Boger
Wir haben noch eine andere Schaukel für dich
Ich wurde
zur Politischen Abteilung zurückgebracht

VERTEIDIGER Herr Zeuge
wurden Sie einer Behandlung auf dieser Maschine
unterzogen

ZEUGE 8 Ja

VERTEIDIGER Es war also doch möglich
dies zu überleben

III

ZEUGE 8 Ich erinnere mich an einen Morgen
im Frühjahr 1942
Da marschierte ein Zug Polizeihäftlinge
nach vorn zur Baracke des früheren Postkontors
in dem die Politische Abteilung
eingerichtet worden war
Vorn gingen Häftlinge

und trugen zwei Holzgestelle
ähnlich den Seitenstücken einer Hürde
Ihnen folgten Posten mit Maschinenpistolen
sowie die Herren der Abteilung
mit Aktenmappen und getrockneten
besonders präparierten Bullenschläuchen
wie sie zur Prügelstrafe verwendet wurden
Diese Hürden
bildeten das Traggerüst der Schaukel

RICHTER Wurde die Maschine damals
zum ersten Mal benutzt

ZEUGE 8 Sie bestand schon vorher
in einer einfacheren Form
Anfangs wurde nur ein Eisenrohr
über 2 Tische gelegt
und der Häftling daran festgeschnallt
Da das Rohr während der Schläge
hin- und herrollte
wurde das Traggestell
zur Stabilisierung angefertigt

VERTEIDIGER Herr Zeuge
woher haben Sie diese Kenntnisse

ZEUGE 8 Es gab keinen Vorgang in unserm Lagerabschnitt
der uns unbekannt blieb
Im alten Lager spielte sich alles
auf engstem Raum ab
Das Geviert des Lagers war nicht größer
als 200 mal 300 Meter
Von jedem der 28 Blocks aus
war das gesamte Lager zu überblicken

RICHTER Aus welchem Grund
wurden Sie zum Verhör geholt

ZEUGE 8 Ich war eingesetzt worden beim Bau
der Entwässerungsanlage
die sich rings um die Außenlager zog
Dabei hatte ich einem Mithäftling geholfen
seine Mutter zu treffen
die im Frauenlager gefangen war
Der Häftling hieß Janicki

Er wurde zuerst in den Untersuchungsraum geführt
Anschließend wurde er auf den Korridor geworfen
Er lebte noch
Er öffnete den Mund
und streckte die Zunge weit heraus
Er leckte den Fußboden vor Durst
Boger kam auf ihn zu und drehte ihm
mit dem Stiefel den Kopf auf die andere Seite
Dann sagte er zu mir
Jetzt kommst du dran
Wenn du nicht die Wahrheit sagst
geschieht dir das gleiche
Dann wurde ich auf die Schaukel gespannt

RICHTER Herr Zeuge
Beschreiben Sie diesen Vorgang

ZEUGE 8 Der Häftling hatte sich
mit angezogenen Knien auf den Boden zu setzen
seine Hände wurden ihm vorn gefesselt
und über die Knie herabgedrückt
Die Stange wurde geholt
und zwischen seine Unterarme
und Kniekehlen geschoben
Dann wurde die Stange hochgehoben
und auf das Gestell gelegt

RICHTER Wer führte die Vorbereitungen aus

ZEUGE 8 Zwei Funktionshäftlinge

RICHTER Wer befand sich noch in dem Zimmer

ZEUGE 8 Ich sah dort Boger
Broad und Dylewski
Boger stellte Fragen
aber ich konnte nicht antworten
Ich hing mit dem Kopf nach unten
und die beiden Funktionshäftlinge
schaukelten mich hin und her

VERTEIDIGER Was für Fragen wurden gestellt

ZEUGE 8 Fragen nach weiteren Namen

RICHTER Wurden Sie dabei geschlagen

ZEUGE 8 Boger und Dylewski schlugen mich
abwechselnd mit dem Ochsenziemer

VERTEIDIGER Waren es nicht die Funktionshäftlinge
die schlugen

ZEUGE 8 Ich sah Boger und Dylewski
mit den Schläuchen in der Hand

RICHTER Wohin schlugen sie

ZEUGE 8 Auf das Gesäß
den Rücken die Schenkel
die Hände und Füße
und den Hinterkopf
Vor allem aber waren die Geschlechtsteile
den Schlägen ausgesetzt
Sie zielten besonders darauf
Dreimal wurde ich ohnmächtig
und man übergoß mich mit Wasser

RICHTER Angeklagter Boger
Geben Sie zu
daß Sie diesen Zeugen mißhandelt haben

ANGEKLAGTER 2 Darauf gibt es nur ein klares
und bestimmtes Nein

ZEUGE 8 Bis heute habe ich Spuren davon

ANGEKLAGTER 2 Aber nicht von mir

RICHTER Angeklagter Boger
Haben Sie Behandlungen an dem
hier geschilderten Instrument
vollzogen

ANGEKLAGTER 2 In gewissen Fällen
hatte ich sie anzuordnen
Ausgeführt wurde die Strafe
von den Funktionshäftlingen
unter meiner Aufsicht

RICHTER Angeklagter Boger
halten Sie die Darstellung des Zeugen
für lügenhaft

ANGEKLAGTER 2 Die Darstellung ist lückenhaft
und nicht in allen Teilen
der Wahrheit entsprechend

RICHTER Wie war die Wahrheit

ANGEKLAGTER 2 Wenn der Häftling gestanden hatte
wurde die Bestrafung sofort eingestellt

RICHTER Und wenn der Häftling nicht gestand

ANGEKLAGTER 2 Dann wurde geschlagen bis Blut kam
Da war Schluß

RICHTER War ein Arzt anwesend

ANGEKLAGTER 2 Ich habe nie einen Befehl gesehn
der von der Hinzuziehung eines Arztes sprach
Dies war auch unnötig
denn im Augenblick in dem das Blut strömte
brach ich ab
Der Zweck der verschärften Vernehmung
war erreicht
wenn das Blut durch die Hosen lief

RICHTER Sie sahen sich berechtigt
die verschärften Vernehmungen durchzuführen

ANGEKLAGTER 2 Sie unterlagen meiner befehlsbestimmten
Verantwortung
Im übrigen bin ich der Meinung
daß auch heute noch
die Prügelstrafe angebracht wäre
zum Beispiel im Jugendstrafrecht
um Herr zu werden über manche Fälle
von Verrohung

VERTEIDIGER Herr Zeuge
Es wurde berichtet
daß niemand die Behandlung auf der Schaukel
überstehen konnte
Allem Anschein nach
war diese Behauptung übertrieben

ZEUGE 8 Als ich von der Schaukel genommen wurde
sagte Boger zu mir
Jetzt haben wir dich
zur fröhlichen Himmelfahrt vorbereitet
Ich wurde in eine Zelle des Blocks Elf gebracht
Dort erwartete ich stündlich
meine Erschießung
Ich weiß nicht
wieviele Tage ich dort verbrachte
Mein Gesäß war vereitert
Meine Hoden waren grün und blau

und riesig angeschwollen
Die meiste Zeit lag ich bewußtlos
Dann wurde ich zusammen mit einer größeren Gruppe
hinaufgeführt in den Waschraum
Wir mußten uns ausziehn
und unsere Nummern wurden uns mit Blaustift
auf die Brust geschrieben
Ich wußte daß dies
das Todesurteil war
Als wir nackt in einer Reihe standen
kam der Rapportführer und fragte
wieviele Häftlinge er als erschossen
abbuchen sollte
Als er gegangen war wurden wir nochmals
nachgezählt
Da zeigte es sich daß einer zuviel war
Ich hatte gelernt
mich immer als Letzter anzustellen
so erhielt ich einen Tritt
und bekam meine Kleider zurück
Ich hätte zur Zelle zurückgeführt werden sollen
um dort auf die nächste Bunkerleerung zu warten
aber ein Häftlingspfleger
nahm mich zum Krankenbau mit
Es kam eben vor
daß einer überleben sollte
und zu diesen wenigen
gehörte ich

4 Gesang von der Möglichkeit des Überlebens

I

ZEUGE 3 Die Atmosphäre im Lager änderte sich
von Tag zu Tag
Sie war abhängig vom Lagerführer
vom Rapportführer
vom Blockführer und deren Launen
und sie war abhängig
von den Phasen des Krieges
Anfangs als es noch Siege gab
konnten wir derb und überheblich angerempelt
und unter Späßen gezüchtigt werden
Im Takt der Rückzüge und Niederlagen
wuchs die Effektivität der Aktionen an
Doch nichts ließ sich voraussehen
Ein Antreten konnte alles bedeuten
ein Warten auf Nichts
oder eine Schinderei
Bei uns im Krankenbau konnten Häftlinge
gesund gepflegt werden und sogar
Schonkost erhalten
nur um nach ihrer Genesung
durch den Schornstein geschickt zu werden
Ein Häftlingspfleger wurde
vom Lagerarzt geprügelt
weil er in einem Krankenbericht
eine Kleinigkeit vergessen hatte
und da war der Patient schon getötet worden
Ich selbst
war nur durch Zufall
der Vergasung entgangen
weil die Öfen an diesem Abend verstopft waren
Beim Rückweg vom Krematorium erfuhr
der begleitende Arzt
daß ich Mediziner war
und er nahm mich in seiner Abteilung auf

RICHTER Wie hieß der Arzt

ZEUGE 3 Er hieß Dr. Vetter
Er war ein Mann von vollendeten Umgangsformen
Auch Dr. Schatz und Dr. Frank
waren stets freundlich zu den Häftlingen
die sie dem Tod überantworteten
Sie töteten nicht aus Haß und nicht aus Überzeugung
sie töteten nur weil sie töten mußten
und dies war nicht der Rede wert
Nur wenige töteten aus Leidenschaft
Zu diesen gehörte Boger
Ich habe Häftlinge gesehn
als sie zu Boger gerufen wurden
und ich habe sie gesehn
als sie wiederkamen
Und als sie zur Erschießung geholt wurden
habe ich Boger mit Stolz sagen hören
Diese Leute sind von mir
Einmal wurde ein angeschossener Häftling
ins Krankenrevier eingeliefert
mit Bogers Befehl
Der muß gerettet werden
damit man ihn aufhängen kann
Der Häftling starb aber schon vorher

RICHTER Angeklagter Boger
Ist Ihnen dieser Fall bekannt

ANGEKLAGTER 2 Auf der Flucht angeschossene Häftlinge
wurden grundsätzlich ins Krankenrevier gebracht
damit sie nach ihrer Wiederherstellung
vernommen werden konnten
Insoweit dürften die Angaben des Zeugen
durchaus richtig sein
Ich habe in diesem Fall die Anweisung weitergegeben
daß der Häftling am Leben zu erhalten sei
Ich habe gesagt
Er muß gerettet werden
damit er vernommen werden kann

RICHTER Sollte er dann gehängt werden

ANGEKLAGTER 2 Das ist möglich
Aber das lag außerhalb meiner Zuständigkeit

ZEUGE 6 Boger und Kaduk
führten eigenhändig Erhängungen aus
Einmal sollten 12 Häftlinge
als Repressalie für die Flucht eines Gefangenen
hingerichtet werden
Boger und Kaduk
legten ihnen die Schlinge über den Kopf

VERTEIDIGER Herr Zeuge
woher wissen Sie das

ZEUGE 6 Wir standen auf dem Appellplatz
und mußten zusehn
Die Häftlinge schrien irgend etwas
Boger und Kaduk waren außer sich vor Wut
Sie traten sie mit ihren Stiefeln
und ohrfeigten sie
dann hängten sie sich an die Füße der Häftlinge
und zogen sie ruckweise nach unten

ANGEKLAGTER 2 Mir ist von diesem Vorfall erinnerlich
daß sich einer der Delinquenten
aus den Fesseln befreite
als er weisungsgemäß
unter verschärften Sicherheitsmaßnahmen
zur Exekution geführt wurde
Der Betreffende warf sich auf mich
und brach mir dabei eine Rippe
Der Mann wurde dann überwältigt
Die Fesselung wurde wieder vollzogen
und ich habe das Urteil verlesen

RICHTER Herr Zeuge
hörten Sie die Verlesung eines Urteils

ZEUGE 6 Es wurde kein Urteil verlesen

ANGEKLAGTER 2 Die Verlesung war wohl schwer zu verstehen
weil die Häftlinge brüllten

ANKLÄGER Was brüllten die Häftlinge

ANGEKLAGTER 2 Sie ließen politische Agitationen verlauten

ANKLÄGER Welcher Art

ANGEKLAGTER 2 Sie hetzten die Häftlinge gegen uns auf

VERTEIDIGER Wie verhielten sich die zusehenden Häftlinge

ANGEKLAGTER 2 Es waren dort keine Zwischenfälle zu beachten

Das Urteil wurde vollstreckt
wie alle Urteile vollstreckt wurden
Ich selbst habe die Hinrichtung nicht vollzogen
Das haben Häftlingskapos getan

VERTEIDIGER Herr Zeuge
kann Ihnen die Verlesung des Urteils
nicht entgangen sein

ZEUGE 6 Die Hinrichtung fand unmittelbar
nach der Flucht statt
Die Zeit war zu kurz
als daß von einer Zentralstelle
der Fall analysiert und ein Urteil
gesprochen werden konnte

RICHTER War der Kommandant des Lagers zugegen
oder sein Adjutant

ZEUGE 6 Bei öffentlichen Hinrichtungen
waren immer höhere Offiziere anwesend
Sie trugen weiße Handschuhe
zu diesem Anlaß
Ob der Adjutant in diesem Fall dabei war
kann ich nicht mit Bestimmtheit sagen
Jedoch ist es anzunehmen
da er für die Ausführung aller Befehle
innerhalb des Kommandanturbereichs
verantwortlich war

RICHTER Herr Zeuge
Erkennen Sie den Adjutanten des Lagers
zwischen den Angeklagten wieder

ZEUGE 6 Dies ist Mulka

RICHTER Angeklagter Mulka
Haben Sie dieser Erhängung
oder irgendeiner anderen Erhängung
beigewohnt

ANGEKLAGTER 1 Ich habe mit keiner Tötung
gleich welcher Art
irgend etwas zu tun gehabt

RICHTER Haben Sie von diesbezüglichen Befehlen gehört
oder dieselben weitergegeben

ANGEKLAGTER 1 Ich habe wohl von solchen Befehlen gehört

selbst aber habe ich sie nicht weitergegeben
RICHTER Wie verhielten Sie sich gegenüber solchen Befehlen
ANGEKLAGTER 1 Ich habe mich gehütet
höherenorts Fragen vorzubringen
nach der Rechtmäßigkeit
mir zu Ohren gekommener Gefangenentötung
Schließlich hatte ich die Verantwortung
für meine Familie
und für mich selber zu tragen
ANKLÄGER Angeklagter Mulka
haben Sie den Galgen gesehn
ANGEKLAGTER 1 Wie bitte
ANKLÄGER Ob Sie den Galgen gesehen haben
ANGEKLAGTER 1 Nein
Ich habe meinen Fuß nie in das Lager gesetzt
ANKLÄGER Sie wollen behaupten
daß Sie als Adjutant des Kommandanten
nie im Lager gewesen sind
ANGEKLAGTER 1 Das ist die reine Wahrheit
Meine Arbeit war ausschließlich
administrativer Art
Ich hielt mich nur in den Amtsräumen
der Verwaltung auf
ANKLÄGER Wo befanden sich diese Amtsräume
ANGEKLAGTER 1 In den Kasernengebäuden
außerhalb des Lagerbezirks
ANKLÄGER Bestand von dort keine Einsicht
in das Lager
ANGEKLAGTER 1 Nicht daß ich wüßte
ANKLÄGER Herr Zeuge
können Sie uns die Lage der Außengebäude
im Verhältnis zum Straflager schildern
ZEUGE 6 Von allen rückwärtigen Fenstern
der Verwaltungsgebäude
war das Lager einzusehen
Unmittelbar hinter ihnen erhoben sich
die Betonpfeiler mit dem elektrisch geladenen
Stacheldraht
10 Meter davon entfernt lag der erste Block

Unmittelbar dahinter lagen die weiteren Blocks
in 3 Reihen
höchstens 10 Meter voneinander getrennt
Die Sicht auf die Längsstraßen war unbehindert

ANKLÄGER Wo befand sich der Galgen

ZEUGE 6 Auf dem Platz vor der Lagerküche
Gleich rechts
wenn man vom Eingangstor
zum Hauptweg gekommen war

ANKLÄGER Wie sah der Galgen aus

ZEUGE 6 Es waren 3 Pfähle
mit einer Eisenschiene darüber

ANKLÄGER Angeklagter Mulka
Sie wohnten in unmittelbarer Nähe des Lagers
In der Lagerordnung heißt es
daß Sie den Kommandanten über alle Vorkommnisse
zu unterrichten und alle geheimen
Verschlußsachen zu bearbeiten
sowie die Wachmannschaften weltanschaulich
zu schulen hatten
Waren Ihnen in dieser Stellung
nicht die im Lager auszuführenden
Bestrafungen bekannt

ANGEKLAGTER I Ich habe nur einmal irgendein
abgezeichnetes rückläufiges Schreiben gesehen
zur Genehmigung der Prügelstrafe

ANKLÄGER Hatten Sie nie die Gründe
der Erhängungen und Erschießungen
zu untersuchen

ANGEKLAGTER I Es war nicht meine Aufgabe
mich darum zu kümmern

ANKLÄGER Was hatten Sie denn
als Adjutant des Lagerkommandanten
für Aufgaben

ANGEKLAGTER I Ich habe Preise kalkuliert
Arbeitskräfte eingeteilt
und Personalien bearbeitet
Außerdem hatte ich den Kommandanten
zu Empfängen zu begleiten

und die Ehrenkompanie zu führen

ANKLÄGER Wann kam das vor

ANGEKLAGTER 1 Bei festlichen Anlässen
oder bei Beerdigungen
Da wurde eine Trauerparade abgehalten

ANKLÄGER Bei wessen Beerdigung

ANGEKLAGTER 1 Beim Ableben irgendeines Offiziers

ANKLÄGER Wem wurden die Todesfälle
zwischen den Häftlingen gemeldet

ANGEKLAGTER 1 Das weiß ich nicht
Vielleicht der Politischen Abteilung

ANKLÄGER Erfuhren Sie nichts davon
daß täglich 100 oder 200
Häftlinge starben

ANGEKLAGTER 1 Ich kann mich nicht erinnern
fortlaufende Stärkemeldungen
gesehen zu haben
Am Tag gab es so 10 bis 15 Abgänge
aber Zahlen von der Größe
wie sie hier genannt werden
habe ich damals nicht gehört

ANKLÄGER Angeklagter Mulka
wußten Sie nicht von den Massentötungen
in den Gaskammern

ANGEKLAGTER 1 Davon war mir nichts bekannt

ANKLÄGER Ist Ihnen nicht der Rauch
aus den Schornsteinen der Krematorien
aufgefallen
der doch kilometerweit zu sehen war

ANGEKLAGTER 1 Es war ja ein großes Lager
mit einem natürlichen Abgang
Da wurden eben die Toten verbrannt

ANKLÄGER Ist Ihnen der Zustand der Häftlinge
nicht aufgefallen

ANGEKLAGTER 1 Es war ein Straflager
Da waren die Leute nicht zur Erholung

ANKLÄGER Hatten Sie als Adjutant des Lagerkommandanten
kein Interesse daran zu erfahren
wie die Häftlinge untergebracht waren

ANGEKLAGTER 1 Ich habe darüber keine Klagen gehört
ANKLÄGER Sprachen Sie mit dem Kommandanten
nie über die Vorkommnisse im Lager
ANGEKLAGTER 1 Nein
Es gab keine besonderen Vorkommnisse
ANKLÄGER Wozu diente Ihrer Ansicht nach das Lager
ANGEKLAGTER 1 In einem Schutzhaftlager
sollten Staatsfeinde
zu einer anderen Denkungsweise
erzogen werden
Es war nicht meine Aufgabe
dies in Frage zu stellen
ANKLÄGER Wußten Sie
was die Bezeichnung Sonderbehandlung
bedeutete
ANGEKLAGTER 1 Das war eine geheime Reichssache
Ich konnte davon nichts wissen
Wer darüber etwas äußerte
war mit dem Tod bedroht
ANKLÄGER Sie wußten aber doch davon
ANGEKLAGTER 1 Darauf kann ich keine Antwort geben
ANKLÄGER Auf welche Weise
betreuten Sie die Truppen
ANGEKLAGTER 1 Da gab es Theater und Kino
und Bunte Abende
Das war ein Herr Knittel der das machte
Der hielt auch die Schulungsabende
für die Offiziere
ANKLÄGER Wie konnte der das denn
ANGEKLAGTER 1 Er war ein Studienrat
und wenn ich recht unterrichtet bin
ist er zur Zeit Studiendirektor irgendwo
und für seine Lehrtätigkeit offensichtlich
wohl geeignet
ANKLÄGER Und weltanschaulich
unterwiesen Sie die Mannschaften
VERTEIDIGER Wir weisen unseren Mandanten darauf hin
daß er auf die Fragen der Nebenkläger
nicht zu antworten braucht

ANKLÄGER Die Entscheidung hierüber
liegt einzig und allein
bei den Angeklagten selbst
Die Verteidigung überschreitet mit diesem Eingriff
bei weitem die einer Verteidigung
durch das Gesetz eingeräumten Befugnisse
Es ist offensichtlich
daß die Verteidigung durch diese Taktik versucht
die Aufklärung der Wahrheit zu verhindern

VERTEIDIGER Gegen diese erstaunlichen Ausführungen
müssen wir uns ganz entschieden wenden
Es wird hier gezeigt
daß die Ankläger die Strafprozeßordnung
nicht beherrschen
und sich in der Gesetzgebung nicht auskennen
Die Ankläger sind mit einer vorgefaßten Meinung
in diesen Prozeß gegangen
Die Angeklagten lachen zustimmend

II

ZEUGE 3 Die Machtfülle eines jeden im Lagerpersonal
war unbegrenzt
Es stand jedem frei zu töten
oder zu begnadigen
Den Arzt Dr. Flage
sah ich mit Tränen in den Augen am Zaun stehn
hinter dem ein Zug Kinder
zu den Krematorien geführt wurde
Er duldete es
daß ich die Krankenkarten einzelner
schon ausgesonderter Häftlinge
an mich nahm
und sie so vor dem Tod bewahren konnte
Der Lagerarzt Flage zeigte mir
daß es möglich war
zwischen den Tausenden
noch ein einzelnes Leben zu sehn

er zeigte mir
daß es möglich gewesen wäre
auf die Maschinerie einzuwirken
wenn es mehr gegeben hätte
von seiner Art

VERTEIDIGER Herr Zeuge
hatten Sie als Häftlingsarzt
Einfluß auf Leben und Tod
der bei Ihnen eingelieferten Kranken

ZEUGE 3 Ich konnte hier und da
ein Leben retten

VERTEIDIGER Mußten Sie andererseits auch Kranke
zur Tötung aussondern

ZEUGE 3 Auf die angeforderte Schlußzahl
hatte ich keinen Einfluß
Sie wurde von der Lagerverwaltung bestimmt
Jedoch hatte ich die Möglichkeit
die Listen zu bearbeiten

VERTEIDIGER Nach welchen Grundsätzen unterschieden Sie
wenn Sie zwischen zwei Kranken
zu wählen hatten

ZEUGE 3 Wir hatten uns zu fragen
wer der Prognose nach
die größere Chance hatte
die Krankheit zu überstehen
Und dann die viel schwierigere Frage
Wer könnte wertvoller und nützlicher sein
für die internen Angelegenheiten der Häftlinge

VERTEIDIGER Gab es besonders Bevorzugte

ZEUGE 3 Natürlich hielten die politischen Aktiven
untereinander zusammen
stützten und halfen einander
soweit sie konnten
Da ich der Widerstandsbewegung
im Lager angehörte
war es selbstverständlich
daß ich alles tat
um vor allem die Kameraden
am Leben zu erhalten

VERTEIDIGER Was konnte die Widerstandsbewegung
im Lager leisten

ZEUGE 3 Die Hauptaufgabe des Widerstands
bestand darin
eine Solidarität aufrecht zu erhalten
Sodann dokumentierten wir
die Ereignisse im Lager
und vergruben unsere Beweisstücke
in Blechbüchsen

VERTEIDIGER Hatten Sie Kontakt mit Partisanengruppen
oder andere Verbindungen zur Außenwelt

ZEUGE 3 Die in den Industrien arbeitenden Häftlinge
konnten hin und wieder Beziehungen
zu Partisanengruppen aufnehmen
und sie erhielten Meldungen über die Lage
auf den Kriegsschauplätzen

VERTEIDIGER Wurden Vorbereitungen
zu einem bewaffneten Aufruhr getroffen

ZEUGE 3 Es gelang später
Sprengstoff einzuschmuggeln

VERTEIDIGER Wurde das Lager jemals von innen
oder von außen angegriffen

ZEUGE 3 Außer einem mißglückten Aufstand
des Sonderkommandos der Krematorien
im letzten Kriegswinter
kam es zu keinen aktiven Handlungen
Auch von außen her wurden keine
solchen Versuche unternommen

VERTEIDIGER Haben Sie durch Ihre Verbindungsleute
Hilfe angefordert

ZEUGE 3 Es wurden immer wieder Nachrichten
über die Zustände im Lager abgegeben

VERTEIDIGER Was für Resultate erhofften Sie
auf diese Nachrichten hin

ZEUGE 3 Wir hofften auf einen Angriff aus der Luft
auf die Gaskammern
oder auf eine Bombardierung der Zufahrtsstrecken

VERTEIDIGER Herr Zeuge
Woher nahmen Sie Ihren Widerstandswillen

nachdem Sie sahen
daß Sie von jeglicher militärischer Hilfe
im Stich gelassen wurden

ZEUGE 3 In Anbetracht der Lage
war es Widerstand genug
wachsam zu bleiben
und nie den Gedanken aufzugeben
daß eine Zeit kommen würde
in der wir unsere Erfahrungen
aussprechen könnten

VERTEIDIGER Herr Zeuge
Wie verhielten Sie sich dem Eid gegenüber
den Sie als Arzt geschworen hatten

ANKLÄGER Wir protestieren gegen diese Frage
mit der die Verteidigung den Zeugen
mit den Angeklagten gleichzustellen versucht
Die Angeklagten töteten aus freiem Willen
Der Zeuge mußte notgedrungen
der Tötung beiwohnen

ZEUGE 3 Ich möchte folgendes antworten
Diejenigen unter den Häftlingen
die durch ihre Sonderstellung
einen Aufschub des eigenen Todes
erreicht hatten
waren den Beherrschern des Lagers
schon einen Schritt entgegen gegangen
Um sich die Möglichkeit des Überlebens
zu erhalten
waren sie gezwungen
einen Anschein von Zusammenarbeit zu wecken
Ich sah es deutlich in meinem Revier
Bald war ich den Lagerärzten nicht nur
in der Kollegialität des gemeinsamen Berufs
verbunden
sondern auch in meiner Teilnahme
an den Machenschaften des Systems
Auch wir Häftlinge
vom Prominenten
bis hinab zum Sterbenden

gehörten dem System an
Der Unterschied zwischen uns
und dem Lagerpersonal war geringer
als unsere Verschiedenheit von denen
die draußen waren

VERTEIDIGER Herr Zeuge
wollen Sie damit sagen
daß es ein Verständnis gab
zwischen der Verwaltung und dem Häftling

ZEUGE 3 Wenn wir mit Menschen
die nicht im Lager gewesen sind
heute über unsere Erfahrungen sprechen
ergibt sich für diese Menschen
immer etwas Unvorstellbares
Und doch sind es die gleichen Menschen
wie sie dort Häftling und Bewacher waren
Indem wir in solch großer Anzahl
in das Lager kamen
und indem uns andere in großer Anzahl
dorthin brachten
müßte der Vorgang auch heute noch
begreifbar sein
Viele von denen die dazu bestimmt wurden
Häftlinge darzustellen
waren aufgewachsen unter den selben Begriffen
wie diejenigen
die in die Rolle der Bewacher gerieten
Sie hatten sich eingesetzt für die gleiche Nation
und für den gleichen Aufschwung und Gewinn
und wären sie nicht zum Häftling ernannt worden
hätten auch sie einen Bewacher abgeben können
Wir müssen die erhabene Haltung fallen lassen
daß uns diese Lagerwelt unverständlich ist
Wir kannten alle die Gesellschaft
aus der das Regime hervorgegangen war
das solche Lager erzeugen konnte
Die Ordnung die hier galt
war uns in ihrer Anlage vertraut
deshalb konnten wir uns auch noch zurechtfinden

in ihrer letzten Konsequenz
in der der Ausbeutende in bisher unbekanntem Grad
seine Herrschaft entwickeln durfte
und der Ausgebeutete
noch sein eigenes Knochenmehl
liefern mußte

VERTEIDIGER Diese Art von Theorien
in denen ein schiefes ideologisches Bild
gezeichnet wird
lehnen wir auf das bestimmteste ab

ZEUGE 3 Die meisten die auf der Rampe ankamen
fanden allerdings nicht mehr die Zeit
sich ihre Lage zu erklären
Verstört und stumm
gingen sie den letzten Weg
und ließen sich töten
weil sie nichts verstanden
Wir nennen sie Helden
doch ihr Tod war sinnlos
Wir sehen sie vor uns
diese Millionen
im Scheinwerferlicht
unter Schimpf und Hundegekläff
und die Außenwelt fragt heute
wie es möglich war
daß sie sich so vernichten ließen
Wir
die noch mit diesen Bildern leben
wissen
daß Millionen wieder so warten können
angesichts ihrer Zerstörung
und daß diese Zerstörung an Effektivität
die alten Einrichtungen um das Vielfache
übertrifft

VERTEIDIGER Herr Zeuge
waren Sie schon vor Ihrer Einlieferung
in das Lager
politisch tätig gewesen

ZEUGE 3 Ja

Es war unsere Stärke
daß wir wußten
warum wir hier waren
Das half uns
unsere Identität zu bewahren
Doch auch diese Stärke
reichte nur bei den Wenigsten
bis zum Tod
Auch diese konnten zerbrochen werden

ZEUGE 7 Wir waren 1200 Häftlinge
die zu den Krematorien geführt wurden
Wir mußten lange warten
denn ein anderer Transport war vor uns
Ich hielt mich etwas abseits
Da kam ein Häftling vorbei
es war ein ganz junger Mensch
Er flüsterte mir zu
Geh fort von hier
Da nahm ich meine Holzschuhe und ging weg
Ich bin um eine Ecke gegangen
Da stand ein anderer
der fragte
Wo willst du hin
Ich sagte
Die haben mich weggeschickt
Dann komm mit sagte der
So kam ich zurück ins Lager

VERTEIDIGER War das so einfach
Nur weggehen konnte man

ZEUGE 7 Ich weiß nicht wie es für andere war
Ich bin weggegangen
und kam in den Krankenbau
Da fragte mich der Häftlingsarzt
Willst du leben
Ich sagte Ja
Er sah mich eine Weile an
dann nahm er mich bei sich auf

VERTEIDIGER Und dann haben Sie die Zeit im Lager
überstanden

ZEUGE 7 Ich kam aus dem Lager heraus
aber das Lager besteht weiter

III

RICHTER Frau Zeugin
Sie verbrachten einige Monate
im Frauenblock Nummer Zehn
in dem medizinische Experimente
vorgenommen wurden
Was können Sie uns darüber berichten
ZEUGIN 4 *schweigt*
RICHTER Frau Zeugin
es ist uns verständlich
daß Ihnen die Aussage schwerfällt
und daß Sie lieber schweigen möchten
Doch bitten wir Sie
Ihr Gedächtnis nach allem zu erforschen
was Licht wirft auf die Vorkommnisse
die hier zur Behandlung stehen
ZEUGIN 4 Wir waren dort etwa 600 Frauen
Professor Clauberg leitete die Untersuchungen
Die übrigen Ärzte des Lagers
erstellten das Menschenmaterial
RICHTER Wie gingen die Versuche vor sich
ZEUGIN 4 *schweigt*
VERTEIDIGER Frau Zeugin
leiden Sie an Gedächtnisstörungen
ZEUGIN 4 Ich bin seit dem Aufenthalt im Lager
krank
VERTEIDIGER Wie äußert sich Ihre Krankheit
ZEUGIN 4 Schwindelanfälle und Übelkeit
Kürzlich in der Toilette mußte ich erbrechen
da roch es nach Chlor
Chlor wurde über die Leichen geschüttet
Ich kann mich nicht in verschlossenen
Räumen aufhalten
VERTEIDIGER Keine Gedächtnisschwächen

ZEUGIN 4 Ich möchte vergessen
aber ich sehe es immer wieder vor mir
Ich möchte die Nummer an meinem Arm
entfernen lassen
Im Sommer
wenn ich ärmellose Kleider trage
starren die Leute darauf
und da ist immer der selbe Ausdruck
in ihrem Blick

VERTEIDIGER Was für ein Ausdruck

ZEUGIN 4 Von Hohn

VERTEIDIGER Frau Zeugin
fühlen Sie sich immer noch verfolgt

ZEUGIN 4 *schweigt*

RICHTER Frau Zeugin
an was für Versuche erinnern Sie sich

ZEUGIN 4 Da waren Mädchen
im Alter von 17 bis 18 Jahren
Sie waren zwischen den gesundesten Häftlingen
ausgesucht worden
An ihnen wurden Experimente
mit Röntgenstrahlen durchgeführt

RICHTER Was waren das für Experimente

ZEUGIN 4 Die Mädchen wurden
vor den Röntgenapparat gestellt
Je eine Platte wurde an ihrem Bauch
und an ihrem Gesäß befestigt
Die Strahlen wurden auf den Eierstock gerichtet
der so verbrannt wurde
Dabei entstanden am Bauch und am Gesäß
schwere Brandwunden und Geschwüre

RICHTER Was geschah mit den Mädchen

ZEUGIN 4 Innerhalb von 3 Monaten
wurden mehrere Operationen
an ihnen vorgenommen

RICHTER Was waren das für Operationen

ZEUGIN 4 Die Eierstöcke und die Geschlechtsdrüsen
wurden ihnen entfernt

RICHTER Starben die Patientinnen

ZEUGIN 4 Wenn sie nicht im Verlauf der Behandlung starben
so starben sie bald danach
Nach ein paar Wochen hatten sich die Mädchen
völlig verändert
Sie erhielten das Aussehen von Greisinnen

RICHTER Frau Zeugin
War einer der hier anwesenden Angeklagten
an den Operationen beteiligt

ZEUGIN 4 Alle Ärzte begegneten einander täglich
in ihren Quartieren
Es ist anzunehmen daß sie zumindest
über die Vorgänge unterrichtet waren

VERTEIDIGER Wir wenden uns mit äußerstem Nachdruck
gegen derartige Behauptungen
Die Tatsache daß sich unsere Mandanten
in der Nähe der hier erwähnten Vorkommnisse
aufhielten
braucht sie noch keineswegs
zu Mitwissern zu machen

RICHTER Frau Zeugin
Was für Eingriffe wurden sonst noch vorgenommen

ZEUGIN 4 *schweigt*

VERTEIDIGER Wir sind der Ansicht
daß die Zeugin auf Grund ihres Gesundheitszustandes
nicht in der Lage ist
dem Gericht glaubwürdige Antworten zu geben

ANKLÄGER Frau Zeugin
Können Sie dem Gericht andere Versuche schildern
bei denen Sie zugegen gewesen sind

ZEUGIN 4 Mit einer Spritze
auf die zur Verlängerung
eine Kanüle aufgesetzt worden war
wurde eine Flüssigkeit
in die Gebärmutter gedrückt

RICHTER Was war das für eine Flüssigkeit

ZEUGIN 4 Es war eine zementartige Masse
die einen brennenden wehenartigen Schmerz erzeugte
und eine Empfindung als müsse der Bauch platzen
Die Frauen konnten sich nur zusammengekrümmt

zum Röntgentisch begeben
wo eine Aufnahme gemacht wurde

RICHTER Was sollte mit der Einspritzung bezweckt werden

ZEUGIN 4 Der Eileiter sollte durch Verklebung
empfängnisunfähig gemacht werden

RICHTER Wurden diese Eingriffe
am selben Patienten wiederholt

ZEUGIN 4 Nach der Einspritzung
wurde eine Kontrastflüssigkeit
zur Röntgenbeobachtung eingeführt
Danach wurde die Masse oft
noch einmal eingepumpt
Im Abstand von 3 bis 4 Wochen
konnte der Vorgang mehrmals wiederholt werden
Die meisten Todesfälle entstanden
durch Entzündung der Gebärmutter
oder des Bauchfells
Ich habe nie gesehen
daß die ärztlichen Instrumente
zwischen den Behandlungen
desinfiziert wurden

RICHTER Wieviele solche Versuche
wurden Ihrer Berechnung nach ausgeführt

ZEUGIN 4 Während der 6 Monate
die ich auf Block Zehn verbrachte
wurden 400 Versuche dieser Art ausgeführt
Im Zusammenhang damit wurden auch
künstliche Befruchtungen vorgenommen
Wenn sich dabei eine Schwangerschaft herausstellte
wurde ein Abort eingeleitet

RICHTER In welchem Monat der Schwangerschaft
geschah das

ZEUGIN 4 Im siebten Monat
Während der Schwangerschaft wurden noch
zahlreiche Röntgenversuche gemacht
Nach der Frühgeburt wurde das Kind
wenn es überhaupt lebendig zur Welt kam
getötet und obduziert

VERTEIDIGER Frau Zeugin

geben Sie dem Gericht diese Angaben
aus zweiter Hand
oder aus eigenem Wissen wieder

ZEUGIN 4 Ich spreche aus persönlicher Erfahrung

VERTEIDIGER Was bewahrte Sie vor einer Erkrankung
mit tödlichem Ausgang

ZEUGIN 4 Die Räumung des Lagers

5 Gesang vom Ende der Lili Tofler

I

RICHTER Frau Zeugin
Ist Ihnen der Name Lili Tofler
bekannt

ZEUGIN 5 Ja
Lili Tofler war ein ausgesprochen
hübsches Mädchen
Sie war verhaftet worden
weil sie einem Häftling
einen Brief geschrieben hatte
Beim Versuch
dem Häftling den Brief zuzuschmuggeln
war dieser gefunden worden
Lili Tofler wurde vernommen
Sie sollte den Namen des Häftlings nennen
Boger leitete die Verhöre
Auf seinen Befehl
wurde sie in den Bunkerblock gebracht
Dort mußte sie sich viele Male
nackt zur Wand stellen
und es wurde getan als sollte sie
erschossen werden
Man gab die Kommandos zum Schein
Zum Schluß flehte sie auf den Knien
man möge sie erschießen

RICHTER Wurde sie erschossen

ZEUGIN 5 Ja

ZEUGE 6 Ich befand mich im Bunkerarrest
als Lili Tofler zusammen mit 2 anderen Häftlingen
die an dem Briefschmuggel beteiligt waren
dort eingesperrt wurde
Während dieser Tage durfte ich einmal
durch das Entgegenkommen des Funktionshäftlings
Jakob
der die Aufsicht im Bunker führte
den Waschraum benutzen

Doch auf dem Weg dorthin
drängte Jakob mich plötzlich in einen Nebenraum
Durch den Türspalt sah ich
wie Lili Tofler von Boger
in den Waschraum geführt wurde
Ich hörte zwei Schüsse
und sah nach dem Fortgang Bogers
das Mädchen tot auf dem Boden liegen
Die beiden anderen Häftlinge wurden später
von Boger im Hof liquidiert

RICHTER Angeklagter Boger
ist Ihnen dieser Fall bekannt

ANGEKLAGTER 2 Die Erschießung der Lili Tofler
stimmt mit der Wahrheit überein
Sie war als Schreiberin der Politischen Abteilung
Geheimnisträgerin
und durfte keinerlei Kontakt
mit anderen Häftlingen aufnehmen
Ich habe mit ihrer Erschießung
nichts zu tun gehabt
Ich war über ihren Tod damals ebenso erschüttert
wie der Bunkerjakob
dem die Tränen über die Backen liefen

RICHTER Können Sie uns sagen
was in dem Brief stand

ANGEKLAGTER 2 Nein

RICHTER Frau Zeugin
wissen Sie was in dem Brief stand

ZEUGIN 5 Lili Tofler fragte in dem Brief
ob es ihnen möglich sein könnte
jemals weiterzuleben
nach den Dingen die sie hier gesehen hatten
und von denen sie wüßten
Ich erinnere mich auch
daß sie in ihrem Brief
zunächst den Freund fragte
ob er ihre vorige Nachricht erhalten habe
Sie schrieb auch von ermutigenden Meldungen
die sie gehört hatte

VERTEIDIGER Frau Zeugin
woher haben Sie diese Kenntnisse

ZEUGIN 5 Ich war mit Lili Tofler befreundet
Wir wohnten im gleichen Block
Sie hatte mir von diesem Brief erzählt
Später sah ich den Brief
Ich arbeitete im Standesamt des Lagers
Da lief die Todesbescheinigung Lili Toflers ein
Der Brief war beigefügt

RICHTER Kannten Sie den Häftling
an den der Brief gerichtet war

ZEUGIN 5 Ja

RICHTER Verriet Lili Tofler seinen Namen

ZEUGIN 5 Nein
Die Häftlinge mußten auf dem Appellplatz antreten
und Lili sollte ihren Freund denunzieren
Ich erinnere mich noch genau
wie sie vor ihm stand
ihm kurz in die Augen sah
und sofort weiterging
ohne ein Wort zu sagen

VERTEIDIGER Mußten Sie auch zum Appell antreten

ZEUGIN 5 Ja

VERTEIDIGER Wo war der Appellplatz

ZEUGIN 5 Es war die Straße und der freie Platz
vor den Küchengebäuden im alten Lager

VERTEIDIGER Wie sah der Platz aus

ZEUGIN 5 Rechts neben dem Galgen
stand das Wachthäuschen des Rapportführers
das war aus Holz gezimmert
und mit Steinfugen bemalt
Auf dem spitzen Dach war eine Wetterfahne
Es sah aus wie aus einem Baukasten
Die Häftlinge standen auf der Straße
und auf allen Wegen zwischen den Blocks
Lili Tofler wurde an ihnen entlang geführt
Ich las an diesem Tag auch
was auf dem Dach der Küche stand
da war mit großen Lettern geschrieben

ES GIBT EINEN WEG ZUR FREIHEIT
SEINE MEILENSTEINE HEISSEN
GEHORSAM FLEISS SAUBERKEIT
EHRLICHKEIT WAHRHAFTIGKEIT
UND LIEBE ZUM VATERLAND

RICHTER Wurde der Häftling
an den der Brief gerichtet war
nie entdeckt

ZEUGIN 5 Nein

II

RICHTER Herr Zeuge
Sie waren damals Leiter
der landwirtschaftlichen Betriebe des Lagers
Zur Zeit ihrer Verhaftung arbeitete Lili Tofler
auf einer der Pflanzenstationen
die Ihnen unterstanden
Was hatte Lili Tofler dort zu tun

ZEUGE 1 Soweit ich mich erinnere
war sie Zeichnerin oder Schreiberin bei uns

RICHTER War sie von der Politischen Abteilung
an Sie abgetreten worden

ZEUGE 1 Das kann ich heute nicht mehr sagen
Unser Betrieb hatte mit dem Lager direkt
nichts zu tun
er fiel unter das Wirtschaftshauptamt
Durch den Anbau von Kautschukpflanzen
war es ein kriegswichtiger Betrieb
Im wesentlichen war mein Auftrag
ein wissenschaftlicher

RICHTER Herr Zeuge
ist Ihnen die Verhaftung der Lili Tofler bekannt

ZEUGE 1 Ich erinnere mich
daß da irgend etwas mit einem Brief war

RICHTER Wissen Sie
daß Lili Tofler auf Grund dieses Briefes
verhaftet wurde

ZEUGE 1 Ich glaube
der Brief wurde in einer Sendung von Karotten
gefunden

RICHTER Was waren das für Karotten

ZEUGE 1 Sie waren für die ärztliche Abteilung
angepflanzt worden

RICHTER Zu welchem Zweck

ZEUGE 1 Ich nehme an
als Krankenkost
Professor Clauberg hatte das angeordnet

RICHTER Was war Ihnen über Professor Claubergs Arbeit
bekannt

ZEUGE 1 Dort wurden Untersuchungen im Auftrag
pharmazeutischer Industrien vorgenommen

RICHTER Was für Untersuchungen waren das

ZEUGE 1 Das weiß ich nicht
Ich wußte vom Lager nur
daß es sich um ein großes Industriegebiet
handelte
in dessen verschiedenen Zweigen
Häftlinge als Arbeitskräfte
eingesetzt wurden

ANKLÄGER Herr Zeuge
welcher dieser Industrien
unterstand Ihre Abteilung

ZEUGE 1 Wir gehörten zu den Buna-Werken
der IG-Farben
Wir arbeiteten alle auf Kriegswirtschaft

ANKLÄGER War Ihnen bekannt
daß die Häftlinge bei der Einrichtung
der Industrien
als Arbeitskräfte einkalkuliert waren

ZEUGE 1 Ja natürlich

ANKLÄGER Zahlten die Industrien Löhne
für die Häftlingsarbeiter

ZEUGE 1 Selbstverständlich
Nach bestimmten Tarifen

ANKLÄGER Was waren das für Tarife

ZEUGE 1 Für einen Facharbeiter wurden 4 Mark

pro Tag gezahlt
für einen ungelernten Arbeiter 3 Mark

ANKLÄGER Wie lang war der Arbeitstag

ZEUGE 1 11 Stunden

ANKLÄGER An wen wurde der Lohn ausgezahlt

ZEUGE 1 An die Lagerverwaltung
Die hatte ja für die Verpflegung der Häftlinge
zu sorgen

ANKLÄGER Wie waren die Häftlinge genährt

ZEUGE 1 In meinem Betrieb waren sie gut genährt

ANKLÄGER War Ihnen nicht bekannt
daß die Häftlinge bis zum äußersten
verbraucht und dann getötet wurden

ZEUGE 1 Ich habe mich immer bemüht
mehr für die Häftlinge zu tun
als mir zustand
Ich litt darunter
zu sehen
wie die Häftlinge die bei uns verpflichtet waren
täglich die kilometerweiten Strecken
von ihren Baracken zu den Arbeitslagern
zu Fuß zurücklegen mußten
Ich nützte die höchste Dringlichkeitsstufe aus
um darauf zu pochen
daß die in unserem Bereich
beschäftigten Arbeitskommandos
besser verpflegt wurden
und festes Schuhwerk bekamen

ANKLÄGER Wieviele Häftlinge arbeiteten in Ihrem Betrieb

ZEUGE 1 500 bis 600

ANKLÄGER Fiel Ihnen nicht
ein starker Wechsel in den Kommandos auf

ZEUGE 1 Ich bemühte mich darum
meine Leute zu behalten

ANKLÄGER Kamen Krankheitsfälle vor

ZEUGE 1 Die kamen natürlich vor
Mir waren ja auch die Epidemien bekannt
unter denen die Häftlinge
im Lager litten

ANKLÄGER Fiel Ihnen nicht auf
daß Krankgemeldete nicht zurückkamen

ZEUGE 1 Nein
Oft kamen sie ja auch wieder
aus dem Revier zurück

ANKLÄGER Haben Sie von Mißhandlungen gehört

ZEUGE 1 Gehört ja

ANKLÄGER Was haben Sie gehört

ZEUGE 1 Ich habe gehört
daß sie geschlagen wurden

ANKLÄGER Von wem

ZEUGE 1 Ich weiß es nicht
Ich habe es ja nicht gesehn
Ich habe es nur gehört

ANKLÄGER Herr Zeuge
Wußten Sie von den Vernichtungsaktionen

ZEUGE 1 Wenn man 3 Jahre dort war
sickerte natürlich das eine und das andere durch
Da wußte man schon was los war
Aber als ich dann später die ersten Zahlen hörte
da habe ich das überhaupt nicht begriffen

ANKLÄGER Haben Sie selbst keine dieser Transporte gesehen

ZEUGE 1 Höchstens ein paar mal

ANKLÄGER Kennen Sie die Angeklagten in diesem Saal

ZEUGE 1 Einen Teil der Herren kenne ich
Vor allem die Führer unter ihnen
Wir trafen im Rahmen
des rein gesellschaftlichen Verkehrs
im Führerheim zusammen

ANKLÄGER Herr Zeuge
Sie sind heute Ministerialrat
Trafen Sie diese Herren
auch nach dem Kriege wieder
nachdem die meisten von ihnen
ins Zivilleben zurückgekehrt waren

ZEUGE 1 Dem einen oder dem andern
mag ich begegnet sein

ANKLÄGER Kamen Sie bei dieser Gelegenheit
auf die damaligen Geschehnisse zu sprechen

ZEUGE 1 Herr Staatsanwalt
Es ging uns schließlich allen darum
den Krieg zu gewinnen

ANKLÄGER Das Gericht hat als Zeugen einberufen
drei ehemalige Leiter
der mit dem Lager zusammenarbeitenden Industrien
Der eine Zeuge hat dem Gericht ein Attest eingereicht
daß er erblindet sei
und deshalb nicht kommen könne
der andere Zeuge leidet an gebrochenem Rückgrat
Nur ein ehemaliger Vorsitzender des Aufsichtsrats
hat sich eingefunden
Herr Zeuge
Stehen Sie heute noch in Zusammenarbeit
mit den Industrien
die damals Häftlinge bei sich beschäftigten

VERTEIDIGER Wir protestieren gegen diese Frage
die keinen andern Zweck hat
als das Vertrauen in unsere Industrie zu untergraben

ZEUGE 2 Ich bin nicht mehr aktiv
im Geschäftsleben tätig

ANKLÄGER Nehmen Sie eine Ehrenrente dieser Industrien
entgegen

ZEUGE 2 Ja

ANKLÄGER Beläuft sich diese Rente auf 300 000 Mark im Jahr

VERTEIDIGER Wir widersprechen dieser Frage

ANKLÄGER Herr Zeuge
Wenn Sie auf Ihrem Schloß leben
und sich nicht mehr mit den Angelegenheiten
des Konzerns befassen
der heute nur seinen Namen geändert hat
womit beschäftigen Sie sich dann

ZEUGE 2 Ich sammle Porzellan Gemälde und Stiche
sowie Gegenstände bäuerlichen Brauchtums

VERTEIDIGER Fragen dieser Art
haben mit dem Eröffnungsbeschluß des Prozesses
nicht das geringste zu tun

ANKLÄGER Herr Zeuge
Sie waren von der Industrieseite aus unmittelbar

für die Anstellung der Häftlingsarbeiter
verantwortlich
Was ist Ihnen über die Vereinbarungen bekannt
zwischen der Industrie und der Lagerverwaltung
betreffend der Häftlinge
die nicht mehr arbeitsfähig waren

ZEUGE 2 Darüber ist mir nichts bekannt

ANKLÄGER Dem Gericht liegen Wochenberichte vor
in denen die Rede ist von Häftlingen
die von der Industrie als zu schwach
für die Arbeit befunden wurden

ZEUGE 2 Davon ist mir nichts bekannt

ANKLÄGER Ist Ihnen nicht der körperliche Zustand
der Häftlinge aufgefallen

ZEUGE 2 Ich persönlich habe mich immer
gegen die Anstellung dieser Arbeitskräfte gewehrt
die sich zumeist aus asozialen
oder politisch unzuverlässigen Elementen
zusammensetzten

ANKLÄGER Das Gericht ist im Besitz von Schreiben
in denen die segensreiche Freundschaft
zwischen der Lagerverwaltung und der Industrie
erwähnt wird
Es heißt dort unter anderem
Anläßlich eines Abendessens
haben wir weiterhin alle Maßnahmen festgelegt
welche die Einschaltung
des wirklich hervorragenden Betriebs des Lagers
zugunsten der Buna-Werke betreffen
Was waren das für Maßnahmen
Herr Zeuge

ZEUGE 2 Ich hatte nur meine Pflicht zu tun
und dafür zu sorgen
daß die Forderungen der Reichsbehörden
erfüllt wurden

ANKLÄGER Herr Zeuge
Lassen Sie es uns deutlich aussprechen
und damit die Aussagen bestätigen
in denen ein früherer Zeuge

auf das System der Ausbeutung hinwies
das für das Lager galt
Sie Herr Zeuge
sowie die anderen Direktoren
der großen Konzerne
erreichten durch unbegrenzten Menschenverschleiß
Jahresumsätze von mehreren Milliarden

VERTEIDIGER Wir protestieren

ANKLÄGER Lassen Sie es uns noch einmal bedenken
daß die Nachfolger dieser Konzerne heute
zu glanzvollen Abschlüssen kommen
und daß sie sich wie es heißt
in einer neuen Expansionsphase befinden

VERTEIDIGER Wir fordern das Gericht auf
diese Diffamierungen
zu Protokoll zu nehmen

III

RICHTER Herr Zeuge
Was wissen Sie über die Verhaftung
der Lili Tofler

ZEUGE 1 Was im einzelnen war
weiß ich nicht
Ich erinnere mich nur
daß sie abgeholt wurde
Ich fragte was da los sei und hörte
daß die Untersuchung weitergehe
Später habe ich gehört
daß man die Lili getötet hätte

RICHTER Wer hat sie getötet

ZEUGE 1 Ich weiß es nicht
Ich war ja nicht dabei

RICHTER Herr Zeuge
Sie hatten damals den Rang eines Oberführers
was etwa zwischen dem Rang eines Obersten
und eines Generalmajors liegt
Hatten Sie keine Möglichkeit einzugreifen

als Ihnen eine Mitarbeiterin weggenommen wurde

ZEUGE 1 Ich kannte den Fall nicht genügend

RICHTER Erkundigten Sie sich sich nicht
nach dem Grund ihrer Verhaftung

ZEUGE 1 Das lag außerhalb meiner Kompetenz

RICHTER Das war doch ein ganz massiver Eingriff
in Ihr persönliches Arbeitsgebiet
Man nahm Ihnen da einfach jemanden
aus dem Labor weg
den Sie für Ihre kriegswichtige Produktion
brauchten

ZEUGE 1 Lili Tofler war keine von den Spitzenkräften

RICHTER Herr Zeuge
Ein Mann der Politischen Abteilung
stand dem Rang nach doch tief unter Ihnen
Warum duldeten Sie diesen Eingriff
in Ihren Verantwortungsbereich

ZEUGE 1 Herr Vorsitzender
Es gab einen Begriff damals
der für alle galt
Dieser Begriff hieß
Sei vorsichtig mit Häftlingsbegünstigung
Bis zu einer bestimmten Grenze konnte man gehn
aber weiter nicht

RICHTER Wir rufen als Zeugen auf
den Häftling
an den Lili Tofler
den erwähnten Brief gerichtet hatte
Herr Zeuge
wie gelang es Ihnen
zu überleben

ZEUGE 9 Ein paar Tage nach ihrer Einlieferung in den Bunker
wurde auch ich dorthin überführt
Ich glaubte
Lili habe mich verraten
aber ich war nur zusammen mit anderen
als Geisel festgenommen worden
Ich hörte dort
daß Lili sich jeden Morgen und jeden Nachmittag

eine Stunde lang in den Waschraum stellen müsse
Boger drückte ihr während dieser Zeit
eine Pistole an die Schläfe
Dies dauerte 4 Tage
Dann wurde ich zusammen mit 50 Häftlingen
zur Erschießung geholt
Die ganze Zeit glaubte ich
man wisse
daß der Brief an mich gerichtet gewesen war
Wir mußten uns ausziehen
und im Korridor aufstellen
Ich sah wie der Schreiber auf der Liste
hinter meiner Nummer
ein Kreuz machte
Papiermäßig war ich bereits tot
Die Häftlinge wurden in den Hof gebracht
und erschossen
Nur zwei wurden aus irgendeinem Grund
zurückgehalten
Einer der beiden war ich
Ich drückte mich noch im Flur herum
als plötzlich der Bunkerjakob kam
und mich in den Hof zog
Ich glaubte
nun auch erschossen zu werden
Aber Jakob zeigte mir nur den Haufen
der toten Kameraden
Obenauf lagen die beiden Häftlinge
die den Brief ins Lager geschmuggelt hatten
Etwas weiter abseits lag Lili
mit zwei Herzschüssen
Ich fragte Jakob
wer sie erschossen habe
Er sagte
Boger

RICHTER Angeklagter Boger
wollen Sie noch etwas sagen

ANGEKLAGTER 2 Nein danke

RICHTER Frau Zeugin

Woher stammte diese Lili Tofler

ZEUGIN 5 Das ist mir nicht bekannt

RICHTER Wie war ihr Wesen

ZEUGIN 5 Jedesmal wenn ich Lili traf
und sie fragte
Wie geht es dir Lili
sagte sie
Mir geht es immer gut

6 Gesang vom Unterscharführer Stark

I

ZEUGE 8 Der Angeklagte Stark
war unser Vorgesetzter im Aufnahmekommando
Ich war dort als Schreiber tätig
Stark war damals 20 Jahre alt
In seinen freien Stunden
bereitete er sich zur Reifeprüfung vor
Um seine Kenntnisse zu überprüfen
wandte er sich gern mit Fragen
an die Häftlingsabiturienten
An dem Abend
als die polnische Frau mit den beiden Kindern
eingeliefert wurde
führte er einen Diskurs mit uns
über den Humanismus bei Goethe

RICHTER Um was für einen Fall handelte es sich
bei dieser Einlieferung

ZEUGE 8 Wir erfuhren später das folgende
Der achtjährige Junge
den die Frau an der Hand führte
hatte einem Lagerbeamten
ein Kaninchen weggenommen
um es der zweijährigen Tochter der Frau
zum Spielen zu geben
Deshalb sollten alle drei
erschossen werden
Stark
führte die Erschießung aus

RICHTER Konnten Sie das sehen

ZEUGE 8 Die Erschießungen wurden damals
im alten Krematorium durchgeführt
Das Krematorium lag gleich
hinter der Aufnahmebaracke
Durch das Fenster konnten wir sehen
wie Stark mit der Frau und den Kindern
in das Krematorium ging

Er hatte seinen Karabiner umgehängt
Wir hörten eine Reihe von Schüssen
Dann kam Stark allein zurück

RICHTER Angeklagter Stark
Entspricht diese Schilderung dem Sachverhalt

ANGEKLAGTER 12 Das streite ich energisch ab

RICHTER Was hatten Sie für einen Rang im Lager

ANGEKLAGTER 12 Ich war Blockführer

RICHTER Wie kamen Sie ins Lager

ANGEKLAGTER 12 Ich wurde zusammen mit einer Gruppe
von Unterscharführern
angefordert

RICHTER Wirkten Sie sofort als Blockführer

ANGEKLAGTER 12 Dafür waren wir vorgesehen
und dort wurden wir eingesetzt

RICHTER Waren Sie für diese Tätigkeit
vorbereitet worden

ANGEKLAGTER 12 Wir hatten die Führerschule hinter uns

RICHTER Gab es da praktische Richtlinien
für die Tätigkeit im Lager

ANGEKLAGTER 12 Nur eine kurze Einweisung

RICHTER Was geschah bei Ihrer Ankunft im Lager

ANGEKLAGTER 12 Da war eine Empfangskommission

RICHTER Wer war dabei

ANGEKLAGTER 12 Der Kommandant und der Adjudant
der Schutzhaftlagerführer
der Rapportführer

RICHTER Was erhielten Sie für Aufgaben

ANGEKLAGTER 12 Ich wurde zuerst einem Häftlingsblock
zugeteilt
Dort waren vorwiegend junge Leute
Schüler und Studenten

RICHTER Weshalb waren die Häftlinge dort

ANGEKLAGTER 12 Ich glaube
wegen ihrer Kontakte zur Widerstandsbewegung
Es war ein Kollektivvorwurf
Sie waren von der Kommandantur der
Sicherheitspolizei
ins Lager verlegt worden

RICHTER Haben Sie Einweisungsschreiben
für diese Leute gesehn

ANGEKLAGTER 12 Nein
Ich hatte damit auch nichts zu tun

RICHTER Was hatten Sie denn zu tun

ANGEKLAGTER 12 Ich hatte dafür zu sorgen
daß die Leute rechtzeitig
zur Arbeit kamen
und daß die Zahlen stimmten

RICHTER Wurden Fluchtversuche unternommen

ANGEKLAGTER 12 Unter meiner Aufsicht nicht

RICHTER Hatten die Leute eine angemessene Verpflegung

ANGEKLAGTER 12 Jeder hatte seinen Liter Suppe

RICHTER Was geschah
wenn die Leute nicht arbeiten konnten
oder wollten

ANGEKLAGTER 12 Das hat es nicht gegeben

RICHTER Hatten Sie nie Anlaß einzugreifen
wenn die Häftlinge etwas Verbotenes taten

ANGEKLAGTER 12 Das kam nicht vor
Ich habe nie eine Meldung geschrieben

RICHTER Haben Sie niemals geschlagen

ANGEKLAGTER 12 Das hatte ich nicht nötig

RICHTER Wann kamen Sie zum Aufnahmeblock
der Politischen Abteilung

ANGEKLAGTER 12 Im Mai 1941

RICHTER Was war der Grund Ihrer Versetzung

ANGEKLAGTER 12 Ich lernte Untersturmführer Grabner
den Chef der Politischen Abteilung
beim Reiten kennen
Er fragte mich was ich von Beruf sei
und als ich sagte ich sei Schüler
und stände vor dem Abitur
antwortete er
daß solche Leute gesucht seien
Nach einigen Tagen stand meine Abstellung
im Kommandanturbefehl

RICHTER Was hatten Sie in der Aufnahmeabteilung
zu tun

ANGEKLAGTER 12 Ich hatte mich zunächst
mit der Registratur vertraut zu machen
Einkommende Häftlinge wurden
mit einer Nummer versehn
Anschließend waren Personalbogen zu erstellen
und Karteikarten anzulegen

RICHTER Wie kamen die Häftlinge an

ANGEKLAGTER 12 Entweder im Fußmarsch
oder im Lastwagentransport
oder per Zug
Die Züge kamen regelmäßig Dienstag
Donnerstag und Freitag

RICHTER Wie ging die Aufnahme vor sich

ANGEKLAGTER 12 Ich hatte mich bereitzuhalten
wenn Transporte angekündigt waren
Zuerst wurden die Häftlinge
vor dem Lagertor aufgestellt
dann kam der Transportleiter
und händigte auf der Aufnahme
die Transportpapiere aus
Die Häftlinge traten an zum Zählen
und zur Übergabe einer Nummer
Damals wurden die Nummern
noch nicht eintätowiert
Jeder Häftling bekam seine Nummer
in dreifacher Ausfertigung auf Karton
Eine Nummer blieb bei ihm
eine kam zu den Effekten
eine zu den Wertsachen
Seine Pappnummer mußte der Häftling aufbewahren
bis er eine Stoffnummer bekam

RICHTER Was hatten Sie dabei zu tun

ANGEKLAGTER 12 Ich hatte die Nummern auszugeben
und die Leute zur Effektenkammer zu führen
Dort wurden die Häftlinge umgezogen
gebadet und eingekleidet
und es wurden ihnen die Haare geschnitten
Dann wurden sie aufgenommen
durch die Aufnahme

RICHTER Wie ging das vor sich

ANGEKLAGTER 12 Die Personalbogen wurden ausgefüllt
Die für die Aufnahme erstellten Fragebogen
gingen in die Aufnahmeräume
Dann wurde eine Zugangsliste erstellt
Daraus ging hervor
ob es sich um einen politischen Häftling
einen kriminellen Häftling
oder einen rassischen Häftling handelte
Die Liste lief dann in die verschiedenen Abteilungen

RICHTER Was für Abteilungen waren das

ANGEKLAGTER 12 An den Schutzhaftlagerführer
die Kommandantur
die Politische Abteilung
die Ärzte
Sie wurden in 11- oder 12facher Ausfertigung
mit der Tagespost verteilt

RICHTER Was hatten Sie dann weiterhin
mit den Häftlingen zu tun

ANGEKLAGTER 12 Nach der Aufnahme
waren die Häftlinge für mich erledigt

ANKLÄGER Angeklagter Stark
waren Sie bei allen ankommenden Transporten
zugegen

ANGEKLAGTER 12 Befehlsmäßig hatte ich dort zu sein

ANKLÄGER Was war Ihre Aufgabe
bei der Ankunft der Transporte

ANGEKLAGTER 12 Ich war dort nur
für den Schriftverkehr verantwortlich

ANKLÄGER Was bedeutet das

ANGEKLAGTER 12 Ein Teil der Häftlinge wurde verlegt
Die hatte ich einzubuchen

ANKLÄGER Und die andern

ANGEKLAGTER 12 Die andern wurden überstellt

ANKLÄGER Worin bestand der Unterschied

ANGEKLAGTER 12 Die Häftlinge die verlegt wurden
kamen ins Lager
Die überstellten Häftlinge wurden nicht aufgenommen
und nicht erfaßt

Das ist der Unterschied zwischen Verlegung
und Überstellung

ANKLÄGER Was geschah mit den überstellten Häftlingen

ANGEKLAGTER 12 Sie wurden sofort zur Vernichtung
ins kleine Krematorium eingeliefert

ANKLÄGER War dies noch vor der Erbauung
der großen Krematorien

ANGEKLAGTER 12 Die großen Krematorien der Außenlager
wurden erst im Sommer 1942
betriebsfähig
Bis dahin wurde das Krematorium
des alten Lagers benutzt

ANKLÄGER Wie spielte sich das Überstellen
der Häftlinge ab

ANGEKLAGTER 12 Die Listen wurden verglichen
und die Namen abgehakt
Dann mußten wir mit den Leuten
die nicht zur Aufnahme bestimmt waren
im kleinen Krematorium einrücken

ANKLÄGER Was wurde den Leuten gesagt

ANGEKLAGTER 12 Die wurden informiert
daß sie entlaust werden sollten

ANKLÄGER Waren sie nicht unruhig

ANGEKLAGTER 12 Nein
Sie gingen ruhig hinein

II

ZEUGE 8 Wir kannten genau Starks Verhalten
wenn er von einer Tötung kam
Da mußte alles sauber und ordentlich
in der Stube sein
und mit Handtüchern hatten wir die Fliegen
zu verjagen
Wehe
wenn er jetzt eine Fliege entdeckte
dann war er außer sich vor Zorn
Noch ehe er seine Feldmütze abnahm

wusch er sich die Hände in einer Schüssel
die der Kalfaktor schon auf den Hocker
gleich neben der Eingangstür gestellt hatte
Wenn er sich die Hände gewaschen hatte
zeigte er auf das schmutzige Wasser
und der Kalfaktor mußte laufen
und frisches Wasser holen
Dann gab er uns seine Jacke zum Säubern
und wusch sich nochmals Gesicht und Hände

ZEUGE 7 Mein ganzes Leben lang sehe ich Stark
immer Stark
Ich höre wie er ruft
Los rein ihr Schweinehunde
und da mußten wir hinein in die Kammer

RICHTER In welche Kammer

ZEUGE 7 In die Leichenkammer des alten Krematoriums
Da lagen mehrere 100 Männer
Frauen und Kinder
wie Pakete
Auch Kriegsgefangene waren darunter
Los
Leichen ausziehn
rief Stark
Ich war 18 Jahre alt
und hatte noch keine Toten gesehn
Ich blieb stehen
da schlug Stark auf mich ein

RICHTER Hatten die Toten Wunden

ZEUGE 7 Ja

RICHTER Waren es Schußwunden

ZEUGE 7 Nein
Die Menschen waren vergast worden
Sie lagen steif übereinander
Manchmal zerrissen die Kleider
Da wurden wir wieder geschlagen

RICHTER Mußten die Menschen sich nicht
vorher ausziehen

ZEUGE 7 Das war später
in den neuen Krematorien

da gab es Auskleideräume
RICHTER War Stark dort auch dabei
ZEUGE 7 Immer wieder war Stark dabei
Ich höre ihn rufen
Los
Klamotten einsammeln
Einmal hatte sich ein kleiner Mann
unter einem Kleiderhaufen versteckt
Stark entdeckte ihn
Komm her rief er
und stellte ihn an die Wand
Er schoß ihm erst in das eine Bein
und dann in das andere
zum Schluß
mußte er sich auf eine Bank setzen
und Stark schoß ihn tot
Er schoß am liebsten erst in die Beine
Ich hörte wie eine Frau schrie
Herr Kommandant
ich habe doch nichts getan
Da rief er
Los an die Wand Sarah
Die Frau flehte um ihr Leben
da begann er zu schießen
RICHTER Herr Zeuge
Wann sahen Sie den Angeklagten Stark
zum ersten Mal bei diesen Tötungen
ZEUGE 7 Im Herbst 1941
RICHTER Waren dies die ersten Tötungen
durch Gas
ZEUGE 7 Ja
RICHTER Wie sah das alte Krematorium aus
ZEUGE 7 Es war ein Betonbau
mit einem dicken viereckigen Schornstein
Die Wände waren durch schräge Erdanschüttungen
verdeckt
Der Leichenraum war etwa 20 Meter lang
und 5 Meter breit
Er war durch eine kleine Vorkammer zu erreichen

Vom Leichenraum führte eine Tür
zum ersten Verbrennungsofen
und eine weitere Tür
zur Halle mit den beiden anderen Öfen

RICHTER Angeklagter Stark
Wie groß waren die Gruppen der Menschen
die Sie zur Tötung abzuführen hatten

ANGEKLAGTER 12 Im Durchschnitt 150 bis 200 Stück

RICHTER Waren Frauen und Kinder darunter

ANGEKLAGTER 12 Ja

RICHTER Fanden Sie es richtig
daß Frauen und Kinder
zu diesen Transporten gehörten

ANGEKLAGTER 12 Ja
Damals bestand eben
die Sippenhaftung

RICHTER Sie stellten die Schuld
dieser Frauen und Kinder
nicht in Frage

ANGEKLAGTER 12 Es war uns gesagt worden
daß sie beteiligt waren
an Brunnenvergiftungen
Brückensprengungen
und anderen Sabotagen

RICHTER Sahen Sie auch Kriegsgefangene
zwischen diesen Menschen

ANGEKLAGTER 12 Ja
Diese Gefangenen hatten laut Befehl
jeden Anspruch auf ehrenhafte Behandlung
verloren

ANKLÄGER Angeklagter Stark
Im Herbst 1941 wurden große Mengen sowjetischer
Kriegsgefangener
in das Lager eingeliefert
Unseren Protokollen nach waren Sie zuständig
für die Bearbeitung dieser Kontingente

ANGEKLAGTER 12 Ich hatte mit diesen Transporten
nur Auftragsmäßiges zu tun

ANKLÄGER Was bedeutet Auftragsmäßiges

ANGEKLAGTER 12 Ich hatte sie lediglich abzuführen
und ihre Karteikarten mit dem Vermerk
des Erschießungsbefehls
entgegenzunehmen
Des weiteren hatte ich ihre Erkennungsmarken
abzubrechen
und die Nummern in der Kartei zu verwahren

ANKLÄGER Welcher Grund
war für die Erschießung der Kriegsgefangenen
angegeben worden

ANGEKLAGTER 12 Es handelte sich um die Vernichtung
einer Weltanschauung
Mit ihrer fanatischen politischen Einstellung
gefährdeten diese Gefangenen
die Sicherheit des Lagers

ANKLÄGER Wo wurden die Erschießungen ausgeführt

ANGEKLAGTER 12 Im Hof von Block Elf

ANKLÄGER Nahmen Sie an den Erschießungen teil

ANGEKLAGTER 12 In einem Falle
ja

ANKLÄGER Wie ging das vor sich

ANGEKLAGTER 12 Die Leute waren verlesen worden
und die Formalitäten waren erledigt
Sie wurden nacheinander in den Hof geführt
Es war schon ziemlich am Ende
Da sagte Grabner
Hier macht der Stark weiter
Vorher hatten die andern Blockführer
abwechselnd geschossen

ANKLÄGER Wieviele haben Sie erschossen

ANGEKLAGTER 12 Das weiß ich nicht mehr

ANKLÄGER Waren es mehr als einer

ANGEKLAGTER 12 Ja

ANKLÄGER Mehr als 2

ANGEKLAGTER 12 4 bis 5 werden es schon gewesen sein

ANKLÄGER Sträubten Sie sich nicht
an der Erschießung teilzunehmen

ANGEKLAGTER 12 Es war ja Befehl
Ich hatte hier als Soldat zu handeln

ANKLÄGER Hatten Sie noch mit anderen Erschießungen
zu tun

ANGEKLAGTER 12 Nein
Ich kam dann auf Urlaub
um mein Schulstudium zu beenden

ANKLÄGER Wann traten Sie den Urlaub an

ANGEKLAGTER 12 Im Dezember 1941

ANKLÄGER Wann brachten Sie Ihr Schulstudium
zum Abschluß

ANGEKLAGTER 12 Im Frühjahr 1942
erlegte ich die Reifeprüfung

ANKLÄGER Kehrten Sie anschließend
ins Lager zurück

ANGEKLAGTER 12 Ja
auf kürzere Zeit

VERTEIDIGER Wir möchten zu bedenken geben
daß unser Mandant
20 Jahre alt war
als er zur Lagerarbeit
abkommandiert wurde
Wie Zeugen bestätigten
hatte er rege geistige Interessen
wie er auch seinem ganzen Charakter nach
für die ihm gestellten Aufgaben
nicht paßte
Wir möchten darauf aufmerksam machen
daß unser Mandant
ein Jahr nach Abschluß der Schulstudien
einen weiteren Urlaub erhielt
um Rechtswissenschaft zu studieren
wonach er im letzten Kriegsjahr
beim Fronteinsatz verwundet wurde
Gleich nach dem Krieg
als er sich in normalisierten Verhältnissen
einleben durfte
entwickelte er sich vorbildlich
Er studierte zunächst Landwirtschaft
legte das Assessorexamen ab
war Sachbearbeiter für Wirtschaftsberatung

und bis zu seiner Verhaftung
als Lehrer
an einer Landwirtschaftsschule tätig

ANKLÄGER Angeklagter Stark
Wirkten Sie mit bei den ersten Vergasungen
die Anfang September 1941
probeweise an sowjetischen Kriegsgefangenen
vorgenommen wurden

ANGEKLAGTER 12 Nein

ANKLÄGER Angeklagter Stark
Im Herbst und Winter 1941
begannen die Massenvernichtungen
von sowjetischen Kriegsgefangenen
Diesen Vernichtungen fielen 25 000 Menschen
zum Opfer
Sie hatten mit der Erfassung
dieser Gefangenen zu tun
Sie haben von ihrer Tötung gewußt
Sie haben die Tötung gebilligt
und die notwendige Teilarbeit geleistet

VERTEIDIGER Wir protestieren auf das Dringlichste
gegen diese Angriffe auf unseren Mandanten
Pauschale Beschuldigungen
sind ohne jegliche Bedeutung
Zur Behandlung stehen nur
klar bewiesene Fälle von Täterschaft
und Mittäterschaft
im Zusammenhang mit Mordvorwürfen
Jeder auch nur leiseste Zweifel
muß zugunsten des Angeklagten ausschlagen
Die Angeklagten lachen zustimmend

III

RICHTER Angeklagter Stark
Haben Sie nie bei Vergasungen mitgewirkt

ANGEKLAGTER 12 Einmal mußte ich da mittun

RICHTER Um wieviel Menschen handelte es sich

ANGEKLAGTER 12 Es können 150 gewesen sein
Immerhin 4 Lastwagen voll

RICHTER Was für Häftlinge waren es

ANGEKLAGTER 12 Es war ein gemischter Transport

RICHTER Was hatten Sie zu tun

ANGEKLAGTER 12 Ich stand draußen vor der Treppe
nachdem ich die Leute
ins Krematorium geführt hatte
Die Sanitäter
die für die Vergasung zuständig waren
hatten die Türen zugeschlossen
und trafen ihre Vorbereitungen

RICHTER Woraus bestanden die Vorbereitungen

ANGEKLAGTER 12 Sie stellten die Büchsen bereit
und setzten sich Gasmasken auf
dann gingen sie die Böschung hinauf
zum flachen Dach
Im allgemeinen waren 4 Leute erforderlich
Diesmal fehlte einer
und sie riefen
daß sie noch jemanden brauchten
Weil ich der einzige war der hier rumstand
sagte Grabner
Los
hier helfen
Ich bin aber nicht gleich gegangen
Da kam der Schutzhaftlagerführer und sagte
Etwas plötzlich
Wenn Sie nicht raufgehn
werden Sie mit rein geschickt
Da mußte ich hinauf
und beim Einfüllen helfen

RICHTER Wo wurde das Gas eingeworfen

ANGEKLAGTER 12 Durch Luken in der Decke

RICHTER Was haben denn die Menschen da unten gemacht
in diesem Raum

ANGEKLAGTER 12 Das weiß ich nicht

RICHTER Haben Sie nichts gehört von dem
was sich da unten abspielte

ANGEKLAGTER 12 Die haben geschrien
RICHTER Wie lange
ANGEKLAGTER 12 So 10 bis 15 Minuten
RICHTER Wer hat den Raum geöffnet
ANGEKLAGTER 12 Ein Sanitäter
RICHTER Was haben Sie da gesehn
ANGEKLAGTER 12 Ich habe nicht genau hingesehn
RICHTER Hielten Sie das was sich Ihnen zeigte
für unrecht
ANGEKLAGTER 12 Nein durchaus nicht
Nur die Art
RICHTER Was für eine Art
ANGEKLAGTER 12 Wenn jemand erschossen wurde
das war etwas anderes
Aber die Anwendung von Gas
das war unmännlich und feige
RICHTER Angeklagter Stark
Während Ihrer Studien zur Reifeprüfung
kam Ihnen da niemals ein Zweifel
an Ihren Handlungen
ANGEKLAGTER 12 Herr Vorsitzender
ich möchte das einmal erklären
Jedes dritte Wort in unserer Schulzeit
handelte doch von denen
die an allem schuld waren
und die ausgemerzt werden mußten
Es wurde uns eingehämmert
daß dies nur zum besten
des eigenen Volkes sei
In den Führerschulen lernten wir vor allem
alles stillschweigend entgegenzunehmen
Wenn einer noch etwas fragte
dann wurde gesagt
Was getan wird geschieht nach dem Gesetz
Da hilft es nichts
daß heute die Gesetze anders sind
Man sagte uns
Ihr habt zu lernen
ihr habt die Schulung nötiger als Brot

Herr Vorsitzender
Uns wurde das Denken abgenommen
Das taten ja andere für uns
Zustimmendes Lachen der Angeklagten

7 Gesang von der Schwarzen Wand

I

ZEUGE 3 Die Erschießungen wurden
vor der Schwarzen Wand ausgeführt
im Hof des Block Elf
RICHTER Wo lag Block Elf
ZEUGE 3 Am äußeren rechten Ende
des alten Lagers
RICHTER Herr Zeuge
können Sie uns den Hof beschreiben
ZEUGE 3 Der Hof lag zwischen Block Zehn und Block Elf
und nahm die volle Blockfläche
von 40 Metern ein
Vorn und hinten war der Hof
von einer Ziegelsteinmauer abgeschlossen
RICHTER Von wo aus war der Hof zu erreichen
ZEUGE 3 Durch eine Seitentür in Block Elf
und durch ein Tor in der vorderen Mauer
RICHTER Bestand Einsicht in den Hof
ZEUGE 3 Nur durch die vorderen Fenster
im Erdgeschoß von Block Elf
Wenn das Hoftor zum Abtransport der Erschossenen
geöffnet wurde
war Lagersperre
Die übrigen Fenster von Block Elf
waren bis auf einen schmalen Spalt oben
zugemauert
Die Fenster des Frauenblocks nebenan
waren mit Brettern verschalt
RICHTER Wie hoch war die Mauer
ZEUGE 3 Etwa 4 Meter hoch
RICHTER Wo lag die Schwarze Wand
ZEUGE 3 Dem Tor gegenüber
an der rückwärtigen Mauer
RICHTER Wie sah die Schwarze Wand aus
ZEUGE 3 Sie war aus dicken Holzbohlen errichtet

und hatte seitlich je einen
schräg vorstoßenden Kugelfang
Das Holz war mit geteertem
Sackleinen bespannt

RICHTER Wie groß war die Schwarze Wand

ZEUGE 3 Etwa 3 Meter hoch
und 4 Meter breit

RICHTER Von wo wurden die Verurteilten
zur Schwarzen Wand geführt

ZEUGE 3 Sie kamen aus der Seitentür des Block Elf

RICHTER Beschreiben Sie diesen Vorgang

ZEUGE 3 Der Bunkerjakob erschien
mit jeweils zwei entkleideten Häftlingen

RICHTER Wer war dieser Bunkerjakob

ZEUGE 3 Der Bunkerjakob war der diensthabende
Funktionshäftling in Block Elf
Es war ein großer kräftiger Mann
ein ehemaliger Boxer

RICHTER Wie wurden die Häftlinge hinausgeführt

ZEUGE 3 Jakob befand sich zwischen ihnen
und hielt sie an den Oberarmen fest

RICHTER Waren die Hände der Häftlinge gefesselt

ZEUGE 3 Bis zum Jahr 1942 waren sie
mit Draht auf dem Rücken zusammengebunden
Später ging man davon ab
da die Erfahrung zeigte
daß sich fast alle Häftlinge
ruhig verhielten

RICHTER Wie weit war es von der Seitentür
bis zur Schwarzen Wand

ZEUGE 3 Zunächst die 6 Stufen von der Tür hinab
dann 20 Schritte zur Schwarzen Wand
Alles ging im Laufschritt vor sich
Wenn Jakob die Häftlinge
zur Wand gebracht hatte
lief er zurück
um die nächsten zu holen

RICHTER Wie wurden die Erschießungen ausgeführt

ZEUGE 3 Die Häftlinge wurden

mit dem Gesicht zur Wand gestellt
1 bis 2 Meter voneinander entfernt
Dann trat der Erschießende an den ersten heran
hob den Karabiner an dessen Genick
und schoß aus einer Entfernung
von etwa 10 Zentimetern
Der Danebenstehende sah es
Sobald der erste gefallen war
kam er an die Reihe

RICHTER Was für eine Waffe
wurde bei den Erschießungen benutzt

ZEUGE 3 Ein Kleinkalibergewehr mit Schalldämpfer

RICHTER Wen haben Sie bei den Erschießungen
an der Schwarzen Wand gesehen

ZEUGE 3 Den Lagerkommandanten
den Adjutanten
den Chef der Politischen Abteilung Grabner
sowie seine Mitarbeiter
Unter anderen sah ich
Broad Stark Boger und Schlage
Auch Kaduk war oft dort

VERTEIDIGER Sind Sie sicher
daß der Adjutant dort war

ZEUGE 3 Er war eine bekannte Persönlichkeit
So wie man den Kommandanten kannte
kannte man auch den Adjutanten

VERTEIDIGER Was hatten Sie im Hof
bei den Erschießungen zu tun

ZEUGE 3 Als Medizinstudent
war ich dem Leichenträgerkommando
zugeordnet worden

RICHTER Wer von den Angeklagten
war bei den Erschießungen tätig

ZEUGE 3 Eigenhändig erschießen sah ich
Boger Broad Stark Schlage und Kaduk

RICHTER Angeklagter Boger
haben Sie an Erschießungen
vor der Schwarzen Wand teilgenommen

ANGEKLAGTER 2 Ich habe im Lager keinen Schuß abgegeben

RICHTER Angeklagter Broad
haben Sie an Erschießungen
vor der Schwarzen Wand teilgenommen
ANGEKLAGTER 16 Solche Aufgaben hatte ich nie durchzuführen
RICHTER Angeklagter Schlage
haben Sie als Aufseher im Block Elf
auch an Erschießungen
von der Schwarzen Wand teilgenommen
ANGEKLAGTER 14 Dazu war ich nicht befugt
RICHTER Angeklagter Kaduk
haben Sie an Erschießungen
vor der Schwarzen Wand teilgenommen
ANGEKLAGTER 7 In den Block Elf
da kam ich überhaupt nie hin
Was hier über meine Person gesagt wird
das ist glatte Lüge
RICHTER Herr Zeuge
wurden vor den Erschießungen
Todesurteile verlesen
ZEUGE 3 Bei den meisten Erschießungen nicht
Wenn ein Todesurteil vorlag
erschien ein besonderes Exekutionskommando
doch an ein solches kann ich mich nur
in wenigen Fällen erinnern
Im allgemeinen wurden die Häftlinge
einfach aus den Zellen des Blocks Elf
heraufgeholt
RICHTER In welchem Zustand befanden sich die Häftlinge
ZEUGE 3 Die meisten waren körperlich schwer geschädigt
nach den Vernehmungen
und dem Aufenthalt im Bunker
Es gab solche
die auf der Bahre zur Wand getragen wurden
RICHTER Wir rufen als Zeugen auf
den damaligen weisunggebenden Vorgesetzten
der hier befindlichen Angeklagten
Herr Zeuge
Sie waren Chef der zuständigen Zentrale
der Sicherheitspolizei

und Vorsitzender des Standgerichts
Was hatten Sie als solcher
mit den Hinrichtungen zu tun
Die von der Politischen Abteilung
im Lager durchgeführt wurden

ZEUGE 1 Meine Dienststelle hatte mit den Handhabungen
der Politischen Abteilung im Lager
nicht das geringste zu tun
Mir standen ausschließlich Fälle
von Partisanen zur Verhandlung
Diese wurden ins Lager überführt
und dort in einem Sitzungsraum abgeurteilt

RICHTER Wo befand sich dieser Sitzungsraum

ZEUGE 1 In irgendeiner Baracke

RICHTER Lag der Sitzungsraum nicht im Block Elf

ZEUGE 1 Da bin ich überfordert

ZEUGE 6 Ich war Schreiber im Block Elf
Bei dieser Tätigkeit erhielt ich Einblick
in die Arbeit des Standgerichts
Der Sitzungsraum befand sich vorne links
am Korridor des Block Elf

RICHTER Wie sah dieser Raum aus

ZEUGE 6 Da waren 4 Fenster zum Hof
und da stand ein langer Tisch

RICHTER Herr Zeuge
Erinnern Sie sich an diesen Raum

ZEUGE 1 Nein

RICHTER Sind Sie nie im inneren Gebiet
des alten Lagers gewesen

ZEUGE 1 Da bin ich überfordert

RICHTER Sind Sie nie durch das Lagertor gegangen

ZEUGE 1 Es ist möglich
Ich erinnere mich daß da
eine Musikkapelle spielte

RICHTER Waren Sie nie im Hof von Block Elf

ZEUGE 1 Vielleicht einmal
Da soll eine Mauer gewesen sein
Ich habe sie aber nicht mehr in Erinnerung

RICHTER Eine schwarzgestrichene Mauer

muß doch auffallen

ZEUGE 1 Ich habe keine Erinnerung

RICHTER Herr Zeuge
Sie waren also der Vorsitzende
War denn auch ein Verteidiger dabei

ZEUGE 1 Wenn einer gewünscht wurde

RICHTER Wurde mal einer gewünscht

ZEUGE 1 Es kam selten vor

RICHTER Und wenn es vorkam

ZEUGE 1 Dann wurde einer bestellt

RICHTER Wer war der Verteidiger

ZEUGE 1 Ein Beamter der Dienststelle

RICHTER Fanden verschärfte Vernehmungen statt

ZEUGE 1 Dazu bestand keine Veranlassung
Ich habe jedenfalls nichts
von verschärften Vernehmungen gehört
Die Tatbestände waren so klar
daß es keiner verschärften Vernehmung bedurfte

RICHTER Was waren die Tatbestände

ZEUGE 1 Es waren ausschließlich staatsfeindliche Handlungen

RICHTER Gestanden die Verhafteten

ZEUGE 1 Da gab es nichts zu leugnen

RICHTER Wie kam es zu den Geständnissen

ZEUGE 1 Durch Vernehmungen

RICHTER Wer führte die Vernehmungen aus

ZEUGE 1 Die Politische Abteilung

RICHTER Hatten Sie als Richter keine Bedenken
auf welche Art die Geständnisse
herbeigeführt wurden

ZEUGE 1 Ich kann nichts dafür
wenn der eine oder andere meiner Leute
seine Befugnisse überschritten hat
Ich habe meinen Mitarbeitern ständig eingeschärft
daß sie bei allen Verhandlungen
korrekt aufzutreten hatten

RICHTER Wurden bei den Vernehmungen Zeugen gehört

ZEUGE 1 In der Regel nicht
Wir fragten ob alles stimme
und sie sagten alle Ja

RICHTER Sie hatten also nur Todesurteile auszusprechen
ZEUGE 1 Ja
Freisprüche gab es praktisch nicht
Verfahren wurden nur eröffnet
wenn alles klar war
RICHTER Haben Sie niemals Anzeichen
bei den Beschuldigten erkannt
die auf unzulässige Behandlung
hätten schließen lassen
ZEUGE 1 Nein
RICHTER Sind auch Frauen und Kinder
vor der Schwarzen Wand
erschossen worden
ZEUGE 1 Davon ist mir nichts bekannt
ZEUGE 6 Zwischen den Häftlingen
die zur Aburteilung durch das Standgericht
in den Block eingeliefert wurden
befanden sich zahlreiche Frauen und Minderjährige
Die Anklage lautete auf Schmuggel
oder Kontakt mit Partisanengruppen
Im Gegensatz zu den Lagerhäftlingen
die im Keller eingeschlossen waren
hielten sich die Polizeigefangenen
im Erdgeschoß des Blocks auf
Sie wurden einzeln in das Sitzungszimmer geführt
Der Richter verlas das Urteil
er nannte nur den Namen und sagte dann
Sie sind zum Tode verurteilt
Die meisten Verurteilten
verstanden die Sprache nicht
und wußten gar nicht
warum man sie verhaftet hatte
Vom Gerichtszimmer wurden sie sofort
zum Auskleiden in den Waschraum geführt
und von dort in den Hof gebracht
ANKLÄGER Herr Zeuge
Wieviel Urteile hatten Sie
als Vorsitzender des Standgerichts
zu verlesen

ZEUGE 1 Daran kann ich mich nicht erinnern
ANKLÄGER Wie oft wurden Sie
zur Urteilssprechung einberufen
ZEUGE 1 Das weiß ich nicht mehr
ANKLÄGER Wie lange dauerte eine Sitzung
des Standgerichts
ZEUGE 1 Das kann ich nicht sagen
ANKLÄGER Herr Zeuge
Sie sind heute Leiter
eines großen kaufmännischen Betriebes
Als solcher müssen Sie gewohnt sein
mit Ziffern und Zeitrechnungen umzugehn
Wieviele Menschen
wurden von Ihnen verurteilt
ZEUGE 1 Das weiß ich nicht
ZEUGE 6 Bei einer Sitzung des Standgerichts
wurden im Durchschnitt
100 bis 150 Todesurteile verlesen
Die Sitzung dauerte 1½ bis 2 Stunden
und fand alle 2 Wochen statt
ANKLÄGER Herr Zeuge
wieviele Menschen wurden Ihrer Schätzung nach
insgesamt
vor der Schwarzen Wand erschossen
ZEUGE 6 Aus den Totenbüchern und unsern Aufzeichnungen
geht hervor
daß zusammen mit den gewöhnlichen Bunker-
leerungen
annähernd 20 000 Menschen
vor der Schwarzen Wand erschossen wurden

II

ZEUGE 7 Im Herbst 1943
sah ich ganz früh morgens im Hof von Block Elf
ein kleines Mädchen
Es hatte ein rotes Kleid an
und trug einen Zopf

Es stand alleine und hielt die Hände
an der Seite
wie ein Soldat
Einmal bückte es sich
und wischte den Staub von den Schuhen
dann stand es wieder still
Da sah ich Boger in den Hof kommen
Er hielt das Gewehr
hinter seinem Rücken versteckt
Er nahm das Kind an der Hand
es ging ganz brav mit
und ließ sich mit dem Gesicht
gegen die Schwarze Wand stellen
Das Kind sah sich noch einmal um
Boger drehte ihm den Kopf wieder gegen die Wand
hob das Gewehr
und erschoß das Kind

VERTEIDIGER Wie kann der Zeuge das gesehen haben

ZEUGE 7 Ich war dabei den Waschraum zu säubern
der sich gleich neben dem Hofausgang befand

RICHTER Wie alt war das Kind

ZEUGE 7 6 bis 7 Jahre
Die Leichenträger sagten später
daß die Eltern des Kindes
ein paar Tage vorher
auch dort erschossen worden seien

ANGEKLAGTER 2 Herr Vorsitzender
Ich habe kein Kind erschossen
ich habe überhaupt niemanden erschossen

ZEUGE 3 Ich habe Boger oft vor der Schwarzen Wand gesehn
Ich höre noch wie er einem Häftling zuschreit
Kopf hoch
und ihm dann ins Genick schießt

RICHTER Können Sie sich nicht getäuscht haben
und Boger mit einem andern verwechseln

ZEUGE 3 Wir alle kannten Boger
und seinen watschelnden Gang
Wir sahen ihn oft mit umgehängtem Gewehr
auf seinem Rad zum Block Elf fahren

Manchmal zog er einen Häftling
wie Hündchen an einer Schnur
hinter sich her

RICHTER Angeklagter Boger
wollen Sie Ihre Erklärung
nie im Lager geschossen zu haben
nicht noch einmal überdenken

ANGEKLAGTER 2 Ich bleibe bei meiner Aussage
heute und in tausend Jahren
Ich hätte nicht einmal Angst davor gehabt
einen Schuß abzugeben
denn das wäre nur Erfüllung
eines dienstlichen Befehls gewesen

ZEUGE 3 Jeden Mittwoch und Freitag waren Erschießungen
Ich habe gesehn wie Boger
am 14. Mai 1943
17 Häftlinge tötete
Ich merkte mir das Datum
denn mein Freund Berger war dabei
Er war vorher noch auf der Schaukel
zuschanden geschlagen worden
Berger schrie
Ihr Mörder ihr Verbrecher
da hat Boger ihn weggeschossen
Ein anderer lag vor ihm auf den Knien
dem schoß er ins Gesicht
Immer wenn es hieß
Der Boger ist im Haus
dann wußten wir was bevorstand
Boger wurde bei uns
Der Schwarze Tod genannt

ANGEKLAGTER 2 Ich habe noch viele andere Spitznamen gehabt
Wir alle haben Spitznamen gehabt
Das beweist noch nichts

RICHTER Angeklagter Boger
Es ist in diesem Prozeß wiederholt
von Zeugen ausgesagt worden
daß Sie im Lager
Menschen getötet haben

Sind Sie der Meinung
daß alle diese Aussagen erfunden sind

ANGEKLAGTER 2 Ich war des öfteren
bei Erschießungen zugegen
Es ist anzunehmen
daß die Zeugen mich mit anderen verwechseln
Der Boger wurde geschnappt
das ist ja klar
daß sich der ganze Haß
auf mich auslädt

RICHTER Haben Sie in keinem
einzigen Fall geschossen

ANGEKLAGTER 2 Ich habe
einmal

RICHTER Sie haben einmal
geschossen

ANGEKLAGTER 2 Das war ein Einzelfall
wo ich behelfsmäßig
an einer Erschießung teilnahm

RICHTER Wie ging das vor sich

ANGEKLAGTER 2 Bei einer Bunkerentleerung
befahl Grabner einmal
Es schießt weiter
der Oberscharführer Boger

RICHTER Wie oft schossen Sie

ANGEKLAGTER 2 Zweimal
in einem einzigen Fall
Später habe ich mich geweigert
an solchen Dingen teilzunehmen
Ich habe gesagt
Entweder bin ich hier
oder ich arbeite im Erkennungsdienst
Beides zusammen
kann ich nicht verkraften

RICHTER Was waren das für Menschen
die Sie damals zu erschießen hatten

ANGEKLAGTER 2 Sie gehörten zu einem Transport
der erkennungsdienstlich
nicht verarbeitet worden war

RICHTER Das heißt
es wurde garnicht daran gedacht
daß diese Leute überleben könnten

ANGEKLAGTER 2 Das glaube ich auch

RICHTER Angeklagter Boger
Warum haben Sie bisher immer gesagt
daß kein Mensch im Lager
durch Sie zu Tode gekommen sei

ANGEKLAGTER 2 Herr Präsident
Wenn eine solche Fülle auf mich zukommt
dann ist es unmöglich
sich von Anfang an festzulegen

RICHTER Und Sie bleiben dabei
nur in zwei Fällen geschossen zu haben
und dabei
daß nie jemand nach verschärften Vernehmungen
gestorben ist

ANGEKLAGTER 2 Ja
Das ist beim heiligen Eide wahr

RICHTER Herr Zeuge
Wann hatten Sie sich
als Mitglied des Leichenträger-Kommandos
im Hof des Block Elf einzufinden

ZEUGE 3 Wir wurden etwa eine Stunde vor der Exekution
angefordert

RICHTER Wo waren Sie stationiert

ZEUGE 3 Im Ambulanzblock

RICHTER Wo lag der Ambulanzblock

ZEUGE 3 Gegenüber dem Bunkerblock
auf der vorderen rechten Seite des Lagers

RICHTER Wie wurden Sie gerufen

ZEUGE 3 Ein Schreiber von Block Elf kam angelaufen
Er rief
Leichenträger
Eine Tragbahre
zwei Tragbahren
Wenn er eine Bahre rief wußten wir
es wird eine kleine Hinrichtung
Wenn mehrere Bahren angefordert wurden

gab es eine große Hinrichtung

RICHTER Wo stand der Schreiber

ZEUGE 3 Er blieb im Gang stehn
und wir vom Leichenkommando liefen zu ihm
Nachdem der Schreiber gesagt hatte
wieviel Träger benötigt wurden
bestimmte der Kapo
welche Träger gehen sollten

RICHTER Wohin mußten Sie sich dann begeben

ZEUGE 3 Nachdem die Sirene Lagersperre
angekündigt hatte
betraten wir durch das Tor
den Hof des Block Elf
Wir hatten uns gleich neben dem Tor aufzustellen
und uns mit den Bahren bereitzuhalten

RICHTER Was waren das für Bahren

ZEUGE 3 Zelttuch mit Holzstangen
und Metallfüßen daran

RICHTER War ein Arzt zugegen

ZEUGE 3 Nur bei großen Exekutionen
war ein Arzt dabei
Sonst waren dort nur die Herren
der Politischen Abteilung

RICHTER Wo warteten die Häftlinge
die zur Exekution bestimmt waren

ZEUGE 3 Sie warteten im Waschraum
und im Gang davor

RICHTER Was für Vorbereitungen wurden getroffen

ZEUGE 3 Wenn die Häftlinge aus dem Keller kamen
mußten sie ihre Kleider im Waschraum
oder im Flur ablegen
Sie bekamen ihre Nummern
mit einem angefeuchteten Anilinstift
auf die Brust geschrieben
Der Häftlingsschreiber überprüfte die Nummern
und strich dann die Nummern derjenigen
die auf den Hof geführt wurden
auf der Liste ab

RICHTER Wie lautete der Befehl

der die Verurteilten hinausrief

ZEUGE 3 Der Befehl hieß
Ab
Da lief der Bunkerjakob mit den ersten hinaus
Sobald sie an der Wand standen
wurde auch uns der Befehl zugerufen
Ab
und wir liefen mit unserer Bahre los

RICHTER Wer gab Ihnen den Befehl

ZEUGE 3 Entweder der Arzt
oder einer der Offiziere

RICHTER Waren die Häftlinge schon erschossen
als Sie ankamen

ZEUGE 3 Meistens war der erste gefallen
und der zweite fiel gleich danach
Manchmal dauerte es länger
dann stellten wir uns hinter den Männern
die exekutierten
auf

RICHTER Warum dauerte es manchmal länger

ZEUGE 3 Es kam
daß es Ladehemmungen gab
da warteten wir während der Mann
an seinem Gewehr bastelte

RICHTER Wie benahmen sich die Häftlinge
die getötet werden sollten

ZEUGE 3 Einige beteten
andere hörte ich nationale
oder religiöse Lieder singen
Nur einmal
als eine Frau zu schreien begann
wurde befohlen
Knallt erst mal die Verrückte ab

RICHTER Wie schafften Sie die Gefallenen fort

ZEUGE 3 Sowie sie in den Sand gefallen waren
der vor der Wand gestreut war
packten wir sie an den Händen und Beinen
und legten den ersten rücklings auf die Bahre
und den anderen umgekehrt darüber

so daß er mit dem Gesicht
zwischen den Beinen des unteren lag
Dann rannten wir nach vorn zur Abflußrinne
und kippten die Toten aus

RICHTER Wo befand sich diese Rinne

ZEUGE 3 Am Saumstein der linken Hofseite

RICHTER Was geschah dann

ZEUGE 3 Während wir mit der Bahre
zur Abladestelle rannten
lief Jakob schon mit den beiden nächsten
zur Wand
und die beiden andern Träger liefen
mit ihrer Bahre hinterher
Wir legten die Toten in mehreren Schichten
übereinander und zwar so
daß die Köpfe über der Rinne lagen
zum Abfluß des Bluts

RICHTER Waren die Häftlinge die erschossen wurden
gleich tot

ZEUGE 3 Es kam vor, daß der Schuß
nur ins Ohr oder ins Kinn ging
und sie lebten noch
wenn sie weggetragen wurden
Dann mußten wir die Bahre absetzen
und der Verwundete bekam noch einen
Schuß in den Kopf
Der Arrestaufseher Schlage
sah sich die Abgeladenen immer
noch einmal an
und wenn einer sich noch regte
ließ er ihn aus dem Haufen ziehn
und gab ihm den Fangschuß
Einmal sagte Schlage zu einem der noch lebte
Steh auf
Ich sah
wie der Angeschossene aufstehen wollte
Da sagte Schlage
Bleib liegen
und er schoß ihm ins Herz

und in beide Schläfen
Aber der Mann lebte immer noch
Ich weiß nicht wieviele er noch bekam
zuerst einen Schuß in den Hals
da kam schwarzes Blut heraus
Schlage sagte
Der hat ein Leben wie eine Katze

RICHTER Angeklagter Schlage
Was haben Sie dazu zu sagen

ANGEKLAGTER 14 Das ist mir ein Rätsel
Dazu kann ich überhaupt nichts sagen

III

ZEUGE 7 Schlage sah ich einmal im Waschraum
mit einer eingelieferten Familie
Der Mann mußte vor ihm in die Hocke gehn
und Schlage schoß ihn in den Kopf
Dann kam das Kind an die Reihe
und dann die Frau
Auf das Kind mußte er mehrmals schießen
Es schrie und war nicht sofort tot

VERTEIDIGER Warum schoß er denn im Waschraum
wenn die Hinrichtungswand
sich gleich nebenan befand

ZEUGE 7 Kleinere Erschießungen
wurden der Einfachheit halber
oft im Waschraum durchgeführt
Dann wurde die Duschleitung angestellt
und das Blut vom Boden geschwemmt

VERTEIDIGER Herr Zeuge
wie sah der Waschraum aus

ZEUGE 7 Es war ein kleiner Raum mit einem Fenster
vor dem eine Decke hing
Die untere Hälfte des Raums war geteert
die obere weiß gestrichen
An den Ecken waren dicke schwarze Rohre
Mitten durch den Raum

in etwa 2 Meter Höhe
lief eine perforierte Duschleitung

RICHTER Angeklagter Schlage
bleiben Sie immer noch dabei
daß Sie keinen Menschen erschossen haben

ANGEKLAGTER 14 Ich bestreite auf das Bestimmteste
was mir hier vorgeworfen wird
Ich habe in keinem Falle
an Tötungen teilgenommen

ZEUGE 7 In den Waschraum wurden auch die Toten gebracht
aus denen Fleisch geschnitten wurde

RICHTER Was meinen Sie damit

ZEUGE 7 Im Sommer 1944 sah ich die ersten
dieser verstümmelten Toten
Da wurde ein Mann abgeladen
der mir schon aufgefallen war
als er sich zur Exekution auskleidete
Es war ein Riese
Ich sah ihn dann im Waschraum liegen
Da waren Männer in weißen Mänteln
und mit Chirurgenbestecken
Es war ihm Fleisch aus dem Bauch
geschnitten worden
Zuerst glaubten wir
er habe etwas verschluckt
und sie holten es wieder heraus
aber danach geschah es öfter
daß den Leichen Fleisch entnommen wurde
Später geschah es vorwiegend
an stärkeren Frauen

ZEUGE 3 Einmal hatten wir 70 Frauenleichen
abzuholen
Die Brüste waren ihnen entfernt worden
und am Unterleib und an den Schenkeln
hatten sie tiefe Schnitte
Sanitäter verluden Gefäße mit Menschenfleisch
auf ein Motorrad mit Beiwagen
Wir hatten die Leichen auf der Fuhre
mit Brettern zu verdecken

ZEUGE 4 Im Versuchsblock Zehn
sah ich durch eine Ritze der Fensterverschalung
die Leichen unten im Hof
Wir hatten ein Summen gehört
Das waren die Fliegenschwärme
Der Boden des Hofs war voll Blut
Und dann sah ich
wie die Henker rauchend und lachend
über den Hof gingen
zeigt auf die Angeklagten

VERTEIDIGER Diese Beleidigungen unserer Mandanten
können wir nicht durchgehen lassen
Wir wünschen
sie protokolliert zu haben
Die Angeklagten äußern ihre Empörung

8 Gesang vom Phenol

I

ZEUGE 8 Den Sanitätsdienstgrad Klehr
beschuldige ich der tausendfachen
eigenmächtigen Tötung
durch Phenolinjektionen ins Herz

ANGEKLAGTER 9 Das ist Verleumdung
Nur in einigen Fällen
hatte ich Abspritzungen zu überwachen
und dies auch nur
mit größtem Widerwillen

ZEUGE 8 Jeden Tag wurden auf der Krankenstation
mindestens 30 Häftlinge getötet
Manchmal waren es bis zu 200

RICHTER Wo wurden die Injektionen gegeben

ZEUGE 8 Im Infektionsblock nebenan
das war Block Zwanzig

RICHTER Wo lag Block Zwanzig

ZEUGE 8 Rechts in der mittleren Blockreihe
neben dem abschließenden Block Einundzwanzig
dem Häftlingskrankenbau
Als Häftlingspfleger hatte ich
die ausgesonderten Kranken
über den Hof
in den Injektionsblock zu leiten

RICHTER War der Hof abgeschlossen

ZEUGE 8 Nur durch zwei niedrige Eisengitter

RICHTER Auf welche Weise
wurden die Häftlinge hinübergeführt

ZEUGE 8 Soweit sie des Gehens fähig waren
gingen sie im Hemd oder halbnackt
über den Hof
Die Decke und ihre Holzsandalen
hielten sie über dem Kopf
Viele Kranke mußten gestützt oder getragen werden
Sie traten durch die seitliche Tür
in Block Zwanzig ein

RICHTER In welchem Raum
wurden die Injektionen gegeben
ZEUGE 8 Im Zimmer Eins
Das war das Arztzimmer
Es lag am Ende des Mittelgangs
RICHTER Wo warteten die Häftlinge
ZEUGE 8 Sie hatten sich im Korridor aufzustellen
Die Schwerkranken lagen auf dem Boden
Zu zweit rückten sie ins Arztzimmer vor
Der Arzt Dr. Entress übergab Klehr
ein Drittel der Patienten
Dies war Klehr nicht genug
Wenn der Arzt gegangen war
nahm Klehr noch nachträgliche Aussonderungen vor
RICHTER Haben Sie das selbst gesehen
ZEUGE 8 Ja das habe ich selbst gesehen
Klehr liebte die abgerundeten Zahlen
Wenn ihm eine Schlußzahl nicht gefiel
suchte er sich die fehlenden Opfer
in den Krankenräumen zusammen
Er sah sich die Fieberkurven an
die auf seine Anweisung genau
geführt werden mußten
und nahm danach seine Auswahl vor
RICHTER Welches waren die runden Zahlen
die Klehr liebte
ZEUGE 8 Von 23 etwa auf 30
von 36 auf 40
und so weiter
Er befahl den ausgesuchten Kranken
ihm zu folgen
RICHTER Wie lautete dieser Befehl
ZEUGE 8 Du kommst mit
du kommst mit
du kommst mit
und du
ANGEKLAGTER 9 Herr Vorsitzender
Diese Behauptung ist unwahr
Zum Selektieren war ich nicht ermächtigt

RICHTER Was hatten Sie denn zu tun

ANGEKLAGTER 9 Ich hatte nur dafür zu sorgen
daß die richtigen Häftlinge rüberkamen

RICHTER Und was taten Sie
beim Ausgeben der Injektionen

ANGEKLAGTER 9 Das möchte ich auch mal wissen
Ich stand da nur rum
Die Behandlungen wurden
von Funktionshäftlingen ausgeführt
Ich hielt mich da fern
Ich ließ mich von den verseuchten Kranken
doch nicht anhauchen

RICHTER Was hatten Sie für Aufgaben
als Sanitätsdienstgrad im Krankenblock

ANGEKLAGTER 9 Ich war verantwortlich
a für die Ordnung und Sauberkeit
b für die Registrierung
c für die Verpflegung der Patienten

RICHTER Wie war die Verpflegung

ANGEKLAGTER 9 In der Diätküche wurde Milchsuppe
für die Frischoperierten gekocht

RICHTER Wieviele Häftlinge lagen im Krankenbau

ANGEKLAGTER 9 Laufend waren dort etwa
500 bis 600 Kranke

RICHTER Wie waren die Kranken untergebracht

ANGEKLAGTER 9 Sie lagen auf dreistöckigen Pritschen

RICHTER Wie wurden sie registriert

ANGEKLAGTER 9 Jede Krankmeldung wurde
karteimäßig erfaßt
Ferner wurden die Aussonderungen
zwischen den Arztvorstellern verbucht

RICHTER Was waren Arztvorsteller

ANGEKLAGTER 9 Häftlinge
deren Gesundheitszustand kritisch war

RICHTER Wie wurden die Aussonderungen vorgenommen

ANGEKLAGTER 9 Der Lagerarzt sah sich den Häftling an
und die Karteikarte mit der Diagnose
Wenn er die Karte nicht mehr
an den Häftlingsarzt zurückgab

sondern an den Häftlingsschreiber
dann bedeutete dies
daß der Häftling zur Injektion
bestimmt worden war

RICHTER Was geschah darauf

ANGEKLAGTER 9 Die Karten wurden auf einem Tisch aufgehäuft
und verarbeitet

RICHTER Was bedeutet verarbeitet

ANGEKLAGTER 9 Der Häftlingsschreiber hatte
nach den Karteikarten eine Liste anzufertigen
Die Liste wurde den Sanitätsdienstgraden übergeben
Nach dieser Liste hatten wir
die Kranken abzuführen

ZEUGE 8 Weihnachten 1942
kam Klehr zu uns in den Krankenraum
und sagte
Ich bin heute der Lagerarzt
Ich nehme heute die Arztvorsteller entgegen
Mit der Spitze seiner Pfeife
deutete er auf 40 von ihnen
und bestimmte sie für die Injektion
Nach Weihnachten
wurde für den Sanitätsdienstgrad Klehr
eine Zusatzration angeordnet
Ich sah dieses Schreiben
Da stand
Für die am 24. 12. 1942 ausgeführte
Sonderbehandlung
werden angefordert
ein fünftel Liter Schnaps
5 Zigaretten und 100 Gramm Wurst

ANGEKLAGTER 9 Das ist ja lächerlich
Weihnachten fuhr ich jedesmal auf Heimaturlaub
Das kann meine Frau bezeugen

RICHTER Angeklagter Klehr
Wollen Sie daran festhalten
daß Sie an keiner Aussonderung
und Tötung durch Phenol
teilgenommen haben

ANGEKLAGTER 9 Ich hatte nur gegebene Anordnungen
zu überwachen

RICHTER Fanden Sie diese Anordnungen
in jedem Falle richtig

ANGEKLAGTER 9 Anfangs fand ich es erstaunlich
als ich davon hörte
daß Kranke von Funktionshäftlingen
abgespritzt wurden
Aber dann verstand ich
daß sie unheilbar waren
und das ganze Lager gefährdeten

RICHTER Wie wurden die Injektionen gegeben

ANGEKLAGTER 9 Der Funktionshäftling Peter Werl
vom Ambulanzblock
und einer der Felix hieß
verabreichten die Injektionen
Während der ersten Zeit
wurden sie in die Armvene gegeben
Die Venen der Häftlinge waren aber
auf Grund der Auszehrung
schwer zu treffen
Deshalb wurde das Phenol später
direkt ins Herz injiziert
Die Spritze war noch nicht ganz geleert
da war der Mann schon tot

RICHTER Haben Sie sich nie geweigert
bei diesen Behandlungen dabei zu sein

ANGEKLAGTER 9 Dann wäre ich an die Wand gestellt worden

RICHTER Haben Sie nie dem Arzt
Ihre Bedenken ausgedrückt

ANGEKLAGTER 9 Das habe ich mehrmals getan
Aber man sagte mir nur
daß ich meine Pflicht zu erfüllen habe

RICHTER Konnten Sie sich nicht
zu einem andern Dienst versetzen lassen

ANGEKLAGTER 9 Herr Präsident
Wir waren doch alle in der Zwangsjacke
Wir waren doch genau solche Nummern
wie die Häftlinge

Für uns begann der Mensch erst
beim Akademiker
Wir hätten es mal wagen sollen
etwas in Frage zu stellen

RICHTER Wurden Sie nie gezwungen
selbst eine Spritze zu geben

ANGEKLAGTER 9 Einmal als ich mich beschwerte
sagte der Arzt zu mir
In Zukunft werden Sie das selbst machen

RICHTER Und da nahmen Sie selbst
Aussonderungen und Tötungen vor

ANGEKLAGTER 9 In einigen Fällen ja
gezwungenermaßen

RICHTER Wie oft mußten Sie Spritzen geben

ANGEKLAGTER 9 Gewöhnlich zweimal in der Woche
und zwar an etwa 12 bis 15 Mann
Ich war aber nur 2 bis 3 Monate dabei

RICHTER Das wären mindestens
200 Getötete

ANGEKLAGTER 9 250 bis 300 können es gewesen sein
Ich weiß nicht mehr so genau
Es war Befehl
Ich konnte nichts dagegen tun

ZEUGE 8 Der Sanitätsdienstgrad Klehr
war an der Tötung
von mindestens 16 000 Häftlingen
beteiligt

ANGEKLAGTER 9 Da biegen sich ja die dicksten Eichenbalken
16 000 soll ich abgespritzt haben
wo doch das ganze Lager nur 16 000 Mann zählte
Da wäre ja nur noch der Musikzug übriggeblieben
Die Angeklagten lachen

II

RICHTER Angeklagter Klehr
Wie haben Sie die Häftlinge getötet

ANGEKLAGTER 9 So wie es vorgeschrieben war

mit einer Phenolspritze in den Herzmuskel
Aber ich tat es ja nicht allein

RICHTER Wer war noch dabei

ANGEKLAGTER 9 Daran kann ich mich nicht erinnern

ZEUGE 9 An den Tötungen mit Phenol
beteiligten sich die Angeklagten
Scherpe und Hantl
Sie verhielten sich jedoch anders als Klehr
Sie waren höflich zu uns
und sagten Guten Morgen
wenn sie auf den Block kamen
und wenn sie gingen sagten sie
Auf Wiedersehn
Klehr sahen wir oft wüten
Scherpe dagegen war ruhig und zuvorkommend
er hatte eine nette Art
die Menschen zu behandeln
Ich habe Scherpe nie schlagen
und um sich treten gesehn
Die zu ihm kamen hatten oft Vertrauen zu ihm
und glaubten sie würden nur
für ihre Krankheit behandelt

RICHTER Herr Zeuge
Sie gehörten zu den Häftlingsärzten im Krankenblock
Was können Sie uns über den Beginn
der Phenolinjektionen sagen

ZEUGE 9 Es war Lagerarzt Dr. Entress
der mit den Injektionen begann
Zuerst tat er es mit Benzin
doch das stellte sich als unpraktisch heraus
da es vorkam daß der Tod
erst nach einer dreiviertel Stunde eintrat
Man suchte nach einem schnelleren Mittel
Das zweite war Wasserstoff
Dann kam Phenol

RICHTER Wen sahen Sie bei der Ausgabe
dieser Injektionen

ZEUGE 9 Zuerst Dr. Entress selbst
dann Scherpe und Hantl

Hantl hat es selten getan
Wir hielten ihn für einen anständigen Menschen

RICHTER Haben Sie gesehen
daß Klehr tötete

ZEUGE 9 Selbst habe ich es nicht gesehn
Die beiden Häftlinge Schwarz und Gebhard
die während der Injektionen
die Opfer festhalten mußten
erzählten mir davon
Aber wir haben uns nicht lange
darüber aufgehalten
es war solch ein alltägliches Ereignis

VERTEIDIGER Herr Zeuge
Sie nennen andere Namen
im Zusammenhang mit diesen Funktionshäftlingen
Hießen die Häftlinge nicht Werl und Felix

ZEUGE 9 Es waren mehrere Funktionshäftlinge
die diesen Dienst auszuführen hatten

VERTEIDIGER Führten diese Funktionshäftlinge
nicht auch die Tötungen aus

ZEUGE 9 Anfangs mußten sie das tun

VERTEIDIGER Die Häftlinge wurden also
von ihren Eigenen umgebracht

ANKLÄGER Wir protestieren
gegen diese Taktik der Verteidigung
die den Häftlingen Handlungen vorwirft
die sie unter Todesdrohung auszuführen hatten

VERTEIDIGER Dieser Bedrohung unterlagen auch
die Mannschaften des Lagers

ANKLÄGER Es ist in keinem Fall erwiesen
daß demjenigen der sich weigerte
bei Tötungen mitzuwirken
etwas geschehen wäre

VERTEIDIGER Strafrechtlich ist ein Untergebener
nur verantwortlich
wenn ihm bekannt gewesen ist
daß der Befehl seines Vorgesetzten
eine Handlung betrifft
welche ein bürgerliches oder militärisches

Verbrechen bezweckt
Unsere Mandanten handelten im besten Glauben
und nach dem Grundsatz der unbedingten
Gehorsamspflicht
Mit ihrem Treueeid bis in den Tod
haben sie sich alle der Zielsetzung
der damaligen Staatsführung gebeugt
so wie es die Verwaltung Justiz und Wehrmacht
getan hat

ANKLÄGER Wir wiederholen daß ein jeder
der den verbrecherischen Zweck des Befehls
erkannte
die Möglichkeit hatte
sich versetzen zu lassen
Wir kennen die Gründe
weswegen sie sich nicht versetzen ließen
An der Front
wäre ihr eigenes Leben gefährdet gewesen
so blieben sie dort
wo sie nur wehrlose Gegner hatten

RICHTER Wir rufen als Zeugen auf
einen der ehemaligen
befehlsführenden Lagerärzte
Herr Zeuge
hatten Sie dienstlich mit den Angeklagten
Klehr, Scherpe und Hantl zu tun

ZEUGE 2 Ich kam mit diesen Herren
nicht in Berührung

RICHTER Waren Sie nicht ihr Vorgesetzter

ZEUGE 2 Ihr Vorgesetzter war ausschließlich
der Standortarzt
Ich hatte nur Schreibarbeiten auszuführen

RICHTER Herr Zeuge
Was für einen ärztlichen Rang hatten Sie
bei Ihrer Einberufung ins Lager

ZEUGE 2 Ich war Universitätsprofessor

RICHTER Und mit Ihrer hohen Fachausbildung
hatten Sie nur Schreibstubendienst
zu leisten

ZEUGE 2 Zeitweise war ich auch
in der Pathologie tätig
RICHTER Hatten Sie keine Häftlinge
für den Angeklagten Klehr auszusuchen
ZEUGE 2 Davor habe ich mich geweigert
RICHTER Waren Sie nie bei Aussonderungen dabei
ZEUGE 2 Nur als Begleiter des zuständigen Arztes
ANKLÄGER Herr Zeuge
ist Ihnen bekannt
daß denjeningen
die an den Aktionen beteiligt waren
Sonderrationen zugesprochen wurden
ZEUGE 2 Ich finde es menschlich verständlich
daß den Leuten für ihre schwere Arbeit
Rationen von Schnaps
und Zigaretten erteilt wurden
Es war ja Krieg
und Schnaps und Zigaretten waren knapp
da waren sie hinterher
Die Bons sammelte man
und dann ging man mit der Flasche hin
ANKLÄGER Sie auch
ZEUGE 2 Ja
da ging jeder hin
ANKLÄGER Wie verhielten Sie sich
angesichts der Aussonderungen
VERTEIDIGER Wir protestieren gegen diese Frage
Der Zeuge hat seine Strafe
bereits abgebüßt
und der Prozeß kann ihm ja
nicht noch einmal gemacht werden
ZEUGE 2 Ich betrachte mich heute noch
als unschuldig
Es wurden damals nur Kranke ausgesucht
die sowieso nicht mehr leben konnten
ANKLÄGER Herr Zeuge
Sahen Sie mit Ihrer ärztlichen Ausbildung
keine anderen Möglichkeiten
ZEUGE 2 Nicht beim damaligen Stand der Dinge

Tausende unserer eigenen Soldaten
verbluteten an der Front
und in den zerbombten Städten
litten die Menschen

ANKLÄGER Herr Zeuge
Hier handelte es sich um Menschen
die ohne eigenes Verschulden
gefangen gehalten
und ermordet wurden
Darüber müssen Sie sich
klargewesen sein

ZEUGE 2 Ich konnte da gar nichts tun
Schon bei meiner Ankunft
sagte der Truppenarzt zu mir
Wir befinden uns hier
am Arsch der Welt
und wir haben danach zu handeln

ANKLÄGER Herr Zeuge
Waren Sie bei Injektionen zugegen

ZEUGE 2 Ja
da mußte ich mal hingehn

ANKLÄGER Was sahen Sie da

ZEUGE 2 Klehr zog sich einen Arztmantel an
und sagte zu einem Mädchen
Du bist herzkrank
du mußt eine Spritze haben
Dann kam der Stoß
und da bin ich weggelaufen

ANKLÄGER War Klehr allein

ZEUGE 2 Ja

ANKLÄGER Wurde die Frau nicht festgehalten

ZEUGE 2 Nein

ANKLÄGER Herr Zeuge
das Gericht ist im Besitz Ihres Tagebuchs
das Sie im Lager schrieben
Hier ist zunächst zu lesen
Heute gabs zum Mittag Hasenbraten
eine ganz dicke Keule
mit Mehlklößen und Rotkohl

Dann steht da
6 Frauen von Klehr abgeimpft

ZEUGE 2 Das muß ich wohl gehört haben

ANKLÄGER Wir lesen weiter
Bei wunderschönem Wetter
eine Radtour gemacht
Dann
Bei 11 Exekutionen zugegen
3 Frauen die ums Leben flehten
Lebendfrisches Material von Leber
Milz und Pankreas nach Pilocarpininjektionen
entnommen
Was bedeutet das

ZEUGE 2 Ich hatte auf Befehl
Obduktionen vorzunehmen
Diese Arbeit stand einzig im Dienst
an der Wissenschaft
Mit den Tötungen hatte ich nichts zu tun

ANKLÄGER Hatten Sie die Menschen
denen Sie Fleisch entnahmen
vor der Tötung
zur Obduktion bestimmt

VERTEIDIGER Wir protestieren
und erinnern nochmals daran
daß der Zeuge bereits
seine Strafe beglichen hat

ANKLÄGER Herr Zeuge
Warum benutzten Sie Menschenfleisch
für Ihre Untersuchungen

ZEUGE 2 Weil die Wachmannschaften
das Rind- und Pferdefleisch
das wir für bakteriologische Versuche
geliefert bekamen
aufaßen

RICHTER Wo wurde das Phenol
das zur Abimpfung benützt wurde
aufbewahrt

ZEUGE 3 Das Phenol wurde in der Apotheke aufbewahrt

RICHTER Wo befand sich die Apotheke

ZEUGE 3 In den Dienstgebäuden außerhalb des Lagers

RICHTER Wem unterstand die Apotheke

ZEUGE 3 Dem Dr. Capesius

RICHTER Wer holte das Phenol ab

ZEUGE 3 Die Anforderung
die von Klehr geschrieben war
wurde Dr. Capesius in der Apotheke
von einem Läufer der Krankenabteilung übergeben
Dieser empfing darauf das Phenol

RICHTER Angeklagter Dr. Capesius
Was können Sie dazu sagen

ANGEKLAGTER 3 Von derartigen Bestellungen
weiß ich nichts

RICHTER War Ihnen bekannt
daß Menschen im Lager
durch Phenol getötet wurden

ANGEKLAGTER 3 Davon habe ich erst jetzt erfahren

RICHTER Verwahrten Sie Phenol in der Apotheke

ANGEKLAGTER 3 Ich habe dort keine größeren Mengen gesehn

ZEUGE 3 Das Phenol wurde in einem gelben Schrank
in der Ecke des Ausgaberaums aufbewahrt
Später befanden sich auch größere Korbflaschen
im Keller

VERTEIDIGER Herr Zeuge
woher wissen Sie das

ZEUGE 3 Ich hatte Dienst in der Apotheke
Da sah ich die vorgedruckten Formulare
für die Neuanforderungen
Sie waren von Dr. Capesius ausgefüllt
und unterzeichnet
Es war gereinigtes Phenol dabei
Jedoch weiß ich heute nicht mehr
ob die Worte PRO INJECTIONE dabeistanden

RICHTER Welche Mengen wurden angefordert

ZEUGE 3 Zuerst kleine Mengen
Später 2 bis 5 Kilogramm im Monat

RICHTER Wozu wird Phenol im allgemeinen
als Arzneimittel verwendet

ZEUGE 3 Mit Glyzerin benutzt man es als Ohrentropfen

ANGEKLAGTER 3 Das war auch die Bestimmung des Phenols
unter meiner Aufsicht

RICHTER 2 bis 5 Kilogramm Phenol im Monat
das Kilogramm zu 1000 Gramm
und auf ein Gramm gehen mehrere Tropfen
Da hätte man ja eine ganze Armee
an den Ohren heilen können
Die Angeklagten lachen

RICHTER Angeklagter Capesius
Wollen Sie immer noch behaupten
daß Sie kein Phenol für Injektionen
in der Apotheke gesehen haben

ANGEKLAGTER 3 Ich habe weder größere Mengen
Phenol gesehen
noch habe ich gewußt
daß Menschen damit getötet wurden

RICHTER Wem wurde das abgeholte Phenol übergeben

ZEUGE 3 Dem diensthabenden Arzt
der es weitergab an die Sanitäter
im Arztzimmer

III

RICHTER Wie sah das Arztzimmer aus

ZEUGE 6 Es war ein weißgestrichener Raum
Die Fenster zur Hofseite
waren überkalkt

RICHTER Wie war die Einrichtung des Zimmers

ZEUGE 6 Da waren ein paar Spinde und Schränke
und dann war da der Vorhang
mit dem das Zimmer abgeteilt war

RICHTER Was war das für ein Vorhang

ZEUGE 6 Er war etwa 2 Meter hoch
und reichte nicht ganz bis zur Decke
Der Stoff war von graugrüner Farbe
Davor saß der Schreiber
der die hereingeführten Kranken
abzuhaken hatte

RICHTER Was war hinter dem Vorhang
ZEUGE 6 Da stand ein kleiner Tisch
und da waren ein paar Hocker
An der Wand waren Haken
daran hingen Gummischürzen
und rosa Gummihandschuhe
VERTEIDIGER Herr Zeuge
Woher haben Sie Ihre Kenntnisse
ZEUGE 6 Ich gehörte zu den Leichenträgern
Wir befanden uns im anschließenden Waschraum
Die Tür stand offen
und wir konnten alles sehen
RICHTER Was geschah mit den Häftlingen
die zur Phenolinjektion
bestimmt worden waren
ZEUGE 6 Sie wurden vom Korridor aus
zu zweit in das Arztzimmer geführt
Einer der beiden Funktionshäftlinge
die hinter dem Vorhang bereitstanden
holte einen der Häftlinge
zur Injektion
Der andere mußte vor dem Vorhang warten
Der zweite Funktionshäftling hatte unterdessen
die Injektionsspritze gefüllt
RICHTER Was war das für eine Spritze
ZEUGE 6 Anfangs bei den intravenösen Injektionen
waren es Spritzen von 5 Kubikzentimetern
Später
als direkt ins Herz gestochen wurde
benötigte man nur noch Spritzen
von 2 Kubikzentimetern
Die Spritzen waren mit Nadeln versehen
wie man sie für Wirbelsäulen-Punktionen
gebraucht
Die Kanülen wurden in einem Beutel aufbewahrt
RICHTER In was für einem Behälter
befand sich das Phenol
ZEUGE 6 Es war eine Flasche
die einer Thermosflasche ähnlich war

Das Phenol wurde in eine kleine Schüssel
geschüttet
Von dort wurde die Spritze gefüllt
Die Flüssigkeit hatte eine rötliche Färbung
da die Nadel nur selten gewechselt wurde
und von den Stichen blutig war

RICHTER Wußten die Kranken
was ihnen bevorstand

ZEUGE 6 Die meisten wußten es nicht
Es wurde ihnen gesagt
daß sie eine Schutzimpfung erhielten

RICHTER Ließen die Kranken alles
mit sich geschehen

ZEUGE 6 Die meisten fügten sich
Viele von ihnen waren äußerst entkräftet

RICHTER Wen sahen Sie bei der Ausgabe der Injektion

ZEUGE 6 Klehr übernahm die gefüllte Spritze
Er hatte eine Gummischürze umgebunden
trug Gummihandschuhe und hohe Gummistiefel
Die Ärmel seines weißen Kittels
waren aufgekrempelt

RICHTER Was geschah nun mit dem Häftling

ZEUGE 6 Wenn er noch ein Hemd anhatte
mußte er dieses ausziehn
und sich mit entblößtem Oberkörper
auf den Schemel setzen
Er mußte den linken Arm seitlich anheben
und die Hand vor den Mund legen
Auf diese Weise wurde der Schrei erstickt
und das Herz lag frei
Die beiden Funktionshäftlinge
hielten ihn fest

RICHTER Wie hießen die Funktionshäftlinge

ZEUGE 6 Sie hießen Schwarz und Weiß
Schwarz hielt den Häftling
an den Schultern
Weiß drückte ihm die Hand
auf den Mund
und Klehr stach ihm die Spitze

ins Herz

RICHTER Trat der Tod augenblicklich ein

ZEUGE 6 Die meisten gaben noch einen schwachen Ton
von sich
als ob sie ausatmeten
Im allgemeinen waren sie dann tot
Manchmal aber röchelte einer noch
und verendete erst auf dem Boden des Waschraums
Einige gingen im Agoniezustand
mit uns mit
Die andern wurden abgeschleift
an einer Lederschlaufe
die wir ihnen ums Handgelenk legten
Es ging sehr schnell
Oft wurden 2 bis 3 Kranke
binnen einer Minute erledigt

RICHTER Was geschah mit den Injizierten
die noch lebten

ZEUGE 6 Ich erinnere mich an einen Mann
der war groß und stark gebaut
Er richtete sich im Waschraum auf
mit der Injektion im Herzen
Ich erinnere mich deutlich wie es war
Da stand ein Kessel
und neben dem Kessel war eine Bank
Der Mann stützte sich auf den Kessel
und auf die Bank
und zog sich hoch
Da kam Klehr herein
und gab ihm die zweite Spritze
Andere waren manchmal nur bewußtlos
weil die Spritze nicht ins Herz getroffen hatte
und das Phenol in die Lunge gegangen war
Klehr kam zum Abschluß immer in den Waschraum
und sah sich die dort Aufgeschichteten an
Wenn einer noch lebte
gab er ihm den Genickschuß
bei anderen konnte er sagen
Der wird schon bis zum Krematorium aushauchen

RICHTER Kam es vor daß noch Lebende
mit den Toten fortgeschafft wurden
ZEUGE 6 Das kam vor
RICHTER Und sie wurden lebendig verbrannt
ZEUGE 6 Ja
Oder vor den Öfen
mit der Schaufel erschlagen
RICHTER Geschah es nie
daß Häftlinge sich wehrten
ZEUGE 6 Einmal war ein Geschrei
Da sah ich folgendes Bild
Auf einem halbnackten
mit Blut beschmierten Mann
saßen die beiden Funktionshäftlinge
Der Kopf des Mannes war aufgeschlagen
ein Schürhaken lag auf dem Boden
Klehr stand daneben
die Spritze in der Hand
Klehr kniete sich auf den Mann
der immer noch gewaltsam
mit den Beinen um sich stieß
und stach ihm die Spritze hinein
RICHTER Angeklagter Klehr
Was haben Sie zu diesen Beschuldigungen
zu sagen
ANGEKLAGTER 9 Von dem hier erwähnten Fall weiß ich nichts
RICHTER Ist Ihnen der Zeuge bekannt
ANGEKLAGTER 9 Herr Vorsitzender
Wichtig ist
daß ich diesen Zeugen gar nicht kenne
Ich kenne sonst jeden Häftling
der im Leichenkommando beschäftigt war
RICHTER Befanden sich zwischen den Getöteten
auch Kinder
ZEUGE 7 Im Frühjahr 1943
da wurden einmal über 100 Kinder getötet
RICHTER Wer führte die Tötung aus
ZEUGE 7 Die Tötung wurde von den Sanitätsdienstgraden
Hantl und Scherpe durchgeführt

RICHTER Herr Zeuge
Können Sie die genaue Zahl
dieser getöteten Kinder angeben
ZEUGE 7 Es waren 119 Kinder
RICHTER Kennen Sie das genaue Datum
ZEUGE 7 Es war am 23. Februar
VERTEIDIGER Woher wissen Sie das
ZEUGE 7 Ich war Schreiber bei dieser Aktion
und hatte die Kinder auf der Liste
abzustreichen
Es waren Jungen im Alter von 13
bis 17 Jahren
Ihre Eltern waren vorher erschossen worden
RICHTER Woher kamen die Kinder
ZEUGE 7 Sie stammten aus dem Gebiet von Zamosc
das geräumt wurde
um Platz zu machen für Siedler
aus dem Reich
RICHTER Angeklagter Scherpe
Haben Sie sich an dieser Tötung
beteiligt
ANGEKLAGTER 10 Herr Direktor
ich möchte ausdrücklich betonen
daß ich nie einen Menschen getötet habe
RICHTER Angeklagter Hantl
Was haben Sie zu sagen
ANGEKLAGTER 11 Daß bei uns auch Kinder angekommen sind
ist mir völlig fremd
Bitte Herr Scherpe
Habe ich etwas mit Ihnen
an Kindern getrieben
RICHTER Sie können hier keine Fragen
an Mitangeklagte stellen
Wir wollen von Ihnen wissen
ob Sie an der Tötung durch Injektionen
teilgenommen haben
ANGEKLAGTER 11 Dazu kann ich nur sagen
daß diese Beschuldigungen erlogen sind
RICHTER Waren Sie bei Injektionen zugegen

ANGEKLAGTER 11 Ich habe mich erst geweigert
Ich habe gesagt
Ist es absolut erforderlich
daß ich mir diese Mistgeschichte
mit ansehen muß
Dann war ich auch nur ungefähr
8 bis 10 mal dabei

RICHTER Wieviele wurden da jedesmal getötet

ANGEKLAGTER 11 Mehr als 5 bis 8 Mann waren es nicht
Dann war es schon aus

ZEUGE 7 Hantl hat dabei geholfen
die Kranken auszusuchen
und zu töten
Es wurden fast täglich Injektionen gegeben
Nur sonntags nicht

ANGEKLAGTER 11 Da muß ich ja lachen
Das ist ja ein Unsinn ohnegleichen
Ich kann mir auch gar nicht erklären
warum gerade dieser Zeuge mich anzeigt
wo ich ihm doch einmal geholfen habe
als er Sabotage betrieben hatte

RICHTER Was war das für eine Sabotage

ANGEKLAGTER 11 Er hatte Bettwäsche gestohlen
Ich habe überhaupt alles für die Häftlinge getan
was ich konnte
Ich habe Heizgeräte für sie organisiert
und Radieschen

RICHTER Und an den Tötungen haben Sie sich
nicht beteiligt

ANGEKLAGTER 11 Nein und wieder nein

RICHTER Herr Zeuge
Setzen Sie Ihren Bericht
über die Kinder fort

ZEUGE 7 Die Kinder waren in den Hof
des Krankenhauses gebracht worden
Den Vormittag über spielten sie dort
Sie hatten sogar einen Ball bekommen
Die Häftlinge ringsum wußten
was mit ihnen geschehen sollte

Sie gaben ihnen vom besten was sie hatten
Die Kinder waren hungrig und geängstigt
Sie sagten daß sie geschlagen worden seien
Immer wieder fragten sie uns
Wird man uns töten
Am Nachmittag kamen Scherpe und Hantl
Während der Stunden
in denen sie die Aktion durchführten
lag Totenstille über Block Zwanzig

RICHTER Ahnten die Kinder
was ihnen bevorstand

ZEUGE 7 Die ersten haben geschrien
Dann erzählte man ihnen
sie würden geimpft
Da gingen sie still hinein
Nur die letzten haben wieder gerufen
weil ihre Gefährten
nicht zurückkamen
Sie wurden zu zweit
zu mir hereingeführt
und dann kamen sie einzeln
hinter den Vorhang
Ich hörte nur die Schläge
wenn die Köpfe und Körper der Kinder
im Waschraum auf den Boden prallten
Plötzlich lief Scherpe heraus
Ich hörte wie er sagte
Ich kann schon nicht mehr
Er lief irgendwo hin
und Hantl übernahm den Rest
Im Lager wurde damals erzählt
Scherpe sei zusammengebrochen

RICHTER Angeklagter Scherpe
Haben Sie etwas dazu zu sagen

ANGEKLAGTER 10 Der Bericht des Zeugen
scheint mir sehr übertrieben
Ich jedenfalls
kann mich an diese Vorkommnisse
nicht erinnern

ANKLÄGER Herr Zeuge
Wieviele Menschen
fielen Ihrer Schätzung nach insgesamt
den Phenolinjektionen zum Opfer

ZEUGE 7 An Hand der Lagerbücher
und unserer persönlichen Berechnungen
müssen es etwa 30 000 Menschen gewesen sein

9 Gesang vom Bunkerblock

I

ZEUGE 8 Ich wurde verurteilt
zu 30 mal Stehzelle
Das bedeutete
tagsüber Strafarbeit
und nachts die Zelle
RICHTER Was war der Grund der Verurteilung
ZEUGE 8 Ich hatte mich zweimal
bei der Essensausgabe angestellt
RICHTER Wo befanden sich die Stehzellen
ZEUGE 8 Am Ende des Kellergangs im Block Elf
Es gab 4 solche Zellen
RICHTER Wie groß war eine Zelle
ZEUGE 8 Ihr Umfang war 90 mal 90 Zentimeter
Die Höhe etwa 2 Meter
RICHTER Gab es ein Fenster
ZEUGE 8 Nein
Es gab nur ein Luftloch oben in der Ecke
Das war 4 mal 4 Zentimeter groß
Der Luftschacht lief durch die Mauer
und war mit einem perforierten Blechdeckel
an der Außenwand abgeschlossen
RICHTER Und die Tür
ZEUGE 8 Man mußte durch eine etwa 50 Zentimeter
hohe Luke am Boden hineinkriechen
Die Luke war aus schwerem Holz
Dahinter war noch ein Eisengitter
das verriegelt wurde
RICHTER Waren Sie allein in der Zelle
ZEUGE 8 Anfangs war ich allein
Während der letzten Woche
standen wir dort zu viert
RICHTER Gab es Häftlinge
die Tag und Nacht
in der Stehzelle waren

ZEUGE 8 Das war die häufigste Art der Verurteilung
Die Systeme waren verschieden
Einige erhielten dort nur
alle 2 oder 3 Tage etwas zu essen
andere erhielten keine Verpflegung
Diese waren zum Hungertod verurteilt
Mein Freund Kurt Pachala
starb in der Zelle nebenan
nach 15 Tagen
Er aß zuletzt seine Schuhe auf
Er starb am 14. Januar 1943
Ich erinnere mich daran
denn es war mein Geburtstag
Wer zum Stehbunker ohne Verpflegung
verurteilt war
konnte schreien und fluchen
soviel er wollte
Die Tür wurde nie geöffnet
In den ersten 5 Nächten
schrie er laut
Dann hörte der Hunger auf
und der Durst nahm überhand
Er stöhnte
bat und flehte
Er trank seinen Urin
und leckte die Wände ab
13 Tage dauerte die Durstzeit
Dann war nichts mehr
aus seiner Zelle zu hören
Es dauerte über 2 Wochen
bis er tot war
Aus den Stehzellen mußten die Leichen
mit Stangen herausgekratzt werden

RICHTER Aus welchem Grund
war dieser Mann verurteilt worden

ZEUGE 8 Er hatte einen Fluchtversuch unternommen
Ehe er in die Zelle eingeliefert wurde
mußte er während des Abendappells
an den Häftlingen vorbeimarschieren

Es war ihm eine Tafel umgebunden worden
mit der Aufschrift
HURRA ICH BIN WIEDER DA
Diese Worte mußte er laut rufen
und dazu mit einem Paukenschlegel
auf eine Trommel schlagen
Die längste mir bekannte Zeit
verbrachte der Häftling Bruno Graf
in der Stehzelle
Der Arrestaufseher Schlage
stand manchmal vor seiner Tür
wenn er da drinnen brüllte
und ich hörte
wie er ihm zurief
Du kannst verrecken
Erst nach einem Monat starb Graf

RICHTER Angeklagter Schlage
Haben Sie Häftlinge
in den Stehzellen verhungern lassen

ANGEKLAGTER 14 Herr Direktor
Ich bitte folgendes zu Gehör zu bringen
Ich war in Block Elf nur Schließer
Ich bekam meine Befehle von meinen Vorgesetzten
und daran hatte ich mich zu halten
Für alles was im Bunker geschah
war nicht ich
sondern der Arrestverwalter verantwortlich

RICHTER Wer gab den Häftlingen Verpflegung

ANGEKLAGTER 14 Das haben die Funktionshäftlinge getan

RICHTER Wer schloß die Zellen auf

ANGEKLAGTER 14 Das waren auch die Funktionshäftlinge
Wir Arrestaufseher
mußten nur die äußeren Gitter aufschließen
wenn die Politische Abteilung kam

RICHTER Sind Häftlinge
im Arrestbunker gestorben

ANGEKLAGTER 14 Schon möglich
aber ich kann mich nicht erinnern

RICHTER Wer hat das Totenbuch geführt

und die Todesursachen eingetragen

ANGEKLAGTER 14 Das haben alles die Funktionshäftlinge
allein gemacht

RICHTER Und Sie hatten garnichts zu tun

ANGEKLAGTER 14 Ich hatte die eigenen Leute zu bewachen
die im oberen Stockwerk im Arrest saßen
Da waren manchmal bis zu 18 Mann
Ich mußte aufpassen
daß sie sich nicht das Leben nahmen
oder sonstige Dummheiten machten

RICHTER Im Bunker waren also auch
Mitglieder der Lagermannschaften
inhaftiert

ANGEKLAGTER 14 Natürlich
Die Gerechtigkeit erstreckte sich
auf alle
Herr Vorsitzender
Jede Schwäche mußte doch bekämpft werden

II

RICHTER Wie groß waren die übrigen Zellen
des Bunkers

ZEUGE 9 Diese Zellen waren etwa
3 mal 2½ Meter groß
Einige von ihnen waren Dunkelzellen
die andern hatten oben eine Fensterluke
die mit einem Betonsockel ummauert war
Luft kam nur durch eine Öffnung
oben in der Wand
Diese Öffnung war nicht größer
als die Handfläche

RICHTER Wieviele Zellen dieser Art gab es

ZEUGE 9 28 Zellen

RICHTER Wieviele Häftlinge
konnten in einer Zelle untergebracht werden

ZEUGE 9 In solch einem Raum befanden sich manchmal
bis zu 40 Häftlingen

RICHTER Wie lange mußten sie dort bleiben
ZEUGE 9 Oftmals einige Wochen
Der Häftling Bogdan Glinski
war sogar 17 Wochen darin
vom 13. November 1942 bis zum
9. März 1943
RICHTER Was für Einrichtungen enthielt die Zelle
ZEUGE 9 Es befand sich dort nur ein Holzkasten
mit einem Kübel
RICHTER Nach welchen Anordnungen
wurden die Häftlinge dort eingeschlossen
ZEUGE 9 Auch hier galt die Strafe entweder
nächtlicher Einsperrung
oder Einsperrung auf längere Zeit
Und auch hier wurde Einsperrung
mit Kostentzug praktiziert
RICHTER Herr Zeuge
Welcher Bestrafung
wurden Sie unterzogen
ZEUGE 9 Ich verbrachte dort 2 Nächte
RICHTER Wollen Sie uns den Verlauf beschreiben
ZEUGE 9 Um 9 Uhr abends hatte ich mich
im Block Elf zu melden
zusammen mit 38 anderen Häftlingen
Der Blockälteste meldete
dem diensthabenden Blockführer
den Zahlenstand
Dann führte er uns in den Keller
wo er uns in Zelle Zwanzig einschloß
Um 10 Uhr war die Luft schon stickig geworden
Wir standen eng aneinandergedrängt
Wir konnten weder sitzen noch liegen
Bald erreichte die Temperatur eine solche Höhe
daß wir anfingen
unsere Jacken und Hosen auszuziehn
Gegen Mitternacht konnte man nicht mehr stehn
Einige sackten zusammen
die andern hingen aneinander
Die meisten wurden unruhig

stießen einander und verfluchten
sich gegenseitig
Die Gerüche
die die erstickenden Menschen von sich gaben
vermischten sich mit dem Gestank
aus dem Kübel
Die Schwächeren wurden zertreten
Die Stärkeren führten einen Kampf
um einen Platz an der Tür
wo ein bißchen Luft durchkam
Wir schrien und schlugen an die Tür
wir stemmten uns dagegen
doch sie gab nicht nach
Ab und zu wurde draußen das Guckloch geöffnet
und der wachthabende Schließer
sah zu uns hinein
Um 2 Uhr nachts hatten die meisten
das Bewußtsein verloren
Am Morgen
nach der Öffnung um 5 Uhr
zog man uns heraus
und legte uns auf den Korridor
Alle waren wir nackt
Von den 39 waren noch 19 am Leben
von diesen 19 wurden 6
in den Krankenbau abtransportiert
wo weitere 4 starben

ZEUGE 3 Ich gehörte dem Leichenkommando an
das die Hungerzellen zu räumen hatte
Oft waren Tote dabei
die am Gesäß und an den Schenkeln
angebissen waren
Diejenigen
die es am längsten ausgehalten hatten
waren manchmal ohne Finger
Ich fragte den Bunkerjakob
der überall die Aufsicht führte
Wie kannst du das ertragen
Da sagte er

Gelobt sei
was hart macht
Mir geht es gut
ich esse die Rationen
von denen da drinnen
Ihr Tod rührt mich nicht
Dies alles rührt mich so wenig
wie es den Stein rührt
in der Mauer

III

ZEUGE 6 Am 3. September 1941
wurden im Bunkerblock
die ersten Versuche
von Massentötungen
durch das Gas Zyklon B
vorgenommen
Sanitätsdienstgrade und Wachmannschaften
führten etwa 850 sowjetische Kriegsgefangene
sowie 220 kranke Häftlinge
in den Block Elf
Nachdem man sie in die Zellen
geschlossen hatte
wurden die Fenster mit Erde zugeschüttet
Dann wurde das Gas
durch die Lüftungslöcher eingeworfen
Am nächsten Tag wurde festgestellt
daß einige noch am Leben waren
Infolgedessen schüttete man
eine weitere Portion Zyklon B ein
Am 5. September wurde ich
zusammen mit 20 Häftlingen der Strafkompanie
sowie einer Reihe von Pflegern
in den Block Elf befohlen
Es wurde uns gesagt
daß wir zu einer besonderen Arbeit
anzutreten hätten

und bei Todesstrafe
niemandem von dem was wir dort sahen
berichten dürften
Es wurde uns auch eine vergrößerte Ration
nach der Arbeit versprochen
Wir erhielten Gasmasken
und mußten die Leichen
aus den Zellen holen
Als wir die Türen öffneten
sanken uns die prall aneinandergepackten
Menschen entgegen
Sie standen noch als Tote
Die Gesichter waren bläulich verfärbt
Manche hielten Büschel von Haaren
in ihren Händen
Es dauerte den ganzen Tag
bis wir die Leichen
voneinander gelöst
und draußen im Hof
aufgeschichtet hatten
Am Abend kam der Kommandant
und sein Stab
Ich hörte den Kommandanten sagen
Jetzt bin ich doch beruhigt
Jetzt haben wir das Gas
und alle diese Blutbäder
bleiben uns erspart
Und auch die Opfer können
bis zum letzten Moment
geschont werden

10 Gesang vom Zyklon B

I

ZEUGE 3 Ich arbeitete im Sommer und Herbst 1941
in der Bekleidungskammer des Lagers
Dort wurde die schmutzige Wäsche
mit dem Gas Zyklon B entwest
Unser Vorgesetzter war
der Desinfektor Breitwieser

RICHTER Herr Zeuge
Ist der Genannte
in diesem Raum anwesend

ZEUGE 3 Dies ist Breitwieser
Der Angeklagte 17 nickt dem Zeugen wohlwollend zu

ZEUGE 3 Am 3. September sah ich Breitwieser
in Begleitung von Stark
sowie anderen Herren der Politischen Abteilung
mit Gasmasken und Büchsen
zum Block Elf gehen
Danach gab es Lagersperre
Am nächsten Morgen war Breitwieser böse
weil irgend etwas nicht geklappt hatte
Es war nicht richtig abgedichtet worden
und die Vergasung mußte
noch einmal vorgenommen werden
Zwei Tage später
fuhren die Rollwagen voll mit Leichen
aus dem Hof

RICHTER Um wieviel Uhr sahen Sie Breitwieser
am 3. September auf dem Weg
zum Block Elf

ZEUGE 3 Gegen 9 Uhr abends

ANGEKLAGTER 17 Das ist unmöglich
Erstens war ich abends nie im Lager
und zweitens hätte man mich
um diese Jahreszeit gar nicht erkennen könnnen

denn da lag immer eine Dunstschicht
über dem Gelände
vom Fluß her

RICHTER War Ihnen bekannt
daß an diesem Abend Häftlinge
im Block Elf
durch das Gas getötet werden sollten

ANGEKLAGTER 17 Ja
das hat sich herumgesprochen

RICHTER Haben Sie nicht gesehen
wie die Häftlinge
in den Block getrieben wurden

ANGEKLAGTER 17 Herr Präsident
Dienstschluß war bei uns um 18 Uhr
Ich bin nie nach 18 Uhr im Lager gewesen

RICHTER Mußten Sie nie nach 18 Uhr
Kleider ausgeben
wenn neue Transporte angekommen waren

ANGEKLAGTER 17 Wenn nach 18 Uhr Häftlinge ankamen
haben Funktionshäftlinge den Schlüssel
zur Bekleidungskammer abgeholt
und die Kleider ausgegeben

RICHTER Was für eine Funktion hatten Sie
als Desinfektor

ANGEKLAGTER 17 Wenn ich mal so sagen darf
Ich hatte die Anweisungen zu geben

RICHTER Waren Sie für diese Tätigkeit
ausgebildet worden

ANGEKLAGTER 17 Ich wurde im Sommer 1941
zusammen mit 10 bis 15 anderen
zur Ungezieferbekämpfung abkommandiert
Da waren ein paar Herren von der Firma Degesch
die das Gas lieferte
Diese unterwiesen uns
in der Handhabung des Gases
und der Gasmasken
die mit besonderen Aufsätzen
ausgestattet waren

RICHTER Wie war das Gas verpackt

ANGEKLAGTER 17 Es war in Büchsen zu einem halben Kilo
Die sahen aus wie Kaffeebüchsen
Am Anfang waren Pappdeckel darauf
immer leicht feucht und grau
Später hatten sie Metallverschlüsse

RICHTER Wie sah der Inhalt der Büchsen aus

ANGEKLAGTER 17 Es war eine körnige zerbröckelnde Masse
Man kann es schlecht sagen
Ähnlich wie Stärke
Bläulich weiß

RICHTER Wissen Sie
woraus diese Masse bestand

ANGEKLAGTER 17 Es war ein Zyanwasserstoff in gebundener Form
Sobald die Brocken
der Luft ausgesetzt wurden
entwich Blausäuregas

RICHTER Wie verlief Ihre Arbeit mit dem Gas

ANGEKLAGTER 17 Häftlinge mußten die Kleidungsstücke
in der Kammer aufhängen
Dann habe ich zusammen mit einem anderen
Desinfektor
das Gas eingeworfen
Nach 24 Stunden haben wir die Sachen
wieder rausgeholt
dann kamen neue herein
und so ging das weiter
Auch Unterkünfte hatten wir zu desinfizieren
Nachdem die Fenster verklebt worden waren
wurden die Büchsen mit Schlageisen
und Hammer geöffnet
sodann wurde eine Gummihaube darübergestülpt
weil sonst das Gas entwich
und wir erst mehrere Büchsen öffnen mußten
Wenn alles vorbereitet war
wurde das Gas ausgestreut

RICHTER War dem Gas ein Reizstoff beigemischt
als Warnung

ANGEKLAGTER 17 Nein
Das Zyklon B wirkte sehr schnell

Ich erinnere mich
wie der Unterscharführer Theurer
einmal in ein Haus kam
das schon entwest war
Am Abend war es gelüftet worden
unten im Erdgeschoß
und am nächsten Morgen wollte Theurer
die Fenster im ersten Stock öffnen
Er muß wohl noch Dämpfe eingeatmet haben
fiel sofort um und rollte
bewußtlos die Treppe hinunter
bis dahin
wo er frische Luft bekam
Wäre er anders gefallen
dann wäre er nicht mehr herausgekommen

ANKLÄGER Wurden Sie mit Ihren Fachkenntnissen
nicht hinzugezogen
als man damit begann
Menschen mit Zyklon B zu töten

ANGEKLAGTER 17 Ich sage grundsätzlich nur
was wahr ist
Ich vertrug das Gas nicht
Ich bekam Magenbeschwerden und bat darum
versetzt zu werden

ANKLÄGER Wurden Sie versetzt

ANGEKLAGTER 17 Noch nicht gleich

ANKLÄGER Wann wurden Sie versetzt

ANGEKLAGTER 17 Daran kann ich mich nicht mehr erinnern

ANKLÄGER Sie wurden im April 1944 versetzt
Bis dahin stiegen Sie noch in den Graden
Zunächst wurden Sie zum Rottenführer
und dann zum Unterscharführer befördert

VERTEIDIGER Wir protestieren
gegen diese Unterschiebung
Daß Mitglieder des Lagerpersonals
im Range stiegen
ist einzig und allein dienstlich zu bewerten
und beweist keineswegs ihre Mitschuld
Zustimmung von seiten der Angeklagten

II

RICHTER Wo wurde das Gas aufbewahrt
ZEUGE 6 Es stand im Keller der Apotheke
in Kisten verpackt
RICHTER Angeklagter Capesius
War Ihnen als Vorstand der Apotheke bekannt
daß dort Zyklon B gelagert wurde
ANGEKLAGTER 3 Da muß der Herr Zeuge
einer Verwechslung zum Opfer gefallen sein
Was diese Kisten im Keller betrifft
so enthielten sie
Ovomaltin
Es war eine Sendung vom Schweizer
Roten Kreuz
ZEUGE 6 Ich habe den Karton mit Ovomaltin gesehn
und ich habe die Kisten mit dem Zyklon gesehn
und auch die Koffer habe ich gesehn
in denen der Angeklagte Capesius
Schmuckstücke und Zahngold verwahrte
ANGEKLAGTER 3 Das sind Erfindungen
ZEUGE 6 Woher stammt das Geld
mit dem sich der Angeklagte Capesius
sofort nach dem Krieg
eine eigene Apotheke
und einen Schönheitssalon einrichtete
Sei schön durch eine Behandlung bei Capesius
so hieß es in der Firmareklame
ANGEKLAGTER 3 Das Geld dafür erhielt ich durch eine Anleihe
ZEUGE 6 Und woher stammen die 50 000 Mark
die mir und einigen andern Zeugen geboten wurden
wenn wir hier beschwören würden
Capesius habe im Lager nur die Apotheke verwaltet
und nicht die Aufsicht gehabt
über das Zyklon B und das Phenol
ANGEKLAGTER 3 Darüber ist mir nichts bekannt
ANKLÄGER Von wem wurde dieser Bestechungsversuch vorgenommen
ZEUGE 6 Er kam von anonymer Seite
ANKLÄGER Wissen Sie

ob eine der legalen Hilfsorganisationen
ehemaliger Wachmannschaften
dahinter stand

ZEUGE 6 Das weiß ich nicht
Ich möchte dem Gericht jedoch folgenden Brief
den ich erhalten habe
zur Kenntnis geben
Der Brief ist mit den Worten überschrieben
Arbeitsgemeinschaft für Recht und Freiheit
Sein Inhalt lautet
Sie werden bald von der Bildfläche verschwinden
Sie werden einen qualvollen Tod sterben
Unsere Mitarbeiter beobachten Sie ständig
Sie können jetzt wählen
Tod oder Leben

RICHTER Das Gericht wird die Herkunft dieses Briefes
untersuchen

VERTEIDIGER Herr Zeuge
können Sie angeben
was auf den Kisten stand

ZEUGE 6 Da stand
Vorsicht Giftgas
Und dann war das Warnungsschild
mit dem Totenkopf darauf

VERTEIDIGER Haben Sie den Inhalt der Kiste gesehen

ZEUGE 6 Ich sah geöffnete Kisten
mit den Büchsen darin

VERTEIDIGER Was stand auf den Etiketten

ZEUGE 6 Giftgas Zyklon

VERTEIDIGER Stand noch mehr darauf

ZEUGE 6 Da stand noch
Vorsicht Ohne Warnstoff
Nur durch geübtes Personal zu öffnen

RICHTER Herr Zeuge
haben Sie gesehen
daß diese Büchsen zu den Gaskammern
transportiert wurden

ZEUGE 6 Wir hatten solche Kisten
in den Sanitätswagen zu verladen

der zum Abholen kam

RICHTER Wer fuhr im Wagen mit

ZEUGE 6 Ich sah dort Dr. Frank und Dr. Schatz
sowie Dr. Capesius
Sie hatten ihre Gasmasken dabei
Dr. Schatz hatte sogar einen Stahlhelm auf
Ich erinnere mich daran
denn einer seiner Begleiter sagte
Du siehst aus wie ein kleiner Pilz

VERTEIDIGER Wir möchten das Gericht daran erinnern
daß zu gewissen Zeiten im Krieg
das Tragen von Gasmasken Pflicht war
Weder das Weggehen unserer Mandanten
noch ihr Zurückkommen mit einer Gasmaske
beweist
wohin sie gegangen sind

RICHTER Herr Zeuge
haben Sie Lieferscheine
für die Sendungen des Gases gesehen

ZEUGE 6 Beim Eintreffen dieser Sendungen
die später immer größere Mengen umfaßten
und die dann im alten Theatergebäude
außerhalb des Lagers gespeichert wurden
hatte ich die Begleitscheine oft
zur Verwaltung zu bringen
Als Absender war die deutsche Gesellschaft
für Schädlingsbekämpfung angegeben

RICHTER Auf welchem Weg
wurden die Sendungen befördert

ZEUGE 6 Teils kamen sie im Lastwagentransport
direkt von der Fabrik
oder sie liefen per Bahn
über Wehrmachtsfrachtbriefe

RICHTER Erinnern Sie sich an angegebene Mengen

ZEUGE 6 Es kamen 14 bis 20 Kisten
auf einmal an

RICHTER Wie oft trafen Ihrer Berechnung nach
diese Transporte ein

ZEUGE 6 Mindestens einmal wöchentlich

Im Jahre 1944 mehrmals in der Woche
Da wurden auch die Lastwagen der Fahrbereitschaft
des Lagers herangeholt

RICHTER Wieviele Büchsen
waren in einer Kiste enthalten

ZEUGE 6 Jede Kiste enthielt 30 Büchsen
à 500 Gramm

RICHTER Sahen Sie Preisangaben

ZEUGE 6 Der Preis per Kilo war 5 RM

RICHTER Wieviele Büchsen
wurden für eine Vergasung benötigt

ZEUGE 6 Für 2000 Menschen in einer Kammer
wurden etwa 16 Büchsen verbraucht

RICHTER Das Kilo zu 5 Mark
macht 40 Mark

III

RICHTER Angeklagter Mulka
Als Lageradjutant unterstand Ihnen auch
die Fahrbereitschaft
Hatten Sie da Fahrbefehle auszuschreiben

ANGEKLAGTER 1 Ich habe keine solchen Befehle geschrieben
Damit hatte ich nichts zu tun

RICHTER Wußten Sie
was Anforderungen von Material zur Umsiedlung
bedeuteten

ANGEKLAGTER 1 Nein

RICHTER Angeklagter Mulka
Das Gericht ist im Besitz von Fahrbefehlen
zum Transport von Material zur Umsiedlung
Diese Dokumente sind von Ihnen unterschrieben

ANGEKLAGTER 1 Es mag sein
daß ich den einen oder den andern Befehl
einmal abzeichnen mußte

RICHTER Haben Sie nicht erfahren
daß Material zur Umsiedlung
aus dem Gas Zyklon B bestand

ANGEKLAGTER 1 Wie ich bereits äußerte
war mir dies nicht bekannt

RICHTER Von wem wurden die Anforderungen
dieses Materials ausgegeben

ANGEKLAGTER 1 Sie liefen durch Fernschreiben ein
und wurden an den Kommandanten
oder den Schutzhaftlagerführer
weitergeleitet
Von dort gelangten sie an den Chef
der Fahrbereitschaft

RICHTER Unterstand der nicht Ihnen

ANGEKLAGTER 1 Nur disziplinar

RICHTER Lag es nicht in Ihrem Interesse
zu erfahren
wozu die Lastwagen der Fahrbereitschaft
eingesetzt wurden

ANGEKLAGTER 1 Es war mir ja bekannt
daß sie zur Materialverfrachtung
benötigt wurden

RICHTER Wurden auch Häftlinge
in den Lastwagen transportiert

ANGEKLAGTER 1 Davon weiß ich nichts
Zu meiner Zeit gingen die Häftlinge
zu Fuß

RICHTER Angeklagter Mulka
Es befindet sich in unserer Hand ein Schriftstück
in dem die Rede ist
von der erforderlichen dringenden Fertigstellung
der neuen Krematorien
mit dem Hinweis
daß die damit beschäftigten Häftlinge
auch sonntags zu arbeiten hätten
Das Schreiben ist von Ihnen unterzeichnet

ANGEKLAGTER 1 Ja
das muß ich wohl diktiert haben

RICHTER Wollen Sie immer noch behaupten
daß Sie von den Massentötungen
nichts gewußt haben

ANGEKLAGTER 1 Alle meine Einlassungen

entsprechen der Wahrheit

RICHTER Wir haben als Zeugen einberufen
den ehemaligen Werkstattleiter
der Fahrbereitschaft des Lagers
Herr Zeuge
wieviele Wagen gab es da

ZEUGE 1 Die Lastwagenstaffel bestand aus
10 schweren Fahrzeugen

RICHTER Von wem erhielten Sie die Fahrbefehle

ZEUGE 1 Vom Fahrbereitschaftschef

RICHTER Von wem waren die Fahrbefehle unterschrieben

ZEUGE 1 Das weiß ich nicht

RICHTER Herr Zeuge
Wozu wurden die Lastwagen eingesetzt

ZEUGE 1 Zum Abholen von Frachten
und zum Häftlingstransport

RICHTER Wohin wurden die Häftlinge transportiert

ZEUGE 1 Das kann ich nicht mit Bestimmtheit sagen

RICHTER Haben Sie an diesen Transporten teilgenommen

ZEUGE 1 Ich mußte da mal mitfahren
als Ersatz

RICHTER Wohin fuhren Sie

ZEUGE 1 Ins Lager rein
wo sie da ausgesucht wurden
und was da so war

RICHTER Wohin fuhren Sie dann mit den Menschen

ZEUGE 1 Bis zum Lagerende
Da war ein Birkenwald
Da wurden die Leute abgeladen

RICHTER Wohin gingen die Menschen

ZEUGE 1 In ein Haus rein
Dann habe ich nichts mehr gesehen

RICHTER Was geschah mit den Menschen

ZEUGE 1 Das weiß ich nicht
Ich war ja nicht dabei

RICHTER Erfuhren Sie nicht
was mit ihnen geschah

ZEUGE 1 Die wurden wohl verbrannt
an Ort und Stelle

11 Gesang von den Feueröfen

I

RICHTER Herr Zeuge
Sie gehörten den Fahrern
der Sanitätswagen an
in denen das Blausäurepräparat Zyklon B
zu den Gaskammern transportiert wurde
ZEUGE 2 Ich war als Traktorführer
ins Lager kommandiert worden
und mußte dann später auch
als Fahrer von Sanitätswagen
Dienst tun
RICHTER Wohin fuhren Sie
ZEUGE 2 Ich hatte die Sanitäter und Ärzte
abzuholen
RICHTER Wer waren die Ärzte
ZEUGE 2 Daran kann ich mich nicht erinnern
RICHTER Wohin hatten Sie die Sanitäter und Ärzte
zu bringen
ZEUGE 2 Vom alten Lager
zur Rampe des Barackenlagers
RICHTER Wann fuhren Sie
ZEUGE 2 Wenn Transporte ankamen
RICHTER Wie wurden die Transporte angekündigt
ZEUGE 2 Mit einer Sirene
RICHTER Wohin fuhren Sie von der Rampe aus
ZEUGE 2 Zu den Krematorien
RICHTER Fuhren die Ärzte mit
ZEUGE 2 Ja
RICHTER Was taten die Ärzte dort
ZEUGE 2 Der Arzt blieb im Wagen sitzen
oder stand daneben
Die Sanitäter mußten die Sachen
verrichten
RICHTER Welche Sachen
ZEUGE 2 Die Vergasungen

RICHTER Befanden sich bei Ihrer Ankunft
die Menschen schon
in der Gaskammer

ZEUGE 2 Sie waren noch beim Auskleiden

RICHTER Gab es da keine Unruhen

ZEUGE 2 Wie ich da war
ging es immer ganz friedlich zu

RICHTER Was konnten Sie vom Vorgang
der Vergasung sehen

ZEUGE 2 Wenn die Häftlinge in die Kammern
eingeführt worden waren
gingen die Sanitäter zu den Luken
setzten ihre Gasmasken auf
und entleerten die Büchsen

RICHTER Wo befanden sich die Luken

ZEUGE 2 Da war eine schräge Anschüttung
über dem unterirdischen Raum
mit 4 Kästen

RICHTER Wieviele Büchsen wurden entleert

ZEUGE 2 3 bis 4 Büchsen in jedes Loch

RICHTER Wie lange dauerte das

ZEUGE 2 Etwa eine Minute

RICHTER Schrien die Menschen nicht

ZEUGE 2 Wenn einer gemerkt hatte
was los war
konnte man wohl einen Schrei hören

ANKLÄGER Herr Zeuge
Wie weit stand Ihr Wagen
von der Vergasungskammer entfernt

ZEUGE 2 Der stand auf dem Weg
etwa 20 Meter ab

ANKLÄGER Und da konnten Sie hören
was unten in den Kammern geschah

ZEUGE 2 Manchmal bin ich ausgestiegen
um zu warten

ANKLÄGER Was taten Sie da

ZEUGE 2 Nichts
Ich rauchte eine Zigarette

ANKLÄGER Näherten Sie sich den Luken

über der Gaskammer

ZEUGE 2 Ich ging manchmal etwas auf und ab
um mir die Beine zu vertreten

ANKLÄGER Was hörten Sie da

ZEUGE 2 Wenn die Deckel von den Luken
abgehoben wurden
hörte ich ein Dröhnen von unten
als ob sich dort viele Menschen
unter der Erde befänden

ANKLÄGER Und was taten Sie dann

ZEUGE 2 Die Luken wurden wieder geschlossen
und ich mußte zurückfahren

RICHTER Herr Zeuge
Sie waren Häftlingsarzt im Sonderkommando
das zum Dienst in den Krematorien
eingesetzt war
Wieviele Häftlinge befanden sich
in diesem Kommando

ZEUGE 7 Insgesamt 860 Mann
Das Häftlingskommando wurde im Abstand
von einigen Monaten vernichtet
und durch eine neue Belegschaft ersetzt

RICHTER Wem unterstanden Sie

ZEUGE 7 Dr. Mengele

RICHTER Herr Zeuge
Wie ging die Einlieferung
in die Gaskammern vor sich

ZEUGE 7 Der Lokomotivpfiff
vorm Einfahrtstor zur Rampe
war das Signal
daß ein neuer Transport eintraf
Das bedeutete
daß in etwa einer Stunde
die Öfen voll gebrauchsfähig sein mußten
Die Elektromotore wurden eingeschaltet
Diese trieben die Ventilatoren
die das Feuer in den Öfen
auf den erforderlichen Hitzegrad brachten

RICHTER Konnten Sie sehen

wie die Gruppen von der Rampe kamen

ZEUGE 7 Vom Fenster meines Arbeitszimmers aus
konnte ich den oberen Teil der Rampe
und den Weg zum Krematorium überblicken
Die Menschen kamen in Fünferreihen an
Die Kranken fuhren in Lastwagen hinterher
Das Krematoriumgelände
war von einem Gitter abgeschlossen
Am Tor hingen Warnungsschilder
Die Begleitmannschaften mußten zurückbleiben
und das Sonderkommando übernahm die Führung
Nur Ärzte und Sanitätsdienstgrade
sowie Mitglieder der Politischen Abteilung
kamen herein

RICHTER Wen von den Angeklagten
sahen Sie dort

ZEUGE 7 Stark sah ich dort und Hofmann
auch Kaduk und Baretzki

VERTEIDIGER Wir machen darauf aufmerksam
daß unsere Mandanten
die Teilnahme an diesen Vorgängen
bestreiten

RICHTER Herr Zeuge
Setzen Sie Ihren Bericht fort

ZEUGE 7 Die Menschen gingen langsam und müde
durch das Tor
Die Kinder hingen an den Röcken der Mütter
Ältere Männer trugen Säuglinge
oder schoben Kinderwagen
Der Weg war mit schwarzer Schlacke bestreut
Rechts und links waren ein paar Wasserhähne
auf den Grasflächen
Oft drängten sich die Menschen darum
und das Kommando ließ sie noch trinken
trieb sie aber zur Eile an
Sie hatten noch etwa 50 Meter zu gehen
bis sie zur Treppe kamen
die hinunter in die Auskleideräume führte

RICHTER Was war vom Krematoriumbau zu sehen

ZEUGE 7 Nur das Verbrennungsgebäude
mit dem großen viereckigen Schornstein
Unterirdisch schloß sich daran
seitlich abzweigend
die Vergasungskammer
und in der Längsrichtung
der Auskleideraum

RICHTER Bestand freie Sicht auf das Krematorium

ZEUGE 7 Es war von Bäumen und Buschwerk umgeben
und lag etwa 100 Meter
von der Lagerumzäunung entfernt
Gegenüber waren die Außenzäune
mit Wachtürmen
Dahinter breiteten sich offene Felder aus

RICHTER Wie groß war der Auskleideraum

ZEUGE 7 Etwa 40 Meter lang
12 bis 15 Stufen führten hinab
Er war etwas über 2 Meter hoch
In der Mitte stand eine Reihe von Tragpfeilern

RICHTER Wieviele Menschen wurden auf einmal
hinabgeführt

ZEUGE 7 1000 bis 2000 Menschen

RICHTER Wußten die Menschen
was ihnen bevorstand

ZEUGE 7 Über der schmalen Treppe
waren Tafeln angebracht
Da stand in verschiedenen Sprachen
BADE- UND DESINFIZIERUNGSRAUM
Das klang beruhigend
und beschwichtigte viele
die noch mißtrauisch waren
Oft sah ich Menschen
froh hinuntergehen
und Mütter scherzten mit ihren Kindern

RICHTER Brach nie Panik aus
zwischen den vielen Menschen
im engen Raum

ZEUGE 7 Es ging alles sehr schnell und effektiv
Das Kommando zum Ausziehen wurde gegeben

und während die Menschen sich noch
ratlos umsahen
half das Sonderkommando ihnen schon
beim Abnehmen der Kleider
An den Seiten waren Bänke aufgestellt
mit numerierten Haken darüber
und es wurde wiederholt gesagt
daß Kleidungsstücke und Schuhe
zusammengebunden aufzuhängen seien
und daß jeder sich die Nummer seines Hakens
zu merken habe
damit nach der Rückkehr aus dem Bad
kein Durcheinander entstehe
In dem grellen Licht
kleideten sich die Menschen aus
Männer und Frauen
Alte und Junge
Kinder

RICHTER Warfen sich diese vielen Menschen
niemals auf ihre Bewacher

ZEUGE 7 Nur einmal hörte ich
wie einer rief
Sie wollen uns umbringen
Aber da antwortete schon ein anderer
Das ist undenkbar
Niemals kann so etwas geschehn
Verhaltet euch ruhig
Und wenn Kinder weinten
wurden sie von ihren Eltern getröstet
und man schäkerte und spielte mit ihnen
während sie in den angrenzenden Raum
getragen wurden

RICHTER Wo lag der Eingang zu diesem Raum

ZEUGE 7 Am Ende der Auskleidehalle
Es war eine dicke Eichentür
mit einem Guckloch
und einem Radgriff
zum Zuschrauben

RICHTER Wie lange dauerte das Auskleiden

ZEUGE 7 Etwa 10 Minuten
Dann wurden alle
in den andern Raum gedrängt
RICHTER Mußte nie Gewalt angewendet werden
ZEUGE 7 Die Leute vom Sonderkommando riefen
Schnell schnell
das Wasser wird kalt
Und es wurde auch wohl gedroht und geschlagen
oder einer der Wachleute
gab einen Schuß ab
RICHTER War der andere Raum
durch Duschen getarnt
ZEUGE 7 Nein
Da war nichts
RICHTER Wie groß war dieser Raum
ZEUGE 7 Kleiner als der Auskleideraum
Etwas mehr als 30 Meter lang
RICHTER Wenn 1000 und mehr Menschen
in einem solchen Raum zusammengedrängt wurden
mußte es doch zum Aufruhr kommen
ZEUGE 7 Da war es zu spät
Die letzten wurden hineingepreßt
und die Tür wurde zugeschraubt
RICHTER Herr Zeuge
haben Sie eine Erklärung dafür
warum die Menschen dies alles
mit sich geschehen ließen
Angesichts dieses Raumes
mußten sie doch wissen
daß ihr Ende bevorstand
ZEUGE 7 Es kam kein einziger heraus
um darüber berichten zu können
RICHTER Was zeigte sich den Menschen
in diesem Raum
ZEUGE 7 Da waren Betonwände
mit einzelnen Ventilklappen
In der Mitte waren die Tragpfeiler
und rechts und links davon
standen je 2 Säulen

aus perforiertem Eisenblech
Auf dem Fußboden waren Abflußgatter
Auch hier brannte starkes Licht

RICHTER Was war von den Menschen zu hören

ZEUGE 7 Sie schrien jetzt
und schlugen an die Tür
aber es war nicht viel zu hören
da war solch ein Summen
von den Ofenräumen

RICHTER Was war durch die Türluke zu sehen

ZEUGE 7 Die Menschen drängten sich an die Tür
und kletterten an den Säulen hoch
Dann kam das Ersticken
als das Gas eingeworfen wurde

II

ZEUGE 7 Das Gas wurde oben
in die Blechsäulen eingeworfen
Innerhalb der Säulen
verlief eine spiralenförmige Rinne
in der sich die Masse verteilte
In der feuchten erhitzten Luft
entwickelte sich das Gas schnell
und drang durch die Öffnungen

RICHTER Wie lange dauerte die Wirkungszeit des Gases
bis der Tod eintrat

ZEUGE 7 Das hing von der Menge des Gases ab
Aus Ersparnisgründen wurde meist
nicht genügend eingeworfen
so daß die Tötung
bis zu 5 Minuten dauern konnte

RICHTER Was war die unmittelbare Wirkung des Gases

ZEUGE 7 Es weckte Schwindel und starke Übelkeit
und lähmte die Atmungsfunktionen

RICHTER Wie lange stand der Raum unter Gas

ZEUGE 7 20 Minuten
Dann wurden die Entlüftungsapparate eingeschaltet

und das Gas herausgepumpt
Nach 30 Minuten wurden die Türen geöffnet
Nur zwischen den Leichen war noch in kleinen Mengen
Gas vorhanden
und verursachte einen Reizhusten
deshalb mußten die Leute des Räumungskommandos
Gasmasken tragen

RICHTER Herr Zeuge
Sahen Sie diesen Raum nach der Öffnung

ZEUGE 7 Ja
Die Leichen lagen übereinandergedrängt
in der Nähe der Tür und der Säulen
und zwar lagen Säuglinge
Kinder und Kranke unten
darüber die Frauen
und ganz oben die kräftigsten Männer
Dies war so zu erklären
daß die Menschen sich gegenseitig niedertraten
und aufeinanderkletterten
weil das Gas sich anfangs am stärksten
in Bodenhöhe entwickelte
Die Menschen waren ineinander verkrallt
Die Haut war zerkratzt
Viele bluteten aus Nase und Mund
Die Gesichter waren angeschwollen
und fleckig
Die Menschenhaufen waren besudelt
von Erbrochenem
von Kot Urin und Menstruationsblut
Das Räumungskommando kam mit Wasserschläuchen
und spritzte die Leichen ab
Dann wurden sie in die Lastfahrstühle gezogen
und hinauf in den Verbrennungssaal befördert

RICHTER Wie groß waren die Fahrstühle

ZEUGE 7 Es waren 2 Lastenaufzüge
die je 25 Tote faßten
Sobald ein Aufzug vollbeladen war
wurde ein Klingelzeichen gegeben
Oben an den Fahrstühlen

stand das Schleppkommando bereit
Sie trugen eine Schlinge in der Hand
die sie den Toten um das Handgelenk streiften
Auf einer eigens dazu bestimmten Bahn
wurden die Leichen zu den Öfen geschleift
Das Blut wurde von ständig fließendem Wasser
abgespült
Vor der Verbrennung
wurden sie von Spezialkommandos
zur Auswertung übernommen
Alles was noch an Schmuck
an den Körpern zu finden war
wie Halsketten Armbänder
Ringe und Ohrgehänge
wurde abgenommen
sodann wurde das Haar geschnitten
und sofort gebündelt
und in Säcke verpackt
und zum Schluß traten die Zahnzieher an
die sich auf Dr. Mengeles ausdrücklichen Befehl
aus erstklassigen Spezialisten zusammensetzten
Doch bei ihrer Arbeit mit Zangen und Brecheisen
rissen sie mit den Goldzähnen und Brücken
ganze Stücke der Kiefer heraus
und die Knochenstücke und das daran haftende Fleisch
wurden in einem Säurebad weggeätzt
100 Mann arbeiteten unaufhörlich vor den Öfen
in 2 Schichten

RICHTER Wieviele Öfen befanden sich im Verbrennungssaal

ZEUGE 7 In den beiden großen Krematorien II und III
standen je 5 Öfen
Jeder Ofen hatte 3 Verbrennungskammern
Außer den Krematorien II und III
am Ende der Rampe
gab es die Krematorien IV und V
die je 2 vierkammrige Öfen hatten
Diese Krematorien lagen etwa
750 Meter entfernt
hinter dem Birkenwald

Bei voll laufendem Betrieb
waren zusammen 46 Verbrennungskammern
angeheizt

RICHTER Wieviele Körper
fanden in einer Ofenkammer Platz

ZEUGE 7 Die Kapazität einer Kammer
umfaßte 3 bis 5 Leichen
Es kam jedoch selten vor
daß alle Öfen gleichzeitig arbeiteten
da diese auf Grund der Überheizung
oft beschädigt waren
Die Hersteller dieser Öfen
die Firma Topf und Söhne hat
wie es in ihrer Patentschrift
nach dem Kriege heißt
ihre Einrichtungen
auf Grund gewonnener Erfahrungen
verbessert

RICHTER Wie lange dauerte die Verbrennung
in einer Ofenkammer

ZEUGE 7 Ungefähr eine Stunde
Dann konnte ein neuer Schub gefaßt werden
In den Krematorien II und III
wurden innerhalb von 24 Stunden
über 3000 Menschen verbrannt
Bei Überfüllung
verbrannte man die Leichen auch in Gruben
die neben den Krematorien
ausgehoben worden waren
Diese Gruben waren etwa 30 Meter lang
und 6 Meter tief
An den Enden der Gruben waren Abflußgräben
für das Fett
Das wurde mit Büchsen abgeschöpft
und über die Leichen gegossen
damit sie besser brannten
Im Sommer 1944
als die Verbrennungen die höchsten Ziffern erreichten
wurden täglich

bis zu 20 000 Menschen vernichtet
Ihre Asche wurde mit Lastwagen
zu dem 2 Kilometer entfernten Fluß gefahren
und dort ins Wasser geschüttet

RICHTER Wie wurden die Wertgegenstände
und das Zahngold verwaltet

ZEUGE 1 Bei der Einsammlung der Kleider
wurden die aufgefundenen Gelder und Schmuckstücke
in eine verschlossene Kiste geworfen
die oben einen Schlitz hatte
Vorher füllten sich die Wachleute
die eigenen Taschen
Die Kleider und Schuhe
die von den Häftlingen selbst
noch ordentlich zusammengelegt worden waren
liefen ins Reich
wo sie den Ausgebombten zugute kamen
Das Zahngold wurde eingeschmolzen
Ich wurde als Untersuchungsrichter angefordert
weil ausgehende Pakete
die kiloweise Gold enthielten
beschlagnahmt worden waren
Ich ermittelte daß es sich um Zahngold handelte
Nachdem ich das Gewicht einer einzelnen Plombe
errechnet hatte
kam ich zu dem Ergebnis
daß Tausende von Menschen notwendig waren
um einen solchen Klumpen Gold herzugeben

RICHTER Wurde denn damals von außen
ein Richter einberufen
der Vorgänge im Lager zu untersuchen hatte

ZEUGE 1 Irgendwo lebten noch Vorstellungen
von einem Rechtsstaat fort
Der Kommandant
wollte die Korruption im Lager bekämpfen
Bei meinem Besuch klagte er mir
daß seine Leute der schweren Arbeit
charakterlich oft nicht gewachsen seien
Er führte mich dann zu den Verbrennungsanlagen

wo er mir Einzelheiten erklärte
Drinnen in den Heizräumen war alles
spiegelblank geputzt
Nichts deutete darauf hin
daß Menschen hier verbrannt wurden
Nicht einmal ein Stäubchen lag von ihnen
auf der Ofenarmatur
In der Wachtstube saßen die Mannschaften
halbbetrunken auf den Bänken
und in den Waschräumen standen
ausgesucht hübsche Häftlingsmädchen
und buken an einem Herd
Kartoffelpuffer für die Männer
die sich von ihnen bedienen ließen
Als ich die Spinde der Leute untersuchte
ergab sich
daß diese vollgeladen waren
mit Reichtümern
Als Richter erhob ich damals Anklage auf Raub
und einige wurden verhaftet und abgeurteilt

RICHTER Wie ging eine solche Anklage vor sich

ZEUGE 1 Es war ein Scheinprozeß
Weiter nach oben hin
konnte nicht verhaftet werden
und auf vielfachen Mord
war in diesem Fall keine Anklage möglich

RICHTER Sahen Sie als Untersuchungsrichter
keine anderen Möglichkeiten
Ihre Kenntnisse zu veröffentlichen

ZEUGE 1 Vor welchem Gerichtshof
hätte ich Klage erheben können
über die Mengen der Getöteten
und über die
von den höchsten Verwaltungsstellen
übernommenen Werte
Ich konnte doch kein Verfahren
gegen die oberste Staatsführung einleiten

RICHTER Konnten Sie nicht
auf andere Weise eingreifen

ZEUGE 1 Ich wußte
daß niemand mir geglaubt hätte
Ich wäre hingerichtet
oder im besten Fall
als geistesgestört eingesperrt worden
Ich dachte auch an Flucht über die Grenze
aber ich zweifelte
ob man mir dort glauben würde
und ich fragte mich was geschehen würde
wenn man mir glaubte
und wenn ich verhört werden sollte
gegen mein eigenes Volk
und ich konnte mir nur denken
daß man dieses Volk vernichten würde
für seine Taten
So blieb ich

III

RICHTER Herr Zeuge
Es wird berichtet von einem Aufstand
des Sonderkommandos
Wann fand dieser Aufstand statt
ZEUGE 3 Am 6. Oktober 1944
Das Kommando sollte an diesem Tag
von den Wachmannschaften liquidiert werden
RICHTER War dies dem Kommando vorher bekannt
ZEUGE 3 Alle wußten
daß sie umgebracht werden sollten
Lange vorher schon hatten sie sich
durch Häftlinge
die in den Rüstungsbetrieben arbeiteten
Büchsen mit Ekrasit besorgt
Der Plan war
die Wachposten unschädlich zu machen
die Krematorien zu sprengen
und zu fliehen
Doch das Krematorium

in dem die Sprengbomben verwahrt lagen
wurde früher als erwartet ausgehoben
und die Leute sprengten sich selbst
in die Luft
Es kam noch zum Kampf
doch alle wurden überwältigt
Mehrere hundert lagen
hinter dem Birkenwäldchen
Sie lagen auf dem Bauch
und die Männer der Politischen Abteilung
töteten sie durch Kopfschüsse

RICHTER Wer von den Angeklagten war dabei

ZEUGE 3 Boger war der Leitende

RICHTER Wurde das Krematorium
durch die Sprengung vernichtet

ZEUGE 3 Durch die Sprengung von 4 Pulverfässern
explodierte das ganze Gebäude
und brannte nieder

RICHTER Was geschah mit den übrigen Krematorien

ZEUGE 3 Sie wurden kurze Zeit danach
vom Lagerpersonal selbst gesprengt
da die Front näherrückte

ANKLÄGER Herr Zeuge
Halten Sie es für möglich
daß der Adjutant des Lagerkommandanten
nicht über die Vorgänge in den Krematorien
unterrichtet war

ZEUGE 3 Ich halte es für unmöglich
Jedem der 6000 Mitglieder des Personals
die im Lager arbeiteten
waren die Vorgänge bekannt
und jeder leistete auf seinem Posten
was für das Funktionieren des Ganzen
geleistet werden mußte
Des weiteren wußte jeder Zugführer
jeder Weichensteller
jeder Bahnhofsbeamte
der mit der Verfrachtung der Menschen
zu tun hatte

was im Lager geschah
Jede Telegraphistin und Stenotypistin
an denen die Deportationsbefehle vorbeiliefen
wußten davon
Jeder einzelne
in den hundert und tausend Amtsstellen
die mit den Aktionen beschäftigt waren
wußte
worum es ging

VERTEIDIGER Wir protestieren gegen diese Behauptungen
die vom Haß diktiert sind
Niemals kann Haß
eine Grundlage bilden
für die Beurteilung
der hier zur Sprache geführten
Einzelheiten

ZEUGE 3 Ich spreche frei von Haß
Ich hege gegen niemanden den Wunsch
nach Rache
Ich stehe gleichgültig
vor den einzelnen Angeklagten
und gebe nur zu bedenken
daß sie ihr Handwerk
nicht hätten ausführen können
ohne die Unterstützung
von Millionen anderen

VERTEIDIGER Hier steht nur zur Diskussion
was unseren Mandanten
bewiesenerweise vorgehalten werden kann
Vorwürfe allgemeiner Art
bleiben belangslos
vor allem Vorwürfe
die sich gegen eine ganze Nation richten
die während der hier zu erörternden Zeit
in einem schweren und aufopfernden
Kampf stand

ZEUGE 3 Ich bitte nur
darauf hinweisen zu dürfen
wie dicht der Weg von Zuschauern gesäumt war

als man uns aus unsern Wohnungen vertrieb
und in die Viehwagen lud
Die Angeklagten in diesem Prozeß
stehen nur als Handlanger
ganz am Ende
Andere sind über ihnen
die vor diesem Gericht nie
zur Rechenschaft gezogen wurden
Einige sind uns hier begegnet
als Zeugen
Diese leben unbescholten
Sie bekleiden hohe Ämter
sie vermehren ihren Besitz
und wirken fort in jenen Werken
in denen die Häftlinge von damals
verbraucht wurden

ANKLÄGER Herr Zeuge
können Sie uns aus Ihrer Sicht sagen
wie hoch Sie die Zahl
der im Lager getöteten Menschen
schätzen

ZEUGE 3 Von den 9 Millionen 600 Tausend Verfolgten
die in den Gebieten lebten
die ihre Verfolger beherrschten
sind 6 Millionen verschwunden
und es ist anzunehmen
daß die meisten von ihnen
vorsätzlich vernichtet wurden
Wer nicht erschossen erschlagen
zu Tode gefoltert
und vergast wurde
kam um an Überarbeitung
Hunger Seuchen und Elend
Allein in diesem Lager
sind über 3 Millionen Menschen
ermordet worden
Um aber die Gesamtzahl der unbewaffneten Opfer
in diesem Ausrottungskrieg zu ermessen
müssen wir den 6 Millionen

aus rassischen Gründen Getöteten
3 Millionen erschossene und verhungerte
sowjetische Kriegsgefangene hinzufügen
sowie 10 Millionen Zivilisten
die in den besetzten Ländern umkamen

VERTEIDIGER Selbst wenn wir alle
die Opfer aufs tiefste beklagen
so ist unsere Aufgabe hier
Übertreibungen
und von bestimmter Stelle gelenkten
Beschmutzungen
entgegenzuwirken
Nicht einmal die Zahl von 2 Millionen Toten
läßt sich im Zusammenhang mit diesem Lager
bestätigen
Nur die Tötung von einigen Hunderttausend
hat Beweiskraft
Die Mehrzahl der genannten Gruppen
gelangte nach dem Osten
und als Ermordete können nicht solche zählen
die als Banden aufgegriffen
und liquidiert wurden
oder die als Überläufer
in den feindlichen Armeen fielen
Es wird uns in diesem Prozeß
nur allzu deutlich
welche politischen Absichten
hier die Aussagen bestimmen
über die untereinander zu verhandeln
die Zeugen reichlich Gelegenheit hatten
Die Angeklagten lachen zustimmend

ANKLÄGER Das ist eine bewußte und gewollte
Mißachtung und Kränkung
der Toten des Lagers
und der Überlebenden
die sich bereitgefunden haben
hier als Zeugen auszusagen
In einem solchen Verhalten der Verteidigung
wird offensichtlich die Fortsetzung

jener Gesinnung demonstriert
die die Angeklagten in diesem Prozeß
schuldig werden ließ
Das soll hier mit Nachdruck
und mit aller Deutlichkeit
festgestellt werden

VERTEIDIGER Wer ist denn dieser Nebenkläger
mit seiner unpassenden Kleidung
Es entspricht mitteleuropäischen Gesellschaftsformen
mit geschlossener Robe im Gerichtssaal zu erscheinen

RICHTER Wir rufen zur Ordnung
Angeklagter Mulka
Wollen Sie uns jetzt nicht sagen
was Sie im Zusammenhang mit den Vernichtungs-
aktionen
gewußt und angeordnet haben

ANGEKLAGTER 1 Ich habe nichts diesbezügliches angeordnet

RICHTER Haben Sie nichts
von den Vernichtungsaktionen erfahren

ANGEKLAGTER 1 Erst gegen Ende meiner Dienstzeit
Ich kann heute sagen
daß ich von Abscheu erfüllt war

RICHTER Wenn Sie von Abscheu erfüllt waren
warum weigerten Sie sich dann nicht
daran teilzunehmen

ANGEKLAGTER 1 Ich war Offizier
und kannte das Militärstrafgesetz

ANKLÄGER Sie waren kein Offizier

ANGEKLAGTER 1 Doch
ich war Offizier

ANKLÄGER Sie waren kein Offizier
Sie haben einem uniformierten
Mordkommando angehört

ANGEKLAGTER 1 Hier wird meine Ehre angegriffen

RICHTER Angeklagter Mulka
Es handelt sich um Mord

ANGEKLAGTER 1 Wir waren davon überzeugt
daß es bei diesen Befehlen
um die Erreichung eines versteckten

Kriegszieles ging
Herr Präsident
ich bin darunter fast seelisch zerbrochen
Ich wurde so krank davon
daß ich ins Lazarett
eingeliefert werden mußte
Aber das muß ich hier betonen
daß ich alles nur von außen sah
und daß ich meine Finger
aus der Sache hielt
Hohes Gericht
Ich war gegen diese ganze Angelegenheit
Ich wurde selbst
ein Verfolgter des Systems

RICHTER Was geschah Ihnen denn

ANGEKLAGTER 1 Ich wurde verhaftet
weil ich mich defaitistisch geäußert hatte
Drei Monate saß ich in Haft
Nach meiner Freilassung
kam ich in die Terrorangriffe des Feindes
Viele konnte ich damals noch retten
als ich als alter Soldat
bei den Räumungsarbeiten mithalf
Mein eigener Sohn kam um
Herr Präsident
man soll in diesem Prozeß
auch nicht die Millionen vergessen
die für unser Land ihr Leben ließen
und man soll nicht vergessen
was nach dem Krieg geschah
und was immer noch
gegen uns vorgenommen wird
Wir alle
das möchte ich nochmals betonen
haben nichts als unsere Schuldigkeit getan
selbst wenn es uns oft schwer fiel
und wenn wir daran verzweifeln wollten
Heute
da unsere Nation sich wieder

zu einer führenden Stellung
emporgearbeitet hat
sollten wir uns mit anderen Dingen befassen
als mit Vorwürfen
die längst als verjährt
angesehen werden müßten
Laute Zustimmung von seiten der Angeklagten

Anhang

»Der Turm«

Entstehung: 1948. *Uraufführung:* Studiobühne Stockholm, 1949. *Deutschsprachige Erstaufführung:* a) als Hörspiel: Hessischer Rundfunk, Frankfurt am Main, 16. 4. 1962. b) als Bühnenaufführung: Theater am Belvedere, Wien, 2. 12. 1967. Regie: Irimbert Ganser. *Erstveröffentlichung:* in »Spectaculum«, Texte moderner Hörspiele, Suhrkamp Verlag, Frankfurt am Main, 1963, S. 250 ff.

Peter Weiss · Prolog zum Hörspiel

Vor vielen Jahren hat Pablo im Turm gelebt. Draußen in der Welt ist er jedoch den Turm nie richtig losgeworden. Der Turm lebt mit einer dumpfen Schwere in ihm fort. Die Flucht hilft Pablo nichts. Nur wenn er es wagt, noch einmal tief in den Turm einzudringen und sich mit seiner Vergangenheit auseinanderzusetzen, kann er sich vielleicht befreien.
So kehrt er zurück und begehrt Einlaß.
Das ist als dringe er in sein eigenes Inneres ein.
Da ist der Direktor und die Verwalterin. Unter ihren Händen ist er aufgewachsen. Von ihnen ist er dressiert worden zu einem Artisten in der Zirkusvorstellung des Turms.
Da ist Carlo, eine brüderliche Figur, im Turm zurückgeblieben.
Da ist Nelly, das Gespenst der Liebe.
Nelly ist tot, vom Zauberer in den Tod getrieben.
Der Zauberer, in ihm verkörpert sich alles Todessüchtige. Der Zauberer, scheinbar beschäftigungslos, ist die stärkste Macht des Turms.
Auch der Löwe ist tot. Der Löwe, das war das Wilde und Unbändige. Der Zwerg, krumm und verwachsen, spielt jetzt den Löwen.
Früher hat Pablo als Balanceur auf dem großen Ball im Turm gelebt. Jetzt spielt er seine neue Rolle, die Rolle des Ausbrechers, des Entfeßlers.
Hier im Turm will er sich jetzt binden lassen. Restlos will er sich der Gewalt des Turms aussetzen.
Pablo tritt ein unter dem Namen Niente. Damit ist gesagt, daß er ein Nichts ist. Erst wenn er sich aus dem Turm befreit, gewinnt er sich selbst, gewinnt er seinen eigenen Namen.

»Die Versicherung«

Entstehung: 1952. *Uraufführung:* Studententheater der Universität Göteborg, Winter 1966, als Studioaufführung. *Deutschsprachige Erstaufführung:* Bühnen der Stadt Köln, Frühjahr 1969. Regie: Hansgünther Heyme.
Erstveröffentlichung: in »Deutsches Theater der Gegenwart«, Band 1, Frankfurt am Main, 1967, S. 83 ff.

Peter Weiss · Notiz zu »Die Versicherung« (1968)

»Die Versicherung« wurde geschrieben 1952, kurz nach dem Prosatext »Der Schatten des Körpers des Kutschers«. Eine schwedische Übersetzung des Stücks wurde bereits 1952 den Theatern in Stockholm vorgelegt. Das Stück wurde als unspielbar abgewiesen; ebenso negativ waren die Reaktionen, als das Stück 1953 Rundfunkstationen und Theatern der Bundesrepublik angeboten wurde.
Das Studententheater der Universität Göteborg brachte »Die Versicherung« im Winter 1966 zu einer Studio-Aufführung, bei der unter anderem große Puppen verwendet wurden.
Die surrealistisch-visionäre Form des Dramas hängt eng zusammen mit meinen damaligen filmischen Versuchen. Ursprünglich stellte ich mir eine Bühnenaufführung vor in einer Mischtechnik, bei der einzelne Szenen gefilmt auf verschiedenen Ebenen neben der Darstellung einherliefen. Ich wollte einen vielschichtigen Eindruck hervorrufen: Sprecher, und dazu überlebensgroße gefilmte Gesichter; kleine Handlungszellen, und dazu eingeblendete Bilder aus der Großstadt; das Eindringen der Außenwelt in den Bühnenraum; von Schauspielern begonnene Aktionen, die sich im Film erweitert fortsetzen; Leuchtreklamen, dokumentarische Bilder von Straßenunruhen und Naturkatastrophen.
Die anarchistisch-vorrevolutionäre Atmosphäre des Stücks läßt sich aktualisieren durch die jüngsten Ereignisse in den spätkapitalistischen Ländern. Die Handlung kann z. B. in die Vereinigten Staaten verlegt werden, wobei auch die Namen amerikanisiert werden können.

»Nacht mit Gästen«

Entstehung: 1962/63. *Uraufführung:* Schiller-Theater, Werkstatt, Berlin, 16. 11. 1963. Regie: Deryk Mendel. Bühnenbild und Kostüme: Hans-Martin Erhardt. Musik: Kurt Heuser.
Mann: Martin Hirthe. Frau: Charlotte Joeres. Zwei Kinder: Marianne Lutz, Tatjana Hoffmann. Gast: Peter Kuiper. Warner: Werner Stock.
Erstveröffentlichung: in der Zeitschrift »Akzente«, München, 8/1963.

Zum Schluß der Moritat: Für die Berliner Uraufführung schrieb Peter Weiss auf Wunsch des Regisseurs folgende Schlußverse, die vom Darsteller des Mannes gesprochen werden:

Ihr seht wie's uns ergangen ist
in ihrem Blute seht sie an
die Frau die Mörder und den Mann
Das Gold hat uns verdorben
für's Gold sind wir gestorben

Diese Schlußmoral wünscht der Autor nicht aufzunehmen in den Abdruck des Stückes: »Mir ist der offene Schluß lieber.«
(Anmerkung von Peter Weiss, 1967)

Peter Weiss · Zu »Nacht mit Gästen«

Seid ihr alle da, rief Kasper aus der Bude, und Ja antwortete alles im Chor. Da schaukelte Kasper auf der winzigen Bühne, den Knüppel unterm Arm, und wenn der Polizist erschien, bekam er gleich einen Hieb über den Kopf. Brüllendes Gelächter. Es gab keine Intrigen und es wurden keine Seelen geschildert, die Probleme wurden mit Ohrfeigen und Messerstichen gelöst. Es ging Schlag auf Schlag, mit hinausgeschrienen Witzen und Knittelreimen. Jeder war ein Typ, leicht zu erkennen, mit greller Maske und groben Gebärden. Alle hintergingen alle, alle waren Possen und Zoten ausgesetzt, niemand wurde ernst genommen. Und sie waren alle unsterblich, sie waren alle nur krachendes Holz und standen gleich wieder auf und grinsten mit ihren geschnitzten Gesichtern.

Das Kasperltheater stand auf dem Jahrmarkt, im Gedudele der Karusselle, zwischen den Stimmen der Ausrufer, den farbenprächtigen Moritatenbildern, den Zauberkünstlern und fremdartigen Figuren, die sich auf den Estraden zeigten. Dies sind einige der Einzelheiten, die den Hintergrund ausmachen zu einer Theaterform, die ich wiederbeleben möchte: der Schaubude.
»Nacht mit Gästen« ist der erste Versuch in dieser Richtung.
(Zuerst erschienen als Beitrag im Programmheft der Uraufführung: Schiller-Theater, Programmheft vom 16. 11. 1963)

Peter Weiss · Zur Inszenierung von »Nacht mit Gästen« (1963)

Als Inspirationsquelle für eine Inszenierung können das Kabuki-Theater sowie die volkstümlichen Kasper-Spiele dienen.
Vom Kasper-Spiel wäre hier das Grobschlächtige, Possenhafte zu entnehmen, die starken Effekte, das laut Herausgerufene, oft falsch Betonte, das Aggressive und Grauenhafte unter der scheinbaren Lustigkeit.
Vom Kabuki-Theater die akrobatische Beherrschtheit der Bewegungen, das Unnaturalistische, die verfremdete Stimmenbehandlung, in der die Worte oft herausgezischt und herausgestöhnt werden – wie in unserm Stück zum Beispiel in der Schlußszene, dem Duell, das an ein Ballett erinnern soll.
Die starken Farben, gern bis zur Grellheit, das Maskenhafte der Charaktere – zum Beispiel der buschige große Bart, die rote Nase des Gastes – der stark vereinfachte Dekor, der nur die absolut notwendigen Gegenstände enthält, sowie die stilisierte Gestik – dies alles ähnelt einander in den beiden Theaterformen.
Die Kinderreime als durchgehendes Thema werden in einem Singsang vorgetragen, wie ja auch die übrigen Stimmen gern etwas Beschwörendes, Geleiertes haben dürfen.
Es wäre falsch, den Text in einer lyrischen Form darzustellen, vielmehr soll das Böse, Gehässige, Geängstigte und Verschlagene herauskommen, mit Einzelheiten, die wie »ein Wink mit dem Zaunpfahl« sein können, zum Beispiel in der Erwähnung der Schatzkiste, so daß das Publikum versteht, daß es sich hier um eine List dreht oder bei der Nennung der »rosa Schleife«, bei der es deutlich wird, daß der ungebetene Gast damit erdrosselt werden soll. Auch soll das

Falsche, Einschmeichelnde hervorgehoben werden, wenn die Kinder mit dem Gast sprechen.
Sehr wichtig ist die Musikbegleitung. Hier darf es sich nicht nur um einzelne Vignetten handeln. Am besten wäre eine durchgehende Komposition mit jahrmarkthaften Instrumenten, wie Drehorgel, Schalmei, Hirtenflöte, Trommel.

»Wie dem Herrn Mockinpott das Leiden ausgetrieben wird«

Entstehung: Begonnen 1963, nach vierjähriger Pause beendet 1968. *Uraufführung*: Landestheater Hannover, 16. 5. 1968, im Studio im Künstlerhaus. Regie: Horst Zankl. Bühnenbild: Frank Chamier. Musik: Erik Tass.
Mockinpott: Erich Ludwig. Wurst: Gustav Rothe. Frau: Gudrun Geier. Wärter, Nebenbuhler: Peter Parak. Amtmann, Arbeitgeber: Gottfried Blahovsky. Advokat, Arzt, Der Liebe Gott: Klaus Steiger. Angestellter, Diener: Alfred Eich. Zwei Schwestern: Corinna Gust, Viola Sauer. Zwei Engel: Maria Schütte, Emmy Nordmeyer. Drei regierende Figuren: Gottfried Blahovsky, Klaus Steiger, Gudrun Geier.
Erstveröffentlichung: in der Zeitschrift »Theater heute«, Velber bei Hannover, 6/1968.

Peter Weiss · Notiz zum Spiel

In diesem Stück wird ein Spielstil fortgesetzt, den ich mit »Nacht mit Gästen« begann. Die Vorbemerkungen zu »Nacht mit Gästen«, über das volkstümliche Theater, das Theater des Jahrmarkts, der Schaubude, gelten auch für dieses Stück.

»Die Verfolgung und Ermordung Jean Paul Marats dargestellt durch die Schauspielgruppe des Hospizes zu Charenton unter der Anleitung des Herrn de Sade«

Entstehung: Herbst 1962 bis 1965. *Die verschiedenen Fassungen des Stückes:*

A 1. Fassung, erschienen als hektografiertes Textbuch im Theaterverlag Suhrkamp, April 1963, 142 S. Drama in zwei Akten. Erste Niederschrift des Stückes von Februar bis April 1963.

B 2. Fassung, erschienen als hektografiertes Textbuch im Theaterverlag Suhrkamp, Juni 1963, 95 S. Din A 4. Drama in drei Akten.

C 3. Fassung, erschienen als Band 68 der edition suhrkamp, Frankfurt am Main, 1. – 12. Ts., Mai 1964, 139 S.

D 4. Fassung, erschienen als Band 68 der edition suhrkamp, Frankfurt am Main, 33.–52. Ts., Oktober 1964, 140 S.

E 5. Fassung, erschienen als Band 68 der edition suhrkamp, Frankfurt am Main, fünfte, durchgesehene Auflage, 53.–72. Ts., 1965, 143 S.

Uraufführung: Schiller-Theater Berlin, 29. 4. 1964. Regie: Konrad Swinarski. Musik: Hans-Martin Majewski. Choreographie: Deryk Mendel. Bühnenbild: Peter Weiss. Kostüme: Gunilla Palmstierna-Weiss.

Jean Paul Marat: Peter Mosbacher. Simonne Evrard: Else Reuß. Charlotte Corday: Lieselotte Rau. Duperret: Lothar Blumhagen. Jacques Roux: Helmut Wildt. Der Ausrufer: Stefan Wigger. Die vier Sänger: Kokol: Holger Kepich. Polpoch: Rudi Schmitt. Cucurucu: Klaus Herm. Rossignol: Barbara Morawiecz. 1. Patient: Krikor Melikyan. 2. Patient: Werner Stock. 3. Patient: Klaus Miedel. 4. Patient: Herbert Wilk. 5. Patient: Reinhold Bernt. 6. Patient: Joachim Kemmer. 7. Patient: Klaus Jepsen. 8. Patient: J. F. Le Moign. Marquis de Sade: Ernst Schröder. Coulmier: Wolfgang Kühne. Coulmiers Frau: Lilo Zabke. Pfleger, Schwestern, Musikanten.

Peter Weiss · Nachbemerkung zu »Marat/Sade«

1. Niederschrift des Stückes Februar – April 1963. Weiterarbeit November 1963 – März 1964.
Konrad Swinarski, der das Stück zur Uraufführung brachte, leistete mir, vor allem in den Schlußszenen, wertvolle Beratung. Die Bühnenanweisungen, sowie die Vorschläge für die Kostüme, entstanden in enger Zusammenarbeit mit meiner Frau, Gunilla Palmstierna-Weiss.

Materialien zu Peter Weiss' »Marat/Sade«

zusammengestellt von Karlheinz Braun, edition suhrkamp, Band 232, Frankfurt am Main, 1967. Inhalt: I. Über die historischen Voraussetzungen des Stückes. II. Über die verschiedenen Fassungen des Stückes. III. Proben zu »Marat/Sade«. IV. Vier Kritiker über vier Aufführungen. V. Peter Weiss über das Theater, über »Marat/ Sade« und über die Inszenierungen des Dramas. VI. Drei Aufsätze über »Marat/Sade« und den Dramatiker Peter Weiss. VII. Anhang.

Peter Weiss · Anmerkungen zum geschichtlichen Hintergrund unseres Stückes (1963)

Schon vor seiner Gefangenschaft in der Zwingburg von Vincennes und der Pariser Bastille leitete Sade Theateraufführungen in seinem Schloß La Coste. Während der dreizehnjährigen Einkerkerung (zwischen seinem dreiunddreißigsten und sechsundvierzigsten Lebensjahr) schrieb er, neben seinen großen Prosawerken, siebzehn Dramen. In späteren Jahren kam noch etwa ein Dutzend von Tragödien, Komödien, Opern, Pantomimen und gereimten Einaktern hinzu. Von all diesen Stücken wurde während der Zeit, die er zwischen 1790 und 1801 in Freiheit verbrachte, nur »Oxstiern ou les malheurs du libertinage« in einem Theater zur Aufführung gebracht und gleich wieder, nach einem Skandal, abgesetzt. Von 1801 bis zu seinem Tod 1814 war er in der Irrenanstalt Charenton interniert, wo er einige Jahre lang Gelegenheit hatte, im Kreis der Patienten Schauspiele zu inszenieren und selbst als Schauspieler auf der Bühne zu stehen.

Charenton war (nach der Beschreibung von J. L. Caspar, »Charakteristik der französischen Medizin«, Leipzig 1822) eine Anstalt, in die man diejenigen brachte, die sich durch ihr Verhalten in der Gesellschaft unmöglich gemacht hatten, auch ohne daß sie geisteskrank waren. Hier waren Menschen eingesperrt, »die Laster geübt hatten, deren Offenbarung sich nicht für das öffentliche Gerichtsverfahren schickte, sowie andere, die wegen grober politischer Vergehen verhaftet worden waren, oder solche, die sich als schlechte Werkzeuge hoher Kabalen hatten brauchen lassen«. In den höheren Pariser Kreisen galt es als ein exklusives Vergnügen, Sades Vorstellungen in dem »Schlupfwinkel für den moralischen Auswurf der bürgerlichen Gesellschaft« zu besuchen. Es ist allerdings anzunehmen, daß diese Amateurvorstellungen zumeist aus Deklamationen im herkömmlichen Stil bestanden, wie überhaupt der größte Teil von Sades dramatischer Arbeit nicht an die Kühnheit und Konsequenz seiner Prosa heranreicht. Im »Dialogue entre un prêtre et un Moribond« und vor allem in »La philosophie dans le Boudoir« wird jedoch seine dramatische Auffassung deutlich, in der analysierende und philosophische Dialoge gegen Szenerien körperlicher Exzesse gestellt werden, auch zeigt sich in seinen Romanen, durch die außerordentlich konkrete Beschreibung aller Vorgänge, immer wieder sein bildhaftes Denken.

Seine Auseinandersetzung mit Marat, die wir hier darstellen, ist jedoch völlig imaginär und schließt sich nur an die Tatsache an, daß Sade es war, der die Gedenkrede auf Marat zu dessen Totenfeier hielt, und auch in dieser Rede ist seine Beziehung zu Marat noch zweifelhaft, da er sie vor allem hielt, um seinen eigenen Kopf zu retten, denn er war damals wieder gefährdet und stand schon auf der Liste der Guillotineopfer.

Was uns in der Konfrontation von Sade und Marat interessiert, ist der Konflikt zwischen dem bis zum Äußersten geführten Individualismus und dem Gedanken an eine politische und soziale Umwälzung. Auch Sade war von der Notwendigkeit der Revolution überzeugt und seine Werke sind ein einziger Angriff auf eine korrumpierte herrschende Klasse, jedoch schreckt er auch vor den Gewaltmaßnahmen der Neuordner zurück und sitzt, wie der moderne Vertreter des dritten Standpunkts, zwischen zwei Stühlen. Er stellt sich zwar nach seiner Freilassung 1790 dem Nationalkonvent zur Verfügung, wird Sekretär in der Sektion des Piques, wo er mit der

Verwaltung der Spitäler beauftragt wird und auch einen Posten als Richter bekommt, bleibt aber ein Einzelgänger und ist von der langen Kerkerhaft so geprägt, daß ihm der Umgang mit Menschen oft schwerfällt. Und wenn er sagt, er sei von den Maßnahmen des alten Regimes geschädigt worden, so kann er sich damit nicht heroisieren, denn es waren nicht politische Gründe, die zu seiner Verhaftung führten, sondern die Anklagen sexueller Ausschweifungen, und in Gestalt seiner ungeheuerlichen Schriften brachten ihn diese dann im neuen Regime auch wieder zu Fall.
Auf welche Weise er sich als Revolteur betrachtete, geht aus folgendem Brief hervor, den er 1783 aus dem Gefängnis an seine Frau schrieb:
»Meine Denkungsart könne man nicht billigen, sagen Sie. Und was macht das? Der ist schön verrückt, der anderen eine Denkungsart vorschreibt! Meine Denkungsart ist die Frucht meiner Überlegungen, sie gehört zu meinem Leben, zu meiner Beschaffenheit. Es steht nicht in meiner Macht, sie zu ändern, und wenn es in meiner Macht stünde, würde ich es nicht tun. Diese Denkungsart, die Sie tadeln, ist der einzige Trost in meinem Leben, sie erleichtert alle meine Leiden im Gefängnis, sie schafft alle meine Freuden auf der Welt, und mir liegt mehr an ihr als an meinem Leben. Nicht meine Denkungsart hat mein Unglück verursacht, sondern die Denkungsart der andern.«
Wir können uns Sade schwer vorstellen in einer Tätigkeit für das öffentliche Wohl. Er sah sich zu einem Doppelspiel gezwungen, befürwortete einerseits Marats radikale Argumente, sah aber andrerseits die Gefahren eines totalitären Systems, auch gingen seine Ansichten zu einer gerechten Verteilung der Güter nicht so weit, daß er sein Schloß und seinen Grundbesitz hergeben wollte, und er fügte sich nicht gleichmütig, als er auf La Coste verzichten mußte, nachdem es geplündert und niedergebrannt worden war. In seinen Theaterspielen äußern sich seine letzten Versuche, menschlichen Umgang zu erreichen, doch bei zunehmendem Alter gerät er ganz in Vereinsamung und Abgeschlossenheit. Ein Arzt der Heilanstalt Charenton beschreibt ihn folgendermaßen:
»Ich begegnete ihm häufig, wenn er allein, mit schweren schleppenden Schritten, sehr nachlässig gekleidet, durch die Gänge neben seiner Wohnung ging. Ich habe nie gesehn, daß er mit jemandem sprach. Wenn ich an ihm vorüberging, grüßte ich, und er beant-

wortete meinen Gruß mit jener kalten Höflichkeit, die jeden Gedanken, ein Gespräch anzuknüpfen, fernhält.«

Wenn es unsere Erfindung ist, ihn Marat in dessen letzter Stunde gegenüberzustellen, so entspricht die geschilderte Lage Marats der Wirklichkeit. Die psychosomatische Hautkrankheit, die dieser sich während der Entbehrungen in seinen Kellerverstecken zugezogen hatte und an der er während der letzten Lebensjahre litt, zwang ihn, zur Milderung des Juckreizes viele Stunden in der Badewanne zu verbringen. Hier hielt er sich auch auf, als am Sonnabend den 13. Juli 1793 Charlotte Corday dreimal an seiner Tür war, ehe sie eingelassen wurde und ihn erstach.

Die Äußerungen Marats im Lauf der Handlung entsprechen ihrem Inhalt nach, oft fast wortgetreu, seinen hinterlassenen Schriften. Auch was über seinen Werdegang erwähnt wird, hält sich ans Authentische. Als Sechzehnjähriger verließ er das Elternhaus, studierte Medizin, lebte einige Jahre in England, war berühmt als Arzt, verkannt als Wissenschaftler, kam zu gesellschaftlichen Ehren, stellte sich dann aber, nachdem er die Gesellschaft schon lange seiner Kritik unterworfen hatte, ganz in den Dienst der Revolution und wurde, seines heftigen, unversöhnlichen Temperaments wegen, zum Sündenbock für viele Greuel gemacht. Erst Autoren wie Rosbroj, Bax und Gottschalk begannen, am Anfang unseres Jahrhunderts, das einseitige Bild Marats zu revidieren und die Scharfsinnigkeit seiner politischen und wissenschaftlichen Argumente zu erkennen. Kaum eine der Gestalten der französischen Revolution wurde von der bürgerlichen Geschichtsschreibung des 19. Jahrhunderts so abschrekkend und blutdürstig dargestellt wie Marat, und dies wundert uns nicht, da seine Tendenzen in direkter Linie zum Marxismus führen.

In unserem heutigen Rückblick müssen wir bedenken, daß Marat zu denen gehörte, die dabei waren, den Begriff des Sozialismus zu prägen, und daß in seinen gewaltsamen Umsturztheorien vieles noch unausgegoren war oder übers Ziel schoß. Wir stellen ihm in unserm Drama den ehemaligen Priester Jacques Roux zur Seite, der in seiner Agitation und in seinem leidenschaftlichen Pazifismus Marat noch übertrifft. Wir nehmen keine Rücksicht darauf, daß Marat sich noch in den letzten Tagen vor seinem Tod von ihm abwandte und auch ihn, vielleicht unterm Anflug des Verfolgungswahns, verurteilte. Roux, eine der fesselndsten Persönlichkeiten der Revolution,

erhält hier die Funktion eines Ansporners und Zuspitzers, eines Alter Ego, an dem Marats Thesen sich messen lassen.
Ebenso gestatten wir uns Freiheiten in der Schilderung Duperrets, des girondistischen Abgeordneten. Er ist hier der konservative Patriot, wie es Tausende seinesgleichen gab, und er muß dazu herhalten, als Geliebter der Corday zu gelten, während wir ihren wirklichen Bewunderer, einen Herrn Tournelis, der sich von Caen aus zu den landsflüchtigen Royalisten in Koblenz begab, unbeachtet lassen. In diesem Punkt handeln wir ganz im Geist der Revolutionswirren, in denen man mit Verdächtigungen und Urteilen nicht so genau war, und in denen der arme Duperret, dem die Corday von der Gruppe der Aufständischen in Caen anempfohlen worden war, mit seinem Kopf für diese Begegnung zu zahlen hatte.
Charlotte Corday hatte jedoch niemanden in ihre Pläne eingeweiht. Geschult an der ekstatischen Versunkenheit ihres Klosterlebens brach sie allein auf, und Jeanne d'Arcs und der biblischen Judith gedenkend, machte sie sich selbst zu einer Heiligen.

Entstehung: Sommer 1964 – Herbst 1965. *Uraufführung:* Offene Uraufführung am 19. 10. 1965: Freie Volksbühne Berlin (Regie: Erwin Piscator), Deutsche Akademie der Künste Berlin (Regie: Karl von Appen, Lothar Bellag, Erich Engel, Manfred Wekwerth, Konrad Wolf), Theater der Stadt Cottbus, Staatstheater Dresden (Regie: Heinz Pietzsch), Bühnen der Stadt Essen (Regie: Erich Schumacher), Bühnen der Stadt Gera (Regie: Jürgen Kern), Städtische Bühnen Köln (Regie: Joachim Mühsam), Landestheater Halle/Leuna (Regie: Klemm, Kramer, Röpke, Veth), Royal Shakespeare Company London (Regie: Peter Brook), Meininger Theater (Regie: Dieter Groß), Münchner Kammerspiele (Regie: Paul Verhoeven), Friedrich-Wolf-Theater Neustrelitz (Regie: Rainer R. Lange), Hans-Otto-Theater Potsdam (Regie: Peter Kupke), Volkstheater Rostock (Regie: Hanns Anselm Perten), Württembergisches Staatstheater Stuttgart (Regie: Peter Palitzsch), Nationaltheater Weimar (Regie: Helmut Pollow).

Besetzung der Berliner Aufführungen: 1. Freie Volksbühne Berlin. Regie: Erwin Piscator. Bühnenbild: Hans-Ulrich Schmückle. Musik: Luigi Nono

Richter: Dieter Borsche. Ankläger: Günther Pfitzmann. Verteidiger: Horst Niendorf. Zeugen: Kurt Mühlhardt (1), O. A. Buck (2), Robert Dietl (3), Angelika Hurwitz (4), Hilde Mikulicz (5), Peter Capell (6), Hugo Schrader (7), Martin Berliner (8), Hans Deppe (9), Heinz Giese (10). Angeklagte: Tilo von Berlepsch (1), Emmerich Schrenk (2), Gerd Martienzen (3), Erich Goetze (4), Hellmut Grube (5), Eric Vaessen (6), Richard Haller (7), Hans Hardt (8), Gerhard Schinschke (9), Walter Holetzko (10), Peter Schiff (11), Otto Mächtlinger (12), Lothar Köster (13), Jochen Sehrndt (14), Alexander Ponto (15), Carlo Kluge (16), Günter Glaser (17), Manfred Meurer (18)

2. Deutsche Akademie der Künste Berlin. Regie: Karl von Appen, Lothar Bellag, Erich Engel, Manfred Wekwerth, Konrad Wolf. Musik: Paul Dessau

Richter: Hilmar Thate. Ankläger: Alfred Müller. Verteidiger: Dieter Knaup. Zeugen: Peter Edel (1), Norbert Christian (2), Ernst Busch (3), Georgia Peet (4), Helene Weigel (5), Alexander Abusch

(6), Fritz Cremer (7), Raimund Schelcher (8), Erwin Geschonneck (9). Angeklagte: Stephan Hermlin (1), Bruno Apitz (2), Eberhard Esche (3), Rolf Ludwig (4), Wolfgang Heinz (5), Albert Hetterle (6), Wolf Kaiser (7), Horst Drinda (8), Helmut Baierl (9), Bruno Carstens (10), Bert Heller (11), Ekkehard Schall (12), Klaus Wittkugel (13), Werner Klemke (14), Maxim Vallentin (15), Bruno Carstens (16), Peter Sturm (17), Wieland Herzfelde (18). Kommentator: Robert Siewert.
Erstveröffentlichung: in »Theater 1965«, Sonderheft der Zeitschrift »Theater heute«, August 1965. »Die Ermittlung« Buchausgabe im Suhrkamp Verlag, Frankfurt am Main, 1965

Peter Weiss · Zur »Ermittlung«

1. Peter Weiss, Frankfurter Auszüge. In: Kursbuch 1, 1965, S. 152 ff. (Diese Aufzeichnungen von Peter Weiss, datiert Sommer 1964, sind ein Teil der Vorarbeiten des Autors zur »Ermittlung«. Sie handeln – so die redaktionelle Notiz – von »dem, was in Auschwitz, dem, was in Frankfurt, und dem, was in einem Mann vorgegangen ist, der in Frankfurt war.«)
2. Peter Weiss, Meine Ortschaft. In: Atlas, Berlin 1966. Auch in: Peter Weiss, Rapporte, edition suhrkamp, Band 276, Frankfurt am Main, 1968, S. 113 ff.
3. Peter Weiss, Gespräch über Dante. In der Zeitschrift »Merkur«, Köln/Berlin, Nr. 207, Heft 6/1965, S. 509 ff. Auch in: Peter Weiss, Rapporte, edition suhrkamp, Band 276, Frankfurt am Main, 1968, S. 142 ff.
4. Peter Weiss, 10 Arbeitspunkte eines Autors in der geteilten Welt. Erschienen zuerst in der schwedischen Tageszeitung Dagens Nyheter, Stockholm, 1. 9. 1965. Deutsch in: Materialien zu Peter Weiss' »Marat/Sade«, edition suhrkamp, Bd. 232, S. 114 ff.
5. Gespräch mit Peter Weiss. Das Gespräch mit Ernst Schumacher erschien zuerst in »Theater der Zeit«, Berlin, 16/1965, S. 4 ff. Auch in: Materialien zu Peter Weiss' »Marat/Sade«, edition suhrkamp, Bd. 232, S. 102 ff.

Peter Weiss
im Suhrkamp Verlag und
im Insel Verlag

Abschied von den Eltern. Erzählung. Mit 8 Collagen von Peter Weiss. BS 700

Abschied von den Eltern. Erzählung. es 85

Die Ästhetik des Widerstands. Roman. Erster Band. Leinen und kartoniert

Die Ästhetik des Widerstands. Roman. Zweiter Band. Leinen und kartoniert

Die Ästhetik des Widerstands. Roman. Dritter Band. Leinen und kartoniert

Die Ästhetik des Widerstands. Roman. Sonderausgabe in einem Band. Kartoniert

Avantgarde-Film. Aus dem Schwedischen von Beat Mazenauer. es 1444

Die Besiegten. Aus dem Schwedischen von Beat Mazenauer. Mit einem Nachwort von Gunilla Palmstierna-Weiss. es 1324

Das Duell. Aus dem Schwedischen von J. C. Görsch in Zusammenarbeit mit dem Autor. Mit 10 Federzeichnungen von Peter Weiss. st 41

Fluchtpunkt. Roman. Mit vier Collagen von Peter Weiss. BS 797

Fluchtpunkt. Roman. es 125

Das Gespräch der drei Gehenden. es 7

Hölderlin. Stück in zwei Akten. BS 297

»In Gegensätzen denken«. Ein Lesebuch. Herausgegeben von Rainer Gerlach und Matthias Richter. Kartoniert

Der neue Prozeß. Stück in drei Akten. es 1215

Notizbücher 1960-1971. 2 Bände. es 1135

Notizbücher 1971-1980. 2 Bände. es 1067

Rapporte. es 276

Rapporte 2. es 444

Der Schatten des Körpers des Kutschers. BS 585 und es 53

Sinclair (Peter Weiss): Der Fremde. Erzählung. es 1007

Stücke I: Der Turm. Die Versicherung. Nacht mit Gästen. Mockinpott. Marat/Sade. Die Ermittlung. es 833

Stücke II: Gesang vom Lusitanischen Popanz. Viet Nam Diskurs. Hölderlin. Trotzki im Exil. Der Prozeß. 2 Bände. es 910

Die Verfolgung und Ermordung Jean Paul Marats, dargestellt durch die Schauspielgruppe des Hospizes zu Charenton unter Anleitung des Herrn de Sade. Drama in zwei Akten. es 68

41/1/3.88

Peter Weiss
im Suhrkamp Verlag und
im Insel Verlag

Buchkunst, Übersetzungen

Hermann Hesse: Der verbannte Ehemann oder Anton Schievelbeyn's ohnfreywillige Reisse nacher Ost-Indien. Handgeschrieben und illustriert von Peter Weiss. it 260

Hermann Hesse: Kindheit des Zauberers. Ein autobiographisches Märchen. Handgeschrieben, illustriert und mit einer Nachbemerkung versehen von Peter Weiss. it 67

August Strindberg: Ein Traumspiel. Deutsch von Peter Weiss. BS 553

August Strindberg: Fräulein Julie. Ein naturalistisches Trauerspiel. Deutsche Übertragung und Nachwort von Peter Weiss. BS 513

Zu Peter Weiss

Peter Weiss im Gespräch. Herausgegeben von Rainer Gerlach und Matthias Richter. es 1303

Peter Weiss. Herausgegeben von Rainer Gerlach. st 2036

Peter Weiss' ›Die Ästhetik des Widerstands‹. Herausgegeben von Alexander Stephan. st 2032

Materialien zu Peter Weiss' ›Marat/Sade‹. Zusammengestellt von Karlheinz Braun. es 232

41/2/3.88